ある地方高校生の日記
一九五〇〜一九五三

秋浜悟史
Akihama Satoshi

松本工房

ある地方高校生の日記 一九五〇〜一九五三

寄稿

年譜

凡例

一、本書は、著者が私立岩手高等学校在学中に書き留めた日記を主体とし、寄稿、年譜を加えて編成したものである。

一、日記原本は現在その所在は分からない。二〇〇〇年頃に、著者は兵庫県立宝塚北高等学校の卒業生に一九五一年一一月一五日以降の日記をテキストデータ化する依頼をしている。当該卒業生によれば、手渡されたものは手書き日記の複写（コピー出力）で、横書き、イニシャルは本書と同様である。それ以前のテキストデータ化の詳細については不明である。本書は、それらテキストデータ化されたものを、著者が若干の手を加え、プリントアウトして保管していたものを底本としている。

一、ルビ、句読点、改行は原文のままである。数字は標題などを除き原則として漢数字で統一した。記述記号（約物）の用い方は本書の編集方針に則って統一を図った。送り仮名の付け方については、現在一般的に定着している用法を優先した。

一、誤字、誤記および表記の不統一がみられた場合、著者が意図していないと判断されるものは修正した。その他、著者特有の用字、誤用と判断し得るものは極力原文のままとし、適宜注および［ママ］を付した。また、複数の解釈が可能な場合は、編者の予断を入れず［ママ］を付した。

一、日記には多くの文学、映画、音楽、演劇作品名および人物名が出てくる。それらの概略を知ることにより、著者が吸収し影響を受け、育んだであろう芸術的感性、哲学・思想的志向、および時代の息吹、潮流等を読者に感得してもらうことを企図し、標題や名称のみのものについては、日記の後に最小限の情報を注記として記載した。また、発表・公開時の標題が日記内での表記と異なる場合は、それらを併記した。

一、一九五〇年四月六日から同年八月一六日までの日記内容は、「新劇」（白水社）一九七四年三月号に「ある地方高校生の日記」として発表されているが、本書は右記の著者が保管していた原稿に依った。

一、現在では不適切と思われる内容については、時代背景や当時の倫理観を考慮し、また、原稿が個人的な日記であること、著者が故人であるという点を踏まえ、原文のままとしている。

ある地方高校生の日記　一九五〇〜一九五三

子ども心にも、書くのが嫌いでなかった。この中学生は、日記を絶やさなかった。事情で焼き捨てたが、高校に上がったのを機会に再開した。

――注的に蛇足的に

一九五〇年四月、高校生になった。学校は私立で盛岡市にあり、男子だけの中学からのそのまま持ち上がりだった。中学は新制の第一回生、入ったころ上のほうには、予科練帰りやヒロポンに苦しむ旧制の先輩たちがいた。

汽車通学生だった。「渋民」からまだ駅に昇格していない信号所（列車の行き違い、待ち合わせ用の、一種の停車場《ば》）まで三〇分、そこから盛岡まで汽車で一時間弱はかかった。「渋民」から外へ出て勉強する者たちで、「学生会」という組織をつくっていた。「渋民」は、石川啄木の「ふるさと」で、その啄木が、その「渋民」の肩の上にいつも乗っかっていた。啄木忌が近づき、そのころそのことで学生会は走り回っていた。

一九五〇年（昭和二五）

四月四日（火）

青春、それは沈黙のうちに閉ざされたままでよいはずがない。歌う勇気を持たねばならぬ。手を空にかざし、再び、眩暈の記録をはじめよう。

愛しすぎた言葉への恨みから、アンドレ・ワルテルは、喪詞をことさらまずく書こうとした。ボクには愛した言葉すらなかった。二ヵ月前、追憶の甘さは、この手で焼き切ってやる、と過信していた。夢心地の絶望など、夜を重ねて消え果てるはずだった。なのに、二ヵ月前のあの状態に戻りたがろうとしている、焦っている。

禁物だ、禁物だ、無邪気な、思い上がりめ。耳鳴りはいやだ。EかYか、あるいは遠いSか。再びの登場をことさらに恐れよ。「何と見上げた大人じゃないか」。ランボーの渋面がお定まりごととなって貼りついたボクは、義務に服そう、熱狂して。引き返したがっている、引き返そう、喜々として。終わりなきノートの旅を日めくろう。ペンに未来を託して、残忍に。恍惚の涙、そのリフレインを。（Eは近所の年上の女学生、この三月まで盛岡の「白梅」という通称の名門校へ通っていた、卒業した。Yは、石川啄木所縁《ゆかり》の宝徳寺、その次男で、東京の法政大学に入っていた、専攻は日本文学。帰省中。それに絶交した同級生のS、繋《つなぎ》温泉生まれ）

*

創作欲盛んは、苦しいときの神頼み。今朝未明から夜七時までに詩を四〇〇行書いた。

題はまだ決めていない。中身も大いに修正しなければ。当分は、ほったらかしておこう。プロットは、秘密を育て上げるようにして一週間練ったので、そこそこに自信がある。目を裏返しにできたら何を見抜くか、その映像を追ったつもり。

盛岡へ出かける下宿の道子先生に、「学生」[1]を買ってきてくださるようにお願いした。九時過ぎ、通りを行き、愛宕山へ登る。まだスタンドがついていた。裏道を下って小学校へ。吉田先生と二時間ほど。裏口から、家に潜りこむ。蒲団は敷いてあった。すぐに有頂天は見苦しい。「思いつくかぎりの仮面はかぶってやる」。

四月だ、朧《おぼろ》月が人に告白をねだっている。飛びこみたいのは、ボク一人だけか。かまうもんか。強気は、このごろのボクのトレードマーク。

＊

眠れぬ、一時三〇分。いっそ机の中を整理して、いたずら書き諸君もノート同様に刑に処するとしようか。裸身にされるを嫌う。情景の定着をいさぎよしとしない。揺さぶりのままにたゆたうのだ。それも自虐の美学の一形態にちがいない。要は、片目で笑殺し、片目で慰撫してやる奇術。

四月五日（水）

昨夜の、このノートへの決意は、すでにとんだ重荷になりつつある。だがまあ、しばらくは、喘ぎの息を継いだり剥いだりしてみせよう。いつか「表現は許容でしかありえない」とかの語句に、酔い、うそぶいたっけ。だれに見せようとして、この裸化粧。矛盾が多くなれば、それだけ危険な中身も濃くなるにちがいない。天は一日重く、空気はよどんだまま。宮手氏にハガキを書いた。

＊

あまり気はそそられなかったが、安《やっ》ちゃんの熱意に負けて、とりあえずモッちゃんを訪問した。学生会女子会員の消極性が話題になる。心をきめて、ついでに自分をけしかける。二人と別れたあとに、偶然Yに出会う。Yも啄木会について、見解を述べる。万治郎氏、また美校落ちたとのこと、また狙うとのこと、そのエネルギーに敬服とのこと。「学生」五月号が机上にある。ボクという多角形の一辺である。気紛れに流されて、多角形等辺志向を崩さぬように注意すべし。

＊

夜、また落ち合い、安ちゃん宅へ。水原さんも来た。菊池ジン先生が啄木を作曲しているので、その発表会をメーンに据えたいとの意向あり。いつか聴いたっけが、日本語アクセント無視の代物だった。今年は「すべてにまして音楽を」だ、もちろん多角形等辺の枠内でだが。企画には吉田孤羊さん（啄木研究家の第一人者）の講演などもあった。合村問題に話が弾んだ。ボクは、逃げ口上しきりだ。水原さんは、今こそ新聞を発行すべき機運と息巻く。失礼ながら、この人扱いやすい、好人物、村中で一番のモボ、ハムレット、母物インテリ。安ちゃんのお父さん、酔っ払っていた、なぜなら彼は渋民人で渋民人は酔わなきゃ本音が吐けないからだ。てもさってもボク自身、どっぷりそれで身動きならない妙ちきりんの不始末のはしくれとは。

明日、盛岡へ水原さんに同行するの約束をして、無事閉会。帰り道、役場前でEが風に消えて去った。声もかけられなかった。

四月六日（木）

今朝、雪が降っていたのには驚いた。べたべたして泣きべその雪だ。いや、去年は一昨年は、四月の雪にお目にかからなかったか。「どうも、ロシアの気候は賛成できかねますね」と、歩きながらチェーホフをつぶやき、くり返す。長靴が漏るのには閉口した。しばらくほったらかしておいたから、このざまなのだ。

啄木忌記念行事の件で、水原さんと盛岡に出た。県の代表的「文化人」と接触する機会を逃したくない、この卑怯。「いったいだれに自賛しようというのだ」

松竹映画劇場の支配人に『われ泣きぬれて』（啄木伝記映画）の貸し出しを断わられる。フィルムが今手許にない、別の劇映画だったらどうぞ、ときた。趣旨は賛成だ、無料でお貸しする、ときた。話が通じないんだなあ、引き下がる。県の社教委は後援を約束してくれた。

安ちゃんと、彼のお姉さん宅訪問、御馳走になる。美しく疲れた感じ。

午後は、岩手日報社へ行く。啄木会の松本さんはおられない、父からのコネが利かなくなった。同じ啄木会の会員だという企画部の島さんに面談、それから直接荒木田家寿氏へ会い、講演依頼、成功。水原さん、いたく満足。ただ荒木田氏は、東北配電が絡む当面の労働問題についてボクたちを説教し続ける。窒息させられそうだった。観光協会を経て、県立図書館へ。吉田孤羊さんから、いろんな回顧談をうかがう。一日誇張して背伸びしていたボク、文字通り誇らしげに肩を張っていた。

＊

鏡の表面がただれて波打つほど、ひどい火傷じゃない。さらに刺激を加えて、てかてか光らせるな。ボクは、今日終日、健康な時間を堪能した。

四月七日（金）

朝から伊五さん・久慈君と、お寺へ集まる。Yへ、昨日のできごとを報告、同意をもらう。荒木田氏が、啄木なんか刺身の端《つま》にしか使わないってさ、Yのほうから釘をさしておいたら、とボク。それでいい、啄木はそのくらいの使われ方でいいんだ、と叱られる。笑いにごまかし、《堕天使低唱》《目について》の二篇を、これこのごろ書いたやつ、とYへ提出した。今日もサルトルから出発した、どこもかしこもサルトルだらけだ。Yのボクへの詩評は、どうも概論的すぎる、遠い模範解答。昼飯を御馳走になる。

伊五さんたち消えて、夕方は二人だけになり、例のとおり、Eのこと。東京へのEのれいとるだむうるについて、Yは「文学少女的センス」だと、しきりにそのEの「文学少女的センス」を連発した。ボクはあのなつかしい句を、「お待ち、お前のかなしみが今すこしやすまるのを、——」を物乞いのように噛みしめていた。Yはこのボクが、YがEに対するときの主要な部分に必ずタッチしている、と言う。ボクがタッチできない部分に、二人だけの別世界があるんだ、とボクを諭しているつもりらしい。ボクは単に片方ずつへ違ったお辞儀の仕方を心得ていただけ、と強がって見せる。Eも東京の大学へ行きたいらしい。

＊

発端は盛岡病院だ。Eは、高女白梅への入学式の日。ボクは癖になっていた鼻の治療に入院生活。病室に、お母さんに伴われて、Eが見舞いに訪れた。ちょうど仕上がった模型飛行機を、ボクは自慢したと記憶する。めずらしく晴れた日だった。窓から飛行機を飛ばした。風にあおられ、高く舞い上がり、中津川原へ着地した。三階を駆け下り、飛行機をひろい、はしゃいで仰ぎ、急ぎ戻ったが、見舞い客はもう姿を消していた。

岩手中学に進学した、おませな少年は、白梅あたりの文学グループでも結構話題になるらしく、それを伝えてくれたEへ、さらに煽り立てるように即興詩を目の前で書きなぐりさえした。

たわむれに、Eの人物論をYと書き比べした中学生であった。気がついたら、EはYだけの花束になっていた。追い詰められ、過去を消したかった、日記を焼いた。疑いが深まっての結論ではなかった。EがYについてつぶやく語尾の変化で、二ヵ月前、自分でそう決めたのだ。でも気づかぬ振りはし続けた。やがてYは、Eからの「れとるだむうる」について、ほのめかしはじめた。ボクは、分別くさく相槌を打ち、ショックに耐えた。ボクはお芝居をするために生まれてきたのだ。ボクは、「何と見上げた大人じゃないか」を歌おう。永遠の道化に徹しよう。お芝居だけが人生だ。唯一の目的は、そう、何を隠そう、文学＝演劇のために。

四月八日（土）

宮手氏から通信あり。高等学校生活への対処を迫られる。

午後、Yを訪問。独り相撲。「詩を作り／人に示し／笑って、自ら驕《たかぶ［ママ］》る」は城左門だが、その生青い模倣。急に『ルバイヤット』(2)も読み返したくなった。

＊

葱の匂いが飛び散り
こいつらのいやらしい口笛が
涙吹く目の中へ
ゆっくり滲みこんで

四月九日（日）

学生会総会は九時からのはずだった、五〇分過ぎてようやく出席者一〇人。お話にならぬ。

ラジオが、渋民の観光事業振興について云々。幻影に見せられて踊るという、この手の「文学観光地」を、ボクは危うく憎悪する。

夜、小学校職員室で、「月報だけは出し続けること」とYから念を押される。

四月一〇日（月）

始業式。晴れて高校一年生。これが普通の高校だと、憧れの入学式というわけだが、ボクたちの場合、羽ばたきは自分から立てなくても向こうから音高く近づいてくると三年前から決まっていたのだから、所詮取るに足らぬ。金切り声は邪険に突き飛ばしてやること。（制度上、県立盛岡中学校は空に浮いた。土地土地の新制中学校へ進みたくない子どもたちは、私立の中高一貫校、岩手中学を選び、盛岡市に集った）

クラス替えがあった、でも。SがB組へ移った。絶交したのは、中学二年の一二月一七日だった。あれからは、無言の対決、いつでもどこでも氷の火花を正々堂々の戦いをした。他人には気づかせまいと、表面白々しく無頓着を装い、何事につけ知らぬ存ぜず、首を傾げてやり過ごした。クラス替えが逆に機会をつくってくれはしないだろうか。偶然を期待してやまぬこのボクは、和解がどのような形で訪れようとも、受け入れるだろう。屈辱さえもボクはむしろ喜ぶべきだ。

＊

「石桜新聞」(3)のため、城跡の石垣バックの写真取りに付き合う。白百合（学園）の女学生たちをナンパし、写真に入ってもらう。撮影は、中村さん。際限なく陽気づく役目は、もちろんボク。カメラを意識し、異性に緊張する女の子たち。眼下の市中、赤い瓦屋根が波となって笑っていた。

映画『汚名』(4)を観て、汽車は遅くなった。バーグマン、注文通り、物語の先読みを楽しむ。駅に水原さんが待っていた。そのまま、お寺に同道。助役さん（宝徳寺現住職が村助役を兼ねていた。Yのお兄さん）がボクを「ブンヤ」と皮肉る。ボクは、そう、おませな道化、とことんユーモラスにつとめた。（そのころ、学生会で月報を発行し、村政批判をくりひろげていた）。啄木村を紹介するパンフレットを村が作るそうで、編集を頼まれたが、この場ではつじつまが合わない、断った。

四月一一日（火）

中学新入生の入学式で、ボクたちは休み。

読売支局の記者が、啄木碑の周りで写真を撮る、案内役の水原さんとカメラの中に入る。明日の新聞に載るそうだ。Yも後できた。ストレートもアイロニーも打撃は同じ効果、と彼は言う。ランボー連射、ときにフランス語交じりで背伸びする。

四月一三日（木）

啄木忌。荒木田さん、松本さんの講演会、ボクの任務は果たした。結果にはもう興味がない。学校も休まなかった。ラグビー部の練習もサボらなかった。

四月一四日（金）

夜、お寺で、啄木をめぐっての座談会。いわく、「啄木をその時代性の中において認識すること」。いわく、「啄木はやはり甘くてね」。いわく、「賢治から啄木への逆流」などなど。相も変わらず、啄木派と賢治派に割れて戦いあう。わが岩手県で、人は、二人の詩人のどちらかに寄りかかって、自分を語る。「主体的誠実《サンセリテ》」なる言葉をだれもが暗号のように投げ交した。意味はどうでもいいらしい。村の「文化人」の急先鋒、ヒロシ君のお兄さんが声高らかに、ついにあろうことか、ボクを指して、「お前は、気狂いだ」と宣言する。一座に笑いが巻き起こる。今年も春がきていたのだ。

彼がだれかを指して、「お前は、気狂いだ」とわめきだしたら、その彼にこそ今年もまた春がきて、頭の病気がぶり返したことを意味するのだ。渋民人はこの祝祭を待ち望み、楽しみ、彼が躍起となって、「お前は、気狂いだ」を連発するたんびに、「まっと、まっと」とけしかける。この座談会に出席した盛岡の「文化人」たちは、この珍事を、「狂人」と名指されたボクを、どう思ったろう？　ボクは「狂人」を、彼と二人で共有してやろうとさえした。

＊

Eは、グリーンのマフラーを、首に無造作に巻いていた。『ペーターカメンチンド』[5]を返し、クローニンの『城砦』を借りる。「ベストセラーなら、必ず持っている」と、かつてYにリポートしたことがあったっけ。Eの指はでで［ママ］きている。

ボクたちが去年つくったクラス新聞「旬刊さんねん」が、県下新聞コンクールで最高賞を取ったそうだ。

四月一五日（土）

他校は五日制なのに、何の因果か盛岡行き。手を広げ過ぎた。ラグビー、もう逃げたいなあ。

古本屋で昭和八年発行の『英米現代詩集』という薄っぺらな本を探し出した。

四月一八日（火）

ボクの擬態は自尊心を食べながら変色する。歯痛のような感傷。

去年作った「旬刊さんねん」が、県下新聞コンクールで最高賞だそうな［ママ］。

今日は、フィルハーモニック・ソサエティー（学校の枠を越えた混声合唱団）に顔を出した。練習。

四月二〇日（木）

ジード『背徳者』を、Eへお貸しする。

四月二一日（金）

学校では身体検査。新聞会のくだくだ。Eは、燃えるグリーン。春雨、傘なし。船田、信号所近く、並木の柳は、ずんぐり、短い、でこぼこ、雨にけぶって、一幅の山水画。明朝、千田さんへ解析の宿題を提出しなければならない。

四月二二日（土）

解析の時艱［ママ］、ズボンの尻が一〇センチほど、ほつれ破れる。安全ピンで留め、パンを食べ食べ、市中を宮手さんとほっつく。その足で、アンデパンダン展。県会議員殿の賛助出品もある。

三時半の汽車で帰る。小学校の校庭で、キャッチボール。夜、対青年会の座談会、全部で二〇人ほどか。（青年会は、戦中の青年団組織の色合いを多分に残す、修養、親睦、社会奉仕を目的とする、地域の自治団体。その活動が飽き足りなくて、別分派ができ、啄木の歌碑から名前を取り入れ、柳青会と称していた。学生会員はエリート意識からか、どちらにも入っていない）

四月二三日（日）

朝から怠惰一日だ。ともかく六時には起きて、だらしなく縁側に座って往来を眺めていた。開拓の人たちが通る。無理やり渋民弁へ移ろうとしているので、非常に雑に聞こえてしまう。（今考えるとおかしい。こっちもそのころは、演劇人らしく無理やり公定標準語使いにつとめていたはずだ。それへの反省はないらしい）
　従兄のキノ氏が、ちょっとひそかに帰ってきたという。ズボンにミシンを当ててもらいがてら、会いに行く。一日遅れの「アカハタ」を読ましてもらいながら、彼の本音をこじあけようとする。ボクはよだれを流してこのスジガネイリを羨ましがっている日曜日だ。こうして何の屈託なさそうに、愉快に話し続ける彼、そのくせ逮捕を恐れてか、目を外へ釘付けにしている彼。キノ氏が何をやったのかについては、けっして具体的には明かさぬ。「お前は学校の勉強して、えらくなれ」、とニヤッと笑う。ボクも信用されていないのを知って、ニヤッと笑う。親族一党の秘密は、この渋民でどこまで保てるか？（この従兄は国鉄の機関車労組の闘士だった。占領政策を冒し地下に潜行中だった）
　午後、何食わぬ顔で、小学校校庭に行く、Yとばったり、キャッチボール。それから中学校職員室（村立の新制中学のこと）、ボクは終始顕微鏡をのぞく。ラジオは、六大学野球、慶法戦。Yの母校応援、ほほえましい。新しいオルガンがあった。オクターブのキーもいっしょに泣きやがる。青年会と柳青会は、合併するかもしれない。そんな空気が強くなってきた。

　四月二四日（月）

学校では、ボクシング講習。悪相故に入部を誘われたのだろうが、さすが八方美人のボクも、腕が短いを理由に敬遠、謝絶。

＊

《雨・支配》

ボクはむしろ雨がよい。
踏みにじられた顔顔顔の
粘着の目をひねり
抑揚のない仮想の下に
にがい額の憂いを見た。
あてもない肩章を奪い
目目目は花車にふくらんで
やがて夜の拒絶に達し

自分の脾腹に突き刺さる。
ふりつのる善意の白い目に
研ぎ澄まされた焼却
もう透き通った曲折も
ペダンテスクな慰みも
何もかもみんなお仲間だ。
むしろ雨がよい。
安易も結構。
めくらめっぽうからみつき
魚の目のような夜を洗え。

四月二五日（火）

会話という愛撫。抜歯のあとに金を埋めた猿真似。
無味乾燥を踊り抜く、したたかさ。

＊

《馬について》

悲。悲。同情なんか止してくれ。
馬は悲鳴をちぎっては投げ。
ちぎっては投げ。
昔、昔、馬は人間の家来になった。
で、酸いも甘いも、みな承知。
悲。悲。卑屈というのは止してくれ。
生爪を剥ぐ鳴声をあわれむな。

＊

帰り、路上で嫁入りに遭遇。雨上がりのぬかるみ、馬車の上には花嫁がうつむいていた。仲人は酔っぱらい、あっちによろよろ、こっちにふざけ放題。馬は、飾り立てた荷車を曳きつかれ、あえいでいる。やっと目的の家の前にたどり着く、ボクたちもぞろぞろついてきたのである。そのとき、一台のトラックがけたたましく通りかかる。馬が驚き、花嫁一人を乗せたまま迷走。馬方、あわてて横っ飛びに手綱引っつかみ、全身でブレーキ、「ダッダッ！　オホ呑み過ぎて、婿家《むごえ》忘れたか！」（ダッ、は馬などを制止するときの掛け声。オホは、梟《ふくろう》、濁酒《どぶろく》を意味する方言）

四月二六日（水）

朝、起こされるのが、苦痛だ。夜中、また雨。歩行困難なほどのぬかるみ。信号所の工事は順調なそうだ。新聞に、合村問題が出ていた。

四月二七日（木）

信号所の土手を登るとき、胸に鈍い痛み。初めてではない。いたずらな憶測を、しばし。中学二年までは、学年で数学一番だった。それが、解析、手も足も出たがらない。

西ちゃんが温泉療養から無事戻れて、ホントにすばらしい。みんなでさっきまで、どんちゃん騒ぎ。いま、一二時四五分。五月からは学校へも出るらしいし、それに何よりはある種の自信にみなぎっているということ。まさに「祝杯を挙げよ」だった。

四月二八日（金）

学校で、歯の検査。戸嶋さんの命に従い、助手役のボクは、授業サボり。自分のところは可能性で記入した。

四月二九日（土）

招かれ、午前中を診療所の黒川医師宅に遊ぶ。明るい部屋、明るいミヨちゃん。

＊

自信を欠く人は、あらかじめ鏡をゆがめておくように。

四月三〇日（日）

川口の学生会が遠征してきた。ラグビーに野球。その小学校のグラウンドに、Eがやってくる。言葉で打ち明けるべきなのに、なのに打ち沈んで、口をへの字に結んで沈黙。ボクは鈍感の壁をめぐらし、慰めようもない。

＊

Yからもらった年賀状を、思い出して、引っ張り出す。こう書いてあった。「年賀状なんて出さないつもりでいた。だがもらっている人を見れば、やはりボクも欲しくなる。で、書いた、たったそれだけ。だから君たちの中のだれかが僕にはがきをくれればよい。三人倶楽部なんて勝手につけた。新年、気分はいかが？僕の気分はよくなかった。今年はひっくり返すぞ！」宛名は、三人倶楽部、秋浜悟史君、とある。「三人倶楽部」と彼が言う相手は、Eと西ちゃんとボク。去年、ボクたちは同人雑誌を出そうと夢見ていた。アート紙を使い二〇ページほど。小部数で美しく、そんな妄想にふけっていた。「原地」、これがまだ見ぬ雑誌名だった。日の目は見なかった。ボクはランボーで酔っ払いすぎ、西ちゃんは病気との闘い、EはEで秘密を育てることに我を忘れていて、とても雑誌にはまとまり得なかった。それでも毎晩遅くまで西ちゃんの部屋を根城に、息を潜めて夢に狂った。

Yにすれば、この葉書をボクがほかの二人に示すのは予測できるし、Yの真意はEに伝わる仕組みになることも、今になってみれば容易に解けるではないか。三人の中では、いつも東京のYが大きな比重を占めていた。不在の重荷から解放されるべきだ、がEの意見だった。「Yの顔が忘れられるくらい逃げてしまいたい」、そう言った。ボクは、意味を取り違えた。いつかE、トランプ占いをした。ボクの卦は、天才・幸運・前途有望・理想的恋愛を経て結婚。ただし、将来の職業は、小学教師だった。三人は笑い転げた。E自身の卦は、二〇前に死ぬという予告だけがとりえ、それがこの人の願いだったから。不在のYも占いの対象になった。それによると、肉体的に多情な人だそうだ。楽しくはならなかった。

＊

いい人だ、西ちゃんは。だけど、彼の明瞭性を欠く詩語圏、表現の難解さの直接目的視、抽象語の羅列、賢治の亜流などなどを云々するのはナンセンスだろう。口が裂けても、面と向かっては、とても申し上げられない。危なっかしいんだな。自己否定につながりかねませんものねえ。

五月一日（月）

今日、メーデー。

Y、Eに絶交を宣言する、と息巻く。

五月二日（火）

今、講堂で講演の最中だ、憲法について何やらの。ボクはサボって教室に一人いる。そして隣の教室には、S一人だ。ボクたちがボクたちの「友情」をもてあそんだ結果の「絶交」が、一年半の尾を引いて、隙あらば引っ叩こうと待ち構えている。今、世界中で呼吸を堪《こら》えているのは、Sとボクだけだ。偶然があえぎ出すのを待っている。時が解決してくれるさ。じゃ、ボクは時計を見つめよう。ちょうど一時三〇分か。そのうち講演も終わるさ。教室の外の廊下の窓ガラスに、真正面を睨んで座り続けるSの端麗なプロフィールが写っている。Sは窓ガラスの効果を知っていてこんなことをしているのだ。あの時からボクたちは一言だって言葉を交わしたことがないのだ。ボクたちは言葉を交わさないための策略に溺れこんでいるのだ。（Sは、その後早稲田学院、早稲田大学政経学部に進学した。何があったか、忘れたような振りをして、和解したのは十分大人になってからだった）

脛に傷持ち、赤チンキの虚栄。

＊

国劇[6]で、評判の『腰抜け二丁拳銃』[7]を観てきた。ボブ・ホープは並々ならぬ教養人なそうな。浅薄なレッテル貼る人の教養が知りたい。西郷が女学生連れて座っていた。得意そうに何度も何度も目配せしやがる。

Eは、国劇の赤い緞帳が好きだと言う。おっしゃるとおりだ、だれのデザインだろう。

五月五日（金）

昨夜、清枝《せいじ》氏を訪問。まちの下《しも》一帯が停電になった。トランスが焼けたとか。（渋民は昔宿場だった、それで土地の人びとは「まち」と呼び、国道沿いの細長いまちで、北半分を「上《かみ》」、南半分を「下《しも》」と通称した。清枝氏も、まちでは数少ない「学士様」の一人）。約束してあったので、声はかけたものの、また別の日に改めて、と引き返そうとしたが、「まあ、上がれ」、三階の彼の部屋へ招じこまれた。めったに他人は入れない、と言う。ボクははじめてだ。畳を部屋の真ん中に積み重ねて、その上で香をたいていた。停電の闇の中で、夜の冷気に脅迫されながら、レコードを聴く。チャイコフスキーばかりを、次から次へと、二人は沈黙を守りながら聴く。表を風がヒューヒューうなりながら飛んで行く。あれは愛宕山の笹の声だ、と教えてくれた。「おれも牛飼いをやることにした」と、ポツンとつぶやく。

たいした蔵書の量だ。しかし盛岡で労働組合をやっていたころの匂いは、この本たちからは全然しない。それに関しては、ボクも質問なし。『モーツァルトの書簡集』その他を借りて、朝明るくなったから帰宅する。

＊

小学校の校庭で消防団が演習をやっている。ラッパ、号令、挙手の礼、在郷軍人会が大手を振って帰ってきた。

五月六日（土）

夕方、お袋と喧嘩した。挙句の果て、「学校やめろ」「やめない」、毎度のこと。

「どうやら俺の心は眠っているようだ」、ランボー。

「急ごう。他に生活があるとでも言うのか」

＊

清枝さんたちと小学校職員室で、賢治論・音楽論エトセトラ。帰ってちょうど真夜中一二時だが、Summer timeだそうだ、時計を一時間進めなければならない。眠りの時間を損するわけだ。

五月九日（火）

グリークラブ。練習メンバーが日毎に減って行く。すでに二〇人足らず。かつて生内さんに鞭打たれた経験者たちは、今の生ぬるさが飽き足りない、それで姿を消す。ボクにしろ、才能に多くを期待してくれたから、また教壇に帰ると約束してくれたから、まだこのように歌ってはいるが。

＊

今、三時。化学の暗記。

宮手氏が『三太郎』を読んでいた。ボクも中一のとき経験した。Yは渋民を去るそうだ。Eからの伝聞だ。

「役は終わった、俺はヨーロッパを去る」、ランボー。

五月一一日（木）

雨が初夏を作る。昨夜降った雨のおかげで緑が鮮やかさを増した。新鮮。敏捷。

七時間授業は、はじめての体験だった。でも今日は、七・八校時がGrammarとReaderだから、すこぶる心強かった。

ヤスパース『理性と実存』、『ニイチェ・上・生活』を買う。創元社。ニイチェは原著を読んだことがなかったそうだ。この原著って、いったい何だろう？ 翻訳を通してしかヨーロッパに触れられないボク。ボクを憎む。「泣きながら、俺は黄金をみたが、—飲む術はなかった」。

五月一二日（金）

昨晩、よく眠らなかった。それが祟って三時間目「社会」の授業で、居眠り。先生は見過ごしてくださったのだろうが、クラスの連中から後でヒーローに祭り上げられた。まんざら悪くない。こちらも調子に乗って先生へ挑戦したような弁を弄する。その陽気な仲間にはT（仲良しの同級生。欠点のない秀才、何をしてもかなわなかった）もいたが、最後に「二度は利かないよ」ととどめをさされる。こいつは何でも見透かしているのだ。賢過《かしこ》ぎる。過ぎるくせに、過ぎらせない余裕。とんだ男の身近かにいさせられたもんだ。終生かなうまいなあ、こいつには。Tが演劇を目指していないことは、わが救いである。彼より劣って、はるかに貧しいボクには。

＊

午後の授業はおっ放り出し、「母への感謝音楽会」へ向けての合唱練習、三時まで。柳館トシさんはまだ二〇歳の女の子に過ぎない、だから古参の一部からの侮りを招く。力が生内さんに劣るのは当然。グリークラブの質の低下を晒すのが辛い。出場を見合わせることはできないのか。

ガイダンスの管理授業（Supervised Study）では「音楽」を選んだ。ボク自身のためにはそれでよいはずだ。いつかは生内さんが帰ってこられるのだし、オペラの舞台が究極の夢なのだし。山中さんとどちらにするかに最後まで迷いつくした。

伊五さんは中学の先生になるつもりらしい。

五月一三日（土）

鈴蘭が咲きはじめたそうな。しかし姫神山キャンプは断った。音楽会にやはり出よう。せめて落下に抗する、果かないブレーキ役として。

今日は五日制になって、はじめての土曜休暇。でも歌うために、ボクは盛岡通い。

五月一四日（日）

「母への感謝音楽会」、暗い一日だった。天へ唾しても、ボクに返ってこないむなしさだった。生内サンの哄笑が、公会堂の分厚い壁を突き抜け襲いかかってくる。柳館さん、午前中の練習に遅れてきた、美容院のせいにした。この人、髪をカールなんかにするべきじゃない、絶対に。ボクたちは、第一部のラストだった。柳館さん、蒼白、タクトの震えが止まらなかった。

ボクの金科玉条「亜流の一流」が、音を立てて崩れて行く。

*

アベさん宅に泊めてもらう。歓待してくださった。

そういえば、穀町を過ぎるとき、白百合の二人連れに「お金貸して」と集《たか》られた。びっくりした。こういう手合いが存在するとは聞いていたが、まさか自分が遭遇するとは、しかも相手が白百合とは。「ちゃんと自己紹介しなよ。そうしたら相談に乗るかも」などとからかう。予科練帰りにも、硬派の上級生にも、悪相と駄弁では引けをとらなかったボクだ。胸空けの女学生たち、一言もなく、明治橋の方へ逃げ去る、雨上がりの道を泥跳ね飛ばして。決して美人たちではなかった。

*

真っ白い風が吹いて通った。
目が腫れぼったく光って、追いかけた。
蚤の相撲、蚤の市、蚤の歌、
魔術に引っかかったシャリアピンが革命歌をうたった。

五月一七日（水）

吐く息が白く千切れて飛んで行く。
今の今まで停電だった。仕方がない、寝ようとしたら、布団かぶったら、突然ついた。笑ってしまう。それでこれを書き留めておく。停電の中を、真っ暗がりの中を、小学校の方へふらあり出掛けた。ヘッドライトが後ろから追いかけてきた。なぜか全速力で逃げた。活劇模様の光る帯の上を、ボクは興奮を求めてジグザグに走った。警笛はなかった。自動車は、もう覆い被りそう。ボクの二本足の影が不貞にも伸びに伸びて、前のめりに悲鳴を上げ、ボクはそんなライティング交錯を堪能していた。

五月一八日（木）

夜は宛名もない忍耐だった。
飛び出したままの善意どもが
たくましい花びらをひらひらさせて
前のめりなったり
ぶっちがいになったり
さしのべられた剃刀の刃の上をかえってきた。
曇天の中に
こうもり傘のひたいのような剃刀
一筋に青く閃き
よれよれの陽を手の先にはしょって。
けだるい不安と善意ども
いつかは逃げ口上もなしに消え果るだろうに。
亡び。
むごたらしい破局は見るのもいやだ。

ボクは放心したような手つきで
剃刀の刃を研いでいた。
新しいにがみ。
呆けた涙腺のかたすみに
伝説の善意どもが
ボクの憎悪を知らぬげに
恐怖もなしにかえってきた。
剃刀の刃が
汚れた手をちぎりとってしまった。
凍りついたような剃刀の刃とかちあうと
善意ども二つに分離して

それがまたお互いの利己心と示しあわせて
あれあれ
またたく間に空の星ほどひろがって行った。

弱気なボクの涙流しの追憶を乱打して
剃刀の刃はまだ鳴っていた。
お芝居めいた光る吠え声
急ぐ急ぐ急ぐ。
太鼓腹の上の埋葬は
まだまだまだるっこい。
青い剃刀の交叉は
ボクの前を素通りして
お利巧な方々の前へ
霧や曇天を冒して進み出た。
夢中で駆け出したボク。
ほそいとおゆびが
ゆるゆるひるがえって
無数の判決の閃光の上を
腹ばいになってなめまわした。
にやにや笑っている善意ども
剃刀の刃の上で行き交い
忘れられていた心臓が帽子を取ったら
善意ども
肩でくっく笑いを吹き上げ
ボクの帽子は二つに割れた。

ボクの帽子は牛乳瓶だった。
やがて善意ども
それは自分からやってきて
眠っていた真っ白い厚みのある
すべすべした牛乳瓶を
斜めにすっぱり切ってしまった。
牛乳瓶は牛乳を剃刀の背に明るく流し
手に寛大をにぎって
死を選んだ。

それから何があったか。
耳はもはや何も聴かぬ。

＊

《春・風景》

にきびがぶつぶつ匂ってくる。
窓のひらいた部屋。
何の変哲もない
白い花瓶が恥ずかしそうに
目を閉じている。
春。
花瓶の中には猫がいる。
猫が涙で
爪を研いでいる。

五月二一日（日）

うつらうつらしていた、ひねもす。明日は解析の試験があるのだが、雨降りなどを怠惰の手助けにして、てんで気張らず過ごした。店のお菓子をほおばり、布団に潜りこんでいた。風呂に入って、散髪しに行く。
すっかり暗くなってから、電気がつく。つまり昨夜から停電だったのだ。きだみのる『きちがい部落周遊紀行』[8]読了。人の不幸を笑いやがった。
それより、昨日観た映画『くつみがき』[9]のショックについて。ボクの悪ふざけが付けこむ隙、何一つなかった。中央ビル改装の特別興行だったが、まさに文化史的意義に目覚めたスペシャル・ページェントだった。これは物真似できぬ、そうつぶやいて、恐ろしかった。一日をおいても、フィルム・エンドの暗い馬の顔が、ありありと痛い。

五月二二日（月）

下駄を鳴らして歩む。五時半のお帰り。合唱は溜息の有声音。喉が疲れた、枯れた、呼吸困難。フランス語のお勉強も、目の毒、気の毒。

五月二三日（火）

「ままよ、この世は義理故辛い」「はにかむな、はにかむな、もどかしがるな、酒呑むな」「亜流の一流」……これらは自省モットーの片端から。
中原中也の、たとえばこんな句、「ボク《［ママ］》はその日人生に、椅子をなくした」は、借用し得ても中也抜きでは話にならない、その辺をよくよく間違えないこと。

＊

Eは今『チボー家の人びと』(10)の八巻目を読んでいる。ボクがそれを追いかけている。

就職する、盛岡だそうな、それ以上は知らない。古代ローマの闘技場、アリーナにいるボクを想像する。思い出を二度も三度くり返し生き直す場所として。

Eは五時半で帰った。信号所の下の小川の一本橋がぐらついて、水に落ちたと言う。ボクという奴隷は、肝心なときには居合わせないようにできている。「発表したことだけが人生だ」「何もかも発表するのが芸術家」、これらはサント・ブーブだったはず。

EEEのE！　なんとも空恐ろしき悲鳴ではないか。

五月二四日（水）

夜、下田に演芸会があった。風はなく、宙は重かった。拡声器に乗って流行歌が田んぼを渡ってくる。いざ、赴かん。香ちゃん、ミッコ、ボク。村が濃密な鼻汁でのたうつ夜だ。馬いないて、チンピラ、テキ屋の風体もいて、「今宵ここでの一《ひと》さかり」、小娘の団子鼻《だんごっぱな》の白粉《おしろい》は乾き切って。犬の遠吠え、春の悩ましさ。月が出た。喧嘩があって、怪我人も出た。

五月二五日（木）

参院選挙のラウド・スピーカーがけたたましくわめいている。買収が横行している社会党のくせに、教職者だったくせに。

ここのところ、コーラスに集中。声いっぱいに歌っているだけ。「石桜新聞」のこと、口説かれても口説かれても、消極的態度を崩さない。ツヨシ氏、腹まで立てている。

五月二七日（土）

映画に酔うた。『赤い靴』(11)、しかし靴の縁ではない。主人公はモイラ・シアラーではなく、あくまでレールモントフである。彼の権力と芸術観をめぐっての討論劇である。アントン・ウォルブルックの目のふちが赤らんでくる、そのクローズ・アップにドキンとした。ロードショーでした。

新聞紙のバレエ、ボクは冷静を持していることができませんでした。The red shoes踊れ、踊れ、死んでも踊れ、血まみれに踊れ、赤い波間にもまれ、喘《あえ》いで踊れ、アップアップ踊れ、おどけて踊れ、おどろに踊れ、……、

五月二八日（日）

朝、霧雨、この分なら大丈夫というラジオを信じ、雨具なしで盛岡へ今日も出た。コーラスの総仕上げ。よくない、恥じる。これは、一時で時間切れ。

今日も映画、『田園交響楽』[12]。ボクはジードを少しく簡単に読みすごしていたらしい。フィルムのカトリシズムかい日から、逆にさまざま教えさせられた。ミシエル・モルガン好き。オーリックのパイプ。オルガン大好き。

映画館の外で、雨がまた振り出した。それも土砂降り。肩をすぼめ、かわいそうに、雨の街を走り抜けた。

渋民の信号所に、弟が傘と長靴を持ってきてくれた。ありがたかった。帰宅したら風呂が沸いていた。風邪引きそうだったから、すこぶるつきの感謝だった。風呂の中でオペラ歌手を夢見るセカンド・バスが、テノール張り上げた。

五月二九日（月）

「岩手高等学校中学校開校二四周年記念」という長い冠称のついた文化祭。公会堂にて。合唱は不出来。芝居は例の『光の門』。夜の部にも出場のために、盛岡に泊まらねばならなかった。サノ叔母さん宅に厄介になる。ひなびて素朴なお家族、一一時過ぎ訪問したのに、まだみんな起きて待っていてくれた。道端の田んぼ毎に、月が浮かんでいて、春たけなわだった。夕顔瀬橋の上で、月光を浴びながら、幕切れのセリフ「やつらのやりそうなことだ！」をくり返し述べ立てる。一人だから名優だった。

五月三一日（水）

対高松高野球戦。結果は不明。途中で汽車の時間に気づかせられ、宮手氏と駅まで走りに走る。七時一〇分、ようやく間に合う。この汽車、信号所には止まら

ないので、好摩まで行かざるを得ない。ついでに定期券を購入。駅前で、リンゴ買う。正太郎とリンゴかじりながら裏道を帰途につく。

　好摩ヶ原の線路の上に、目の落ち窪んだ年増の女が、毛布片手にボンヤリ立ち竦んでいる。声をかけたが返事なし。そのとき、わずかに点々の農家の灯が、一斉にフッと消えた。女は闇に白かった。

　今日も停電があったのだ。正太郎は高松のラグビー練習で遅くなったと言う、彼にボクはラグビーをやめると宣言した。

六月一日（木）

『イースター・パレード』[13]、七〇円。色がついている、それだけ。

　今日もまた親子喧嘩あり。高倉テル[14]の政見演説放送を、父が途中で切ってしまった。機関銃のように不平を叩きつけるボク。父、母、子が逆上しての狂態。ボクの鞄の中身が土間に散乱する。PITY。裏の畑で胸を押さえているボク、探しに来た母が声を上げて泣き崩れる。原始的疲労感。

六月三日（土）

　昨日、角掛さんに、ラグビー脱部の件、お願いしてみた。先生はボクの事情を知りすぎておられる、「方法を考えよう」とおっしゃる。

　夜、小学校でオルガン弾いていたら、新任らしい女先生が、威嚇［ママ］高に、使用届けは？　許可を得たか？　と詰問なさる。ボクたち、人もなげな村の特権階級の横行を非難なさりたいのだろう。詫びて、引き上げる。

六月四日（日）

　ボクのフランス語への情熱は、まったく断続的だ、忘れたころにぶり返す。

　参議院議員の選挙日。鈴木東民氏の落選は火を見るより明らかだ。アナウンサーの声が実に明るい。ニュースの中身とのコントラストにあきれる。大西たちへ一〇年の刑、七年の重労働などが判決された。「今後の見せしめのためにも」と裁判長は語った。六・三デモ禁止。文部省による大学への圧力。ワンマンは共産党の不合法化もやむを得ない、と談話を表した。時代が逆行する、敗戦五年。

このごろボクの口から離れたがらない言葉、「ままよ、この世は義理故辛い」。これを何度でもくり返す。

「はにかむな、はにかむな、もどかしがるな、酒呑むな」。これを何度でもくり返す。あまりいい処方ではなさそうだけれど。

＊

床屋さんから出てきたEと、ミッコの家の脇道で、ちょっと立ち話。映画『霧の波止場』[15]のこと、ロマン・ローランの『魅せられる魂』のこと。それから福田恆存の評論集『太宰と芥川』を借りた。

六月六日（火）

共産党中央委員二四名の公職追放。GHQ特例、か。急勾配になればなるほど、天は近づいてくれるものだろうかしら。

＊

演劇部で、レパートリーに『月の出』を提案した。ところがだれも読んだことがない、作者のレイディ・グレゴリーはアイルランド人だと言ってもまるで関心がない、ホントは危険な芝居なんだと思わせぶりをひけらしても、好奇心を沸かしてくれない。出演者男三人だけと言う以外には関心を示さない。木村文庫（盛岡市内の個人図書館）の存在と図書番号を、とりあえず教える。必ず読んでもらおうと約束を強要した。

このごろボクは汽車へも一人で乗っていることが多くなった。

六月七日（水）

佐藤楽器店にて、ギターE線。

夕食前、丸首シャツに天秤棒、水汲みに出かけたら、井戸のところでEにばったり。今晩吉田先生を訪問しないか、と誘われる。水桶のバランスに手間取り、家の前まで返事をためらい、そのままサヨナラ。

アカハタも今日「追放」になった。

六月九日（金）

『ユモレスク』[16]観る。

汽車で、久しぶりに宮手氏といっしょになる。小野寺さんから、ドイツ語初歩の手ほどきを受けている、と言う。

ボクがボクに忠告している。チェーホフですよ、君。正確な描写力を若いうちに身につけて欲しい。

六月一一日（日）

雨。鈴蘭も、もう終わりだ。英文法をやる。解析をやる。化学をやる。チェーホフをやる。日曜日はこんな日。

六月一二日（月）

文化祭がすんだのに、なぜ練習に出ないのか、それが吊るし上げの理由だった。ラグビー部部室から階段教室に引導される。キャプテンは不在、汽車通学組の先輩たちも、今日に限って不在。ようするに、レギュラーを取れないその他大勢が、下級生の前で、いい格好をつけようとしているのだ。角掛さんに脱部をお願いしたこと、それを聞き及んで、伝統を汚したと吊るし上げを図ったのだ。弁解はしなかった。目も伏せなかった。そして、態度で、手も上げさせなかった。衆人環視のすり鉢部屋のそこから、一時間後、被告は胸を張ってドアをあけ、室外に出た。

＊

これが今日の事件だった。目を拭いたら涙の跡があった。ラグビーが嫌いになったのでは、決してない。ボクにはもっと向いたゲームがあるというだけだ。中学を通してからのラグビー生活を振り返ると、耳鳴りがジーンとしてわけもなく切ない。スポーツ下手のボクには、一生いかに短くても、ラグビーがはじまりで終わりなのだ。ラグビー部入部してからの中学二年は、めきめき体力がつき、それにつれて身長も伸び盛った、両親は「ラグビー大明神」と狂喜したっけ。

しかしここまでで限界だ。ごまかしごまかしやってきたが、もうこれ以上ついて行けない。ボクのスポーツ神経では、みんなに迷惑かけるだけだ。言いたくないが、ボクはボールが怖い。

＊

汽車は四時。吉田先生たちといっしょになる。Eの妹さんたちを連れて、大慈寺小学校の自治会見学だったとか。Eにそっくりだなあ。気負い過ぎです。胸をピーンと張って突き進むスタイル。

吉田先生を訪ねて、当直部屋。末枯れて、泊まりこむ。朝、目覚めたら、伊五さんもいた。

六月一三日（火）

フィルハーモニック・ソサエティでは《ハレルヤコーラス》の練習、音楽室。間を縫って「化学問題研究室」を誕生せしめるべく理科実験室、原紙切り[17]。出版委員会は委員の出席悪く、流会。何でこんなに忙しいんだろう？　芝居のほうも、そろそろ本腰を入れなきゃ。ラグビー部退部の件は、先日の事件にクレームがついて、うやむやになりそう。

東京のYから、便りあり。ボクが、何があっても動揺しないことにした。そして封をあけた。大丈夫だった。

六月二三日（金）

「忙しい、忙しい」が口癖の割りには、よく映画観ますね。『情熱の友』[18]『荒野の抱擁』[19]『三人の妻への手紙』[20]などなど。そよ風のように、ふわふわしている。一週間を待たずに中間考査がくるというのに。

六月二四日（土）

この一週間、奇妙な悪寒に襲われる、咳が止まらない。本格的に風邪だ、青い風邪だ、頭が上がらない、今日は頂点だ、ひどすぎる、苦しい。チブスの予防注射したっけが、あれがいけなかったらしい。テアトル・ド・ディマンシュ（盛岡市内ある業余の自立劇団。大学生、美校生、高校生が多く参加していた）の『女学者』は逃げさせていただこう。明日は雨か。床屋さんに行きたい、さっぱりしたい。

＊

立花五郎がまた捕まった。この盗人《ぬすっと》老賊、こんどは詐欺とか。前科一〇犯。おばあさんを訪ねて、よく暇潰しにくる。ボクを相手に昔自慢もする。ときに目がギラリ光る、すぐ皺に隠れる。八戸の事件、もう少し詳しく聞いておくのだった。何がけちな犯罪に駆り立てるのだろう。直接形で問いたてられないのが残念。

＊

明日もまた雨だろう。雨、雨、IL pleure dan mon coer / Comme il pleure sur la ville[21] 心の奥ににじみいる、—まことにそんな雨なら、ヴェレちゃんのようにも歌えるだろうが、こちらはもううっとうしい梅雨だ、漬物くさい片言隻語《へんげんせきご》風で我慢してもらいましょう。

この岩手に梅雨はない、と抜かしたのはだれだ？カビまではびこりだしたぜ。山肌までがくすんできた、人間の皮膚も、山羊の角も、小学校のトタン屋根も、生気を失った負け景色だ。劣等生のベタ塗り構図だ。粘着性の泥土と長ぐつが馴れ合っている。

六月二五日（日）

北鮮と南鮮の間に、ついに戦いが起きたという。三時のニュースだ。うろたえる。ボクの骨は、空の風の吹く中《あた》りをキリキリ舞っている、そして落下。「マルクス主義は教養ではない、それよりは意志だ。それはプロレタリアとその味方—即ち諸君たち—に取っても、己を識ろうとする、己をかくのごとき者と感じようとする、またかくのごとき者として打ち勝とうとする意志である。諸君は理論的に己を正しからしめるために、マルキストになるのであってはいけない。自己にそむくことなしに、自己に打ち勝つためにマルキストにならねばならないのだ」。こんな日にマルロオ『人間の条件』を読んでいたとは。「電信柱に卑怯の笛」と呻《うな》り、うたう。

六月二六日（月）

明日から前期中間考査であります。みんな、よくやるね。がんばるね。ボクはそれで今日も映画を観た。『きけわだつみの声』[22]。こみ上げてくる憤怒の涙。泣きました、泣きながら、この映画もセンチメンタル・ゾーンを免れることはできなかった、と舌打ちしました。だいたい、ボクは映画を観すぎるな。

ボクがミソノ映画館あたりでアオタをしていたころ

の、ダチの一人は、現在少年刑務所入り、殺人で。蒸し暑い。ラムネの白い気泡。舌を突き刺すうっそりとした湿り。明日の試験は、英作に一般社会。勉強しましょう。勉強しましょう。

＊

待て、しばし。おばあさんの話をメモしておこう。その一。明治五、六年ごろ、屋敷の井戸を埋めたことがあるそうな。屋敷は「諸国諸人宿・加賀屋」だった。その跡は、毎年春になると、井戸の大きさに穴が開いて、子ども心にも恐かったそうな。その二。お寺が、昔火事になったことがあるそうな。檀家に責任を取って、和尚が井戸に身を投げたそうな。井戸が生きていることに興味を持った。二つの話を結びつけたお芝居の種になるかも。この穴に落ちて、人がどんどん死ぬんだ。ま、試験が終わってからゆっくり考えよう。

六月二九日（木）

解析で、刺《［ママ］》された。こんな経験、はじめて。学業に対する姿勢が、自堕落になって行く。

徒歩旅行、今晩も試みる。似合いの年齢よろしくの独白調講談は、省略。夏は目の前。明日は、角掛さんに松見先生。

六月三〇日（金）

その試験が終わった。岩手新報社から電話があった。川徳デパートで、七月一、二日両日、学校新聞展示会をするので、その打ち合わせにこい、との知らせあり。洋ちゃんと出かける。この前の審査を踏まえて、賞状や記念品授与式を催すのだそうだ。他校からの代表たちも、合唱でだったり、芝居でだったり、映画館でだったり、顔を付き合わせたことのあるおなじみがほとんど。

野村氏は、何にかと言うと「難点だな！」が口癖。デスクの猿橋さんが、電話をかけていた。「盛岡にゃ、新聞社は日報一つしかないんですよ。ええ、もちろん、うちは新聞社に値しませんよ、ええ」。この人、この間までは芝居をやっていた。芝居をやると自虐的になるのか、自虐的だから芝居をやるのか。

テアトル・ド・ディマンシュの宣伝に、洋ちゃんについて、岩女、[23]下橋中学を回る。新報社から、すでに済んだ東北社会人野球大会の切符を、カード代わりに使おうと思い、ポケットいっぱいにもらっていた。ところが、カードたち、お城の公園のところで風に吹かれて舞い上がった。それをまあ、通行人諸氏が追いすがって拾うのだ。連鎖反応、だれも彼も踊っているように。味を占めて、場所を変えて何度か試みる。そのたびに成功。洋ちゃんがボクの肩を叩く。「慣れるとキッカケをはずすよ。それにいいかげん子どもっぽいぜ」。

洋ちゃんに蕎麦をおごらせた。（たとえば、洋ちゃんのような人。このとき、高三。東京から、戦争で疎開して、そのまま盛岡に居残っていた。詩の雑誌をやり、学校新聞をつくり、よい映画を安く観るためのサークルを組織し、テアトル・ド・ディマンシュのメンバーでもあった。その他、工作屋としてはどこへでも通用し、口手八丁だった。ボクは、盛岡では彼の子分だった、どこへでもついてまわった。彼は酒が呑めなかったので、代わりの役をつとめた）

七月一日（土）

E、就職を決めるそうだ。古本屋に「PANTHÉON」なる雑誌、一〇冊あり。前から気になっていた。堀口大学たちの編集、昭和三年発行。安いんだ、たぶん。大決心をして、買ってしまう。

それだけをして、一一時で帰る。晩方、西ちゃん宅。またE。蛍取り。吉田先生や子どもたちと、北上川べりまで出かける。「村で蛍の名所は二つ」『鳥影』[24]からである。

七月二日（日）

市内高校討論会をでっち上げようとして、かなり忙しかった。宮手氏と高松高校へ。洋ちゃんたち、一回戦で負けてしまう。負けるのは、予定のうちだった。何しろ他のことで忙しすぎる。

足にスピードがない。洋ちゃんが自転車を借りてくる。相乗りで走り回る。途中で壊れた。町の自転車屋へ担ぎこむ。店のオヤジが不審の顔を突きつける。自転車には、白抜きで「署長用」の大文字が乗っかっていた。台さんのお父さん、つまり警察署長の自家用車？　なのだ。「署長用」を漕ぎながら「平和と反戦」のために汗水流していたわけだ。洋ちゃんはすましたもんだ。（台さんは、演劇部の大先輩、テアトル・ド・ディマンシュのリーダーの一人）

二時の学校新聞コンクールの授賞式にも、ちゃっかり、出席、間に合った。カップとアルバムをもらえた。

七月三日（月）

岩手新報紙上にカップを手にした大きな写真。

細かい雨。

停電。ランプの再登場。

七月四日（火）

停電、停電、明日もきっと。

七月五日（水）

『キュピドン酒場』[25]。ピエール・ブランシャールの物真似に興じる。ヤスパース『理性と実存』、三好達治『測量船』。青春が嘔吐している。

七月六日（木）

沼田広治君が死んだ。今年で卒業のはずだった。お家の人たちの彼に掛ける期待は大きかった。

ボクは無言だった。ボクは無言だった。

七月八日（土）

動詞変化の暗記、少々。夜中、例の徒歩旅行。汽車通学をはじめるようになってからの習慣と言える。よく続くもんだ。

広治君の葬式は、お盆過ぎてからだそうだ。遺言で、結核菌の伝染を恐れてだそうだ。遺言を残す彼のおっとりした目。渋民には、結核が多すぎる。気候が関係するのだろうか。

＊

朝鮮から逃げるな。サボタージュは許されない。

「戦いは南鮮側が仕向けた！」

七月一〇日（月）

明日は英語の課外講習あり。そのための原紙切り。五時で帰った。

七月一一日（火）

四時で帰ろうと、酉ちゃんといっしょしたら、盛岡駅の昇降口でYとばったり。只今の帰省なり。どこか、ぎこちない。

七月一二日（水）

ボクのノートから、勝手に詩を抜いて「石桜新聞」に載せるという。洋ちゃんの仕打ち。驚いて、とりあえず、新報社に駆けつける。もう半分以上刷ってあった。字数のためか、散文詩の体裁、誤字も少なからず。ルーズな洋ちゃん相手では、暖簾に腕押し。

七月一四日（金）

下痢、嘔吐。アイスキャンデーに桃。食あたりか、食いすぎか。学校には行けそうにない。休んで、寝ている。この三日間で、長詩《戦争》を仕上げるつもりだ。

七月一五日（土）

屈辱は乾かない。馴れ合い芝居。人は何にでも自己表情を持ちたがるものだ。オレたちの最後の臆病。バイキンがしきりに繁殖する。曇天の饒舌は聞き厭いた。涙湧く。気休めはムシロ旗。飼いならされた「文化国家」。上昇気流へリボンをくっつけた神話。みんなみんなわかりきったことだ。手に取るようにわかるのだ。咽喉《のど》のしなびた渇き。憎悪と憤怒と。「フランスの港湾労働者印度支那行き軍需品の荷役を拒否す」。昔の恋がなつかしいので、よだれ掛けして振り向いた。

オレたちのずぶぬれの祝祭。「日本軍事基地化絶対反対！」。雨が晴れるのを待っているのは馬鹿げたこと。だがいったい、いったいだれが、鋲締めの降り続ける雨に抵抗できるのだ。どてっぱらが、もろい敵意、苦い涙すすって、小気味よく震えた。オレたちは暗い。

足音は掬い上げられ浚《さら》われた。

＊

《戦争 1》

意志は後ろ向きに突っ立っている。遠い過去から響いてくるような痛ましい明るさの中で、足音は次第に衰えて行った。親犬の遠吠えがつやつや光る季節。華やかに彩った十字軍の威嚇が石炭袋や錆びついた太陽の缶詰の〈人道〉を詰めこんで通る季節。申し分なく漂う二連銃。黴臭い雨の執拗な不安。要領めいた疼き。余白もない〈搾取〉共の鼻面に垂れ下がった平和・花飾りの枷・〈植民地〉

けだもの。まずい嫉妬を握っていたものだ。その嫉妬を指の先で、ちぎっては捨て、ちぎっては捨て。お仕舞いには惚けたように、ちろりと咲いている帽子を丸めて、深々とほうばり、食いちぎった。〈あれ以来、みんな憎悪も忘れ、殺意はまろく光り、……〉

物乞いの仕方は心得ている。わやわや、にんにくくさい凝視が目覚めた。そう、物乞いの仕方は、たしかに心得ている。だが屈辱や犠牲はもうたくさんだ。食欲は閉ざされている。あわただしい食塩どもの営み。夢で女は歩行だった。赤子はみんな鉛色のはらわたで結ばれ、雑踏の背に押しつぶされていた。夜は裸身。取り残された、一人の、盛んな縮図。期待はいつでも擬態の悲哀が沈んでいくところからはじまる。だから期待をかき乱すには、人々が呼吸を自分からしないだけでたくさん。物乞いの仕方は、たしかに心得ているが、おれたちの〈時間〉のことだってもちろん知って入る。やつらの政治や陰謀や悪臭は、ぬぐいきれない傷痕を引きずりながらも、ボクの欲めいた肩をそびやかしている。どぶどろの虚勢。おれたちは、どうあらねばならないかだって、とっくの昔に知っているはずだ。照明は烈しい心棒に過ぎなかった。溺れる嬌声。怒気の得意さ加減。ごたにごりの空。平和は戦利品だ。ここでも剰余価値はやつらに独占された。やつらの、天使に手を借りたメカニスム。飽食の花びら。雨季。羊歯のはびこる呪縛の中にもおれたちの〈時間〉は加速度をつけて近づいてくる。
〈En Marche!〉

解放だ。やつらを引き摺り下ろせ。だが、おれたちの身元不明に湿った曖昧な〈苛酷〉の意志は、おませ名〈容赦〉へと突き戻してしまいたい逃避を前提的に支えて後ろ向きのまま突っ立っている。

《戦争 2》

屈辱は乾かない。馴れ合い芝居。人は何にでも自己表情を持ちたがるものだ。おれたちの最後の臆病。バイキンがしきりに繁殖する。曇天の饒舌は聞き厭いた。涙湧く。気休めはムシロ旗。飼いならされた〈文化国家〉。上昇気流へリボンをくっつけた神話。みんなみんなわかりきったことだ。手に取るようにわかるのだ。咽喉《のど》のしなびた渇き。憎悪と憤怒と。〈フランスの港湾労働者、印度支那奈行き軍需品の荷役を拒否す〉。昔の恋が懐かしいので、よだれ掛けして振り向いた。

おれたちのずぶぬれの祝祭。〈日本軍事基地化絶対反対！　雨が晴れるのを待っているのは馬鹿げたこと〉。だが、いったい、だれがいったい、鋲締めの降り続ける雨に抵抗できるのだ。どてっぱらが脆い敵意に苦い涙啜って小気味よく震えた。おれたちは暗い。足音は、掬い上げられ、浚われた。自己憐憫はお断りだ。

ランボーが顔をのぞかせたとき、卑怯にもおれたちは飽和仕立ての自慢を止してしまった。光る白い輪を恩知名《〔ママ〕》達し棒くさい交尾犬の首に引っ掛ける。〈搾取〉どもの鼻面を撫で上げ、眠りの人びとは、腹立たしい皮肉に、きらびやかな完全のかけらとなって、〈人道〉の虜《とりこ》となりきる。涙腺の草競馬たち。粘着しない黄色い乗馬ズボン。

〈アンブレラ〉は、丘の上の共同墓地。

雨は情け容赦なく、おれたちの額《ひたい》を舐め回す。〈アンブレラ〉の、裏切りのように折れた屈辱の窪みや襞《ひだ》から回想めいた十字架どもが、一匹ずつ這い出してくる。〈あれ以来、みんな憎悪も忘れ、殺意はまろく光り、……〉。ふと横見れば、白いつぶやき。〈わっ、汚《きたな》え〉

本音を吐いてはいけない。おれたちの額は、丹念に引っこ抜かれ消え失せた。ここにも歴史は流れ、赤児は生まれ、雨は降る。だがだれが抵抗できるのか。おれたちの墓地は、嫉妬めいた圧力以上の暗澹の風土で背負わせられた傷痕を、放射状にひりひりする呼吸で支え、よだれたらしてせわしげに階段を登らねばならなかった。戦争の花束。無罪。無罪。無罪。すでに〈アンブレラ〉は投げ捨てられた。

《戦争 3》

そら、やつらの訪れだ。軍楽隊の前触れだ。〈白砂糖〉の上の一枚の〈兵役登録拒否〉。生青い波の包装紙に包まれている湿度、〈雨季〉への契約書。生きることに追いつめられた拷問。過労がはじまる。泣きぬれた烙印。たった一人の傍聴者も、やがては自分に帰ってくる。おれたちの存分な犠牲の後に、ぴんと張った光彩や凶暴が意志を持ち得れば、だ。そのときはそのとき、詭弁をおれたち自身のままに示す。女声合唱の全速力でめぐり行く。おれたちの意志のために、唇に突き刺さった教義。自己正当化しようとして、この縮図を選んだのではない。自己否定における行為の意志。人間、この相殺しあうもの。

赤児だって泣きやむだろう。まだまだ、ほんの幼いころだ。石油の飢え。伝道書に殉教者。だが夢は拒絶される。風化がはじまる。エトランジェには、雨のお化粧。無罪。無罪。無罪。最初、このおれたちに纏《まつ》わりついた一切は、もう悔いても遅いのか。〈仮装〉は身じろぎもできなかった。上着の共鳴をナイフとフォークで切り裂いている。十字軍の威嚇が、腸の捩《ねじ》れに、華やかに広がって行くと、おれたちの地層はセロファンの中に閉じこめられる。二目とは見られぬ無様《ぶざま》な格好かもしれなかった。血は滴《したた》っていたが、有り合わせに過ぎぬ毒舌とか拡声器とかの衣装をまとった年端《としは》も行かぬこのおれたちには。

いやいや、すでにおれたちは大人であろう。〈搾取〉どもの太鼓腹は屠殺場の豚の臭いがすらあ！やつら、血と剃刀の光彩は、はたしてそれでも〈生活〉か。どうかすると両手が二本あることに気づく。あせっては、いけない。いっそ、盲目になりたいもんだ。たとえ、いかなる惨たらしい死があったにしても、歴史は軍帽をかむっている以上、商品市場の売り物ではない。どんな逃亡だって、真っ向から拒絶だ。悪徳は正義だ。不潔な〈時間〉。戦争、それはアイスキャンデーを二枚舌で嘗め回すのに厭いたから、おしゃぶりがらがら噛み下し、そんなものであるか。いっそのこと乗合馬車には乗らぬがいい。おれたちは食べ汚しの激情を持って、逆流する風土の中に、お面かむって、悪臭のように苦しまねばならないとは。ああ、最初、このおれたちに纏わりついた一切は、もう悔いても遅いのか。

《戦争 4》

鼻をつまんで
口閉じて　砂噛んで　いなさる
目は白眼視
耳は火傷で真っ黒け。

みざる
きかざる
しゃべらざる

鼻欠けお猿に　御座候。

それ
なかざる
とばざる
わめかざる。

……もの言えば
　くちびるさむし
　秋の風。（芭蕉）

おさるの尻にも
秋の風。

七月一七日（月）

今日も、学校は休む。夕べはちょっと具合持ち直したようだったので、清枝氏を訪問した。本五冊、借用。帰宅して、症状ぶり返す。《戦争》もう決めてしまおう。

頭もずきんずきんしてきた。暑気当たりもあるのかしらん？

＊

《戦争 5》

むかしの
うなだれた言葉もなく
たくましい怠惰に冒された
飢えや渇き。
パンとか
葡萄酒とか
千切れた告知のうたひびき。
静かに肩をすぼめている
汚れた沈黙のようなもの。
放心にも似た
浪費の威厳。

ここいら
すでに〈直立時間〉は
足を引きずりはじめた。
貧しい舞台。
冷えてくる視点。
忙しい凝集が訪れて
手をもがれた警戒は

しめっぽい
汗ばんだ
いやあな臭いがして
ためらい
ためらい
消滅へとそそがれる。
いかにも雨は降っていた。

お洒落をした白票。
共同椅子も
つまりは
百鬼夜行にすぎないか。

〈くちびるにはほほえみを！〉

哀願の〈いもらりて〉
背後から
声もかけられずに
呼び止められた。
不均等。そして
無罪。

無罪。無罪。無罪。
しめやかな
生理学実験の〈まちえる〉
このようにして
白票だって
おれたちの
ふざけ道化や
自嘲自虐の礼拝や
あんぐりと
口をあいた
憤怒の手段たり得る。

さて
〈脱走〉が殺到する。
ここいら
すでに〈直立時間〉は
足を引きずりはじめた。

青や赤やの
帽子をかむったところで
さすがに
奴隷は
奴隷。

もう
いい加減に
真っ平と
いち早く逃れようとする
泣いている額《ひたい》に
凍りついた屈辱がはびこり
ああ
すでに
むかしの
うなだれた言葉さえなく。

《戦争 6》

親犬の遠吠えがつやつや光る季節。おれたちの影。この屈辱の重圧の中で、ただれた熱病にあえいでいた、一切れのぼろの痩せ犬が、肩車に〈権威〉をひそませて、目も眩《くら》む様な夥《おびただ》しい血を吐いた。〈死刑執行人の鼻歌〉。馬鈴薯の新種発見。〈昔の、むかし

の、おれの生活は、……〉
　雨季。濡れねばならないとしたところで、抵抗は決して止めない。夜は、うなり声も不安とばかり、女の指と指の間に、押し黙っていた。胃袋。磁針。臓腑。狙撃者。おれたちはどんなことにだって、目を瞑ることができた。だからおれたちには記憶がない。弁解はどうにもならない。昨日までの〈悔悛〉は燃え去った。〈最後〉の上を秋風は吹き、繁殖率は表情を忘れた。〈たがために宙に祈る。醜態を噛み、歯を食い縛れ〉。おれたちの〈時間〉は加速度で近づいてくる。〈やつらにだまされるな！〉。やつらにとっては平和も商品だ。交感神経が青い風船の〈人倫〉めいた俘虜となる。やつらは天秤の両端に〈戦争〉と〈平和〉を載せて、その重いほうを売り物に出す。
　おれたちの目はいつだって目隠しだった。だがおれたちの習性は足早に急ぐだろう。長靴下の中に、期待はない。レッテルを貼られるのは、たまらないことだ。でもレッテル自身には、すすんでなりたがる。無罪。無罪。無罪。空が次第に降りてくる。いまさらの〈誤謬〉。おれたちの目は潰れていい。

七月一八日（火）

ずいぶん長い間、学校に御無沙汰したような気がする。今日から校内討論会。Tやパールに万事を託す。黒幕は病み上がりで、精彩がない。目がしょぼたれている。許せ。

七月一九日（水）

1A、わがクラスが優勝した。ボクが出なかったから、勝ったのだ。

七月二〇日（木）

今日は、もう授業がない。掃除して、野球部の激励会。それから中央ホールへ出かけて、『ママの新婚旅行』[26]。そういえば、二日前『赤い靴』を再び観た。ヤスパース『ニイチェの根本思想』。

七月二一日（金）

両足を投げ出し、夏休み初日。四五日間の長い旅。弟（同じ学校の中学部にいた）たちはホントの旅、明日から北海道へ修学旅行とのこと。ボクは旅行嫌いで通している。

　晩七時半より、小学校で学生会総会あり。春のときほど、積極的な活動をやりたくなさそうな雰囲気。

七月二二日（土）

修学旅行の弟を送って好摩駅へ。自転車までが、暑さでぐにゃぐにゃする。

　夜、演芸会あり。二〇円払って、呆然としている。

＊

寺道、オツヨさんのお家、一人だし不在がちだし、勉強のためなら自由に使ってくれ、とのこと。ありがたい、借りてもらう。ボク専用のヴィラだ。ボクの親たちは、ボクが本を広げ、ノートを取っている姿がいちばんうれしいのだ。

七月二四日（月）

午前中を寺道で過ごした。午後、中学校の生徒会へ出かけて、学生会が主催する弁論大会へ参加要請をする。何か、上のほうから見下ろし、御託を並べたようで、自分が嫌になる。

　東京から帰省したYと会う。お寺の本堂に寝転び、朝鮮のこと、東京のこと、欲張りに聞く。その後、小学校で、謄写版の黒天使になる。弁論大会の招待状を発送するのだ。そして、再び、中学校。菅野先生と、弁論大会の最終打ち合わせ。

七月二六日（水）

盛岡。『幸福の設計』[27]、伊画《ママ》にはめずらしいスピーディな作品。マルロオ『人間の条件』下巻、「詩学」八月号、浅井十三郎詩集『火刑台の眼』購入。

　五時半の汽車、Eと落ち合って。松尾に帰省する小曽根君と連れになる。アイスクリームおごる。

七月二七日（木）

午前中、寺道。

Yが仲介してくれた橘高演劇部来演の件、本気になって考える必要がある。乗り気はしないが、こっちの実情、相手に正確に伝わるかどうか。修学旅行帰り。

七月二九日（土）

七時半の汽車で盛岡へ。

橘高へ、断りの挨拶、相手の泣き落としに係り、後で電話すると逃げ帰る。

ルネ・クレールの『沈黙は金』[28]。五時半の汽車、雨がゆるく光る。そして土砂降りへ。ペッちゃんこに濡れて、凄惨なお洒落、病犬は家路をたどる。しかも、夜の雨中を、徒歩旅行。こんどはコーモリ傘をさしていた。

七月三〇日（日）

学生会総会。会則改正。会長に久慈君。副会長は西ちゃんとサッコ女史。ボクは執行部委員で、雑誌と弁論大会が今夏の任務。

小学校で、カステラかじりながら、朝鮮戦争について、それからEについて。久慈君、少なからず積極的な発言。それに対してYが、「久慈君、君はねえ、何だってEの噂ばかりしているんだい？　関心がよっぽどあるんだね」。揚足取りがうまいボクが言う。「口からでまかせが、その人の人格否定のためはまずい」。久慈君は躍起になって、Yへ「自分には特別何も関心がない」。沈黙を守る西ちゃん。こんな風に、ずれたまま繋がっているボクたちの関係。

夜には、ヒデちゃんも参加、西ちゃん宅に五人鉢合わせ。

お蒼前さん（芋田の駒形神社、チャグチャグ馬っこ[29]の祭礼）に間に合わせようとして、大工さんたちが夜中の三時過ぎまで働いている。適当に酔っ払っている。ラーメンとカキ氷の店を新規開店するのだ。

七月三一日（月）

お蒼前さん当日。村中の蝶が、馬の背を飾り立てて浮かれ出した。今日から店で欠き氷をはじめる。ボクと弟がその係。大当たり忙しくて、腕が上がらなくなった。

＊

店で拾ったセリフ。

「おらとお前は同じ穴から出はったからして、同じコップでもかまわねえ」

「いつか教えろつうたべ。五日たったら、教えてやる」

「桃は固えほうがええ。柔らけえと、だれにで齧れる」

「雨降って、アメた」アメる＝食物が腐る、饐《す》える。

＊

せっかくの祭りに雨が降っている。七年前だそうである。好摩で、事件があった。女が殺された。ちょうどお蒼前さんの日で、今日のように、ごた濁り、ごた酔いに盛っていた。女は盛ッ切り屋の女将さん、亭主は北海道へ出稼ぎ。その間に、男ができた。亭主が、お蒼前さんに間に合うように急ぎ帰ってきたら、女房と男の現場に行き着いた。それで、女を出刃包丁で殺してしまった。その日は雨が降っていた。それからは七年間、この日は必ず雨が降るのだそうだ。

＊

お酒もたっぷり呑みました。夜、酔いに任せて徒歩旅行。己《おの》が歌声に惚れています。何と華麗なる色彩の酩酊であることよ！　川の淵にはお墓がありました。……オフェリア！　白い喪服の裾《すそ》が、赤土《あかつち》色に滲《にじ》んで、はかなくて。思案投首して、あきらめましょう、あきらめが肝心だ、ラグビーのキック、明日は明日の風が吹き、明日は明日の風が吹き。

八月一日（火）

例のごとく夜も更けて小学校の職員室へ、蟻が砂糖へ群がるように〈連中〉（学生会をリードしていた悪童たち。村の人びとから危険分子扱《あつか》いされていた）が集まった。珍しくヒロちゃんも顔をのぞかす。Yもきた。呑んだ、例のごとく。

一人抜けて、徒歩旅行。北上川の方へ草の道をたどる。稗《ひえ》畑に寝転ぶ。何かいいこと、起きぬだろうか。あるいはすごく恐ろしいこと。

＊

この数日、机上を飾る本たち。

ドス・パソス『U・S・A』[30]。

ポール・ブールジェ『死』。

氷上英廣『ニーチェの問題』。

八月二日（水）

朝一番で、盛岡へ。汽車のデッキにEと。久しぶりにラグビー・ボールを手にした。映画『アラビヤンナイト』[31]は、さすがに低調のきわみ。それでも、砂の色に香りがあった。帰りも、Eといっしょになる。客席中ほどから出口にいたボクへ、アイスクリーム食べないか、と届けてくれた。

＊

山形県山形南高等学校の文芸部員男女二〇数名が、遠征してきた、小学校に泊まっている。お寺で夜九時から学生会・柳青会と交流。ようするにこちらは〈連中〉と水原さん。

Yの司会で討論は、啄木晩年の思想を中心に展開した。四人ほどなかなか舌鋒鋭い。こちら孤軍奮闘的になる。作戦を変え、啄木否定の皮肉屋をはじめる。彼らの揚げ足取りをはじめる。口喧嘩みたいになった。でもいい人たちだった。真面目に、足元の〈現実〉と戦おうとする人たちだった。

舌鋒鋭い四人が、住所を教えてくれた、すなわち、
山形市七日町〇〇〇　小松貞夫
山形市七日町〇〇〇　寺崎誠作
山形市諏訪町〇〇〇　吉野四郎
山形県南村山郡〇〇　大沢勝也[32]

八月三日（木）

午後、寺道なるヴィラにて、フランス語と解析。それから、思い立ち。盛岡へ。小山書店の『現代詩代表選集』今年版、浅井十三郎がこのアンソロジーから洩れているのは、なぜか？

『春の椿事』[33]、いや、楽しかったです。

五時の汽車にてEと。朝日の新聞連載、中山義秀「七色の花」について、一しきり。

夜、酔狂、ミッコ、正太郎と組して芋田へ、自転車、盆踊りに。当の芋田には、その気配もなかった。

八月四日（金）

小学校で、弁論大会用のポスター作り、五枚仕上げるために丸一日浪費。四時過ぎ、職員室に、清枝氏来訪、レコード抱えて。Yと清枝氏、肌から匂い立つものが、まるきり違う。

八月五日（土）

昨日の雨が各地で洪水を巻き起こしているらしい。弁論大会用の草稿、一応片付く。

夜、小学校、青年会が常会をしている。覗いて行け、と離してくれない。あげくに、清枝氏と論戦。盆踊りから懸賞をなくすべきだ、とおっしゃる。

八月七日（月）

「お待ち、／お前の悲しみがすこしやすまるのを、―」。しかしワルテル君、ボクはつらいのだ。盆踊りが盛んに燃えていた。Yと久慈君とボクは、安ちゃんのお店で、氷を食べてから、鶴飼橋の方まで、そぞろ歩き。天井の低い夜であった。その足で、小学校グラウンドのベンチを占領。そこでYは、抑揚もつけずに語り出す、〈れとるだむうる〉について、その経過、それから、それから。盆踊りの太鼓が、遠くから伴奏した。

前の日記を焼き捨てたのも、また再開を余儀なくされたのも、思えばYの、その時々の告白が動機だった。Yの誠実めかしたシドロモドロの口述に踊らされ、ボクは推理過剰に反応したのだった。そうか、知っててボクを煽《あお》ったのか、刺激剤に利用したのか。

ああ、「激しい眩暈《めまい》がボクを捉えた。そして蹌踉《よろめ》かないように、ボクは道の真中を歩いた」。

ワルテル君、どうやら告白は、ボクへの憐憫の表れらしいね。夜は、急に白っぽくなった。ボクは、なるほどと肯《うなず》き、あくまで快活であらねばなるまい……。カオルちゃん、ミッコ、伊五さん、突然出現。真夜中、Yは消える。ボクも別れて、白むまで徒歩旅行、安全逃避、ぼろぼろに放心して。ワルテル君、ボクは君の呟きをボクにくり返す。「むしろ泣くがいい。彼らは去った。すべての愛する者たちは、そしてお前一人を置き去りにしたのだ。泣くがいい。お前の愛は残らず去ったのだ。愛するときは終わったのだ」。—いつだって代わり映えせぬ啄木の碑の活字面に寄りかかり、この夜このときをいつまで記憶していられるだろう、とわなわな震えていた。ワルテル君、しかしワルテル君、ボクは疲れた。「むしろ、沈黙を」。ああ、君の最後の句がここにある。「ボクたちの、なすべきことの第一は／それはどうかして、ぐっすり眠ることだ」[34]。

八月八日（火）

出校日。

夜、Eを伴い、Y訪問。夕べの告白の言外を読み取り、かく行動した。二人はあまり語り合わない。限界の淵に佇《たたず》んでいる。あるいは、爪先立ちの危うさ。ボクの無邪気を装う沈黙、ことさら大人ぶった冷淡な突き放し、言葉の要らない通訳。EとYは、ことさら大人ぶった冷淡な突き放し、言葉の要らない通訳。EとYは、存じ寄りの第三者についてのみを、ポツリポツリ。Yの盛岡工校時代の恩師のこと。その娘さんで、Eの友達に当たる人のこと。さよならしてから、徒歩旅行。小学校グラウンドのベンチで、独りカクレンボ。

八月九日（水）

午前中、寺道ヴィラ。午後は、ラグビー熱中。それから弁論大会ビラ貼り。下田山田から舟田へ回る。久慈君とYとボク。砂地に自転車取られて、転倒しきり。暗くなってからは、徒歩旅行、例のとおりの感傷風景。

八月一二日（土）

昨日、牛飼いである清枝氏から大量に牛乳をせしめた。早速〈連中〉はしゃいでミルク氷食い競争をする。その勢いのまま夜へ溶けこむ。啄木歌碑へ集い、焼酎パーティ。だれかが軍隊から持ち帰った重い大きな天幕《シート》登場。徹夜になる。みんなから離れた隅《すみ》でYとボク、その口角に涙を貼り付け、かきくどき、かきくどき、焼酎を浴びる。伊五さんが三メートル向こうで、ボクたちの不穏ながら親密な空気をなじり、やたら方向定まらぬ怒号、みんなもわけ知らずに声を合わせる。

Yは〈大人〉だから、一二時を回って、帰ってもらう。西ちゃんも、ボクたちとは焦眉の対象が違うので、からだのためにもお願いして引き上げてもらう。ボクも巧妙に立ち回り、未明には、だれにも気づかれず、帰宅。このヴィラで、今日は昼過ぎまで〈連中〉ぐっすり眠りこむ。村人たち、さすがの大技にあきれはて、わざわざの見物人も多かったとか。観光客はいなかったかしら？　これこそが啄木の里の正体なのに。

八月一三日（日）

さて〈弁論大会〉の当日。川口中から五人。大更中から二人。その他、五日市中、渋民中、好摩学生会。うちからは、カオルちゃんと不肖ボクが。カオルちゃん、影の人は、当然Y。ボクの論題は「平和への意志」。結果については、もういい。自分のセリフに、必要以上に興奮してしまった。「アカ」のレッテルが定まるだろう。啄木以来の。

＊

メッセンジャー・ボーイ。実はこれこそが、ボクの正真正銘のレッテルだ。今夜も文使いをする。Eは、通信を軽く街灯にかざしてみて、「わかった」の一言だけ。その一言を両手に握り締め、小学校校庭で待ち受けるYのもとへ。「も・う・ぜ・つ・ぼ・う・だ・よ」。Yは、一音ずつを長く伸ばした。しばらくして、Eの青ざめた顔が闇の彼方に錯覚のように浮かぶ、その表情を髪が靡《なび》いてかき消す。ボクは知らぬ。しかし去った人に聞こえよがしに「愛情を前提としない交際の可能性」について、どもりども告白しはじめる。ボクは酔っ払いの口調を借りて、ボクの習慣となった、真夜中の徒歩旅行の区域について説明する。そこにはボクがいるはず、鉢合わせの危険区域なんですよ。ボクも去る。鶴飼橋を越えて徒歩旅行。ウサギの目だ、この「アカ」は。この道化は。

八月一四日（月）

不意に決行することになった。長洞《ながほら》キャンプ。久慈君、Yにボク。夕方五時、出発。サイダー、ビール、それにしょっぱい涙を混ぜる。ボクたちは、西瓜を割って、ハゲチョロケタ星空へ吠えた。例によって、Yの告白。ボクには乾きすぎた小物語だが、その都度、忠言苦言を忘れない。夕べは、ボクの区域外で、寺堤でRENDEZ-VOUS(35)したそうだ。ボクは笑った。レトリック地図は色とりどり。

＊

Yの告白から。—「二人とも沈黙を持て余していたんだ。相対しているのに話すことがない。お互いを恐れているんだ。しばらくして、今後も交際を続けるかどうかをたずねた。それがどうしようもない愚問だと、気づかざるを得なかった。あなたは、このボクの馬鹿げた問いに対して、たった一言、楽天家になって答えてくれればいいのです。なのに、ますます沈黙を守るばかりであった」。

＊

蚊に刺され放題。明け方、ようやく二時間ほど眠れた。雨模様は去り、目覚めたら、Yが一人で飯を食べていた。久慈君が片手に蝋燭を持ち、片手で蚊を探し、殺していた。

テントを畳み、帰路に着く。昨夜のエピソード一切については、だれしもが健忘症を決めこんでいた。

八月一五日（火）

Yがまたも赤面のポストにする。預かった角封をEへ差し出す。Eは、封をあけ、百円札一枚を取り出し、けらけら笑って、ピース一箱と釣り銭をボクに渡す。愚者である使者をこのように辱《はずかし》めてよいものだろうか。敗戦記念日がもう一つ増えた。

八月一六日（水）

はずかし。

啄木追悼忌。お寺に、お歴々が集まってきた。これは厳粛な儀式らしい。だからボクたち学生会は本堂の隅《すみ》のほうで小さくなっていた。

夕方、学生会機関誌「鈴蘭」のために、原稿を集めて回る。Eは、お店の前の涼み台に、西ちゃんといた。その西ちゃんを促し、Yと三人で「鈴蘭」の最終割り付け。盆踊りの太鼓の練習もはじまったようだ。なあに、もうすぐ旧盆だ。今年のお盆でこそ、ボクも渋民の若衆らしく、とんでもない変貌を遂げるかもしれないのだ。

八月一八日（金）

一日全部を、原紙切りに捧げ尽す。Eのお店の涼み台には、今晩は吉田先生がいた。それだけのこと。汗っぽい毎日、明日から謄写版刷りにかかれるだろう。エキスパートは吾ばかり。自慢にもならない。

八月二一日（月）

バスで盛岡へ。それが大変ゆれました。目的は映画ではなかったけれど映画も覗きました。『山の彼方に』[36]。そしてアルゼンチンからの初輸入という『タンゴ』[37]。

＊

ボクには、『太陽のない街』[38]と『死に至る病』[39]が、なかよく両立する。そのことで、抽象的にではあったが、清枝氏と口角泡を飛ばす。「マンガだなあ」と、清枝氏くり返しながら。

八月二二日（火）

広治君の葬式。学生会代表として出席。人格者だった。それのみをだれかれにくり返し語りかける。お寺で、Yと久慈君が待っていた。久慈君は、弔辞を読む。涙がこぼれて、苦しい。Eに続いて焼香。

＊

事件一つ。

久慈君、菅野先生と小学校職員室訪問。近日、衛生思想普及のための映画会があるそうだ。ヒロちゃん先導して、フィルムの事前試写。いわく『肉体と悪魔』『性と幸福』。突然、花坂先生と吉田先生が、血相変えてバットを握り、新校舎の方へ走り出す。何事か、わけもわからず、ボクたちも後に続く。菊池先生もお出でになる。「だれ?」と懐中電球で照らしながら。

発見してしまった。体育教具室のピンポン台の下に、身じろぎできない二人連れ。いい人です、菊池先生、瞬間明かりを消した。ボクは見てしまった、モッちゃんの妹のトシ子ちゃんと、あれは確かキューコー。菊池先生は、駆けつけたみんなに、とっさのことで、だれたちなのか、判断がつかない、と大真面目にとぼけた。感心した。

八月二七日（日）

お盆の入り。もちろん、旧盆。寺山は森火事のように燃え盛った。Yは舟《ふね》ッコ飾りで忙しい。万治郎が東京から帰省。ハルコ叔母さんも、子ども連れで。どちらかというと、ボクは冷ややかに対する。

八月二八日（月）

吉田先生とYとボク、小学校の職員室、机の上に有り金を積み重ね、次々新しいビンを買いに一走り、実に盛大に呑みまくった。通りの篝《かがり》火が一つ一つ消えて行くころ、ようやく三人は、まちにくり出した。
「ボクには、偶然なんて存在しませんぜ」。自分の大声が、よほど遠くに聞こえた。それほど酔っ払っていたらしい。Eは、火の崩れた篝火のそばで、涼んでいた。「焚き火だそうだから、当たっておいでなさい」と三人を誘った。でも、また深くなった酔いにまかせて、三人は無視のそぶり、通り過ぎた。さっき、校庭のグラウンド中央暗闇に、Eの影を見たのだったっけ。下外《しもはず》れで、引き返す。もう三人は、ばらばら。吉田先生、新しく焼酎一本を手に入れ、また小学校に戻ろうと促す。Yも合流。小学校で、ボクたちはさりげなく朝を迎えた。

*

《妖術》

こころやさしい
おとのさま
さてもふかしぎ
てじなしの
もつれちぎれた
あやつりに
はくしゅはくしゅと
よろこびめさる

これでいい　いい
これでいい

強くなれ　なれ
強くなれ

＊

目は閉じるな。正義は足の裏で表現しろ。できるだけ踏みしめてやれ。それだけ、強いと知れ。惑乱の精神にあっては、惑乱のままの偶然しか頼りはないのだ。強くなって、歯軋りしながら、こびへつらえ。

八月二九日（火）

目を瞑《つむ》れば、音もなく忍び寄ってくる悔恨よ。八時の数分前のころ、ボクは父と弟といっしょに、お寺参りをした。寺山は送り火に燃えて夜を抉《えぐ》っていた。抉って、揺れていた。そしてボクも運命のように揺れていた。Ｅはお家《うち》の前にいた。慇懃に「お晩でございます」と声を掛けた。Ｅはかすかに微笑《ほほえ》んでいただけ。墓所では、父と弟がマッチ擦《す》る動作ももどかしく、急ぎそそくさ手を合わせ、石段を駆け下りた。Ｅはまだ留《とど》まっていた。「ずいぶん早いお参りだこと」と皮肉られ、ついて笑い、別れた。

Ｙを誘い出し、一直線に篝火のまちへくり出した。モッちゃんの店の前辺《あた》りで方向転換、引き返しかけたら、とまたバッタリ。Ｙが、さりげなく「今晩は」と挨拶する。Ｅはそれを外して、ボクに「ずいぶん早いお参りだこと」。さっきと同じセリフ。

Ｙは、急に無言と化して、眩暈のようによろけて歩みだす。小橋川《おばし》まで行ってから、「万年ピツを貸せ」と宣《のたま》う。へらへらの紙片に、何やらを書きこむ。中道《なかみち》たどって、西ちゃん家《ち》の横から国道へ出ようとしたら、モッちゃんが両手を大きく振って、「こっちに入れ！」の仕草。暗闇のヤッコの部屋にウイスキー、ビールのビンが林立していた。〈連中〉が屯《たむろ》していた、華麗豪壮に酩酊していた。わたしは寝転んでウイスキーを流しこみ、Ｙも二杯ほどを受け入れて頬を燃やす。やがて冷酷無残にボクを直視、黙って二つ折りの紙片を突きつける。ボクは、障子の外へ揺れて出る。ところがＥは不在。お家族の皆さんの不信のまなざし。それらを背に受けて、ボクは尻尾を巻く。その知らせはもう止めだ、もうまっすぐ家にこもろう、そうしたらその自宅の前で、今晩三回目のEに出会ったのだ。「こんどはお一人？」「ええ、……これ、ハイ、毎度の、……」と紙片を差し出す。Eは、心持首をかしげ、「いつもいっしょだから、こんな目に会うのよ」とたしなめ顔。一読後、「これから呑むんですって？」

ボクは、酒席へ無事凱旋。Yは、時計の針をしきりに気にしだす。「こいつは底なしだから、いっそ潰してしまえ」と、巧みにYが煽動している。〈連中〉のグラスの連射に生身をさらし、酔いが火と化し、火が風を呼び。

八時三〇分、Yが身を起こす。すかさずボクは、「異端者は追い出せ！」と大声で叫ぶ。〈連中〉は、引きとめようと、くだくだ。Yの脱走成功。Yは五〇〇円おいていった。

風は冷えた。吹き荒《すさ》ぶ。酉ちゃん、「ランボーちゃんは、ランボーだあ！」と喚《わめ》き散らし、ボクに、大グラスで殴りかかる。ボクの気を引き立たせようと懸命なのである。ミッコ、あくまで楽しく。ヒデちゃん、あくまで素面《しらふ》。

ふらり、表《おもて》へ、盆踊りの輪へ、……いつの間にか小学校グラウンドのベンチに、伊五さんといた、彼は村政批判の告発で夢中だった。ボクの心中は、はるかに遠かった。ときどき、夜空を真二つに裂いて花火が咲いた。ヤッコの部屋に戻ったら、まだ酒盛りが続いていた。ボクはこのころから、どうしようもないほどに酔いはじめていた。空き瓶がごろごろ、死骸となって放り出されていた。

下田の盆踊りへ、くり出そうということになった。自分家の前を大勢で通るのが嫌さに、啄木の碑の前で落ちあおうということになった。夏の終わりをモノローグしながら、中道を、一人行く。昔、水車のあった辺りで、白い二つの透き通った人形たちを発見してしまう。後悔で、立ち尽くす。両手を挙げて、肩を西洋風にすくめる。Eの横をすり抜け、走り抜けようとしたのだが、Yに肩をがっしり捕《つか》まれ、腰に力失い、ペタリ草地に座りこむ。「ああ、泣くも笑うもこのときぞ。すみません、ここはオレの道じゃなかったのに」。Yの一言、「偶然さ」。薄く時間を重ねて「帰ろう」。抱き起こされた。強がりも消え失せた。それでも「やっぱり、下田へ行く、……」とYの手を振り切った途端、再び崩れ落ちた。

Yは、じっとボクを見ていた。ボクの擬態を見破ったのだ。ボクは「みんな芝居さ、お芝居ですよ」と一字一句を楷書で押し出し、その力を借りて立ち上がった。無惨なり。Eはボクたちに背を向けて、走り去る。「あんたたちは、二人だけがすばらしい！」の声を残して。啄木碑の彼方で「アキハマー」「アキハマー」の木霊《こだま》。

下田は喜雲寺境内。ボクはしゃいで、投弾《なげだま》を無闇に飛ばす。「よそ者が」と、因縁つけられた。ミッコが仲裁に入る。女一人が近づく。時間を聞く。「一時一五分」「んだら、帰らねえすか」と誘われる。〈連中〉は、「行け、行け！」と煽《おだ》てる。ボクはにっと笑って、尻込みする、好意を無にして、失礼。なぜ、ボクが選ばれたのかは知らない。

ヤッコは泥酔して地面に大の字になって寝ていた。ミッコがいない。安ちゃんがいない。あっち探し、こっち探していたら、モッちゃんたち、線路上で取っ組み合いの喧嘩を本気でやってのける。「手を出すな」。で、見物した。巻堀からだそうな。もう、めちゃくちゃ。一段落、敵味方合わせて看護した。また、天幕《シート》持ち出し、啄木碑の前で泊まろうという。さすがに、お断りして、こんどこそ一人になって、我が家の布団に潜りこむ。「偶然さ」が、耳にこびり付いて、離れない。これが、ボクの夏の終唱では、ほろり、苦くて、かなり、たまらない。思わず、失笑。

八月三〇日（水）

肩のしこりのような疲労。万治郎氏へお願いしてあった「鈴蘭」表紙絵をいただきに上がったが、不在。西瓜一貫目四〇円を、酉ちゃん、ミッコ、ヒデちゃんと食べる。小野寺先生が、武田と菊池を連れて、藤沢君宅を家庭訪問、自転車で。

八月三一日（木）

表紙絵、完成。「鈴蘭」謄写版刷り、夜まで、役場宿直室で。「万事、どうにかなるだろうからね」とY。そりゃあ、どうにかなりたいさ、切実切実。

九月二日（土）

一日寝転んで、有島武郎『或る女』、雑誌「映画新潮」などのページをくくっていた。ラジオ土曜コンサートは、ベルリオーズの《幻想交響楽》。

太鼓の響きが野太い。青年会主宰の「仮装盆踊り大会」である。少々、霧雨。八時、ボクは小学校グラウンドのベンチにいた。慣れ親しんだ足音、Yだ。「どちらへ？」。彼はシェークハンドを強要しましてね、言うに事欠いて「今晩は、これで失礼する」。目尻の微笑が強張《こわば》っている。

職員室で、吉田先生と呑み出す。彼のメーク用品は〈舶来〉だそうだ。唇に血を滴らせ、緑のガウンを翻し、玉蜀黍《とうもろこし》のモジャモジャ頭。箒《ほうき》に乗った魔法使いの老婆ができあがったところに、偶然、佐藤先生が入ってくる、腰を抜かして、顔を覆うて泣き出してしまった。吉田先生の仮装、真に迫って？　盆踊りに混乱を巻き起こし、闇の時空へ舞い上がった。小学校の校庭に戻り、夏休み最後の酒宴。久慈君、Y、それにボク。盆踊りは、太鼓六丁の大盛況。

九月三日（日）

夏休み、最終日。明日からのために、よく眠っておこう。音声学の本を紐解く。

九月四日（月）

電灯つけっぱなしで眠っていたらしい。突然の停電、それで目が覚めた。

大変な風速、うなり声が、空を圧している。電気がついたら、屋根の茅《かや》が、矢の雨になって吹き飛んで行くのが見えた。「秋日狂想」[40]。

ジェーン台風が阪神方面を襲った余波だそうだ。今日は、まだ授業にならなかった。映画『天国への階段』[41]。高松高校との野球観戦に市営球場へ。四時半の汽車、四五分、遅れた。

九月五日（火）

授業終わって、出版委員会。「石桜新聞」第五号、編集会議。三好達治氏からいただいた玉稿のあつかいをめぐって。ボクは、大四面、文芸欄に一人閉じこもっていていいのだそうだ。孤立者の栄光。

九月六日（水）

『羅生門』(42)を観る。パール、福田、柴田、忠三、その他まだいいた。まるで、団体観賞。

九月七日（木）

衆議一決して『宗方姉妹』(43)の予告編を観ることになった。第一映画劇場。本編は『君と行くアメリカ航路』(44)。その間は、通路で待つという痩せ我慢。そのけなげさ。鼻血。風邪を引いたらしい。洋ちゃんと漫然と過ごす時間が多すぎる。

九月八日（金）

昼は家にこもっていた。小林秀雄『ドストウェフキー』、九月号の雑誌類「詩学」「詩と詩人」「ふらんす」「映画芸術」。後味の悪きこと、おびただしくて。

＊

夕暮れ、グラヴを手にしたY、ありふれた世間話。それからカオルちゃん、酉ちゃんと、寺堤で、ボクシング論など少しばかり、これはユニークだった。

久慈君登場。Yがボクを探している由。小学校グラウンドに戻る。Yは用件を切り出さない。ボクもあえては催促しない。国道際の大木の下で、二人は何となく棒になって時間を凌ぐ。久慈君が寄ってくる、Yがその耳へ一言。ははあん、Eへのポスト役、ボクから引き継いだな、との直感。サヨナラした。つれづれ、ワンダリング・トラヴェラー、この夜、冷気まして。「上着を着てくる」と久慈君。Yとボクはホルモン工場の廃屋を回って、何となく久慈君待ちの構え。「インテリゲンチャとは、どうも調子が合わせにくいねえ」。まさに『ワーニャおじさん』だ、まさに、Finita la commedia!

この夜、小学校で演芸会があった。

九月一〇日（日）

Yは、今日渋民を去った。

一時半、学校、ずぶぬれ。刑務所迎えの自動車。少年服役者との座談会があるのだ。頑丈な鍵が仕付けられた潜《くぐ》り戸を抜けたら、警察官が塀の上で張り番しているのが見えた。西瓜を御馳走してくださった。Tに小田島にボク。高二が二人。高三は宮手氏と洋ちゃん、もう一人。校長先生に日ノ岡さん、管中さん。相手側は、所長ほか三〇人ほど。

明るすぎるほどの行動。ボクは『死の家の記録』[45]に固執していた。東京出身が多い。目がきらきらしている同年ぐらいに一人が、出所したら岩手高校に受験すると真剣風。その彼、帰り際、ボクにニヤリと目配せした。

五時の汽車、サンマー［ママ］タイムが解けたので、夜道はすでに暗かった。アヤちゃんと連れになった。

九月一四日(木)

今日も映画漬け。よく観るなあ。『戦うロビンフッド』[46]でした。シャーウッドの森で、英語の勉強に励んできました。

*

小学校へ吉田先生を訪ねたら、佐藤アツコ先生転任の送別会真っ盛りだった。そっと引き返す。だが玄関で、吉田先生に捕まった。Yから便りがあったそうで、「この夏の出来事、一切創作」だっだそうだ。

帰宅したら、ボクの机上にもYからの便りがあった。吉田先生宛てのような文言はなかった。

九月二二日(金)

試験、「英作」と「枕草子」、大満足、幸先よいスタートだろう。

一一時半の汽車で帰る。修学旅行の一団と遭遇。北海道の高校生たち。因縁をつけられ、つい見えを切る。押すな押すなと見物集が増える。泡や乱闘場面現出の寸前、汽車は滝沢駅停車、降りて決着をつけようと、〈連中〉は、どんどんホームに降り立つ。北海道さんたち、さすがにそれはできなかった。

まさしく作戦勝ちであろう。〈連中〉は、歩いて家路をたどる。

明日の小学校中学校合同運動会のプログラム、頼まれてガリ切りをした。

九月二六日（火）

試験の結果については、問題にしません、そういうことです。さっぱり終わって、パールの下宿に遊びに行く。東北女学院の裏手にある二階の部屋。物干し場、ワイシャツはためく、その遠い向こうに、姫神山がつつましく鎮座ましまして。

キリスト教関係の書籍が多い、それが受験参考書と雑居していた。二人対座のままは、いかにも退屈を凌げない。国劇に行こうということになった。

このごろボクが読んでいた本。マルロオ『人間の条件』下巻、ニイチェ『反時代的考察』、鈴木信太郎訳『ボードレェル詩抄』、同じく信太郎『フランス象徴詩派覚書』、それからリルケ[47]『誘惑者の日記』。

九月三〇日（土）

小学校で、向かいの孝一さん、吉田先生たち、菊池寛『父帰る』の稽古。ボクが黒幕なのである。

一〇月一日（日）

今日、国勢調査。新聞週間、はじまる。新聞が中立を守るとは、真実を人前では曖昧にするということ。朝日の虚報問題について、一言あってもいいじゃありませんか。

一日をギター爪弾き、メランコリー・浜さん。『マノン・レスコー』[48]を、読み出した。

夜、またお芝居の練習を冷やかしに、小学校へ。

一〇月四日（水）

映画、ヴィヴィアンヌ・ロマンスの『密会』[49]、そして七時一七分の汽車。夜の秋が肩で泣く、濡れそぼつ。好摩駅に降り立つ客は一〇人にもいなかった。渋民の方向へは、ボク一人。空に当然星はなく、爪先《つまさき》が闇に苛立たしい。ボクは、吠えて、歌って、歩む。『現代詩大系』[50]第一回配本、小林秀雄『作家の顔』。

一〇月六日（金）

同級生大勢と映画を付き合う。「凸凹コンビ[51]」、Tが大好きなのだ。
原さんからベビー・ライト一個をお借りする。弁当箱と五〇〇Wを抱えて、大通りでEの帰りといっしょになる。
夜、青年会の演芸会。高松高校の音楽部来演。『父帰る』、めでたく上演。吉田先生、孝一さん、ヒデちゃん、工藤先生、みんなのMake upしてあげた、えらそうに。

一〇月一一日（水）

柴田、福田と、映画『秘境[52]』。
五時半で帰る。駅降りて、「足元、おぼつかないよう」と、Eに笑われて、いい気になる。そのE、紙片を差し出す。街灯に照らしたら、映画『情婦マノン』の前売り券だった。ふと、憎らしくなる。「月給から給料日に引かれるだけ、気にしなくていい」。優等生が賞状をもらうように押し頂き、たぶん赤面したはずだ。

一〇月一四日（土）

映画『最後の戦闘機[53]』、中央ホール、アナベラの奇妙な顔。

一〇月一六日（月）

『情婦マノン[54]』、ユダヤ人の合唱に惹きつけられた。Eは、座席一つ隔てて。何も言わない。信号所で降りてからは、雨が上がったのに、道は泥土、荒れ果てている。懐中電灯、忘れてきたそうだ。ボクにもない。ボクたちは最後尾だった。だれの気配もない。珍しいことに、Eは下駄、その下駄の緒が坂のところで切れた、Eは暗闇の視界からふと消えた、崖から滑ったらしい。「手を貸して」。そうした。

一〇月一七日（火）

久しぶりに出版委員会編集室に寄る。敬遠のエーテルが漂う。酉ちゃん《南京虫の食い残し》なる詩を書いていた。宮手氏の詩原稿もある。佐藤章は八枚ほどの「この独白について」、ああ、この手の羽飾りはもうたくさん、ボクも同類だから。
Ｅに、「アウフヘーベンって何？」と質問される。真面目に解答する。
片岡良一『近代作家論叢』、読破。

一〇月二二日（日）

川口と渋民の学生会がラグビー試合をした、小学校グラウンド。ボクは、フロント・ロー。午後は、佐藤床屋のコタツに潜りこみ、ミッコや川口の文ちゃんの三人で、野球放送を聞いていた。

一〇月二五日（水）

フランス映画『一日だけの天国』[55]。三時半、父と落ち合い、仁王通りの洋服屋で、オーバー新調。吉田先生からベレー帽巻上げ、ジャンパー姿で汽車を降りた。

一〇月二八日（土）

ドス・パソス『Ｕ・Ｓ・Ａ』[56]、第二部。めくるめく、熱読、ほかは何も見えない。
Ｅは盛岡へ出かけたらしい、新しい就職先は決まったのかしら？　道で、猫がカエルを食べていた、ショックだった。

一〇月三一日（火）

今日、国語の時間、１Ａ対１Ｂの討論会。お前は喋りすぎるなあ。
映画は、ルノワール『獣人』[57]。
「詩と詩人」「新詩人」一一月号。『現代フランス文学』『現代フランス思想』。
雨は土砂降り。信号所からは、裸足で走り帰った。

一一月一日（水）

Ｙが帰ってきている。昨日だそうだ。その彼と、伊五さん宅のコタツで話しこむ。Ｙは自分を制御抑制しての話術に、また長《た》けてきた。レッド・パージの動向、貪《むさぼ》り聞く。

一一月二日（木）

柴田と二人でフッチの床屋に行く。遅れた汽車を一時間も待つ。沼宮内へ遊びにこい、泊まれと誘われる。今日は辞退。

一一月三日（金）

黒川さん宅で午前中を過ごす。武田と菊池が小野寺先生を伴い、ボクを探しているのだという。「斉藤さんのおうちへ案内してくれ」。一行には、ほかに女学生四人もくっついていた。一人は確か橋場線の女だ。まちを一巡りしてから、宝徳寺へ。ちょうどYが居合わせた。相手になってもらう。その観光客たちを小学校へ。やたら写真を写すもんだなあ。小野寺先生たちは、啄木の碑で、昼食。弁当の寿司折、お裾分けは傍《そば》にいた藤沢君の妹さんにも。先生は、岩手山夕景に浸っていたいらしい。でも、四時半の汽車に乗った。

一一月四日（土）

今日は授業があった。金曜日分から四時間を移してこなすのだ。パール、藤村、Tたちが、昨日滝沢の種畜場に遊びにきていて、帰りの汽車、小野寺先生たちといっしょになったそうだ。皆さんそれぞれが文化の日を享受したわけだ。

福田と連れ立ち、仁王通りの洋服屋へ。仮縫い。一週後には仕上がるそうだ。

映画『海の征服者』[58]。天然色映画の色彩感覚が売り物らしいが、タイロン・パワーとともにもう一つ賛成できない。客席にSがいた。

汽車は一五分遅れ。盛岡駅、E、前に勤めていたところを清算してきたとのこと。友達で「えくらん」の編集をしている人の噂、公会堂の地下室のことなど、あれこれ。スチームで上気する。今度の新しい仕事は半月以内に決まるそうだ。信号所、崖から降りたところで、「この間はありがとう」とポツリ。雨の日の記憶だった。

＊

家に帰りついたら、Yが、半オーバーの襟を立てて、寒そうに表に立っていた。久慈君のところからだそうだ、工藤先生転任の送別会があったらしいと言う。Eのこと、しきり。中途半端で、サヨナラ。ボクは牛乳を飲み、そのまま夕飯。

その後、いつものように徒歩旅行。小学校の門の前で吉田先生を見かける。校庭を走り回り、「吾勝てり」と叫び、ぶっ倒れる。完全な泥酔。「Yを呼べ」、YとEのために、もっと祝杯を挙げねばならない、それで物騒極まりない、殺気立っている。ベンチまで、何とか引きずって行く。なお「焚き火」「焚き火」と意味不明に呻《うめ》いている。

仕方がない、Yを探すことにする。やっと二人が戻ってみると、吉田先生は起き上がり、荒屋ウメ先生と、穏やかにお話しをしていた。

ここで伊五さんも登場。吉田先生とグルになり、YとボクIに職員室に入れ、と強要する。そこでは小綿先生の奥さんをはじめとする女の先生方が、送別会の後片付けをしていた。その真ん中で、酒盛りの再開だ。工藤先生は、もう茹蛸状態。宝焼酎一本を、伊五さん独占して離さない。女の先生方の露骨な嫌な顔。無視して、どっぷり漬かっている。

吉田先生も嘔吐寸前。がそれを甲斐甲斐しく労《いたわ》っている。どうやら「焚き火」が、二人のコミュニケーションのキー・ワードをつとめているらしい。ボクは二人を小使い部屋に移させる。吉田先生、大学所卒業の資格がないので、毎日新聞の入社試験、落ちたのだそうだ。「軽蔑してやる」、こんどはこれを連発する。ボクのポケットの二〇〇円で、焼酎を追加する。職員室は、静かになった。栄ちゃんが、熟睡した伊五さんを小使い部屋に担ぎこんできた。藤谷先生も、おずおずいらして、コタツに潜りこむ。Yとは初対面だそうだ。栄ちゃん、頃合いをみて引き上げる。

「レッド・パージ、大賛成」と吉田先生がしゃくりあげる。Yが、一〇・五事件で、コーモリ傘を突き立て警官隊を突破したエピソードを披露する。コーモリ傘はこわれてしまったので、雨の日には出校できないそうな。

雨が近まった感じがする。一二時を回った。Yとボクは、そろって校庭に出て、どちらからともなく「サヨナラ」と声を交わし、別れた。

一一月五日（日）

夜七時半、校庭グラウンドのベンチで、徒歩旅行のボクを、Ｙが引き止める。

「二人が会わずに、上京しては、あまりにひどいだろうか」

「ポストマンしましょうか？」

そして、……。

「ごめんなさい」と、潜《くぐ》り戸あけたら、Ｅのお母さんが出てこられた。その肩越しに後ろにたたずむＥへ、

「明日は、盛岡へ行くの？」

「そりゃ困った」

「どうして？」

お母さんは察したように奥へ引っこむ。

「明日朝一〇時、寺堤にＹがいる」

一一月六日（月）

今日から化学の授業がある。今度こられた先生は短躯、五尺あるだろうか。音楽の試験、《コールユンブンゲン》を満足に歌えたのは、ボクだけ。

一一月八日（水）

Ｔが油絵の道具を買うと言う。石田まで、ついて行く。パールもはじめたそうな。絵画を選択にとっているやつらが、急に上流人種に思えてくる、笑止な。

＊

学校から帰って、吉田先生とかねて企んでいたことを、実行に及ぶ。

主賓はＹだ。参加者は、間の先生、栄ちゃん、宿直の高橋先生、吉田先生にボク。焼酎四本。Ｙはたちまちダウン。後は、……わからない。

一一月九日（木）

で、今日だ。ぐらつく、むかむかする、非常に落ちこむ、気分が悪い。これが多分二日酔いだ。この猛烈な強《したた》かさ。

だんだんひどくなる。汽車で宮手氏と会ったが、吐き気がする、デッキに逃げて、風に吹かれて盛岡まで。Ｙがダウンしてからは、まるで記憶がない、これ

もはじめてのこと。墨で塗った教科書のような日記の跡、必ずそこには悔恨の文字が連ねてあったはずなのに。学校の便所で、盛大に吐いてしまう。水ばかりが、次から次へと吹き出る。しぼり出す。目の奥と骨の皮が地震のように揺れている。

体育はサボってしまった。すこし回復した。アルコール臭いからだが先生にばれそうで、早や引きの申し出ができなかった。四時半、ようやく引き上げる。明日は英語の試験。下調べを九時半まで。一日が終わった。

一一月一〇日（金）

まあ、うまく行ったほうだろう、英語の試験のこと。小林秀雄全集『Xへの手紙』、買う。帰宅後、呑み会の誘いあり。半杯で、さすがに失礼する。

一一月一一日（土）

帰りの盛岡駅で、Eは画板を抱えていた。

「それ、どうしたの？」

「ついでに、ベレー帽も買ってくるのだった」

酉ちゃんが来合わせた。話題は、足の病気の進行状態、藤原歌劇団のこと。

＊

吉田先生がYに寄こしたメモには、「夕べ夢を見た。焚き火は消えた」とあったそうだ、Yがそう教えてくれた。

一一月一四日（火）

鼻の先っちょに、大きなニキビ。

鈴木信太郎『フランス詩法』八〇〇円、東山堂支店。ズック盗まれた。夕べは懐中電灯を落としたっけ。弾みで手放したのだ、崖下へ雨の中を転がっていった。明かりがないので、明かりを探せなかった。

初雪。Yから「明朝立つ」の知らせ。べたべた雪の夜を、わざわざ寄ってくださった。朝の一番だと言う。二八〇円のズック買った。

一一月一六日（木）

オーバー仕上がり。手袋も奮発してもらえた。

一一月一八日（土）

「盛岡児童演劇会」なる劇公演あり。青年会主宰。『アラビヤンナイト』と『ども又［ママ］の死』アヤちゃん、ケイ子ちゃん、アイちゃん、小学校の同級生たちと交歓、まことに御機嫌であった。

Yから葉書。

一一月二〇日（月）

新しいオーバー着用。重い。猛烈な吹雪。しかし盛岡に着いたらカラリ晴れた。この一週間で観た映画、『凶弾』[59]、イギリスの『激情』[60]、後は忘れた。

一一月二二日（水）

映画『山荘物語』[61]、『シーザーとクレオパトラ』[62]。「人間」一二月号。

一一月二五日（土）

市内高校演劇発表会あり。今日は岩女、高松[63]、そして本校。『自由の重荷』[64]に昔日の面影なし。他人行儀に接しさせてもらう。

夜遅く、小学校へ。《渋民小唄》だってさ、恥ずかしいにも程がある。藤原義江の指定券、吉田先生に進呈。ボクは確実にいけない、何しろ試験だから。

一一月二六日（日）

休み。隣の孝一さんが沼宮内からお嫁さんをもらった。婚礼見物の人混みにEがいた。久しぶりだった。

一一月二八日（火）

「毎日」、優勝、おめでとうございます。試験、化の字、うつむく。「英作」、万歳、万歳。隣家は、今日もドンドンパッパのごた濁り。

村山知義『現代演出論』と「文芸」一二月号。

一一月三〇日（木）

昨日は、本格的な雪降りでした。それが溶け出して、いやはや、それはそれは難渋します。インク瓶です。カタツムリです。ミカンの皮です。それらが混ざり合って、甘えた牛乳みたいになっちまった。「ニッ」とも笑ってもらえず、この液体は、ゆるく広がり、その中でボクは重い足を運ばねばならず、それでも苦労して前へ前へとあえぎます。決して進んでもらえませんでしたなあ。寝転べば楽になれるよ、とささやく声がして、その声がやっぱり甘えた牛乳色に溶けて行くじゃないの。それはもう、縞模様に薄汚れたツンとすっぱい大海原でした。

ボクは、面白く、恥ずかしかったです。汽車に、奇態な女の人が乗っていました。その人は、座席二人分に毛布を広げ、ごろっと寛《くつろ》いでいました。「ライフ」を膝《ひざ》に広げ、雑誌の上はミカン屑、ピーナツの皮、ルージュの赤がそれに移り、それは血まみれのようでした。ボクは前の席に端座ましましているわけでした。スカートがめくれます。ピーナツの皮をプッと吹き、女、すわり直します。敢然として、大股開き、胡坐《あぐら》姿も何のその、ミカンをまた食べはじめます。これはもう食人鬼ですなあ。タバコふかします、ラッキーストライク。ボクに、煙吹きかけます。ヒールは座席の下に、変に丁寧にそろえてあります。足を組み替え、ときに座席に立ち上がり、伸びをします。真っ白いセーターの下は素肌です、チクチクしないのかなあ。赤いオーバー、かかっています。緑のベレー帽、添えてあります。スカートはブルー、ストッキングは黒です。マフラーは青く透き通り、鮮やかに光ります、この人、原色で固めた油絵です。アイシャドー鋭く、魚の目です。からだをワサワサ揺すっていたかと思うと、すこし腰をかがめ、オシッコするような姿勢で、ボクを睨みすえました。大きな目なら、ボクも負けるもんですか、負けずに直視します。この人、三沢にでも行くのかしら？　この人、顔をほぐしません、表情を変えません、食べて、吸うて、後は睨んでいるだけ。オッパイ、お尻も、あんまりありません。年の頃、ボクには全然わかりません。

下車しようと席を立ったら、「イケスカナイ奴」とはっきりつぶやきました。通路を動いていたので、振り返りませんでした。
雪のどろどろ道は、ホントに困ります。

一二月一日（金）

モダンなマッチ箱スタイル、渋民駅の開通式。
今日で試験終了。『自転車泥棒』(65)に打ちのめされる。教会のシーンの役割、考えさせられる。二時半に乗る。
夜、開通式記念の演芸会。酔うた父。宴会場で、殴り合いの騒動あった由。「詩境渋民」という観光パンフレット。そこの住民であるボクたちの居たたまれなさ。

一二月二日（土）

五日制復帰のために、休み。それでも一〇時半の汽車で、父弟の三人、盛岡に出た。駅前の「橋一」で、中華そば。
バーグマンの『ジャンヌ・ダーク』(66)、国劇。
『絶望の逃走』(67)、買いました。

一二月四日（月）

中根式速記術の講習が、講堂であった。受けてみた。やってみようかな。

一二月五日（火）

化学試験用の原紙切り。英作、一二〇点満点中の一〇八点。

一二月六日（水）

英訳、一〇〇点満点中の九一点。
ヤスパース『ニイチェ』、それに「蛍雪時代」(68)一二月号。

一二月七日（木）

今日から「人権擁護週間」、それにちなんで、学校にて講演会あり。岩女も来校同席した。渋民は停電だった。家にたどり着いたら、パッと明るくなった。

小林秀雄全集『様々なる意匠』。「ふらんす」「新詩人」の一二月号。『化学の研究』『解析の研究』。

一二月九日（土）

模擬試験。一般社会、解析1、残りは次の土曜日に。数学は比較的にできた、比較的には。映画『帰郷』[69]、佐分利信が「オレハシブインダ」と押し売りしている。和装は好かんな、シンガポールでの木暮美千代、熱演なだけに味気ない。市川笑猿のアプレ学生、出色なり。

一二月一〇日（日）

定期券の無駄使いしたくないからと、ほかの個人的なためらいには触れもせず、一二時の汽車に不覚にも乗っている。御堂の信号所で事故があったそうな、二時間半の遅れ。中央ホール『最後の突撃』[70]をちょっと覗き、五時の汽車で帰ってきただけのこと。

＊

夜、小学校に遊びに行く。受験勉強に通う子どもたちの面倒を、吉田先生が見ている。ヨイコちゃん、それはもう、かわいい。頬っぺたに笑窪、長い舌をペロリ出し、斜視もできる楽しさ。

一二月一一日（月）

柳館さんが、「クリスマス音楽会、ソロをやれ」の思し召し。「とてもとても」と笑って尻込み。それでも、強制。

一二月一三日（水）

化学と体育の時間、潰れたような、潰したような。柴田、福田と映画『奥様武勇伝』[71]。柳館さんが、ボクを探しているとのこと、学校へ戻る。途中、編集室に捕《つか》まる。夏休み以降、ボク、学校での万事に不真面目でした。サボってばかりいて申し訳ありません。演劇部の東ちゃんとすこし話を余儀なく。「助けてくれよ。いつまでも、外様のような顔をして皮肉ってばかりいないで、中心になって盛り上げてくれないか」。大変情熱的な感情を振り絞った訴えであった。一方的に喜んでいた。ボク、軽率でした。「亜流の一流」を旨とする風流人なのに。
　五時半の汽車まで、柳館さんと《かやの木山》を練習した。汽車に、今日もEは不在、ボクの心もむなしく不在であった。

一二月一六日（土）

　Tと二人、蕎麦を食い、『逢り合い』[72]を観る。後ろの席で、それ的な批評の嘴《くちばし》が叩かれている。Sだった。ああ、明日がまたくる。去年の明日がくる。声もなく、一人去る。改めて国劇で、『始めか終わりか』[73]。あまりにも辛い、途中でサヨナラする。

一二月一七日（日）

《―Sへ》

雪に埋もれた一年前が、
化膿を拒んで、息潜めて、存《なが》えている。
憎しみをすり替え、
冷たい馴れ合いの堂々巡り。

吹雪《ふぶ》いてくれ。
吹雪いて、叫んで、
何にも見えずに、走りたいんだ。
もう勘弁、と、
お前より一歩先に、お前へ謝りたいのに、
それができぬ、
できぬコンクリート養生の不確かさ。

たぶん、
このままだろうな。
このまま永遠に流れて行くのだ。
去った友よ。
お互いに知り過ぎた恥に耐えて、
雪解けを拒み続けようではないか。

一二月一八日（月）

化学の時間、マッチ工場を実地見学した。ポケットいっぱいにマッチをガメさせていただいた。タバコ常習犯たちへ、その一個ずつを恭しく進呈した。

「人間」正月号。「音楽之友」正月号。塚本哲三『国文解釈法』、吉田精一『国文の研究』、大塚幸男訳『恋愛・結婚・女性：フランス箴言集』、そして連日、合唱とソロの猛練習。

一二月二二日（金）

クリスマス音楽会。《かやの木山》についての言及、ああら、ないようですね。

明日から冬休み。森有正『デカルト研究』、二八〇円。

一二月二四日（日）

ウォーカー中将(74)が死んだというニュース。

佐藤床屋で遊んでいたら、ケンちゃんが〈朝鮮（潜り焼酎屋兼曖昧宿）〉へ行こうと、横腹を突っつく。賛成の合図。四時半だった。

完全に仕上がる。ケンちゃんと、雪道をのたうち、こけつ転《まろ》びつ、押したり引いたり、ようやく明け方、ミッコの家までたどりついたらしい。ミッコの火のないコタツで、半分凍って目が覚めた。

一二月二五日（月）

学校で今日から三日間、幾何の千田老先生の講習。この先生には頭が上がらない。「お見通しだよ、秋浜君。できる振りは止めなさい。何でも、積み重ねなんだよ。手探りで偶然結果がよくったって、だめなものはだめ。秋浜君、君は手続きを怠けている、みんなばれているんだ君はそのうち崖から落っこちるよ」。

＊

昨日の行状、噂は広がっていた。美代ちゃん、不潔きわまる動物のようにボクを排斥する。〈朝鮮〉について、オーバーなイメージを膨らませているのだ。泊まったのは、ミッコのところだとなどと、実に下らぬ弁解をしてしまった。

一二月三一日（日）

講習の間に観た映画、『スケルトンの映画騒動』[75]『すべての道はローマへ』[76]『愉快な家族』[77]、買った本は『フランス文学事典』『梶井基次郎作品集』、波多野完治『現代文章心理学』、それに「ふらんす」「詩学」の一月号。

＊

「亜流の一流」に、やはり飛翔はかなわなかった。離陸すら不可能だった。この世の終わりとばかりに寸断なく猛吹雪が荒れまくっている。生まれてからたったの一度も、こんな体験をしたことがない。とは言っても、閉じこめられて外が覗けるわけないし、音の圧力から想像するしかないのだが。とにかく、一年の締めくくりにふさわしく、ボクの荒涼の風景に止《とど》めを刺す勢いである。

　それでも夜が近づいて、吹雪の隙を突いて、工藤先生がウイスキー抱えて陣中見舞い。正月は、この辺りは「旧」だが、我が家は略式に「新」でもやる。で、弊束を切った。平穏な宴だった。一〇時半、とても退屈、西ちゃん宅へ押しかけ、〈連中〉集うて、騒ぐ。勝手にしやがれ、一九五一年。このまま。このまま。

一九五一年（昭和二六）

一月一日（月）

色彩について語らねばならぬ。ボクの微笑について語らねばならぬ。ボクがかつて巧みに利用した、不平のポエジーを呼び出さねばならぬ。はじめから約束はなかった。くり返しの弁解以外、何もないはずだ。ウイスキーは薄めて飲んではならない。大願成就を祈ろう。悔恨は見厭いた。誠実なら、どんな風にもある。

＊

《生活力は旺盛なほうがいい》

ポケットいっぱいに生活力が膨らんだ。
いかめしい表情をなさるな。
告白はなさるな。
生活力は犬に
食われた放漫な造形美術らしい。
光。波。波。波の生活力。
告白はなさるな。
いかめしい表情をなさるな。
ときどき波は七色に弧を描く。
楽屋で告白はなさるな。
ギターの弦が切れ
波となって飛ぶ。
あたれば砕ける波、当たって砕けろか。
どっちめがけても
生活力は旺盛なほうがいい。

＊

予餞会お芝居、ジェームス・バリーを提案したのだが、演劇部の皆さん、またしてもバリーの名前さえ知らぬ始末。事務室では先生方の新年宴会。柳館さん、酒乱のバッカスを逃れて小使室。

ボクの口笛は、『マルタ』[1]「君が御姿、……」。ボクの不幸は、陽気な危険を孕《はら》んでいる。

一月二日（火）

父の手伝い、薪《まき》割り。カオルちゃんがきて、四日ごろ学生会の総会をやって、冬休み中の行事を決めてしまおう、と言う。それでは、と通知の原紙切り。

羽根突きもした。すぐ疲れて、お手上げ。ケイコちゃんに用事あり、『マルタ』の口笛響かせて、下《しも》へ向かう。

一月三日（水）

「酒一升、焼酎四合、好いお機嫌のうちに新年を迎えられたことと存じます」、Eからの年賀状。酉ちゃんと盛岡へ出てきた。

一月四日（木）

学生会臨時総会。二〇人以上が集まった、成功であろう。討議は新年宴会のことなど。それから「鈴蘭」発行延期について。解散問題。ボクは、自然消滅にまかせるという構え。

そのうち渋民中学出身が大勢を占めるのだから。「亜流の一流」が、メガホンを捨てようとしている。

＊

《鋭すぎる月》

みんなが帰ってしまって
汗や涙やら鼻水やらが
そこら一面
あざやかに、濡らしてしまった。

ああ
その後《あと》は
どこまでも冷たい白の雪の線が
古レコードの回転のように
鋭く唸っていた。

アルバムから恥ずかしそうに
ボクが出てきた。
そのボクの咽喉《のど》に
真冬の乾いた針の月が突き刺さっていた。

「苦しいな」と
思わずつぶやくと、
その言葉はそのまま一粒の涙と化した。
ボクの目がきらり光ると
ボクの月は鋭すぎるので

危なくて仕様がなかった。
みんなが帰ってしまって
あざやかに、濡れている雪一面の風景の中で
「冷たいな」と
思わずつぶやくと、すでに
ボクの首は前へ切り落とされて
鋭すぎる真冬の月は遠く去っていた。

一月五日（金）

どうしておられる？

盛岡駅前「橋一」の蕎麦は不味いです。

カオルちゃんは全権大使、……、

＊

Yへ久しぶりに葉書を書いた。それも三枚も。文体を完成させねばならぬ。何にもなくても、梅干でもかじって、ケタケタ笑おう。昔々、このボクは酩酊の果て、偶然とやらを帽子飾りに、稗がざわざわ伸びきって夏の夜風に吹き荒れる道を、歌いながら徒歩旅行をした。やくざ、やくざ。ケスジって、なあに？ 上がり目、下がり目、シャッポ敗れて山河あり。ギター爪弾けば、……幻の、……。ボクはとっくにペンの重さにあえいでいる。痛快だ、痛快だ。双葉山って知っているかい？ 当たるところ敵なし。ジードは、ただ日記のためにのみ生活したんだって。日記とは、独り相撲を独り相撲と自己認識しながら、ウソ話すること。

あの人は、ボクが何をしようとしているか、何を考えているか、よおく言い当てた。あの人は足音でボクを判断した。〈足音に過ぎない〉。あの人の判断に、ボクのほうが無理して合わせていたのだ。

呉越同舟。それでも、天才はボクだけだ。ボクの饒舌は、ボクのペンの先を走りたがる、べそをかく。日本を強国にしなければならぬ。〈国連軍は整然と後退しつつあります〉。

来るべきインフレに備えよ。バイブルは欽定版で。オーバーがオーバーなので、〈My heart is gloomy〉その口を慎《つつし》め。再軍備は日本の義務。ボクの義務は、お酒と昼寝。新年、よいとこ、めでたいな、白いセリフと乾いた涙、ギターを食べて、……幻の、幻の、……、

一月七日（日）

盛岡。Eはクラス会があるそうで。講習は、半分しか受けなかった。午後から、高校演劇連盟の総会があったのだ。思わざる締め括《くく》りだった。三沢女史への封じ手が見つからなかった。鈴木と大山君に、ラーメンをおごる。

帰りの汽車、Eが質問する、「Yに、どうして年賀状出さないの？」
「一回でよければ出しました」
「毎日出すようにしなさい」

江間章子の詩に「わたしは失望を愛することをそこで覚えた」というのがあったな。

一月九日（火）

《黄色い歌》

これはまた、何と区切りもなく長い優越であったことか。

凍えてしまった化粧がつぶやきだけを知っている。

一面の名も忘れた沈黙の訪れで、ボクはわずかな猜疑の底で、このまま、有り合わせのリボンのように消え去れ、と言うのか。ボクは不在だ。食い残しのパン皮の頭と痩せっぽちの手足が、酸っぱい首っ玉にめりこんでしまって、気まずい涙をべたべた流し、結局また恥ずかしそうに引き返してくる。ああ、みんなどうでもよかったことだ。つまりはお決まりの百鬼夜行。途轍《とてつ》もない、ほら、詩とかの表情に痛々しくぶつかって、この指で青インクを擦《なす》りつけ、その気まぐれを貪《むさぼ》っている。まったく面汚しという奴だ。逃げた。だが、後ろ向きは辛《つら》かった。耐え忍ぶって勘定もある。ボクの舌は引っこ抜かれてもいい。

ボクは、もう食べ厭いた。

栄養不良のこのボクは、胃までが卑屈にできている。黄色いボクは悲しんではならぬ。年は取りたくないもんだ。そう、しつっこく生き続けるな。告白とか、そんなもの、みんなはじめに恐れていたもんだ。黄色いボクは泣き濡れてはならぬ。黄色いボクは己《おの》が才を呪《のろ》うてはならぬ。黄色いボクは追憶の産毛《うぶげ》が無感動をさらけ出すので、低く低くつぶやいた。脂肪臭い涙を流してはならぬ。本音は吐くな。けだもの。不味い嫉妬を握っていたものだ。あれもこれも、丹念に吹き上げられ、飛び去ってしまった。ああ、思えば何と区切りもなく長い退屈な優越であったことか。背後から投げつけられる、痛ましい雨のようなもの。泥雨に濡れ、このボクは腹立たしい皮肉を握って。あてもない、何から何まで、呆《あき》れ果てた忍耐であったことか。ああ、汚れた手がある。

最初このボクに纏《まつ》わりついた一切は、もう悔いても遅いのか。踊り太鼓の囃子のままに、ボクは不潔きわまる代物だ。

ボクは、もう食べ厭いた。

ボクは、知っていた。

〈くちびるには、ほほえみを!〉

だがどうなったって、これは忙しすぎる。忘れはせぬ。弁解は一切止《や》め。ボクは不在だ。感傷とか悪戯《いたずら》などではじまるもの、軽蔑の種だったが、みんなみんな疲れてしまった。

昔の恋が懐かしいので、涎《よだれ》掛けして振り向いた。思えば臆病だった。ボクは知っていたのだ、吐き散らされた卑屈の悲しみを。

黄色いボクは甘えてはならぬ。黄色いボクは安堵してはならぬ。黄色いボクは沈黙してはならぬ。

みんなみんな、いつか聞いたようなことだ。

一月一〇日(水)

小山内薫『棄児《すてご》』の印刷は、きれいに仕上がった。それで今日から、いよいよ連盟交流での稽古がはじまる。ボクは労働者の役。何としても〈演劇〉はいいなあ、自分以外になれるんだから。

どうして『棄児』なんかをレパートリーに選んでしまったの？　旧態依然たりではないか。チェーホフが遥か彼方へ遠ざかる。いつになったらチェーホフへ帰還できるのだろう。総会でもっと執着すればよかった。ああ、この後悔には、既視感《デジャ・べ[ママ]》あり。

トッチと、ソサイェテーのことについて深刻に話し合う。

一月一二日(金)

映画『宝石館』[2]。フランソワ・ロゼェは伝説の人、シガレット一本で不幸を演じ続ける。それが煙のヴェールをかむっている。そのほかに年始に観た、『ウルヴ』[3]『Dancing Years』[4]『Sergeant York』[5]。
ヨーク軍曹は、第三次大戦の前夜祭、にはるばる狩り出されて日本へやってきた。メッセージ、「戦争は嫌だしかし自由のためならば、戦って、戦って、戦い抜くぞ！」。

一月一三日（土）

トッチによると、ボクの「ジュ」の音が柔らかすぎる、「さ行」で舌先が洩れすぎるそうだ。

一月一四日（日）

岩手日報社の学力コンクール。居心地、よくない。〈受験生〉に集中できる人たちが、急に怖くなった。渋民人は、ボクのほかに三人いた。つまり、田村茂平ヱ、飯田敏、それに久慈君。

一月一五日（月）

今日の演劇練習は柏高校。その前、大山君を伴い、イズミを訪れた、下河原がいた。一二時一五分まで、ギター付き合ってくれた。下河原はよく指が動く。
トッチと元《もっ》ちゃん（元木さんこと）、間違えて、ボクたちの目前から、長岡行きのバスに乗って走り去った。しばらく柏高校行きと平行して進むので、向こうのバスへ窓越しにジェスチャーを送るが、通じるわけもなかった。いつかな柏へは現れない。仕方がないから、ボクたち、白梅高校に行くことにする。歩いた、そして委員長組と合流。三時を回っていた。
そこも解散しかけたら、元ちゃん出現、日詰に至るまで、気付けなかったそうな。たまらず笑い転げる、元ちゃん腹を立てる。柏組から山羊を御馳走してもらえるはずだったと怒り心頭。

＊

天神町の通り道で、偶然医大の制帽かぶった佐々木さんに声をかけられた。まだ仙台弁のままだった。あれから何年だろう、懐旧の情だ。彼からフランス語の手ほどきを受けたんだっけ。ボクの上田下宿時代、中学一年だった。シャンソン《パリの屋根の下》をいつも原語で歌っている人だった。夏休みには、郷里の仙台から、自作のフランス語の問題を送ってくださる人だった。元ちゃんといっしょだったので、彼とは再会を約して、別れた。
　あのころの人で、梁取さんはいかがなさったかな？ダンスの好きな農学部生でした。ボクは今日穏やかな微笑を絶やさなかった、思い出のために。

一月一八日（木）

「音楽之友」二月号の二八ページに、「田中希代子のフランス通信」第一信というものが載っている。それによると、「背が高い人がいたら、十中八九までは米人であって、男の人でも中肉中背が多い。女の人はたいていボクより小さい」とある。

一月一九日（金）

三沢さんは、ボクの声量に感心しすぎる。「ああ、驚いた」、これがボクに対する口癖。連盟による冬休み間の練習は、発表会を持たずに、これにて終了。みんな、和気藹々、ふざけ合い、またの日を約束した。

＊

Yが新道の暗闇から白く浮かんできた。帰省の途中、盛岡に途中下車したのだそうだ。「Eはどこかな、汽車を間違えたのかな？」。ボクは乱暴にも吹き出していた。

＊

水野正人『近代劇文学論』。

一月二〇日（土）

中学校に菅野先生といたら、Yが顔を覗かせた。話題は専ら映画『無防備都市』[6]。そしてYの依頼で、ポストマン。Eは、「四時の汽車が遅れて着いたので、それに乗って帰ってきた」と、さりげなく明かしてくれた。

一月二一日（日）

西ちゃん、盛岡に下宿するらしい。やむをえまい。Yも盛岡へ出かけた。Eも。

宮本百合子逝去。一応は読了してはいるものの、人前では真面目に敬遠して憚《はばか》らなかった。黙祷。

一月二二日（月）

木村文庫。予餞会用に、演劇部員を引き連れ、レディ・グレゴリー『月の出』をやるよう、本読みをして強行した。そして、アイルランド劇について、一くさり。この思想劇に、校長気がつくか？　もう原紙は切ってある。ボクは、何が何でも、ボロの男をやる。

一月二六日（金）

『月の出』読み合わせ初日に、近藤氏ことコンちゃんがこられた。ボクは昂然としてプラカードを掲げる。悪趣味は、ボクに限ったことではない。

ラストで帰る。

一月二八日（日）

今日から差し迫った予餞会のために、合宿。中学の諸君、興奮のあまり、うるさすぎる。場所は、仁王田圃、学校の横の幼稚園。

一月二九日（月）

どう間違えたのか、苦心して作った昼の弁当、塩気なし。缶詰に野菜をアレンジて、ゲテモノになった。夜、コンちゃんきてくださって、立ち稽古。経験量に圧倒される。自信が崩れそうになる。

リルケ『愛の手紙』。寝転んで、読む。

一月三一日（水）

このごろ観た映画。『愛と憎しみの彼方』[7]『カリフォルニア』[8]『火の接吻』[9]『コロンブスの生涯』[10]、『密告』[11]はピエール・ブラッスール[12]と会いたいばっかりに。

二月一日（木）

柳館さんに頼んでいた『月の出』用の作曲ができてきた。しかしこれでは、まるで日本の童謡だ。苦笑。「人間」二月号。カミュ『殺人法典』[13]によると、「一《ひと》度《たび》そこまでくれば、まず行う前に、声をあげることが必要なことが、たぶんわかるであろう」。

二月五日（月）

舞台稽古。鈴木は歯痛のため、息が臭い。毎日が、朝まで眠れない。Hairあげる。みんな銭湯、ボクはそれどころでない。

二月六日（火）

ついに予餞会。コールドクリームで、汚れや涙を拭き取ったら、鏡に写るボクの顔の、何とノッペラボウなことか。

二月七日（水）

合宿、解散。トッちゃん帽をかむったボクを、大矢さんが写真におさめてくれた。どうやら昨日は、大成功だったらしい。独り舞台だったと、お世辞たらたらの人もいた。

洋ちゃんに、《黄色い歌》を清書して渡す。すごく損した気分。肩を揺すって、不機嫌になってやる。

二月八日（木）

《舌足らずの歌える》〈その1〉

こんなかなしみ。
素人臭い感傷の鬼ごっこ。
誤字だらけのボクの早熟。
それが何だ、それが何だ。
黄色いのは流行歌だ。
不幸だ、不幸だ、こんなボク。

二〇円から一八円五〇銭引くと、
それは水泳選手だ。
冷笑は嫌《いや》、冷笑は嫌。
お金で買うには、みんなみんな高すぎる。
くだらないことさ、
こんなかなしみ。
真昼のような晴れた日。

二月九日（金）

《舌足らずの歌える》〈その2〉

ボクは、雪でトルソーを作ろう。黄色の
シャツはところどころ破れて、ボクの皮膚は
鳥肌となろう。
何も言わぬ、何も言わぬ。
アメリカ人の仕事服。ライノタイプは
涙を拭く。忘れっぽい人は嫌だ。戦争は嫌いだ。
駄菓子は不潔。大声で叫ぶな。
孤独は嫌。用意周到。細心の配慮。
自信は失うな、何になくなる。
映画は西部劇に限る。編み物は靴下。
イニシャルはボクじゃない。気にするな。
気にするな。内緒なんだが
教えてやろうか。美談は新聞の三面が創作する。
この世に未練はないけれど
稚《いとけな》い、コのペンがモドカシイ。
舌足らず、舌足らず。その横で
ボクはソッポを向いている。ＣＩＡの映画は
修身教育だ。飾り花文字。口中悪臭。
寛大であれ、寛大であれ。
合唱だ。〈夜の歌集め〉―ランボーは
低くため息を漏らし
ボクは窓グラスに鼻先をくっつける。

二月一〇日（土）

《舌足らずの歌える》〈その3〉

曇天を飾らせてやるかな。自尊心のセーターで包む

のは
卑怯だ。ここにも黄色い文字が光っている。
隣には遊びにきたロングとオガ。不如意、不如意の
風が吹く。軟体動物に冬はなく
ボクシングはあどけないハニカミ屋だ。
テーブルの上には、貞潔なスカート。
〈くちびるにはほほえみを！〉なんてふざけたのは
了解しがたい奇蹟だ。
不愉快、不愉快。

落語のアクセントは
ガラスのレコードだ。
警察があるから、世間を食い物にする。それに
ここは天国だ、天国だ。
かなしいのは依然としてボク。
こんなかなしみ。
こんなかなしみ。

あの星を刺そう。
あの曇天を飾っている唯一の星を。そんな
望みなんて、とっくにない。とっくにないから

眠いんだ。大胆不敵な半ズボン。
一日コタツに当たっていた。冬眠は醜態。
隙間風を楽しもう。
思案塾考。バターつきパン。
最大、最大、最大の追憶。追憶は
涙べそをかく。夜は苦いし、パンジーは黄色じゃな
い。
再軍備絶対反対。
プラカードはもっと高く。福音は懐かしい響きを持
って。
自分に酔ったら雪の中に頭を突っこめ。落書きは
舌足らずでも
疲れ果てての こんな始末ゆえ、心配するには及ばぬ。
大笑いだ。木炭紙に何を書こう。
気のない返事は禁止。
禁止。
帽子はいつも阿弥陀。ボクはハシャギ出したら、切
りがない。

こんなかなしみ。
こんなかなしみ。

自制しなさい。いたわりなさい。断定は急ぐな。
症状は軽い。すばしっこいのは
電気椅子が近いからだ。
歯ブラシで皮膚をこすると、あったかくなる。
立ち止まっても地球は回るし、かなしいのは依然として
ボク。そして、最後に決まって
〈くちびるにはほほえみを！〉
〈亜流の一流！〉
ため息をゲップして、青ざめる。

二月一一日（日）

午前中かかって、化学の宿題。午後は午後で、西ちゃん宅、小学校。言葉の乱費、慎むべし。
今日、渋民中卒の学生会員が、彼らだけの卒業生送別会を決行したそうだ。動き、やや急にして。

二月一二日（月）

四時、汽車でEといっしょだった。明日から働く、と言う。ソロバンをはじくのだ、と言う。
学年写真ができてきた。ボク、背《せい》が高く見えた。

二月一四日（水）

洋ちゃんが「石桜」の印刷依頼に行く、新報社まで付き合え、ときた。道々、映画連盟をやってくれないか、と切り出す。やりたくない、とは正直に返事できないボク。これ以上忙しくなるのは真っ平、それに第一、創造からは遠いだろう、それ。
五時半で帰る。Eが前に座る。
『俳優の独白』[14]を買った。役者の芸談集。「丸山定夫素描」という彼自身の文章、〈自己美化の本能から〉と副題がついている。

二月一五日（木）

盛岡駅で、五時半の汽車を待っていたら、白梅の一団が下りてくる、声をかけられた、三沢さんだった。御堂に火事で死んだ同級生がいて、その葬式の帰りと

か。それにしては、華やかに浮きだっているではないか。すこしく、談笑。

二月一六日(金)

今晩はEに誘われて、芳田先生と会いに小学校へ。ヨイコちゃんを、盛岡の市内中学へ入れるための下相談だった。姉妹二人が自炊をたくらんでいた。

＊

御堂で焼死したのは、夏、Eと三人でアイスクリームを食べたことがある、あの女のこだった。村井光子、それが名前だった。新聞の見出しには、「姉は嫁入り間際/妹は卒業の直前/御堂村焼死事件悲話」。

二月一七日(土)

演劇部、送別会。キュウ六さんも、離任。新潮社の編集部入りだそうな。長い疎開だった。五時半の汽車で、帰京してしまった。

二月一八日(日)

風邪を引いて、寝ていた。小林秀雄、ラジオの対談で、フィルムになった『パルムの僧院』を、「カツドー」と呼んだ。

二月一九日(月)

演劇連盟の集まり。
蝋燭は、どんなに暗くても足元を浮かび上がらす。
水上滝太郎『大阪』[15]。

二月二一日(水)

Eのお祖母さんがお亡くなりになられた。
卑小。悪徳つのりて、心定まらず。
ルナール『博物誌』。
アラゴン『フランスの起床ラッパ』。

三月一日(木)

卒業式。
このごろ観た映画。『風にそよぐ葦』[16]『THE IMPOSTOR』[17]『ケンタッキー魂』[18]『死せる恋人にささぐる悲歌』[19]『虹をつかむ男』[20]『憂愁夫人・TORRENT』[21]『王子と運ちゃん』[22]。
『ケンタッキー魂』、さすがは、リパブリック西部劇だ、ジョン・ウェイン健在、B級大万歳、活劇大礼賛。『虹をつかむ男』のダニィ・ケーには驚いたの何のって。彼が乾いて続くかぎりは、今後。必ず観てやろう。
二日、通った。
『俘虜記』[23]を読みはじめた。

三月四日（日）

渋民中の学芸会を覗く。

三月五日（月）

解析の試験。惨めであった。性に合わぬ。

三月六日（火）

芥川比呂志が「悲劇喜劇」三月号の座談会でこんな発言をしている。「山本安英が『西部戦線異状なし』に出ているのを小さい時にみた。戦後『林檎園日記』にいっしょに出たんだが、その時とちっとも変わらぬ娘さん役だった、女優は徳だと思いました」と笑いながら言うのだが、これは逆説であろう。それを何とも不思議とも感じなかった。逆説が常識に変化して行くサマを、今日ボクは見せつけられた。

三月七日（水）

「君に書くときは、こんなことを考える。別に書くとってないが、こうして書くことが、何か彼にこびるようで、まったく俺らしくないや―と」。これはYからの手紙の冒頭。卒業の後は未明だそうだ。「三島由紀夫よりは若いつもりだ」とも書いている。結びは、「散文的に卒業する」。風邪を引いているそうな。

三月八日（木）

Eは木下恵介の『善魔』を観に行ったらしい。ボクは昨日だった。三国連太郎を褒め過ぎた。

三月九日（金）

月曜日から期末試験。「フロオベルだって随分幸福であったのだ。不幸ものとしているとは、さてさて人間という奴は…」。北条民雄、ライで病む彼の最後の日記である。

三月一五日（木）

昨晩「新協」観劇のため、阿部さん宅に泊まらせていただいた。三戸町の写真屋でイズミと記念写真、時間を潰してから公会堂に出かけた。開場を待っていたら、三沢さんとトッチが走っている。岡田英次に頼まれ、今井正に電報を打ちに行くんだと、息を弾ませている。岡田英次の真筆なるものを大事そうに見せてくれた。被り付き、移動椅子、中央から待ち構えた。隣に居あわせた村上さんが、「こんどはたいしたことないな」と、つまらなそう。「彼の演技は直線的で、新鮮だ」。ボクはいつになく岡田英次に好意的になり、後ですこし悔いた。イプセン『幽霊』であった。薄田研二は、水沢へ先乗りだそうだ。

＊

今日の試験は国語。終業式。これで、高校一年とAdieu! Tもパールも、もしかすると東京転校？ Sはもう行っちまった。ボクは貧乏を堪《こら》えている。

三月一七日（土）

朝、伊五さんがいっしょに行こうと誘う。で、そろって出かけた。途中で、Eも。大きな荷物を持て余していたので、「重いでしょ」と声をかけた。「さっきから、重そうにしてるのに」と返し言葉があった。

イズミの絵のモデルをつとめる。御飯いただいてから、岩大の合格者発表を見に行く。久慈君、伊五さん合格。駅で、宮手氏、ここでも、おめでとう。法政も受けたとのこと。それは、それは。

＊

Yが帰省。『風にそよぐ葦』を話題とする。原作との思想的ギャップ。千秋みつるは拙演か？　そう言えば、沼田曜一との別れのシーン、ピアノの上に泣き倒れるところ、劇場でボクは思わず「カット」とつぶやいた。集まった視線の大方は、賛同していた。「人間」三月号、山田清三郎の「最終陳述」を、Yは非常に賞賛する。ボクは対抗上、同号「耳なし物語」庄野誠一を持ち上げる。

＊

夜、西ちゃん宅。大阪へ行く正巳ちゃんの壮行会。泥酔。

三月一八日(日)

学生会総会、流会。清枝氏、お帰りなってから、YとEについてぼそぼそ、意気上がらず。

三月一九日(月)

卒業論文・面接諮問の件あり、すぐ上京せよ。Yに電報とのこと。

三月二一日(水)

つまらなきもの、演連の委員会。

ついにスタニスラフスキー『俳優修業』山田肇訳を購入。

エリオット『カクテルパーティ』は、言葉がたくさん詰まっている、だから楽しい。

＊

母といっしょになって、修学旅行の準備、……服、六八〇〇円、……靴の型取り、三八〇〇円、帽子を依頼して、五〇〇円、……。

四月二日(月)

昨日は丸一日、ウソをつかぬようつとめた、健気《けなげ》であった。

　このごろ観た映画、『お艶殺し』[24]『ヴァイオミングの牧草』[25]『エレジー』[26]『シンゴアラ』[27]『狐の王子』[28]『ドンファンの冒険』[29]『マルセーユの一夜』[30]『炎の町』[31]『嵐が丘』[32]その他その他。中央ホールは、逃したもの、ないはずだ。すこし慎むべきだろう。

四月三日（火）

その口が渇かないうちに、評判高いので、『黒水仙』[33]観てしまう。

　啄木記念展、得るところなし、ほとんどは。

クレソン『フランス哲学思潮』『哲学体系』。

小林秀雄全集『我が毒』。

「悲劇喜劇」「詩と詩人」。

四月五日（木）

学生会総会。全責任は、ボクにあるのだそうだ。なるほど。戦犯と呼ばれた。

渋民中卒業組に理があると思い、その故の傍観者だから、盛岡組には裏切りに映るのだろう。まさに承知。

Yが帰ってきているというので夜、遊びに行く。

四月六日（金）

春の節句（旧で三月三日は、ホントは四月八日、明後日）。北上川土手、枯葉の原っぱで呑んだ、呑んだ。Y、久慈君、カオルちゃん、酉ちゃん、ボク。火を枯葉につける。面白いほど燃える。どんどん広がる。ようやく消し止めたものの、火を叩いたYの背広、台無し。

夜、清枝氏宅、約束の訪問。ホン、一〇数冊借用。

四月八日（日）

お節句のやり直し。火つけ。モッちゃん、北上川で泳ぐ。真っ青に、酔っ払う。Yは酉ちゃん宅まで、担がれて運ばれ、夜まで寝入る。ボクはこのごろ、あまり酔えない。

四月九日（月）

始業式。Tたちは、いた。
国劇で、『戦場』。
Eに「寒くはないか？」と問う。「ううん」、赤を着ているからと、小気味よく笑う。

四月一〇日（火）

宝徳寺、Yの部屋へ。「鈴蘭」発行しなさいよ、と命令口調。いいですね、いいですね、と相槌。編集プランを立てて見せる。盛岡組にも、公平に書かせましょうね。そこで一瞬にして、机上の空論と化する。
それよりも西ちゃんの身の振り方だ。かなしい現実を、みんなで寄ってたかって撫でさする。ため息。

四月一一日（水）

出校。今日は役員選挙だけ。ボクは、石桜会会計、総務委員、副議長、出版委員。
Tと映画、『佐々木小次郎』[34]。

四月一二日（木）

今日から正式の授業。英語は山中さんオンリー、英訳も文法もするそうだ。狂喜。
映画『マルタの鷹』[35]。
「フランス」四月号。
「渋民の春」というローカル放送があった。

四月一三日（金）

啄木忌。
クラス代表として、戸嶋さんを見舞う。たいそうお痩せになっておられた。
映画、『星は輝く』[36]。
詩人山本太郎に目を見張る。

四月一三日（金）［ママ］

午後Yと寺堤に放火。癖になったようだ。

四月一六日（月）

音楽の授業。シュベちゃんの《楽に寄す》、独唱だそうだ。少なからざる悪臭、でも俺の真似はだれにもできないのだから。

T、パール、福田、耕洋さん、金沢たちと高松池、ボートを漕ぐ。

四月一七日（火）

ついに『無防備都市』を観た。呼吸が苦しいほどの感動。

＊

《黄色い歌》

まぶたが黄色になってくる。
不安は
たちまち
再びの神話となった。

やがては
はばたきだ。
浪費は干からびろだ。
ひらいてはいけない。
ひらいてはいけない。
雨が降ろうが
風が吹こうが
ひらいてはいけない。
ひらいてはいけない。
なるほど
いけないのは
シャボン玉のせいだ。
だがシャボン玉の神話に
逆らおうしては
いけない。
あきらめ切れぬことは
あきらめ切れぬことは
あきらめ切れぬことでいいのだ。
殺気ばしった顔をするな。
くしゃくしゃの宙でも
見ろ。

執念深い俺は
ひらいてはいけない。
ひらいてはいけない。
やがては
はばたきだ。
やがては
自由なんだから
自由なんだから。
信心はいいもの
やがては
はばたきなんだから。
やがては
ためらいもない
食欲の食欲の食欲の真実だ。
不満はくすぶり続けろ。

紙屑籠《かご》の中の下降。
この一面の黄色に
至上命令を振り回すならば
神話のシミぐらいにはなれるね。
いい加減な黙許とか狡猾どもは

昼寝の中へ溶けこんでしまえだ。
まったく
鬱陶しいとは言うものの
弱い部分に
弱い部分に
はげしく憎しみをわかすのだ。
俺は長いこと
楽天家ばりだった。
俺は絶えず犬といっしょで
いっしょだから俺だった。
暗い
暗い暗い
手が伸びてきた。
シャボン玉の手が
伸びる伸びる
伸びる。

化粧の隙間に俺は数えた
見物人の数数数を。
にんにく臭いなあと
つぶやいたら

ぴしゃりと
その長い手を叩かれた。
俺の鼻持ちならぬほどの
怠惰と無気力の手を。
知っているかい
飛行機とか婦人部隊
弾丸とか神経衰弱
汽車賃とかサギとか
タヌキやキツネ
もろもろの神話の正体。
再びの神話の
信心深い自由のための戦いの正体。
いっぱいになってしまった
日本人よ

コビ　ヘツライ　キヤスメ
テンノオにモノノアワレ
サギ　清貧　ワビに食い気に猿真似の類よ
君らは知っているかい。
日本人
みんなみんなだ

黄色黄色だ。

俺たちは自由なんだから
まぶたが黄色になってくる。

正体はわかりきっている
のに何のための後ろ向きだ。
そこからこみ上げてくるもの
そのものにまで
疑惑のかなしみを浸《ひた》せるのは
なぜだ。
何と叫んだらよいのだ。
沈黙に返れと言うのか。
だがだがだが
だがだが、だ。

植民地　植民地
不潔な不潔な
その正体に
まぶたが黄色になってくる。
それにしても

これは
まったくまったく
暗い
暗い暗い。
化粧の隙に
俺は数えた
見物人の数数数を。
黄色い
黄色いことは
俺たち全体のかなしい習性だ。
そして俺もだ。
日本人でありかなしいことだ。
ついに
俺も黄色かと思ったら
正面が
何か薄汚いもので
濡れてしまった。

ああ
俺の知ったことは
俺の知ったことだ。

最善は
最善でないのが
当たり前だ。

まぶた閉じると
黄色の宙宙宙だ。
とにかく自分一人だとつぶやけるのは
どうしたことだ。
ああ
まったく
まぶた閉じると
黄色の宙宙宙だ。
ためらうな
ためらうな。
いつまで
化粧に浮き身をやつすのだ。
決意
決意決意。
膨れた宙。
引き伸ばされて
鼻紙となりはてた宙。

決意。
それまでが黄色いか。
神話。
再びの神話。
シャボン玉の神話。
後ろを向くな。
黄色い俺は
黄色いままに燃えろ。
怒りを吹き上げろ。
怒りを吐き散らせ。

まぶたが黄色になってくる。
不安はたちまち
再びの神話となった。
俺たちは自由なんだから
何にも
何にもためらうことがなかった。
黄色い俺は
黄色いままに
燃えろ
燃えろ燃えろ。

四月一八日（水）

Eと『無防備都市』について、その火照りについて。
全体と個。愛情。シナリオを借りた。
「人間」五月号。安部公房作品、注意深く読み返しなさい。
『悪の華』、堀口大学の訳注あり。

四月二二日（日）

『無防備都市』合評会。

四月二七日（金）

「芸術新潮」五月号。
加藤周一『抵抗の文学』。
映画『西部の男』(37)。
予算委員会は、荒れた、相当もめた。

四月二八日（土）

梅のつぼみ。寒い。あらゆるものへディレッタントでしかあり得ない不幸。ボクは今日音楽に参加できなった。そこで、バスのパート、練習がなかったそうだ。ヴェルコール『海の沈黙・星への歩み』『我々ははや戯れの詩を止めねばならぬ』淡徳三郎『抵抗者』、東山支店にて。

四月二九日（日）

午前中、小学校で原紙切り。午後は酉ちゃん宅、詩誌の計画、そのまま夜へ流れこみ、呑む、新誌名は「詩壁」

四月三〇日（月）

選挙。明日、生物の試験。そして明日、メーデー。宮城前広場使用禁止。胸騒ぎ。

五月一日（火）

Eから、ジードの『日記I』を貸してもらう。四、五日ぶりにお目にかかるのだが、その間連日持ち歩いたそうな。すみません。

映画『思い出の瞳』[38]。

五月三日（木）

桜咲く。『紀元前百万年』[39]『頭上の敵機』[40]『パルムの僧院』[41]、朝一番で出かけ、立て続けに三本。ラストで帰る。音楽の練習にも、ちゃんと間に合った。

＊

五・一メーデー、報復デモが憲法記念日祝賀会場を襲うというので、警官五〇〇〇名が出動した。

五月五日（土）

フィルハーモニック・ソサェテーで《緋色のサラファン》練習。

五月六日（日）

すなわち今日も盛岡だった。近衛秀麿とその交響楽団の音楽教室に潜りこむ。下小路中。五〇円、普通なら。

「詩学」五月号。

五月七日（月）

今日も合唱。五時、サンマータイム。

「フランス」「詩と詩人」五月号。

『金子光晴全詩集』。とことん、影響されてやります。

トッチが、手紙をください、との大山君伝言。

五月五日（土）［ママ］

サンマータイムになって、はじめてのラスト帰り。

すなわち、合唱練習の後、中央ホールへ、御無沙汰のお詫びに。映画は『悲愁』[42]、大団円の奇妙な明るさ。

五月一一日（金）

五時間目六時間目は、明日の「母への感謝音楽会」のために、総仕上げ練習。デキがもう一つ。ボクは参加を恥じている。

柴田、福田と三人、大通りでHAIR CUT。すこし公園を散歩する。だれかが、化身を「バケミ」と言う。浮気者を「ウキキモノ」と切り返したが、洒落にもならなかった。

五月一二日（土）

学校はお休み。一番で出かけて、学校で練習後、公会堂へ。

トッチがそこにいた。大山君の伝言誇張あり、それに手紙はほかの大切な人に書いて、とのこと。オレは演劇の人だった、噂話あることないこと、大いに弾む。洋ちゃんにも久しぶりの対面。まったく、久しぶりの。

夜の部で、ピアノが倒れるという大事故。

イズミ宅に泊まる。

五月一四日（月）

ロベルト・ベンチ『栄光への序曲』[43]。

大映版『自由学校』[44]。

ラストで帰る。荒屋ウメ先生から、堀辰雄作品集のうち、二冊借用。

五月一五日（火）

今日は『自由学校』[45]松竹版。

修学旅行打ち合わせのために、交通公社へ。

五時で帰る。

五月一六日（水）

夜、イズミと「フランス美術の講演と映画」に行く。マチスのデッサンや絵の具の盛り方に、映画的特性あり。ロダンやマイヨールのディテールは、フレームに制限されて、効果疑問。一六ミリなので、画面が暗い。

イズミ宅、泊。

五月一七日（木）

「諏訪根自子リサイタル」、ラヴェル、感銘。公会堂で、またも、トッチ。よく響くソプラノで声かけられ、飛び上がる。またも、手紙をくださいね、と念を押された。だれへ書けと言うのか。

柳館先生が席を取ってくださったのだ。

今晩も、イズミ宅、泊。

スタンダール『赤と黒』。

パスカル『パンセ』。

「演劇」創刊号。

五月二一日（月）

二階のこの屋根裏を大工さんに頼んで改造する。

＊

彼はロマン・ローランのジャン・クリストフのように、自分の首にハンケチを巻きつけ、両端を力任せに引っ張り、自殺しようとしたのであった。

六月一日（金）

花巻で高体連。それで学校は休み。一二時で、盛岡へ出かける。川徳で「万鉄《〔ママ〕》五郎遺作展」。またまた、トッチ。この前の「郷土三部作」音楽会、サボったのはなぜ？　問い詰められても、答えようがない。

＊

―この間、駅前で知らん振りしたでしょ。
―あれ、君だったのか。よく似てるなあとは思ったけど、実はね、このところ、だれを見ても君と間違えるんで、警戒しすぎたらしい。

六月三日（日）

EとYと三人で姫神山へ。Eはこまごま荷物が多い、それでボクが重い。ソサエテーの団員たち大勢と遭遇。そう言えば今日は演連の総会だった。ばれたら、まあ、仕方ない。
　キャンプ中の久慈君を陣中見舞い。

＊

―腹痛で、出席不可能だって？　ジャ、痛いところだけ、置いてくれればいいんだよ。

六月四日（月）

『レベッカ』[46]観た。マリア・カザレスのブロマイド、もらった。

六月五日（火）

明日は修学旅行に出発する。
だけど、大学へ進むにはお金がかかる。どうするつもりかね、秋浜君？

六月六日（水）

新調の靴、足がすこぶる痛い。盛岡一二時四八分発上野行き。母が見送りにきているが、一行には顔を出さなかった。車中、喧騒を極める。ボクは本部に陣取っている。ただし、仙台駅で柴田とポケット・ウイスキーを買う本部員である。
　瓜生忠夫『映画のみかた』、福島駅までかかって、読了。（夜一一時）

六月七日（木）

昨夜は三〇分ほどしか眠れなかった。四時四五分、上野着。その足で、電車に乗って、東京駅、東海道線で、今こうして車中中央にいます。反対側の窓際に、先生方。今朝新聞買ったら、四誌で二〇円取られた。修学旅行生をカモにする特別値段らしい。中に、エロ新聞が潜ませてあるのだ。素通りした大東京の第一印象、だだっぴろいなあ、それだけ。（一〇時五分）

＊

富士山と海が交互に現れる。その間をトンネルがつなぐ。

夜八時、奈良着。ひなびて泥臭い町並み。猿沢池、汚い、臭い。夜でよかった。風呂を浴びて、一一時遅くまで、街中を散策。どこかの修学旅行班と喧嘩しそうになったが、相手のほうが逃げてくれた。お土産は、ここでは買わない。

今日は、亀山駅通過のあたりでも、他校と険悪になる。私の人相は、喧嘩向きなのだ。

六月八日（金）

ガイドにつれられて奈良を回る。国宝とやら、説明が多すぎて、大変に疲れる。奈良の鹿は、確かに生きていて、生臭い。

＊

京都駅は、焼け跡のバラック。

夜の自由行動、Tと二人、電車に揺られ京大へ。

宿へ帰ったら、大山君たち、大丸デパートで片岡知恵蔵がロケをしていた、と言う。消灯後、かわるがわるその見物に抜け出す者が続出。撮影は徹夜強行だそうだ。ボクは、行かない、ここを守る。「浜そっくりだったよ」。お世辞にもならない。

そろそろ汽車旅の疲れが見えてきた。

六月九日（土）

計画とは反したが、安易に妥協して、京都を観光バスで一巡。京都、食い物がまずい。今朝、戸嶋先生から、脱走ロケ見物を叱られた。迷惑。自由行動、新京極でかねて予定の映画『駅馬車』[47]。これがボクの修学旅行なのだ。

六月一〇日（日）

夕べ、名古屋駅通過のあたり、後ろの二等車にタイガースの選手たちを発見。みんなはどっとサインをもらいに押しかけた。

朝食後、鎌倉をバスで一周。それから、江ノ島。そして今日は江ノ島でカーン博士とすれ違う。小津安二郎もいた。またサイン攻め。昼食を取っていた。堀雄二もいた。またサイン攻め。ボクたちはそれを横目に見て、ボートを漕いだ。

東京到着は夕方、観光バスで早周り、多く眠っている。くたくた、ばてた。戸嶋先生、ついに鎌倉で、ダウン。別行動を取っていただく、直接、山下館に向かわれた。

宮城前広場、松という松の下には、アベックども。まさに新聞や雑誌が報ずるように。アレヨアレヨと好奇心旺盛。

山下館で夕食後、Tと地下鉄で渋谷まで。しばらく歩き、駒場、また地下鉄で引き返す。風呂から上がったら、部屋にパール、小田島、それにSが訪問していた。Sとは結局、一言も交わさず。かなしそうだった。

六月一一日（月）

女中さんに、叩き起こされる。手馴れた感じ。この旅館は上野駅の真ん前、女中さんは、京都や奈良に比べたら、やたら家庭的。

三田本社、訪れる。会食。社長訓示。バナナ、おいしかった。すぐ自由行動。銀座。岩手弁誇示。白木屋で、はじめてエスカレーターに乗る。その後は一人となる。

有楽座で『オルフェ』[48]。シナリオは暗記するほど調べたつもりだが、映像美に圧倒され、時間と空間の飛び方について行けない、それ以上に眠気との戦い、負けた。

神田へ出る。三省堂。溺れる。本郷から早稲田へめぐり、上野へはぎりぎり戻った。土産、「東京羊羹」四〇〇円、ジャックナイフ、それに一〇〇〇円ほどをこまごまと。駅にはパールが送りにきていた。Sもいた。TがSとの和解を取り持とうとする、さりげなく。

感謝。しかし二人はぎこちない、あまりにも下手だ、失敗。発車のベルが鳴った。
東京には必ず再登場してやる。そう誓った。

六月一二日（火）

ひたすら眠っていた。汽車はうるさかったが、この眠りを妨げることはできない。盛岡駅で、無事解散。そのまま帰宅。雨が降っていた。連日、降っていたそうな。話もそこそこに二階へ上がる。『オルフェ』のスチール、床の回りに散らかし、ただ眠るのみ、ただ眠るのみ。

六月一三日（水）

一日半を、眠るだけに費やしていたらしい。気力が失せた。明日からの学校、考えたくない、つまらない、情けない。修学旅行で得たもの。自分がいかにも田舎ものであるということ。

六月一四日（木）

今日からまた授業。まだ眠い、困った。洋ちゃんから、児童文協にすぐきてくれ、との伝言。帰り、川徳の二階に寄って見る。ガリ切りしてくれまいか。そうですか。

トッチが、また例の態度で、思わせぶり。
イギリス映画『舞姫婦人』(49)。

六月一七日（日）

午前中、フィルハーモニック・ソサエテーの練習。午後は松竹内丸で『白痴』(50)、長い長い恐怖。またソサエテーで、トッチと。

六月一八日（月）

中央ホール『死闘の銀山』(51)、シネカラー。文協のガリ切り、ようやく終わる。

六月一九日（火）

ホヤホヤの出来立てを、児童文協へ持参。洋ちゃん、小野寺さん、下へも置かぬオモテナシ。テアトル・ド・ディマンシュの役者やらぬか、との誘いあり。

六月二一日（木）

このところ足場を文協に移したみたい。ここは、まあ、自己顕示欲に満ちた雑多な有象無象の出入りはげしく。

ラストで帰って、雨に会う。強い風、雨が痛い。

辰野隆『仏蘭西演劇私観』。

六月二二日（金）

イズミ宅で、戯れに油絵修行。

「人間」七月号。

六月二三日（土）

吉田先生、盛岡病院一五号室入院。二ヵ月かかるとか。

六月二五日（月）

朝鮮動乱一周年。

『ボブ・ホープの姫君と海賊』[52]

六月二六日（火）

不吉なエピソード。

今朝、汽車が盛岡駅に着いたら、ひどくザラザラした言いがかりをつけてきた人がいる。めんどくさくて、それによく見かける人だったので、帰りの汽車で決着をつけましょう、そのときはそれで別れた。

授業後、戸嶋先生に呼ばれた。今朝学校に電話があった、というのである。いささか、あわてた。生徒にあるまじき行為、態度って、いったい何をしでかしたんだね？　汽車が揺れて、その人に凭《もた》れたことですか？　謝り方がいけないそうです。何だ、それだけのことか、バカバカシイ。その人とは、いずれ話をつけます、御心配なさらないでください。

　ボクは日ごろ戸嶋先生から深く信頼されている。なのにあいつ、今朝の件以外にも、いろいろねじこんだらしい。お前、年上の女といつもいっしょだそうじゃないか。それはだれだ、どういう関係だ？　ボクは笑って、かくかくしかじか。ま、あまり刺激的な言動は慎め。ハイ、気をつけます。

　腹立たしい。後味が悪い。実は、Eの友人の、ロッパ先生のお嬢さんを介在にして、職員室でも私の噂が持ち切りらしい。今朝の電話もあったことだし、戸嶋先生、それとなく私へ警告したかったらしいのだ。

　帰り、敵はいなかった。みんなは、畳め、とけしかける。とにかく、明日だ、明日だ。卑怯者めが。

六月二六日（火）［ママ］

山中先生の試験、とどのつまり失敗だった。

昨日の奴、いなかった。むしゃくしゃする。肴町、本漁り。

『モリエール名作集』白水社、四八〇円。

『悪の華』下巻、白水社、三一〇円。

『フランス思想史』、春秋社、二八〇円。

六月三〇日（土）

「浅野チヅ［ママ］子独唱会」あり。イズミ宅、泊。佐藤章が文協にいた。啄ちゃんがそっと教えてくれる、彼、準ミス北海道をせしめたんだよ。ヴァイオリン、弾くんだ。章も啄ちゃんも、完璧な標準語を駆使する。彼らの前では、そのようにボクも努力する。

七月四日（水）

このごろ観た映画、『鉄格子の彼方』[53]。

今日はじめての「スーパー・バイ・ザ・スタディー」、一四人が「合唱」を選択していた。

日響の前売り券、買った。

七月五日（木）

洋ちゃんから電報があった、六時間目が終わってから、文協。ガリ切りの続き、明日までに仕上げてくれ、とのこと。松屋にて佐藤竜太氏の詩展に、ベビーを同道する。五時で帰る。

七月九日（月）

東《トン》ちゃんと、木村文庫で、レパ探し。くたびれ、うなだれ、ラスとで帰る。

明日は、校内弁論大会。

映画『赤い靴』(54)新版。

「詩学」七月号。

七月一四日（土）

このごろのボクは生臭すぎる。たとえば今日だ。模擬試験を受けるつもりが、気が変わり、盛岡に着いたら、そのまま文協行きだ。

雨だった。テアトル・ド・ディマンシュの総会、四時から。泥んこ道を、自転車の洋ちゃんと会場の米屋ホテルへ急ぐ。佐藤章、憧れの長谷部氏と共に、新しく雑誌を出さぬか、と小ずるく笑う。

美校の加藤先生からは、「こんどはプレイヤー頼みます」と内示されていた。『アルトハイデルベルグ』(55)、ケラーマン役である。

総会の後は、洋ちゃんと「ママ」。長谷部氏、来たらず。

＊

「盛岡青年文化協会」の正体、尋ねて回るが明答は得られない。こちらの「児童文協」とは、まるで縁がない。「青共」の末端組織だろうとは、洋ちゃん。新聞社などに、なおも問い合わせる。「映連」が、乗っ取られそうだ、と洋ちゃんが嘆く。ボクは例によって、それもよかろう、の無責任振り。

今晩は、そちらの「文協」主宰の音楽会が催されるそうで、洋ちゃん、アジりに行きたがる。千葉さんが、「まあまあ、オレの面子《メンツ》もあるから」となだめている。洋ちゃん、千葉さんと共同自炊をしているのだが、その一間っきりの千葉氏邸で、酔っ払い、泊まってしまう。真木さんが訪ねてこられ、汚れ放題の男所帯に花を添える。盛岡植民地のパリ祭が、はじける。

洋ちゃんから、横光利一『旅愁』借用。

七月一五日（日）

一日中を文協で漫然と過ごす。トッチ、ボクのイタズラで、椅子から転げ落ちる。立ち上がりながら、こっそりと耳打ち、「パンティー、はいてないのよ」。長谷部氏が遠藤さんと文協にお出でになった。ボクは終始気後れしていた。

七月一七日（火）

映画『CAPTAIN CHINA』[56]。
『アラゴン詩集』。
今日、久しぶりにメッセンジャーボーイをアイツトメマシタ、ハイッ！

七月二一日（土）

テアトル・ド・ディマンシュ、読み合わせ。北斗サロン。五時で帰る。

七月二二日（日）

入院中の吉田先生を見舞う。西瓜一個。
映画『カルメン故郷に帰る』[57]を、浅間高原の天然色彩化を、べたべた述べ立てる。高校野球一回戦を観て、ラストに乗る。

七月二四日（火）

二回戦、対一関高、勝った。

七月二五日（水）

高松高にも勝った。ラストで帰り、伊五さん宅で酔っ払った。

七月二六日（木）

遠野高にも勝った。投手小武方の人気、うなぎ上り。
テアトル・ド・ディマンシュの稽古。台さんがこんなにも楽しいお人とは、知らなかったなあ。

七月二七日（金）

ついに盛岡高に破れた。イズミ宅、泊。呑んだ。テアトル・ド・ディマンシュ、苦労しています。

七月三一日（火）

ここのところ、テアトル・ド・ディマンシュとフィルハーモニック・ソサエテーの掛け持ちで練習している。もちろん岩手高校演劇部員としての義務も。

八月三日（金）

歌舞伎『寺子屋』をフィルムで観た。

村山知義『現代演出論』下巻を、ようやく手に入れた。

八月五日（日）

沼宮内PTA地区連合会に呼ばれて、演劇部遠征公演。上演したのは、菊池寛『真似』。ボクは、ジョバンニ。宮澤賢治『銀河鉄道の夜』のジョバンニは、菊池寛からだと、ボクはかたく信じている。

トミ叔母さんのところに寄って、御馳走になった。

＊

吉田の話。柴田のお家の別荘で、小武方、汽車通学の女学生某と、応接室に内側から鍵を掛け、およそ二時間も出てこなかったそうだ。酔っ払っていて、だれも止めようとしなかった。うらやましそうな口振りだった。

八月六日（月）

放送劇が、込み入ったスケジュールに、新しく割りこむ。放送日は、明後日。

八月八日（水）

一番で。Yと二人、吉田先生の病院に寄る。それから、ボクは盛岡放送局へ。謝礼で呑む。吉田先生の病院に、泊まってしまった。

八月一四日（火）

加藤先生が、プログラムの編集をしてくれ、とおっしゃる。

最近観た映画『ザンバ』[58]『青い真珠』[59]ほかにも駄作、駄作。

八月一五日（水）

テアトル・ド・ディマンシュ、稽古再開。出席者、少ない。上演不能か？

今日は、敗戦記念日。欠き氷り、おいしい。

八月一六日（木）

激論のあげく、『アルトハイデルベルグ』の公演は、無期延期。

トッチが東京留学だそうだ。言葉なし。洋ちゃん、啄ちゃん、上田さん、イズミ、私ほかが、呑むより仕方がなかった。盛岡、まちは、月遅れのお盆、盆の一六日。

八月二四日（金）

テアトル・ド・ディマンシュ集会。啄ちゃん、君がイニシアチヴを取ってくれ、と泣かんばかりに。冗談でしょう。お芝居は、あくまで人生の余技。まとまりがつかない。巖本真里の演奏会を途中で抜け出し、映画『女だけの都』[60]。

千葉氏邸、泊。

八月二七日（月）

映画『西部の無法者』[61]ウィリアム・エリオット。

テアトル・ド・ディマンシュ主催で、啄ちゃんとトッチの送別会。途中、トッチと抜け出す。夜中、千葉氏邸に戻ったら、洋ちゃんが「オレは何も聞かないよ」。ボクは、東京が羨ましいだけ。トッチのセンチメンタリズムに付き合ってやっただけ。

八月二九日（水）

すわらじ劇団［ママ］を観る。いかにも古風に安住している。

やりきれない。
岸田國士『道遠からん』。Eから安部公房の『壁』を借りる。

八月三〇日（木）

デュアメル『文学の宿命』、読了。図書室から中原中也全集の内から、二巻を借りた。

九月三日（月）

『裸者と死者』[62]、読み上げた。映画『我が一高時代の犯罪』[63]を観た。三条美紀を除けば、総じて好演。関川秀雄の演出も、無難とするか。岡田英次の明日が限りなく、明るい。かたくなに強く美しい。

九月四日（火）

学校を代表して、石桜会を代表して、仙台行きが決まった。
演劇部『海彦山彦』の稽古を見てやる。

「詩学」「フランス」九月号。

九月七日（金）

ヤッシャ・ハイヘッツのヴァイオリン、『彼らに音楽を』[64]、中央ホール。

九月八日（土）

八幡町《はちまん》で、呑む。啄ちゃんがもう帰ってきた。連れは上田さん。パレスの「鮨栄」。

九月一〇日（月）

映画『若人の歌』[65]。

九月一一日（火）

深夜一時三〇分発の上野行きで、好摩駅を立つ。父が送りにきてくれたのだが、すでに酔っ払っていた。べろんべろん、ほとんど正体がない。ちゃんと家までたどり着けたかしらん？　盛岡駅のホームにTたちがいる。福田も加わる。列車は込んでいて、到底座れない。三年の連中と遠藤先生は、隣の車両。水沢駅まで座れなかった。ここで草野球のチームが一団で降りた、三年組も迎え入れ、交互に座席を確保した。

駅舎が流れて、夜が明けていく。雨も上がった、仙台市は活気にあふれていた。勤め人の行列、何をあせって急ぐのか。空襲に遭ったので、建物は適度に安っぽく、適度に新しい。古ぼけた路面電車が、ヨチヨチ。

七時半、仙台一高に到着。威嚇的。旧制高校以来の伝統を振りかざしている。校長が精力的に自画自賛する。授業参観。一般社会、法組織について教育映画を使っている。グレードは、引けを取らないだろう。まず、一安心。図書館、御立派。生徒会長、副会長、その他と座談会。判で押したような、小利口な発言の羅列。新聞部と称する人たちだけが、急進的な政治性を発揮していた。こちらも少なからず、熱っぽくなってやった。

旅館は、あさか屋と言う。待遇よし。まちに出て、映画を観る。『ファビオラ』[66]、ミシェル・モルガンに脱帽。道に迷う。一〇時四〇分、宿が待っていた。

九月一二日（水）

東北学院高校は、昨日と好対照。生徒たち、初々しく無邪気である。少なくとも、スレッカラシではない。校壁、レンガ造り。外人教師がいて、英語での会話を求められる。

T以外も、それらしく誂《あつら》える。

無事、帰路に着く。盛岡駅に八重樫氏が迎えにきていた。大矢さん宅に、一泊。創作劇の進み具合を問われた。

＊

河上徹太郎『現代音楽論』。

九月一五日（土）

映画『ジャングル・ブック』[67]。

『哲学辞典』、ただしアテネ文庫。

『アンドロマク』[68]。

九月一六日（日）

「水害デザイン」、第一稿成る。醜いアヒル。

九月二三日（日）

演劇部、冷笑の速射砲連発。でも、命中率、？。「三八」の寿司の後、吉田先生のベッドの下に潜りこむ。

九月二四日（月）

秋分の日、休み。

県下中学校演劇発表会、盛岡予選の出場校は、下の橋と岩女。総長からお手伝い。文協の縁だ。啄ちゃんもいる、まだ東京に戻れないでいる。

実は夕べ、白梅高校との合同劇の件、加藤先生に相談に行った。戯曲探しの話になった。

＊

眠くてたまらない。徹夜の連続は堪える。渋民に戻ったら、愛宕さんの秋祭り。山車で賑々しく。

九月二六日（水）

今日から試験。中学校の『海彦山彦』、県大会へ行けるらしい。洋ちゃん、東京へ帰る、と言う。どうせ、すぐ舞い戻るのさ。

放送に出ぬか、とのこと。新番組のレギュラーに。ボク、汽車通学生なんですけど。

＊

カミュ『シジュポスの神話』

九月二九日（土）

試験、最終日は幾何。

映画を二つ観た。『夢の宮殿』(69) ビング・クロスビー、マークトウエンの空想物語、オペレッタ式デフォルメ。それから『邪魔者は殺せ』(70)。

二日は沼宮内のお祭りだそうで、柴田と小武方から招かれた。どうしようか。

突然、目が覚める。手を伸ばし、スウィッチに手を伸ばすが、ビクともしない。またしても停電だ。階段を手探り、蝋燭を求めて下へ降りる。暗闇を、いい気になって、オーバーな狂態、喘《あえ》ぐ、喘ぐ。

風が吹く。逆らうな。忘れよ、記すな。慰めに、書くな。

一〇月一日（月）

長洞《ながほら》の陰《かげ》まで、冒険。ミッコ、カオルちゃん、モッちゃんにボク。ハッタケ飯《めし》、炊いて、食べて、呑んだ。

一〇月二日（火）

盛岡に一番で出かけた。歴史用のパネル作りを、Tたちと。それから、文協。コンちゃん、ヤマちゃん（大和さん）、ミッちゃん（小野寺光子）と近況の探り合い。

二時、盛岡駅、集合。アヤちゃんほか。柴田、小武方、中川。沼宮内へ急ぐ。お祭り、ストリップショーを冷やかす。雨が降っていた、喧嘩もあった。女学生グループは三人。噂どおりに、野球部連中と、応接室に鍵を掛け、こもって。柴田、小武方は、ひたすらがぶ飲み、家庭事情など告白ごっこ、ボクを相手に、慰めほしさに。一同、雑魚寝。それでも、六時には、起床。

一〇月三日（水）

一二時半の汽車で盛岡へ、渋民は黙殺。

『演劇講座―演劇の新風』。「フランス」「詩学」「悲劇喜劇」一〇月号。

一〇月五日（金）

盛岡放送局。連続ドラマ『伸び行く若葉』、レギュラーに。局側は、飯田さん。

一〇月一一日（木）

映画『ジェニーの肖像』(71)。

一昨日から、コーラス再開。ボクはソロ。咽喉《のど》が荒れてきた。文協通いを節制せねば。

一〇月一二日（金）

ラストで帰る、とEへは伝えてあった。好摩からの一時間、積もる話があった。

一〇月一三日（土）

県下高校音楽会。公会堂。唯一の男声合唱。ボクは、バスで、ソロ。むんむんする、
独り善《よ》がり。

＊

放送局へは、ずっと三沢さんといっしょ。この人はダリアの花びらを、一枚一枚むしり、食べる。
イズミ宅、泊。ヴィアンほかを借りて、読みふける。

一〇月一五日（月）

ルース台風。頭が痛い。

＊

《黄色い歌が黒くなった》

秋の
月のまあるい夜に歌が
恥のように突き刺さる

横文字の雑誌が風にはためく　森を
あなたは軽々と越えて
中空で宙返り　瀕死の重症
真っ黒い月の夜に
無能な私の思慕が
黒々と　あなたへ突き刺さる
木々は飢えて　秋はもう死ぬ

一〇月一九日（金）

飯田さんが仙台放送局へ講習とやらで出張したので、『伸びゆく若葉』は、高橋さんの按配ではじまる。
　運動会の準備で、学校は大忙し。プログラムを除いて、ほかは謄写版仕立て、今日まで連日ガリ切りに勤《いそ》

しむ。

明日は晴れてくれ。いやかならず、雨になりそう、疑いもなく。さて、どうしよう？

一〇月二〇日（土）

案の定、雨降り。二三日に、運動会は延期。

文協、ヤマちゃんが急性腹膜炎で盛岡病院に入院した、と大騒ぎ。「輸血がいるんだがね」と千葉さんが、痩せ腕をさすっておられる。ミッちゃん、例のとおり、おろおろ。ボクも放送局が片付いたら、病院に駆けつけます、とテンションの渦中に。

局に電話。ミッちゃんだった。コンちゃんも連れてきてくれ、と金切り声。同道して、雨の泥道を盛岡病院めがけて、ひた走り。結果は良好、外科手術完了。

ヤマちゃん、すまして、元気そう。「ファイトのヤマちゃんだからね」と、顔ゆがませて、笑っている。

小さな病室には、お父さん、弟さん、それに千葉さん、啄ちゃん、ミッちゃん、元ちゃん、ボクなどが目白押し。輸血、第一回は元ちゃんで。八〇cc女の子に、これ以上は無理とのこと。AB型のヤマちゃんには、O型でも構わないそうだが、できたら最初の数回は同型でない危険とのこと。ぼくは立派なAB型、ヤマちゃんの体内にボクの血液が流れることになった。

千葉氏邸、泊。

＊

映画『鎧なき騎士』[72]、ジャック・フェデー、日中観ていた。そのとき、中央ホールでは、まだヤマちゃんの病気、話題になっていなかった。

一〇月二一日（日）

今日も雨、雨。

小津安『麦秋』[73]、洋ちゃんと激論。彼は、下らぬ侘び寂び・茶の精神と切って捨てようとする。ボクはその皮肉さを大切にしたい。

一〇月二二日（月）

今日もヤマちゃんを見舞う。ますます元気。

映画『とどろく天地』[74]『白昼の決闘』[75]。

一〇月二三日（火）

やっとのこと、運動会。ボクは記録係、忙しそうに走り回った。

四時半の汽車にEがいて、そのころまた雨が降り出した。骨までしみる、冷たい憂鬱。秋の洗礼。存分だ。存分だ。

一〇月二四日（水）

休み。雨、五時の汽車にいる父のために、駅まで傘を持って迎えにいった。

一〇月二六日（金）

新雑誌「饗宴」のために、原紙切り。今日は六ページほど。

一〇月二七日（土）

運動会の取り返しをつけるために、特別授業あり。

中学のお芝居も、英語劇も、また稽古再開。

放送が終わって、公会堂へ。三沢さんと、お手手つないで。上田の通りを、楽しく、かけっこ。お遊びでなくなりそう、吸引力を警戒せよ。きわめて俗悪、きわめて常套的。公会堂は、盛岡演劇会の公演。『北へ帰る』、原さんほか。竜太氏とふざけ回る。

夜遅く、『二人ターザン』組の合宿へ、転がりこむ。北山のお寺であった。

一一月三日（土）

菊花薫る、……今日、岩手中学校・高等学校の創立二五周年記念祭。県下中小学校演劇中央発表会。

一一月四日（日）

文化祭。シャイロックは、英語のボク、ボクは名優だ。

一一月五日（月）

今日もカミュのAbsurdの周囲を少々。

一一月七日（水）

母と諍《いさか》い、心痛む。あまりにも現実離れした、学業を続けることの困難、いや学業を続けること以外の困難に、へとへとになる、たじろぐ。ボクは今二階にいる。下では、母が声を上げて泣いている。ときどきの咳《せき》まじり。金の余裕もないのに、遊び暮らしに現《うつつ》ぬかして、……売り言葉に買い言葉。

一一月八日（木）

演劇連盟、委員会を覗く。高松高校。

一一月九日（金）

大学祭、すこし感激して、ラストで帰る。残酷なほどの寒さに、震え上がる。

一一月一〇日（土）

一番で出かけた。『トンネル』の稽古、午前虫は東《トン》ちゃん宅。それから、ゆっくり腰を上げて、公会堂へ、つまり大学祭へ。

夜、放送局、それからまた、タクシーで公会堂へ戻る。

一一月一一日（日）

映画『源氏物語』(76)は退屈だった。今日も帰宅かなわず。

放送局、『みちのくの歌―ウレイラ山のエレジー』のテスト。雫石さん、素敵な原さんほか。ボクの役は、アイヌの酋長、トコタン。ラジオはそろそろ卒業してもいいなあ。

一一月一三日（火）

カミュのものは、カミュに。ムルーソーのものは、ムルーソーに。

一一月一四日（水）

ラジオドラマ、入念に、テスト第二回目。録音を取り、それを参考にするのだそうだ。はじめて、自分の声を聞いた、嫌な他人の声、たまらない。かなしい。米田《よねだ》さん、だんだん身にしみてくる。

一一月一五日（木）

薄謝三二〇円押しいただいて、早々に引き上げた。今日も盛岡泊だ、イズミ宅。なあに、身の始末は心得ている。いたって軽薄な毎日、自堕落な生活。

一一月一六日（金）

目玉をどんより開いて、帰宅したら、東京から洋子ちゃんたち（従姉妹。戦争中はわが家に疎開していて、実の兄妹のように育てられた）がきていた。ずいぶんきれいに大きくなったものだ。足拍子を取って歌いたくないばっかりに、すこしばかり疲れていると、二階に閉じこもってしまった。このところ主のいなかった部屋は、すっかり、すっぱくなっている。

一一月一七日（土）

昔、ボクには早熟というプライドがあった。今では、泥くさい役者かぶれのボクだけが顔をあげる。『人間失格』、このなつかしい作品。「生れてすみません」。伝説の人、太宰治に、ボクが欲情しているのだ。ボクはこのごろ、Eに、あんまり多くを打ち明けすぎる。元来ボクは、そんなに甘くはできてはいないはずだ。ああ、巻舌でタンカが切りたい。ペンを走らせると、ササと音をたてる。堤《つつみ》の水の流れの静寂度。夜は、戸毎に首切台を特配する。

放送の晩、龍太氏のことを雫石さんが何かのはずみに、その童顔でもってこんな言葉を吐いたっけ。「あ、あのチンピラか」。なるほどこんなにも適切な悪意に満ちた雑言。チンピラ。チンピラ。

今にもひらひら舞いあがって行きそうな言葉のひびき。

「そなたは、あまりにこの胸をかきむしる」

サンチョ・パンザはドン・キホーテの意味には用い

られなかったことを、知らなければならぬ。「好男子」、これは啄ちゃんのボクへのはなむけなそうな。ボクはその上で討死するとしようか。悲劇的であることを好まぬ。いまさら、涙の砂漠だ。ボクはサンチョ・パンザとドン・キホーテを平気で混用しすぎるようだ。「すでに、心のうちにて、姦淫したるなり」。「ドラマは我々自身の内部で行なわれる」とモーリャックは言った。だから、ボクはせわしい息をしているのだ。「不条理は感情だった」、これはカミュ。

ボクは二、三日前、演劇連盟の発表会のプログラム用として次のように書いた。

＊

「みなさまに」

これは、夜、夜、夜だけが支配する一寸先も見えないトンネルの中のできごと。この痛々しい闇としわがれた雨のしずくの歌だけの世界に、泥棒をしてはずみで殺人を犯してしまった二人の男が逃亡してくるのです。道具立てはすでにととのっています。二人は進行中の汽車を救うのですから。さて作者はこんなことが言いたかったのかも知れません。即ち「善意は夜の中でめざめる」。

＊

鼻がつまってきた。

風邪をひいたらおしまいだ。

＊

『トンネル』の練習に盛内政志さんがきて、去った。

一一月一八日（日）

くしゃくしゃの宙でも見ろ。

あらぬ彼方にあこがれろ。

ボクは、たえず、安全に努力をかたむけていた。つまり、お世辞笑いを強要されていたのだ。タクちゃんを訪問したが、放送局に行っていないというので、ボクは傷ついたからだを支えかねて、二時一六分の汽車で渋民に帰ってきた。明後日は連盟の発表会だ。

＊

今晩のお月さんはアンパン色だ。

「パリの屋根の下に住みて、楽しかりし昔」[77]。ああ、一切に刺激あり。

＊

Comédien, enne［名］①喜劇役者 ②俳優 ③偽善者、……さて偽善者とはボクのことか。

それもよい。皺《しわ》が寄るのは豆と老人だけだ。不幸をくるんでいるのは、ときどき、苦笑いの皺だ。

＊

動く指は書き、……、

測量ずみの化粧台にだれかの遺言を書き、……自殺をお願いする。

一一月一九日（月）

再び、六日制。時間割がもちろん変更になって、連日五時間授業。それから、夜は発表会第一日。久保学園に盛商に二高。上田さんと、夜の市内をぶうらぶうら歩いた。寒かった。風邪はますますひどくなった。声がほとんど、自分のものとは思われないものになってきた。上田さんのところで夜をあかした。

一一月二〇日（火）

心細かった。落葉散りしく今日だった。こんな失敗はない。悔恨だけが、色とりどりに光りながら、あたりを浸している。失敗だった。今日、ボクは何も語りたくない。

一一月二一日（水）

昨日の掠り傷について弁解しようとしたのだ。効果に使った煙幕がひどすぎて、観客席まで進出して、咳と悪臭でいっぱいになった。ボクは風邪を引いていた声に、それをまともに吸ってしまって、芝居が終わると同時に昏倒してしまったのだ。声が少しも出ない、上田さんに連れられて、イカリ医院で喉をみてもらったら、もう声が出なくなるかもしれぬ、といぶかられた。今朝、上田さんのお宅で目をさましたら、ガサガサした声が少し出る。今はよっぽどよくなった。あのとき、部の連中はどうなったのやら皆目見当がつかぬ。

あのとき、上田さんと「この上は、浪花節語りにでもなるか」と笑い合ったっけ。
『演劇講座―演劇の伝統』は今日きた。それに「演劇」一二月号。まさに演劇週間だ。成り上がり貴族の。

一一月二二日（木）

うちのめされた。岩手日報の新聞批評にひどくうちのめされた。盛内政志さんが書いたんだ。軽率なボクには当然のむくいであったかもしれぬ。それにしても不可解なほど悪意に満ちたものだった。この前、ウチの練習をのぞいたときは、ボクの声をほめていたくせに、ボクが風邪を引いてあんな声しか出せなかったことを充分知っているくせに、エロキューションがどうの、とうそぶいていらっしゃるのだ。ボクはこれで、芝居から離れてしまうことはできないようになってしまった。来年もどうしても盛内政志さんにおめにかからなくてはならぬ。ひどく、うちのめされた。天下無敵のこのボクが涙するほどうちのめされた。ボクはこの新聞を憎悪した。

＊

《無理強いされてつくった詩》

もう帰ってきてはくださらないのですか。
フライパンに砂をまぶして
黄色い日の光で
一粒一粒よりわけて
いました。
目を砂の中にうずめてしまい
あなたはこれみよがしの禮服を眺められない。
フライパンはぬらぬら
いらいらしすぎますね。
フライパンの底で
あなたのつめたい目が
なみだをふいていました。

「盛岡！　盛岡！
オ降リノカタハ、……」
あなたはプラットホームの混雑を
両の手で引き延ばされたので

そこだけが拡大されてしまいました。
ラウドスピーカーは
あなたの名だけを呼んでいました。
どうにもならないと知りながら
ああ
あなたは
もうボクに帰ってきては
くださらないのですか。

＊

下等な草書体は、映画の雨垂れに似ている。ミッちゃんは鼻のつけ根の部分がかわいいので、ボクはいつも、ミッちゃんこっちを向いてごらんよ、とささやくのだ。川徳売場のササキ・ヨシコはまだ一七なそうだ。するとボクとおない年だ。陰気になるな。まだどうにか、しっかりしてそうなこの頭振り振り、抜き手を切って逃げろ。重荷であることを知らないふりしろ。ギリシアはどうして亡びたか。ナポレオンが後世に出現したからさ。どちらを向いても黄色の宙宙宙だ。

＊

朝方が近いようです。にわとりのトキの声、このしみったれ。神経をいらいらさせる。山羊の声もまじっています。山羊は完成された貴族。ボクはこの声たちで、ずうっと子どもの時分の記憶をよみがえらすことができました。昔の我が家です。あの不潔な羊小屋の風景。何頭いましたっけ。とにかく、雄の老羊がおりましたっけ。あれはいつボクが餌を持って行っても、絶対に立ち上ろうとせずにだまってボクをにらんでいましたっけ。いいや、ボクは山羊の話をするのでした。羊はむくむくして、東洋人臭くて。ボクの描写は飛躍しますが、これはペンをにぎる手を止めるのが、恐ろしいからでしょう。ボクにはこれ以上のことはみんな苦痛なんです。ルナール小父さんは、動物どもからすれば不敬極まりないのかも知れません。羊は東洋人で山羊は西洋貴族。品行不良な点はみんなみのがしてやります。ボクは子山羊を連れて、お寺で草を食べさせておりました。あそこは山羊の遊園地だったのです。ボクは山羊との会話にあまり上手でなかったので、それにまだほんの小さな子どもでしたから、一時間も立たないうちにすっかり厭きてしまって子山羊を縄でしばの木にゆわいつけて、お寺の裏手の方にまわりました。何の目的もあったわけではありませんでした。この日でした。Yは東京から、帰省していたのでした。手錠でむすばれたような会話。こいつが二人の初めでした。啄木の部屋の縁側でプラグマチズムについて話してもらいました、そのように記憶しております。

＊

お寺の山の頂上は聖地なんです。笹を押し分けてのぼって行くと、いつのまにか、そこに立てるんです。あのころまで、ボクは、そこにかまけて日をすごしたものでしたが、ボクはもう、ふっつり出かけたことがありません。

ときどき、思い出して、ボクはボクの中学初年のころのメランコリーに微笑しているのです。なつかしい、ボクの季節でした。

＊

《再びかえって来た激情》

非情の目と
にがいひたいのやつれ。

あんまり
とぎすまされているので
あなたの顔は
銅版に彫ることができぬ。
風邪をひいた
ふたたびの雨模様。
空撃は
余韻を残して
消印のない
寒暖形《［ママ］》を上下する。

ふたたびの
ふたたびの
雨模様。
非情の目と
にがいひたいのやつれ。

枕木の念のいった

醗酵作用。
その下で
ボクの語尾がにごる。

一一月二五日（日）

実は明日から、試験があることを承知の上で、今日『サンセット大通り』[78]を見た。明日の科目は英語に国語（甲）だ。明朝までがんばってみるつもりだ。だが結局は、浮かばれないだろう。このごろ、あまりにこのからだを虐待しすぎるのも心配の一つ。

*

《自画像風に》

遠慮しいし
隣憫の滋養分に包まれて
その泥どろのぬかるみに足が一本
突きささっている。
ストッキングの兵隊小屋はまだ遠い。

黄色い賞賛を
拍手喝采を
哀れな弁解に変意せしめる。

一一月二六日（月）

雨は昨夕から降り止まなかった。道路は氷雨にこごえていた。

可溶性。骨までしゃぶれ。

「苦い確認」とカミュは言う。「一切は許されているということは、何一つ禁じられていないという意味ではない」『シジフォスの神話』。不条理は解放せずに縛るのだ。

*

Yはボクの演技について、一つの過誤をおかしている。ボクの誇張演技を彼の方法論で割り切ろうとしている。彼と、会ったのはもう何ヵ月ぶりのことだろう。

中学生時代の記録を焼いてしまったのは、やはり惜しい。あのころのものは、引き出しの片隅に少々の詩編ぐらいが残った。残念だ。焼いた原因は、Eに関してだ。EとYのことをYから知らされたときだ。早熟だったが、馬鹿げて、いた、もう日記は英語で書こうと思い立ち、三日ばかり続けた。それも焼いた。

　Eが校庭で泣いたっけ。学生会の総会の席上だったが、泣いて走って帰ったっけ。

　中学二年のときだった。「鈴蘭」に石川エイ女史について、人物評を原稿として提出したやつがあった。相当辛辣な内容だった。Eが学生会から遠ざかる原因となった。原稿はYとの共同製作だったが、悪いのはボクで、ボクが書いたんだからと謝ったけれど、かえって信用されなかった。ボクはあのことでYにもEにも過ちをおかしているわけだ。

＊

　テアトル・ド・ディマンシュでは一二月二四日にモリエール『タルチェフ』を公演する。ボクにはロワイヤル氏役がついた。稽古の時間がない、結局辞退せざるを得ないだろう。

一一月二八日（水）

ひえる。ひえる。眞冬の寒さ。

『シジフォスの神話』『異邦人』『誤解』『カリギュラ』などカミュの一連が売れているそうだ。文学物では最高の売行き。中村光夫たちの「異邦人論争」のおかげだそうだ。

一一月二九日（木）

　試験も終わった。

『オルフェ』をもう一度見なおした。目に障る。それから第一で『風雪二十年』[79]、佐分利信、精力的な良識人。

一二月一日（土）

　放送局の帰りにタクちゃんと落ち合い、遠藤氏に同行を求めて金田一氏宅。昨日は完全だった。日詰のPTA地区懇談会に招かれて芝居に『海彦山彦』と『眞似』を持って行く、その練習を少々、その後文協に出かけ、……、

一二月二日（日）

放送局。タクちゃんといっしょに、レコードをかけて連中のくるのを待っていた。龍太氏に『若葉』出演をこんどかぎりで降りたいと申し出た。盛岡にそうも泊っていられないことを理由として切り出した。飯田さんは困ると言う。ボクはほとんど発言しない。もちろん、ボクの低声はそうあるもんじゃない、特殊なVOICE。だから今さら離したくないわけだ。話は結局うやむやになって、やっと局を出たのが八時半。

駅の蕎麦屋で飲んだ、飲んだ。由紀さんが懐古談をはじめる。そう、結局、泊った。

女は知るべきもの。行き詰まったら、女に行け、と由紀さんは言う。

＊

わびしくて、わびしくて、目が覚めたのは六時だ。都合四時間ねむった。大丈夫だ。とにかく、今日は汽車で日詰行きだ。朝起きたらもう由紀さんはいなかった。ボクのマフラーがない。タクちゃんのそれを借りて出かけた。あとは、ほとんど沼宮内のときと同じだ。一日の無駄だった。

一二月三日（月）

『踊る大ニューヨーク』[80]。あの色彩効果。

＊

今日、石桜会。三年生からの引き継ぎがあった。ボクは出版をもう一度やってみようかと思う。こんどは乗り気だ。大矢氏は中学時代のボクの功績を言々していた。

＊

渋中の落成記念は一昨日で、親父が敷地を提供したことで感謝状を村からもらったそうだ。……ようがすたな。

一二月六日（木）

『馬喰一代』[81]試写会。愉快に泣いてやった。

＊

《歯の浮くような》

怒気を含んだ、ボクの木炭画は
忍び足であなたのひたいに近づきます。
トンネルのしずくの歌のエピローグかと錯覚したの
です。
だが財産管理を忘れていたので
虐待は名誉の上でうぬぼれていたので
ボクは、道仰《〔ママ〕》のかぎりをつくしてしまいました。
その道仰《〔ママ〕》の輪切りには
噛んだところで味もないでしょうに。
それは苦しめられた荒唐無稽の
薔薇形飾りのボクの小じわなのですから。
郷愁は誠実への手段
怒気を含んだ、ボクの木炭画は
拘束された土地で
不毛の風土で
ねむりに入れと言うのですか。

一二月七日（金）

『カラマーゾフの兄弟』[82]は二巻まで読んだ。あと、二巻。

＊

《黄色い夢》

黄色い夢は
黄色い壁に吸いついた。

ラジオの眞空管の内壁に
黄色い恋が垂れ下がっていた。
あの人のえくぼと目の透明さを
はかなく歌い続ける。
黄色い夢は
黄色い壁に吸いついた。

一二月九日（日）

テアトル・ド・ディマンシュ公演、パンフの上では、ボクは「照明」だと言う。笑い出すぞ、本気になって。亀井勝一郎『我が精神の遍歴』を借りてきた。『カラマーゾフの兄弟』、三巻目読了。ハイネもキーツもバイロンも、すべて浪漫派の詩人たちは容貌からして純情の美少年であった。冬の雨ときた。雪ではない。アキハマ、アキハマ、アラバマ、アラバマ、マキャベリズム。みかん二つ、一つは青い、すっぱい、うずかない。

一二月一〇日（月）

師走の風だ。だから、つめたい。

『白い恐怖』[83]見た。ヒッチコック、ヒックック。時計の音だ、これは。バーグマンをほめたら、ペックで返してきた。Eだ。駅から歩いて帰ろうと言う。バスで帰るとバスに酔ってしまうからと言う。そこでサンチョ・パンザはついて行く。わからなくなった。

一二月一一日（火）

大学に行けまい、と言う悲しむべき現実が次第に近づきつつある。これがボクの学習意欲をおびやかす。いまの受験勉強が何にもならないと想像できて、想像どころではなく確信してもよいことに、どうにもならぬほど苦しんでいるボクが、道仰〔ママ〕じみて哀れだ。もちろんやって悪くはない。しかし、やらなくてすむなら、やらないほうが賢いだろう。いや、どうせ、来年のことだ。来年のことだ。

とにかく、今日はアヤちゃんにレターを頼まれました。

＊

《今日、忘れてはならぬこと》

あひるの子は、あひるだった。
その黄色いひたいは、いつでも不換紙幣だった。
首を締められたって
悲鳴を装飾する技術を知っていたので
生臭い沈黙だけを投げつけた。
冬、奥歯はかみしめても無駄だ。
はじめ、あなたがたそかれの

濡れている扉をきしませて
ボクの部屋のひととなられたとき
眩しい羞恥が
にがい、にがい、烙印となった。

あひるの子は、あひるだった。
その黄色いひたいは、青春でいっぱいだった
あんまり急いでいたので
甘い、甘い、言葉が必要だった。
たしかに両手にひとかかえの果実をかかえていたはずだ。
気むずかし屋のレッテルをポケットに押し込んでいたボクは
いつでも自制心のないことを得意としていた。
もうたくさんだ、死人の山は。
もうたくさんだ、臆病ぎらいは。

一二月一五日（土）

文協でミッちゃんに手伝って、近ちゃんにも会った。中央ホールで佐藤龍太氏にお目にかかる。終始ふざけて、困ったお人だ。

＊

小学校に吉田先生をたずねた。しばらくぶり。Yもきた。

花坂栄一先生もいた。三人で将棋をしていた。ボクは一人で単語カードをひろっていた。今晩は寒いので、外套のえりは必然的に立たねばならぬ破目に落しこまれた。Yと、映画について、特に『麦秋』と『めし』の落差について語り合ってはみたが、結局ボクとYとの間はしっくりしないものが何時のころからか入りこんでしまっているので、どうにも、不安定なあいまいさで落着くだけの話となった。彼によると、『麦秋』にしろ『めし』にしろ、あれは一つの格調を作り出し、そのかぎりでは小津安の勝利だ。しかし風俗描写以外には求めるものがなく、その小市民的な生活の無思想性は五十歩百歩にすぎない、と割り切る。Yが帰ろうと言う。月がよい晩だ。すっかり冷えて、犬の遠吠えが髪の毛を横なでにして、はるか後方まで尾を引いて行く。国道はすっかり固くなっていて、明日の朝はさ

ぞ寒かろう。学校から帰ったのは一〇時三〇分だ。

一二月二二日（土）

「石桜」四九号の編集プランづくり。義務観念に追いまわされてではない。

今朝、局から、ベビーのところに伝言があった。「今晩の放送のために必ず出てきてくれ」。それで、出かけた。『若葉』が終わって、挨拶もそこそこに、スクリプトを切れ切れに破り裂き、その紙片を奥暗い空にひらひら飛ばしながら、泥んこの盛岡を駅まで一気に走ってしまった。

一二月二三日（日）

日曜日ではあるが、今日が冬休みに入る最後の日として、二時間の授業がある。

ボクの机の上に、「今日図書館で『演劇発表会』の合評会と夜の総稽古に立ち合うこと』と書かれてあった。「石桜新聞」の一四号ができあがってきていたが、それについて、吉見先生に呼ばれた。三年の大矢氏たちに、こんな新聞紙しか作ることができぬのは、君たちの才能からして当然なんだから、この前の総会で引き継がせた通りに、秋浜にすべてを渡して手を引きなさい、と言い渡された。そんなのに立ち会いたくなかった。

すぐその足で、図書館に行った。合評会はつまらなかった。荒木田さん、と盛内政志さんが主な役割を演じた。ボクは、創作劇が盛岡にさっぱり登場しない理由について危機感をあおった。荒木田さんとそのことに終始した。ほかに、ボクのセリフが通らなかったことについて、荒木田さんは出しおしみしないように言ってくださった。しまいには盛内氏も他の色々な条件、風邪のためにボクがそうなったことに納得。ボクは少しばかり、気が晴れた。

またまたその足で、美校。テアトル・ド・ディマンシュ、総稽古。何と、正式に照明家でございい。加藤先生が、演出上の注文を与えてくださる。

今晩は北山の佐藤章氏のところに泊る。タクちゃんとトリスを買って襲う。飲んだ。

一二月二四日（月）

章。アフォリズムが間断なく飛び出してくる、いただける。とにかく、疲れていたのでいつのまにかねむっちまった。Eについても何か口走ってしまったらしいが、それを白梅三年の砂子沢さんと勘違いしたらしい、急に生々しくなった。とにかく、今朝章の妹さんに「文学少年」と呼ばれたときに一切の記憶がよみがえってしまった。苦笑いだ。ここにも白水社の「ふらんす」が炬燵《こたつ》の回りにころがっていた。

＊

公演にはEがきていた。

二階でボクはフォロースポットをいぢっていた。佐藤龍太さんがアミときていて、大声で、「秋浜君、早くはじめよう」とどなりつける。みんながボクを見る。弱りきる。

マチネー後、松尾洋子が砂子沢さんの顔を作ってやりながら「あの人変な人」と聞えよがしに。「そう変な人」と笑いかえしてやった。

今晩もやっぱり章のところに泊る。タクちゃんは、北田という女の子をつれて教会に。クリスマス・イブだ、教会の鐘だ、二五日に入って行く。ボクたちは、飲んでいる、それ以外はしない。酒一升にウイスキー。何でもかんでも過ぎ去っちまえ。クリスマス、しゃらくせえ、どうせ、百姓面には馬子にも衣裳とくらあ。

一二月二五日（火）

章が、「雑誌を出さぬか」と言う。はじめから乗り気になると、こっちが、あんまり、ガツガツしていることが知れてしまう。が、承知した。本気らしい。朝酒におぼれて、大いに、愉快。

文協のクリスマス子ども大会へ遊びに行く。ミッちゃん。映画、『情熱の狂想曲』[84]。

＊

《ミッちゃんの一九五二・春へ》

それにしても不思議ではないか
黄色のセーターの網目から
乾いたほほえみが立ち上る。

八重歯は子守歌の甘酸っぱさに光る。

＊

何日、盛岡にいたろう。たった二、三日のことだ。二、三日のことだ。「群像」新年号。

一二月二九日（土）

母親と親父がストーブを囲んで、借金について口説き合っている。このどこまでも果てしないモノトーン。

一二月三一日（月）

ひらひらと葉書が一枚、舞い上がって、寄ってきた。ボクはまだ寝ていたので、ふとんから手を出して受けた。

佐藤章からだった。「長谷部とも相談して、早速やることにした。それで、いろんな内容的なことがらを決定したい。とにかく、上盛しだい、来訪ありたし。三人で相談しよう。君がいないことには何にもならん」とこうであった。

＊

小学校と、Yの炬燵で時間を費した、丸一日を。Yは、淡徳三郎の『抵抗』を読んでいたようである。「アッハッハのアッハッハ、笑ってくらせば世の中は、……」。ロッパだったかしら？

ボクは即興したぞ。

＊

《サンセリテ》

馬子にも衣裳で
遠い昔の伝説は
くたびれぞんの
くたびれもうけ。

まだ若いから
若いから
馬子にも衣裳さ
馬子にも。

一九五二年（昭和二七）

一月一日（火）

昔なら一つ年が増えたと祝うところだ。しかしそれは向こう三ヵ月お預け。二番で盛岡へ。イズミが学校へ写真を持ってきた。新年祝賀式で拝顔の栄。日詰公会堂で、スポット・ライトに凝って写したやつ。一枚だけ引き延ばしを頼んだ。

映画は国劇、『暁の討伐隊』(1)。大矢氏から、本二冊借用。『新聞報道の実際』(2)『新聞編集の実際』(3)。朝はYと、帰りは小武方といっしょだった。

一月二日（水）

久慈君宅で、徹夜麻雀。父が泥酔して、渋民駅で死に損なった。その知らせに、驚き、駆けつけ、遠い昔の記憶から引きずりだしてくるように、担いで帰る。顔の皮が剥けている。

一月三日（木）

一番で盛岡へ。章の寝込みを襲う。ラディゲ論、美術論。

ソサエテで練習、生内先生は一〇日過ぎからとのこと。遠藤氏宅訪問、あとで図書館。映画『結婚行進曲』(4)は、ペーソスありの軽い喜劇、監督才気走る。美則や瀬川たちと。瀬川の告白、相手は中学二年、卓球の藤井の妹。その瀬川、大通りを行く、かの美少女を自転車でふらふら付けまわす。連れの上級生を「あいつS（特に女学生などの、同性愛的傾向の対象）なんだ」と、いかにもくやしそう。

一月四日（金）

昼日中は何もしないで、二階に閉じこもり、本棚から手あたり次第に拾い読み。

次いで、酉ちゃん宅で、花札。Eの呼び出し。ポスト。時刻と場所。はい、承知しました。顔色が悪い、頭痛がするそうだ。小学校へ行って、結局麻雀。夜中の二時半まで。

一月五日（土）

《主人は冷たき土に》

髭を剃る人びとの
小さな
小さな
小さな再会だ。
風のまにまに吹き流されて
べたべたした
祖国が
酸っぱくなっていった。

ああ
年月の汚れが失われたとえ
職掌柄とはいうものの
早発性老衰の訪れに
猫ほどの悲哀の容器も持ち合わせていなかった。

鋭く鋭く不意をつけ。
氾濫だ。

こちらをむくな。
顔をそむけろ。

＊

映画は、『アニーよ銃を取れ』(5)『ジェロニモ』(6)の二本立て。

一月六日（日）

終日、丹前のまま、作品書き。「石桜」に載せるための。A　EEY

一月七日（月）

「詩学」「近代文学」の一月号。安心した。つくづく意外性発見せず。それにエリュアールの『苦しみの武器』購入。

＊

汽車一番。雪は晴れ上がって、Eといっしょだ。今まで話さなければと覚悟したことは全部言葉にして吐き出した、ほとんどさらさら無事平穏に語りつくし、やっぱり失敗だったと後悔した。もちろん本音すれすれ、あくまで世間話の範囲は抜からず守った。あんまり好い気になるな、と自分に食傷する。

明日からまた休む、そうだ。一月になってからは四日に一度の出勤、とか。何かの事情を訴えているらしいが、こちらにも自尊心の都合があるのでそれ以上は立ち入らなかった。これはうまくいった。Eに何やらの口実があって、駅を降りて、道はそれた。キップスから夕顔瀬に抜けて、それから別れ際に、「会社に着いたら、もう一度鏡とご相談ください」、ボクはこんなことを言ってしまった。「この髪のことね」。Eはすぐ気づいた。前髪が、これでもかという風に不細工に一つかみチョン切ってある。「気分を変えたかったからなんだ」、そして急いでつけ加えた。「大事件があったの。四日、停電があったでしょ。予感があり、急に思いついて、暗闇の中、手探りで散切り、したら案の定なんだ」。

「そうですか」、とボクは軽くあしらった、受け流した。四日はYとの郵便ポストになった日だった。Eが「……なんだ」と言うときの、あの理知的な高揚振り。映画は、イギリスの『情炎』[7]、ヴァレリー・ホブソン。

＊

《哀歌》

いろんな言葉を知っていた。
いろんな言葉を知っていた。
一五歳のボク。
一五歳のボク。

ときどき
肩をすぼめて歩む。

それだけだ。
あわてることはない。
あわてることはない。

食い残しを
待つがよい。
食い残しは
卑屈だと言うのか。
だが

涙流しの昂奮よりも
ましだ。

それだけだが
冷たい
怒りを
デフォルメするか。

まあ
よい
よい。

ぬかるみでは
長くつだ。
泥の
汚れた湿っぽさには
二度と口笛を吹くまい。

黄色に
錆びた
真昼の空を
くたびれた
両の手で
かき破らんとするか。

幼いころは
思い出すな。
長くて
長くて
それは
退屈だ。
玉ねぎは
こうもり傘には
ならぬ。
玉ねぎには
吸取紙だ。

目は吊り上げるな。
どこにだって
批評家はいるもんだ。
眼鏡がすっぱい口をきく。
役者とまちがえられたら

おしまいだ。

まあ
よい
よい。

ぬかるみでは
長くつだ。
はあて
月の夜には
どうしよう。
裸足でもよし
靴下のままでもよしだ。

いろんな言葉を知っていた。
いろんな言葉を知っていた。
一五歳のボク。
一五歳のボク。

ときどき
肩をすぼめて歩む。

それだけのことだ。
それだけのことだ。

冬の一月だ。
雪が咲いていた。

＊

今朝、章のところへ足を運んだ。新詩誌「アルルカン」のための原稿はよっぽど集まっていた。満足だ。長谷部、異常な存在、恐ろしい。前から憧憬の対象だった。天才だと認めるのは、それでも辛い。

一月八日（火）

部屋の襖の張り替えに一日を費やす。
具体的な言葉を使用すること。抽象語に頼らぬこと。

一月一〇日（木）

文協にいたとき、電話で打合わせて五時のバスで帰ることにしたのだ。雪はまだ吹いていた。風がやむと、それは大きな牡丹雪になった。ボクは図書館を出てから、四時三五分にサン書房に入った。バスはまだこないと言う。泉から仕上がってきた、キャビネ版のポートレートを進呈。ここにも証拠を一つ作ってしまった。バスは故障で出発が二時間おくれた。七時二〇分になってしまった。隣の春雄さんがボクとEに支那ソバやお汁粉をおごってくれた。

バスはゆれた。「大丈夫か」と心配したら、「そんなこと言うと危くなる」。

一月一一日（金）

この寒さ。外は吹雪。講習を終えて、映画を観た。『リオグランデ砦』(8)だ。ジョン・フォードの年齢を思う。西部の視神経、針の穴を通す。

帰り、清枝さんと車中でいっしょ。あいもかわらぬペダンスティックな清廉、狷介《けんかい》孤高。ボクはうまく引っかかってやった。それから、標準語の勉強の仕方について。

一月一三日（日）

学力コンクール。早いとこ切り上げ、文協で五時の汽車までを一時間ばかり。

一月一五日（火）

一日、家にいた。原紙切り。生内先生の合唱練習は放棄。Yは香ちゃんの名で原稿を書いてくれるはず。その新聞にのせるべく、カミュ論を定着させた。変な告白になっちまった。

成人式、Eは「参加する」と言った。

一月一六日（水）

原紙切り、一五頁分。あと半分だから、たいしたこともない。

一月一七日（木）

『決闘、逢魔が辻』(9)クロサワ、クロサワ、クロサワ。

帰りの汽車は混んだ。でも、もう一ヵ月ばかり暗黙の了解で、この時間この車両なんだから、かまわない、やむを得ない。ボクは原紙とキュルチス（初めて知った）の『夜の森』を腕にかかえている。章のこと。図書館のこと。
　突然、掛け替えのない友人、素敵な友人が死にそうだって話しはじめた。それは、延々と続いた。お妾さんの子。結婚もせずに、男の人を自宅に引き入れている。お母さんの兄弟には三人とも、お妾さんがいる。そしてお母さんは、友人を先生の子として、まるでそのお嬢さんに仕えるみたいに接しているそうだ。女中だったと言う。そう言えば前にもちょっと聞いたことがある。先生は新渡戸稲造だそうだ。「自分を絶対出さぬ人だったが、病気が重くなってそれが変った、でもその方がありがたかった」とEは続ける。男の人が、強引に自分のものとしたらしい、それも、その友人が失意の底で苦しんでいたときに。あげくに、あなたがもっとすばらしい人と恋をするならば、黙って引き下ると言っている。Eは何のためにボクを選んでこんな話をするのだろう。その男はYと同じ年だそうだ。それを言うたとき、Eは笑った。歯が光った。

一月二四日（木）

ほとんど眠らなかった、「石桜新聞」の原稿書きのために。書いて書いて書きまくった。午後から盛岡へ出て、中央ホール『アンナ・カレリナ』[10]。ヴィヴィアン・リー。四時の汽車のため駅にきたら、放送局の米田氏が待合室の中央にいて、挨拶を交わす。汽車は三〇分おくれたと言う。次第に演劇論、ラジオ・ドラマに話は移行して行く。「喉自慢」が県北福岡にあって、そこに行くのだと渋民までいっしょだった。

一月二八日（月）

一番の汽車は空いていて、ボクの《悲歌》をEに見せていた、弁解もどきを混じり合わせながら。だが、Eの口振からは、次第に快活さが失われて行く。予期したことだ。
　帰りの四時、駅にEがいない。ところが、汽車から降りてくる、花巻に行ってきたと言う、「出張ですか？」「（うなずいて）これに乗るの？」「ええ」「わたしは会社に寄って行くから」「さよなら」「さよなら」

一月二九日（火）

久しぶりに雨が降ったので、身も心も雨で軟弱、ぐちゃぐちゃ、あの人もボクもすっかり疲れてしまった。とても疲れた。それでも《悲歌》が「すばらしい」とは言ってもらえた。秋浜君、「じゃ弁解はよした」と言っちまった。なら微笑したまえ。うますぎるので、笑っちまった。

一月三〇日（水）

Yからの紙袋には、《悲歌》の原稿と、それへの感想と、Eあての封書が入ってい、とどけてくれとのことである。電話をかけて、四時の汽車で落ち合うことにした。感想も見せてくれとのこと、そこでそれもいっしょにみせた。ところが汽車はすしずめ、ボクとEは一人をおいて、互いにあらぬ方に想をはせていた。渋民駅まで、みうごきもならなかった。

駅から降りた、何か、ボクを避けようとする気配がある、もちろんボクはそれを確かめない。いや、確かめない常識に辛うじてすがっている。それでも、「イノウエ」までできたとき、声をかける、「あの、何か、汽車で、……がっかりしたの？」「いや、何にも」「そうですか、ああ、……」「ちょっと、サトシちゃん、近代的ってどんなこと、彼の感想にあるけど？」ボクは戸惑う。「すぐに答えて。どんなこと？」「彼がどんな意味で使用したかは知らない、漠然とならば、曖昧にならわかるけど」。

あの人はオーバーのエリを立てる。泣いているらしい。何のために泣いているのだろう。これも、漠然としか、曖昧にしかわからぬ。Eは、Yを批難する。「あの人はあんなことを書くくせに、すぐ感情的になる」。

封書で何を突かれたのか？　何が悲しいのか？　もっと厳しいものがあるのか？　怒りで涙を浮べている顔。ついにハンカチを取り出す。ボクまでどう仕様もない憂うつ病に引き寄せられる。もう、ボクにはどうにもできぬ。ほとんど二人ともだまってしまって、清枝氏宅の前あたりにきて、Eはこんなことを猪突に言う。「サトシちゃん早く大きくなるんだな、……」「そうですか」。

また沈黙のまま、別れた。

一月三一日（木）

「夕べ、サトシちゃん、気分を害したの」「どうして？」「だって、さよなら言ってくれなかった」「さよならっては言わなかったけど、かわりに、お休みなさいって、……」「聞えなかった」「興奮しすぎていたからさ」。

二月一日（金）

今朝、やっぱりEといっしょになる。Yとの関係が悪化しているらしい、それが匂ってくる。ボクは忠告めいた言葉をつむいでいる。喜劇役者には、そこらどまりがせいぜいだろう。

「相対的な見地から、Yを理解してやること」

ボクの深いため息混じりに、Eは「感染」とつぶやき、やっと笑った。そしてYから次にくる手紙には、ある宣言が書かれてあるだろう、と投げやりに言った。しばらくして、「ボクはどうなってもよいが、両親がかわいそうで」。また目に涙が浮いてきた。開運橋の仮橋、その雑踏の中でだ。なぐさめる言葉も知らなかった。

「だって、一人、女生徒が好きになったそうよ、ハッタリよね」

苦いものを呑みこんだような気がした。仕方がないから微笑してやった。

＊

昨日、八時の省営バスで帰った。予餞会は予想より楽にこなせたが、マイクの故障にぶつかったのには閉口した。それでも、どうにかなった。みんな陽気にさわいだ。その帰りに、Eに頼まれた『無法者の群』[11]観る。それでおそくなった。今日その話をEにしたわけだが、Yとの関係で何か重要なキーポイントとなっているらしい。あの映画のフロンティアマンとその愛人の問題だろう。Yがあの映画に見い出したものは、あの保安官にどこまでもついて行こうとするオリヴィア・デ・ハブランドか、あるいは新聞記者についてか、どちらにしろ、ボクはEにはストーリーだけを聞かせた。それ以上教えるとつまらなくなる。

今日は『二世部隊』[12]。日本人であることの苦い味。いったいどんな効果をねらって製作され輸入されたのだろうか。

二月二日（土）

吹雪。章に会ってきた。

二月三日（日）

バスで出かける。学校で吉見先生と編集と割りつけの作業。それから、つれられて、御馳走になって歩く。

二月五日（火）

日報社に大矢氏と連れだって出かけたが、用を果たせず、授業をサボッテいるので（大矢氏、卒業試験）、学校に帰るわけにもいかず、文協で時間しのぎ。鼻のつけ根の部分がかわいいミッちゃん、まだボクのことを忘れずにいた。お願いしたのは、例のボクたちの雑誌を印刷してもらうこと。やれやれ名案ではないか。

二月八日（金）

『イブの総て』[13]。

長内印刷所にはじめて原稿をはこんだ。かへり、「白鳥」で吉見先生と対で時間をすごした。

二月九日（土）

演劇部の送別会あり。新聞は月曜にできる。毎日のように写真を取っている。いわゆる記念写真というやつだ。Eから電話がかかってきて、Yが学校に出ていないと言われたが、本当かどうか調べてくれ、とのこと。会いたくないための口実かも知れないから、とのこと。柏高校に電話した、どうやら真実らしかった。

二月一三日（水）

メニューヒン[14]を映画で聴いた。混雑していた。Eと約束したもんだから、ラストで帰った。何もしゃべり合わなかった。時間を打ち合わせたのは、何だったろう？

二月一四日（木）

大学へ行くには五〇万円かかる。E、あなたはこんなことで心配してくださる必要なんかさらさらありませんよ。あなたはボクの姉ではないのですからね。

二月一七日（日）

夕べ、呑んだ、角瓶二本、酉さん宅。

二月一八日（月）

Eは今日会社を休んだ。手紙がきて、Yが風邪で休むことを柏高校に電話してくれとのこと。何で、それがボクの役割なのか？

二月一九日（火）

今朝、後からきたEに追いつかれた。「空気不透明は春が近い証拠」とふざけたら「もっといい春を手に入れた」と言葉が返る。「どんな?」と問うと、「もったいないから、教えたくない」そうな。

帰り五時。E、たいへんなことに、道で発作を起してしまった。今朝あんなことがあった後だけに、このボクはオロオロし過ぎ、どうやってお家まで送ったか、まるで覚えていない。この不器用者め。

二月二〇日（水）

Eは当然休んだ。
クセジュ[15]『フランス革命史』など。

二月二一日（木）

雑誌「石桜」はだいたい順調。明日持って行けば、原稿は全部納めたことになる。写真がうまく入ってくれればよいが。「ワンマン雑誌」と皆が言う。愉快になってやる。

長内の帰り、Eへ電話をかけた。いまいと思ってだが、ところがいた。

「昨日休んだので仕事がたまっている」、そして、例のこと、まだ心配していた。

二月二二日（金）

「Yが大病かも知れぬ、そんなうわさがあった、たずねてほしい」と今朝頼まれた。「他人の経歴を自分の生活でもって置きかえる」は、デコアメルであったろうか。Eのつぶやき、「あなたはいつも聞き役に廻っているけど、素知らぬ顔でそれがあなたの日記に置き代えられるのね」「男は人間であるけど、女はあくまで女なんだから」「サトシちゃんが、聞き役から話し役に移るときは、耐えられないほどこっちの傷口をつく。もうおそいのに」。

つぶやいては、涙をこぼす。こらえている。それがようくわかる。かわいそうだが、どうにもならない。より深い沈黙のなかに閉じこめられて行くだけだ。駅からすぐの舟田の坂で、あの晩のE、発作のときのE、かがみこんだEは、凍りついた道の匂配を二メートルぐらい滑っちまったっけ。うめきにうめいて、泣き声が辛かった。記憶は鋭く、怪しい想念となって成長し続けるだろう。舟田橋の手すりを抱え、崩れてしがみつき、危うく北上川に落ちこんでしまいそうだったE、手すりを伝わって泳ぐようにして、ようよう二人で橋を渡ったのだった。星はあったが、それでも暗い晩だった。圧し殺したように、「いいの、すぐよくなるんだけど」と何度も何度もくり返していた。後ろからからだを支えて、ボクは当惑の彼方を歩んでいた。

＊

来週の中央ホールは『シラノ・ド・ベルジュラック』[16]。ホセ・ファラーに会える、感謝してやろう。このごろ、人気役者秋浜氏も鼻高々、それは結構ですな、どういたしまして、何事も冗談の構えが秋浜氏の商売。芝居のためならば。

二月二三日（土）

章からの電話によると、きたるべき詩誌「アルルカン」の印刷は、阿部謄写堂に依頼するのだそうだ。そして長谷部氏からも電話、やわらかにかすれる響き、ぽつりぽつりぽつり。肩をすぼめて歩いているような。

一二時を回り、停電になる。それに少し過労ぎみのようだ。寝よう。

まるで春の訪れも知らぬげに、雪がところどころの泥土に白く被さりのぼさっている。今朝、駅まで足は困難を極めた。Yに電話をかけた。「ゲラを渡したい、どうしたらいいか」。五時のバスを打ち合わせた。

電話は文協でかけた。ミッちゃん、放送局に出かけたそうだ。時間つぶしに映画を観た。魔法の絨緞が活躍する『バクダットの盗賊』[17]。さらに時間があまって、図書館に行ったが章もいなかった。ぶらぶら肴町にいたら、ふらふらミッちゃんが自転車で帰ってきた。松屋の前で、大仰にふざけた挨拶の儀式。Eが通りかかる。四時にはおくれたそうな。文協に戻る。吉見さん宅に電話をする。柳館先生が取り次ぎに出る、ボクはとたんに電話番号をまちがえたのじゃないかと思ってうろたえる。

＊

Yがお家族の方々といっしょに乗りこんだ。バスには、親父もいた。五時五分前、Eが岩女の方向からやってくるのがみえた。バスは混んでいた。EにYが「この反抗児も酒に呑まれて泣き出すんだから、かわいいものさ、急に静かになったと思えば一人で涙を流しているんだよ」と言った。赤面した。昨日、Eに「酒が入ったとき、他人に告白させるのがうまい」と自分をほめ、「そしてボクはいつも聞き役でして」と弁解したばかりだったから。アキレスケンは人に触れさせたくないものだ。三人に、いつもの沈黙が訪れた。ゆっくりゆっくり渋民がきた。

＊

トミ叔母ちゃんが、これから滞在する。胸が悪い、実家に帰ったというわけだ。当分、日中も寝ていたいそうな、ボクの部屋には布団が二つ敷いてある。

二月二四日（日）

校正、嫌い、つくづく、そう思われる。今日はまったく不愉快だった。一一時四〇分まで渋民にいた。Yに「地方文学への提言」（遠藤氏の名で発表する）を一枚半書いてもらい、それを奪うようにしてひったつくてバスに飛び乗り盛岡行き。学校で吉見さんに報告、その足で長内へ。今日は社長も支配人もいなくて、やせたのっぽ男が、横柄に応対してくださった。「写真版が多いからへらせ」と抜かしやがる。社長も明日はいるにちがいないからと、吉見さんに電話をして引き伸ばしを図ったが、その吉見さんがいいかげんに妥協しようとする、水泡にきしてしまいそう。でも、どうにかなる、どうにかする、ボク一人でも明日までねばるつもり。田村氏を文協にたずねて、愚痴。章と上田氏もいた。

二月二五日（月）

今日も長内とまずく渡り合った。このごろ、どうも眠れぬようだ。もし、目が覚めたら日記を書こう、と決心をし、そのようにたしかに目は覚めた。冷い空気が入りこんでくる。障子がさらさらと音を立てている。またまた雪だ。停電だった、ついの今まで。雑誌は、三月一日までに出すことができるだろうか。いやだ。いやだ。いやだね。もう疲労困憊。口をぱくぱく、魂魄困迫。

二月二六日（火）

雪がたいそうに降った、降った。《悲歌》のゲラが今日出た。アカを入れたら、たちまち真っ赤になってしまった。吉見さんと長内で過ごす。ラーメンが、おいしい。

二月二七日（水）

泉が、今日タクちゃん東京に立つと教えてくれた。七時の準急で。おどろいた。少なからず、あわてた。ラストで帰ることにした。長内を出たのが四時ごろ。それから文協めがけて肴町へ出たら、上田氏にばったり会う、タクちゃん見送りに行くのだと言う。

五時半発とのこと。七時の準急の説は、実はみんなに見送られるのがいやさのあまりの芝居ときた。とにかくボクは七時にする、と言い置いて一端別れる。章に中の橋で遭遇。蕎麦屋の二階から呼ぶ声がする。吉見さんだ。小笠原普先生と柳館さんの三人。ここで七時の時間までをかせいだ。

駅は別離をかなしむところだった。やはり、この時間まで延ばすように説得されたんだ。一所懸命、弁解に努めていた。だれも笑ってはやらなかった。タクちゃん、ついに行ってしまった。涙が目にたまる、押し戻そうと努力はした。見送りにきたのは少なかった。その中にフユキさんと米田氏がいた。ボクは、あっさり、入れ違いのラストであっさり、風景と別れた。

二月二八日（木）

大詰めの忙しさ。締め切りには滑りこみで間に合うとか。ついに、長内に泊まる。男連中三人と宿直室で。帰るのがいやになっただけ。それだけのこと。

二月二九日（金）

できあがった。一〇時半だった。写真のまったくのひどさかげん。おまけにキャプションが間違っている。楽譜のページもミスあり、恐ろしくなる。
けむりてる、中津の川の。
こんな感傷をたずさえて、『シラノ・ド・ベルジュラック』。
夕方、吉見さんと二人で寄宿舎に押しかけ、田口先生を呼びだし、厚生市場にくりこみ、大散財。

三月一日（土）

できてほやほやの「石桜」を、卒業生たちには急ぎ売りつけた。
ボクは疲れている。今日は家に帰る。Eが駅にいた、せきこんで話し続けた。

三月二日（日）

盛岡。
岩女で高演連の送別会。一人たかぶり、歌って騒いで、みんなを圧倒して、四時半の汽車に乗ると、さっさとさよならしてやった。

三月一九日（水）

学校。野間が酒呑んで、風呂に入って死んだ、と言う。友人（名前は伏せてある）とだそうである。あいつも、いつのまにか酒を呑むようになっていたのか。そう言えば、Eが今朝、歯がかけた夢をみたから、死人があるかもしれない、と。いつもそうだから、と。

東大通りで、道すがら帰省中のSと目が合ってしまった。そのとき、フキといっしょだったので、彼らが久し振りを歓談している間、ボクは飛んでもない方向をにらみながら、この苦痛を耐え続けた。

後で、Tとの電話で、Sが謝罪の伝言を頼んでいたのを知った。東大通りの一件の前に。また、機会は瓦解した。

そこでお酒を呑む。ウイスキー二杯、ミッちゃんにむりやり呑ませて、かき口説く。この人、いい人。ミッちゃん、ボクに好意を持っているらしい。こんなたった二人の場所で、Eに電話したりしたことを、いつかあやまろうと思う。

三月二〇日（木）

からりと晴れ上った。昨日の雨は、忘れた。文協の後、『箱根風雲録』[18]。

通信簿、理科が全部3これにはまいった。

＊

渋民に帰ったら、隣の奥さんが婦人会の演芸会のお芝居を手伝ってくれとのこと。吉田先生と小綿先生宅の稽古に伺う。

三月二二日（土）

小学校の同級会。ソフトを被った幸作。赤いマフラをした長吉。ボク一人酔っぱらわずに、女の子たちといっしょに、みんなを介抱し後始末をしてやった。すごくボクは強いらしいぞ。茂兵君が血を吐いた。

三月二四日（月）

映画なんか観て、一日を過去に託してしまった。実は日を間違えて盛岡に出ちまったのだ。いたしかたなし。そこで『折れた矢』[19]と『四枚の羽』[20]。

上りの汽車が、六時間ぐらいおくれるらしい。青森に大雪、ダイヤ混乱。盛岡だって刺すような風が吹いて、ひりひり吹雪いた。

三月二七日（木）

ラストで帰ると約束した。映画『明日ではおそすぎる』[21]。
新しく買ったラバソールの靴、履き具合申分ないが、足ばかり大きく目立つ、マンガみたい。

＊

Tと二人が学校代表で、裁判所見学。すなわち、良識の圧力と洪水を存分に味わってきました。
「質問いたします。市内高校模範生の皆さんにおきましては、……」。この職業の人たち、一人でしゃべる時間が長すぎる。

三月三〇日（日）

二番で出かけた。Eも。
ソサエテの会費を払いに、学校。ついでに練習参加。サボってばかりだから、居心地悪い。たまたま訪れてきたSと、またも無視のすれ違い。背がスラリとしていた。
午後、泉宅。章が帰ってきている。長谷部氏は落ちたそうだ。五月に予備校に行くそうな。ミッちゃんがお化粧してそこにいた、恥ずかしかった。詩雑誌の話、再燃。

四月一日（火）

明日演芸会、そのままで。地で行くこと。いまさらどうになるものではない。

四月二日（水）

朝から馬鹿げた不安でいっぱいだった。でもどうにか過ごしはした。ドーラン化粧は、皆さんはじめてとみえて、もうそのことからして大先生扱いだった。

四月四日（金）

盛岡、けむりて流る、中津の川の、長谷部氏宅訪問。妹さんにお目にかかる、「兄さんは夕べおそくて、まだ起きてませんが」「いいんです、これ渡してください」と詩原稿押しつけて、飛び去る。長谷部氏は降りてこなかった。明らかに避けている。中津川だよ。あの川は。都会人への、ボクの劣等コンプレックス丸出しだった。

文協。よく、人が集まるね、あそこは。台氏、東大進学を薦めてくださる。

四月八日（火）

今日は始業式。三年生。学校は、バベルの町だ。教室の椅子が新しくなった。担任は変らぬ。四四席となり下がる。背の順番、小さい方から六番目ということ。

学校に、章から葉書がきていた。二次で落ちたとのこと。「アルルカン」の編集、半ば通りまでできたとのこと、よろこぶべし、この上は率直に。学校care of なのに、最後「痛飲しよう」なんて文句があった。戸嶋先生さんが渡してくださったのだが、気づいておられたのか、あやふし、あやふし。

＊

午後、アンデパンダン展。お猿の行列。どうして、お里が知れるような絵の羅列なんだろう。

そして、文協。お患いであったとかで、すっかりおやせになったミッちゃん。これから今月いっぱいお休みになるとか。ベッピンさんになったねえ。これは上田さんの言葉。

図書館へ向かう途中、武田先生に呼び止められる。そして、今年の国語の計画なんかを話してくださる。それによると、選択は吉見さんらしい。まいった。

四月一一日（金）

新入生との対面式。副会長か。出版で今年も苦しませるのか。

『イエスの生涯』モーリャック。

四月一二日（土）

英語教師、この新任はいかさま師。ほんとに、ミシガン大学卒業か、あぶない。ボイコットは必至だろう。

吉見さんと雑談。「アルルカン」のこと。新聞を手伝ってくれとのこと。

＊

Ｅは映画館にいた。ボクは途中からお隣に坐る。『港のマリー』[22]、フランス映画、監督はカルネ。雰囲気、atmosphere。
お蕎麦を食べて、商工館にちょっと寄って、五時で帰った。

四月一三日（日）

啄木忌。四〇年なりか。

四月一九日（土）

《四月の朝》

夜来の雨が吹き飛ばされ、
空気は風邪を引きそうなくらい澄んでいる。
四月の朝だ。
光まばゆい火事の染物工場。
新鮮な風の郵便屋。
鳥取では五千戸焼けた、か。
四月の朝が
黄色に染め上げられた。

四月二〇日（日）

今日は一日寝ていました。こんな本が読まれました。『村のロメオとジュリエット』ケラー。『ギリシャ・ローマ神話』[23]。それに『バイブル』を少々。みんな借用です。

四月二四日（木）

学校で進学調査があった。「未定」と大きな字を書いた。はしゃいでいる奴らが、腹立たしくて仕方がなかった。「石桜」は、どうにかなるだろう。新聞はどうやら下級生だけでやれるようだし。ボクはボクのことだけやっていればよいわけだ。
親父からもらったもので自己卑下することは、もうやめています。

《春がきた》

雲は童謡を歌えない。
あれは、傷ついた骨々を洗う
風のうわさ。
鈍い空の反射をあびて
スプリングコートのひだに
泣き虫が見え隠れする。
めまいが花びらを吹き寄せて
春を呼吸している。

五月三日（土）

櫻に浮かれ出した人たちのために、ほこりまみれになる前にと、『天井桟敷の人々』(24) に潜る。ついに会いまみえた。終日、映画館にいた。明日もこよう。

五月五日（月）

子どもの日なり、岩手児童文化協会の日なり。一日酷使された。

五月六日（火）

E、今年はじめての真紅のトッパー。
高松の池、にぎわう。T、升田、小笠原、金沢、吉田耕陽氏の面々でくり出す。
文協は、戦争玩具追放のキャンペーン。
コクトー『阿片』。

五月一一日（日）

胸の右上、圧迫感。鈍痛。苦しい。ときどき呼吸困難。右手を上下させるのも、辛い、心が晴れない。そして、いたずらに疑心暗気。
それでも、小学校に出かけて原紙切りにはげむ。

五月二四日（土）

Eにうるしが出た。皮膚が弱いんだ。明日までに直るか、大丈夫とたずねられた。
「英語世界」六月号、『国文法表覧』、『哲学辞典』（青木文庫）などなど。

五月二五日（日）

朝、Yがきて、Eのこと、つまり、うるしのこと、しかじか。姫神山に行くつもりだったのがおじゃんになった、しかじか。天気がよくて、風は少し強かった。それはお気の毒と口をゆがめて、笑ってやりさえした。

初夏だなあ、つくづく思った。Eと山に行くためにあつらえたおにぎり、御相伴にあづかる。

五月二六日（月）

よい子ちゃんがいっしょだ。この子、ボクに親しげな表情を見せ過ぎる。

このところ相変わらず映画浸り、特出は『宝島』[25]『戦国無頼』[26]ぐらいか。

六月九日（月）

進適模試の結果が突拍子もなくよい。おどろいちまった。

六月一〇日（火）

すこし自信がついてきた。「英語世界」七月号、「世界」七月号。

六月一一日（水）

よい子ちゃん、今日手術する。水戸医院。

英語講習の試験三回目の発表Tの次。

六月一三日（金）

連日映画、『哀愁』[27]、ダニー・ケイの『ハズは獲物』[28]、『RED RIVER』[29]、これはつまり、西部劇でござる。

最小の努力。次にはこうか、……最大の効果。ざまあみやがれ。

六月一四日（土）

急ぎ足は、あれは、背の高い奴らのすることだ。二本のマッチ棒で、風にうなりを生じさせ歩いて行きやがる。切ない、唖《おし》となりはてた、古風なボク。悔いの心は、いくら蛙がにぎやかな寓話を合唱しても、ボクをゆすぶってやまない。「もう、どうしてあの日を生き直すことができよう。あれがみな間違いだったと言って取り返せよう」。

このノートに費す浪費を、どうしようか。唖の時間を、いつまでたどたどしい針模様で飾り立てるのか。ボクはパスカルを読もうと思う。

＊

今日も汽車はモノログではじまる。対話は、ぬけがらだらけとなってしまった。泉をつれて、午後、公会堂で名画祭の『自由を我らに』(30)に行った。途中からだった。あかりがついたら、Eもいた、Yもいた、気づかぬ振りをしてやった。どうして、そんな気持ちになったのかは知らぬ。丁度、見たところまできたとき、「帰ろう」と泉を振りかえったら、不服そうな顔をしていたが、それでも立ち上った。二人はまだ、席にいた。表に出たら、真昼の太陽が照りつけるので、ボクは少し元気づいたように思った。泉に悟られるまいと懸命だった。

六月一五日（日）

あんまり、日が高いので、いろんなこと、自嘲やそばかすを思い浮かべ、きらきらする光を食べながら、すぐに乾いて行く涙におとむらいの口調で別れをつげる。いささか、あきれはてた。

早合点したもうな。この上は、ショパンとでも行きますか。ああ、ボクは未練のような華麗な呻きを知っている。やがては忘却の渕だ。わびしい、な。

六月一六日（月）

映画は『マクベス』(31)を見た。今朝、たずねたら、「あれは、見ない。だって暗いんでしょう」ときた。いやな映画だった。映画館を出て、サン書房、Eがいた。バスに乗った。ボクはすぐに陽気になることができた。いろんな、ささいな、振出しが咲き始めた。Eに手相を見てもらった。金が儲かるそうだ。

六月一八日（水）

今日、社会の時間に、雨軍備［ママ］についての所信を書くように、と一枚の西洋紙を渡された。みんなも、とまどっているようだった。何が表現の自由だ、適当、適当に書いた。冷や汗が出るにまかせた。同情してやるまでもない。陽気なボクは、語りだしたら、のべつまくなしだ。のべつまくなしだ。沈黙はギターのセンチメンタルほどの解決案も提出してはくれぬ。陽気なボクは沈黙してはならぬ。

Yが五時の汽車で、渋民。例のごとく、Eに要件あり。よって、『チボー家』三冊といっしょに持って行った。一家総出で店で働いていた。自分ながら感心するほど、処理はうまかった。「はい、三巻、四巻五巻」、そう快活につぶやきながら、ちらりと紙片をEに示し、本の下の手ににぎらせた。

六月一九日（木）

ポケット検査があった。戸嶋先生は、ボクを除いた。何か、誤解しているようだ。

六月二〇日（金）

中間試験第一日、肩すかしを食わされたようだった。英語で確実に間違ったところがある。いや、ほとんど技巧上の問題なのだが、また、山中先生が皮肉なお顔をなさるだろう。ボクの翻訳スタイルの文章は困りものだ。それにしてもこんな文体を好んで身につけた愚かさを恥じる。

ジードの全集本で『田園交響楽』を買った。それからラジオのテキストなど。

六月二一日（土）

《蒸し暑い夜にはラムネ》

蒸し暑い夜にはラムネがよい
その皮肉に降りそそぐ諷刺の雨がよい
そいつをぐっと一息に飲むのがよい
ときどき胃袋の非難をあびて
多彩乱雑に不穏なゲップがよい

疲れ切って肥満した夏の夜には
どうせどうせのラムネがよい

六月二四日（火）

試験が一時間ばかりおくれてはじまった。鍋谷先生が遅刻して登場した上、問題を忘れてきたというのだ。数学はやっぱりよくない。ちっとも心配になんかならなかった。毛頭御心配無用。『凱旋門』[32]見た。今朝は雨が降ったっけ。『アンドレワルテルの手記』[33]読了。台風は上陸したとある。『荒地詩集』[34]。何のために買うつもりになったのかわからぬ。

六月三〇日（月）

雨が降ったのにEは汽車だ。窓の雨を指で捕えて、会話する。雨が、あおざめて横切る。ささやきは息切れがしている。

今日性格調査というのがあった。自己分析をしろ、とのこと。あらゆるかぎりをつくして、自己卑下の形容詞に取りかこまれるのが関の山。

七月二日（水）

雨は晴れて、朝、空気が灰色にくすんでいた。

淀川長治という映画評論家の講演。「石桜新聞」に書いてやることができた、うれしかった。『英文法総覧』新津米造。

＊

駅ではYだ。二人ですわっていたら、E。ボクに、「どうして今日はおそくなったの」と問いかける。上気していた。それにYぎこちなさ。雨が強くなってきた。降り出したのだ。創刊された雑誌「ペン」のことなどについて。ときどき虚に乗じてやる。Eは、レース編みをしている。会話には、参加しない。

帰り道、雨は止んでは、また、降り注ぐ。Yは、レインコートを持っていた。ボクはEと、小さいパラソルに入っていた。雨がすべてを美しくする。夜が、お化粧用の道具だ。昨日だっただろうか、Eに、蛍が出ているのを教えてやったのは。一匹いた。雨を避けて、葉かげで光っていた。Yは二人の入っているパラソルの後ろから、ついてくる。ボクはEにいつもの口調でささやいている。Yが「もっと寄らないと濡れるのがひどいよ」とか「傘のさし方、下手だな」とか声をかける。

下はずれにきたら、再び晴れ上がった。Eはボクたちからおくれて、ジュン子ちゃんたちといっしょに町に入る。ボクはYと、コージとジュン子のMAKE LOVEについて、うわさ話。これで、今日も安全だった。それでよいと思った。

＊

《雨》

みすぼらしくなったもんだ。
てんで、こう、祈りの声が多すぎると
置き土産が多すぎると
どうにも困りきって
黄色い肌をひっかいているボクだ。

濡れるのはいいが乾かすのが厄介。
雨といっしょに湿った宵の湿っぽい追憶
ふういふういと消えるのならいいが
このぐずぐず衣裳
金輪際脱ぎ捨て不可能
頭抱えこむ不始末。

帰ってくる日日でもあるまいに。

これで今日ボクは安全だった。

この雨が父親ゆずりの微笑をつくってくれれば。

七月三日（木）

今日から、黒いシャツだ。汗は、ボクの安全宣言。Eに会ったら、昨夜帰りに、定期券入りの財布を落しちまったそうだ。あの雨のなかで、鞄の中から飛び出したのだろうか。ボクの写真が二枚入っていると笑う。ボーナスの一部、二千円ばかりも。それではだめだろうと思った。でも、歩いてきたようなところを、注意しながら歩いた。駅で、EがYにそのことを知らせる。Yは真面目に答えていた。「馬鹿だな」と、こうである。こう言うものかなと思った。「ちょっと、汽車賃！」と言ってお金を借りていた。

盛岡駅で文協の千葉さんにばったり。松尾に行ってきた、山本安英[35]の件で行ってきた、と言っていた。

七月八日（火）

《安全週間》

できるだけ、明るくしてやろうとしたんだ。
でも、指紋が血を吹いている。
ああ、血の泡のその血の泡の貧しいほほえみを
ハンカチーフにくるんでしまうのがボクの「安全週間」

ルソーの絵は
だまってたたずんでいても
いくら抑えても抑えても
いつか一面の沈黙にこらえられなくなって
神経が赤く波立つさ。
ハンカチーフににじんだシミをぼんやりながめながら

「安全週間」の延長願いを考えるだけ。

七月一二日（土）

『にがい米』[36]をみた。マンガーノの魅力。
西ちゃんの家の前で涼んでいたら、Yがレインコートに包まれて現れた。今、ラストで帰ったとのこと。『にがい米』は昨日見たとのこと。

七月一四日（月）

この日がパリ祭。
ボクは、タブーである言葉を使わないことに誇りを感ずる。それでよいのだ。

七月一六日（水）

日之岡さんは怒っておられた。ボクは目だけを大きくして、ただ、沈黙を守っていられた。ボクの返事の「ハーイ」が先生を軽蔑している、と言うのだそうだ。ボクはそのとき、『日本にいるアメリカ人』[37]というソ

ビエト記者のルポを机の下にかくして読んでいたので、その始末に弱りはてていた。

　先生は怒るだけ怒ると、後はまたフィヒテの授業に戻った。怒ると魅力的になる、それほどエネルギッシュになるのだ。今日叱られたのは、生意気なボクへのいい教訓だ。自戒の必要が多い。

　守屋新助『高等国文の解説』。

七月一九日（土）

明日から夏休。「海抜と名のつくものには登らない」、それがモットーだったのに、八幡平には行くことにした。今日、Tの家に行って、計画立案。吉田耕陽氏が主将株だ。服従してやる。

　ラストで帰った。

　Eが『眞空地帯』[38]を貸してくれた。模試の英語、まあ満足。

七月二一日（月）

八幡平。小豆沢から松尾行き。まもなく、ふとんから這い出して、仕度をせねばなるまい。今朝、五時一〇分の汽車で連中と落ち会うことになっている。出発だ。リュックが重い。

七月二二日（火）

　ゆうべは御所掛の温泉に泊まった。一日つかれた。そんなにまだ変化なんてものはない。みんないいやつらだ。バスで、よっぽどゆられた。

　それから昨朝、汽車で坂本嬢と乗り会わせた。荒屋新町の駅の電話交換手をしているそうである。芝居のことなんか、退屈しのぎに談笑。

　この御所掛までは、道に迷った末ようやくたどりついた。もう、焼山なんかには行きとうもないくらいだ。結局ここで、明日まですごすことにする。泥沼に足をつっこんでしまって、熱い熱い、どうしても抜けようとしないので、すっかりあわててしまった。ズボンは台無し。ウイスキーとコーヒー、本格的に飲むのはボク一人だけ。隣のパーティは、秋田能代の高校文芸部だと言っていた。頭の鋭い女の子がいて、チョッカイ出したら、こっちの部屋までついてきた。みんなが、さっそくマヤとあだなをつけた。ここの温泉は混浴である。

七月二三日（水）

八幡沼の水は冷たい、きりきり。魚が棲めるかどうかは知らぬ。昨日ボクたちは午前中にここについた。一番の難コースだったそうだが、あの石塊の突き出ているコースをうらめしく思った。
　いいところだ。ヒュッテ凌雲荘には薪も貯蔵してある。とりわけ山稜のなだらかな線が好ましい。午後はいかだを組んで遊んだ。女学生たちも、夕方までここにいた。あんまり水が冷えてるので、米をとぎにくい。ライスカレーをいっぱいつくりすぎてしまった。雲海が、すばらしい。岩手山が、すばらしい。Tってやつは、すばらしい。こいつとボクは今日ほど語り合ったことはなかった。夜になるとすごい霧だ。これは霧がさせたのだ。実際黙っているのがたまらないのだ、足を踏み外すと闇尼［ママ］投げ出されるのだから。

＊

もう山を降りるわけだ。飯盒の中には、お昼の食がある。あとは松尾ですごして、そして、帰宅だ。これでおしまい。日には黒く焼けた。かつてトランペットに執心したボクだった。山でもう一度吹きたかったなあ。

七月二五日（金）

野球は盛商に負けた。目を泣きはらす、選手たちだった。
『ホフマン物語』[39]を楽しむ。五時の汽車には、E。暑い。ボクの皮膚は黒々輝いている。

七月二七日（日）

『眞空地帯』をやっと読み上げる。ボクは圧倒された。ボクは感動しやすいようだ。

七月二八日（月）

夜、八時半ちょっと前、昔水車があったあたりを散歩していた。遠くから白いものが近づいてくると思ったら、案の定Eだった。大きな身ぶりですれちがいざま「お晩です」と声をかけた。Eはこの唐突の処理から離れてから、「どこに行くの?」と声を返してくれた。「どこに行ったって、かまわないでしょう」。ふざけた調子のボクに、遠ざかりながら何かつぶやいたようだが、ボクには聞こえなかった。

ひえ畑を風がひゅうひゅう吹いて、ボクは三年前を思い出していた。Eはどこに行ってきたのだろう。ボクは、ただ、口笛を吹いて、家に帰ってしまった。何とつぶやいたのだろう。ラジオは、オリンピックの実況だった。

七月三一日(木)

かつて愛した言葉たちには、もう食傷しかけている。ボクは静かにパスカルを読もう。

七五〇章。「もしユダヤ人がイエス・キリストによって全部回心させられていたら我々は疑わしい証人しか持たなかったろう。もし彼等が絶滅していたら、我々は全然証人を持たなかったろう」[40]。

ボクはただ、振り返ってみるだけでいいのだ。悲しくなるのは、致し方ないとしても、もう思い詰めるには及ばないのだ。ときどき、ひえの青々とした上風を一人でさまよえば、心がいたぶられ、かえって安らぐのだ。重い心はボクだけぢゃない。よくありがちなことだ。よくありがちなことだ。

*

飛魚は飛ばない。むかしの双葉山。それに木村名人。みんな血の気が失せて行くように去ったが、古橋さん、あなたもついに負けましたね。風が痛ましく、あなたは何も言えなかった。あなたは樹のように立ちつくした。黙々とした表情に、息がつまってしまうのです。勝負の世界って、厳しいですよね。ボクはあなたの不幸を想う。踊らされて、無防御に力尽き果てたあなたの不幸を想う。

八月三日(日)

酩酊、酩酊。大工さんたちと飲んだ。酔っ払った、酔っ払った。正体を失った、焼酎だ。もう一年以上も焼酎飲んでなかったのだ。それでよい、それでよい。

八月四日（月）

野球はまた延びた。それから、それからと雨の連続だ。蒸し暑い日だ。

ボクは中学校に今までいた。夜中の二時である。夕方、Yが伯母上を東京に送りだしてきたと言って、ボクを呼び出した。しばらく日出ちゃんの家の前でボクたちは涼んでいた。それから、三人で中学校。ウイスキーをかたむけたわけだ。Yは、一口飲んで、うまい、と叫び、そして、告白をはじめた。今宵、雨上がりの空は薄く雲に覆われて、月はまあるく輪郭をきわだたせていた。

「自明なことには我を張るな／兎角浮世は歌よりは／踊りの方が先にくる」『贋金作り』[41]の中でひろったこんな詩が、所嫌わず飛び出す夜だった。Make The best of ……

Yとの年月が、肩から滑り落ちるように遠ざかって行った。形容詞を知っている人間には虚栄がついて回る、悪あがきが見苦しい。Yの告白については聞かぬ振りをするしかない。彼は泣いた。苦しんでいるとは、露、御存じなかった。彼は明白に、酔いどれた。

夜は閉じた。ボクは、完全に自制に成功した。ボクは今日、打診すらしなかった。「御免」と沈黙を破ったのはYだった。ボクは顎を上げて遠くに目を走らせた。

八月五日（火）

急行バスで、野球に出かけた。そして負けた。五対四、まさに劇的な敗北だ、敗北だ。

小武方投手がかわいそうだった、小武が。

八月七日（木）

失語症の予感が、ボクを萎縮させる。今日はお蒼前さんのお祭りだった。でも、ときどき、やはり雨が降った。冷たい日だった。

八月八日（金）

Eは盛岡に出ていない。いや、ボクの目が触れる当然の時間と場所に行き会わせなかっただけ。今日から夏期講習がはじまった。

三船の下宿、アコーデオンとギターにまみれる。

映画『パリのアメリカ人』[42]。この映画はたのしい。ユトリロの絵が、どこまでもボクの目に食い込んで、新鮮だ。

八月一〇日（日）

夜、Yからポスト依頼、Eは不在。

八月一一日（月）

国劇のちゃちな西部劇、『ネブラスカ魂』[43]を退屈しながらの帰り、サン書房で佐藤章とばったり。「こないか」と誘われる。「いいでしょう」と当然の答え、夕方、大勢の人間が集まって、騒いで、それから市中に乗り出し、梯子をかついでほっついた。タクちゃん、アイタさん、開井氏、遠藤氏、章に、それから後で上田氏、えいと、もう一人図書館の中村氏。八幡町で一軒一軒値段を聞いて、値切って歩く。奇行合戦の数々。当然、この高校生は揚がらせてもらえず。

八月一五日（金）

今日ボクは健康だ。くちびるには、ほほえみを！そして、誰か近づいてきたら「お待ちどうさま！」と呼びかけるのだ。明日は明日の風を吹かせる！

八月一八日（月）

日報の夏期特別学力コンクール。胸にわだかまるものがある。

八月一九日（火）

今日から、学校。

ボクは、人生直接の体験が不足しているから、生きたお芝居を書けないと念を押される。リアリズム信仰が憎い。そりゃあ、若過ぎて、何も知りませんよ。劣等感にさいなまれる。でも才能は有り余っている。ボクが書くしかないのだ。真実困った。自分が悲しい。

こうなった以上は、これを相手にしてやる。このための苦しみだけが、ボクの直接の体験なんだから。電気スタンドを消して、ボクはふとんに寝転んで、お芝居のプロットを考えて、目を光らせている。

八月二〇日（水）

《秋風の歌》

秋風が
ボクの空洞を吹いて
荒唐無稽の夢にむせんだ。
この蒸し暑い脂肪を脱ぎ捨てたい
断食してやりたい
黄色に染まった二本の指がチョークになって
ガラスの黒板を「茫然自失」と走った。

八月二一日（木）

学校、三日目。Eとの会話のトーンは、夏休前の正常に復した。これが危険なのである。Eが『ワルテル』をかかえていた。

八月二二日（金）

夕方、小学校に行ったらYがゆかたのままで、ぽつんと校庭の真中に立っていた。どうしたの。今、何してるの。こんな言葉が照れ隠しに交わされた。鶴飼橋の方を散歩してきた。二人連れの一人勝手。思いは別、聞こえよがしに、しどろもどろに、自問自答。……創作劇、ボクには、書けないか。書け。賭けだ。岩女といっしょにやろう。それでよい。

八月二三日（土）

映画『欲望という名の電車』[44]、ついて離れられない予感。

八月二四日（日）

雨。一日降り続ける。一日寝ていた。

八月二六日（火）

朝、ボクはヴァイアンの『よい目よい足』[45]について関心があると話した。そしたらEは四時の汽車から降り立ったとき、包装をしたままの本を手にしていた。「はい」とボクに渡す。ボクに先に読ませると言う。「明日山中さんの試験があるから」と一応断ったが、笑って受け付けない。どうして、こんなことになるのか、ボクがいぶかる必要もない。

＊

今、時計は回って二時。右の胸にも心臓ができている。肉体酷使、冷静に。明日は試験。英語のために一二時までは専念した。そして丁度、『よい目よい足』を読了したところだ。この作者の前作『奇妙なあそび』[46]のコミュニスムと愛情の問題。だが、このボクは、痛々しい政治の犠牲者に思いを馳せる。ツーロンの反米論争。それはシャンソン。そんな感じ。古いフランスの新しい歌。

八月二七日（水）

『よい目よい足』について、Eへの報告は、当然克明を極めた。

アラン『暴力の敗退』。

＊

登場人物は、オマワリサンでありたい作者、村中で一番のモボでありたい作者、カッパでありたい作者、紙芝居屋でありたい作者、想像が想像をまねき、次から次へと新しい「作者」を泡出たせる、……。古い水車のある風景。水車に巻かれて死んだ女の子たち。

八月二九日（金）

自分がつねに成長しつづけているのだと信頼している時、人間は、どんなに健康であることだろう。今日のA BOMBは昨日の毒ガスだ。

英協に、答案を送った。おそくなったのは、切手がなかったからである。Tが学力コンクールに二番になったことは、明日あたり、日報に出ることだろう。彼には東大がこうして約束された。彼の謙虚な率直とかぎりない聡明はある場合にはボクのイドル[47]でさえあったっけ。アランがこう言うている。「正しい司令官と不正な司令官とどっちがよいか？　するとこういう答えが浮かんだのです。正しい司令官のほうが悪い、と言うのは彼は弁解をもたないから」と。受験を数ヵ月にひかえて、いまだ、前置詞の用法であるとか、和文英訳の公式にだけ没頭しきれぬ自分に、冷静に悲しみを感じてはいる。こうした、ボクには不賛成である。ボクは右の肺に手を当てるポーズをこのごろ無意識にやっている。これで安全かどうかを判断しようと言うのだろう。

八月三〇日（土）

雨が一東〔ママ〕日を台無しにしてくだすった。映画を見たら、五時を過ぎた。文協でミッちゃんに、すこし、わざとらしかった。映画は『虎の尾を踏む男たち』[48]。鬼才、クロサワ。ボクは、例の通り、タイクツして、ねむくなった。これが、本音だ。

八月三一日（日）

昨日のエノケンに愛情を感じたのは、ボクだけではないらしい。でも、ボクは、彼を正しく愛している、彼が好きだ。放送討論会は、平和と再軍備について。今週は淡徳三郎も出ていた。「アメリカのためのアメリカによるアメリカの軍備」と彼が声をはりあげたその時、その言葉はすでにレッテルのようにひらたく水気を失いはじめた。

九月一日（月）

学力コンクールの結果がボクにもきた。トジマさんが「数学が普通だとなぁ」と、さも惜しそうだ。ボクも、そうだ。でも、いたしかた、なしだ。こいつは、もう、そのように選び取ったのだから。

九月三日（水）

人通りがしげくなる。着飾った人が通る。お盆風景。例のごとし。

九月四日（木）

『検察官閣下』[49]。ダニー・ケイ。このたびは、すくなからず、笑った。ボクは映画をのぞくと、からっぽになる。《春まだ浅く》[50]に、涙がながれた。
　ミッコは、吐いてしまった。みんな吐いちまって、吐くものがなくなって、苦しそうだった。

九月五日（金）

　結末だけをつけよう。今日、ボクは、例の如く、例の如く、一六日をすごしてしまった。例のごとくとは、過去にも、あったことが再び三度《みたび》ボクを訪問してくれたということだ。ウイスキー二本に、夜が暮れた。盆踊りの大鼓はまだ、鳴りやまぬ。新報の写真記者が盆踊りの輪の中に、フラッシュを光らせていた。雨が今にも降り出しそう。厚い雲の切れ目から、ときどき、満月がボクの酔いざまを過去から照らしだしてくれる。伊五さんは、どこかでクダを廻いていよう。カオリちゃんとミッコは、もっと酔わせてくれと、踊りの輪に入ろうと、スキをうかがっていることだろう。そして、酉ちゃんとヒデちゃんは、素直な見物人だ。その他、その他は、ボクの知ったことか。Yは、まだ、かがり火の頃、一時《ひととき》まちに出てきたが、胃袋がコクレているので、と静かに、静かに、帰って行ってしまった。ボクも、逃げだして、独り、はっと気づいたら、もう、稗《ひえ》がぼうぼうと高く、レクエムを歌っている。昔、中学校の敷地用に手放した、ボクの家の畑のあった野道に歩をはこんでいた。鶴飼橋を坂下遠くに望んでいた。遠くから大鼓だけが追いかけてきた。白い固まりが浮かんだ。それが、人間だ、と気づくまでには、間が入り用だった。ボクは、うしろをむいて、引きかえし、固まりは二つにゆれて、分れた。ボクは急ぎ足に、啄木碑の方向に、歩を変え、草むらにすわって、悪寒にふるえた。白い影は去った。しばらくをおいて、ボクは立ちあがった。何も、知らぬ存ぜぬかのように、立ちあがった。そしたら、白い悔恨たちはまだ追放されずに、眼前遥かをボクを誘導するように、おもむろに、歩を刻んで行く。例の中道を通って、小学校の例のベンチに落ち着く。けして偶然ではない夢現《うつつ》をかみしめる。フィナーレはきまってハッピーエンド。「新しさは、魅力の中で最も力強いものであるが、また同時に、最も滅びやすいものである」。

HOW AWFUL! 喜劇があった。惜しいことに、主人公は、ボクでなかった。秋もこうして、ボクを去るだろう。時間の浪費に刑罰を。

九月六日（土）

昨日のウイスキーが苦痛を押しこんできた。胃が痛む。泉の部屋で、描く油絵は自画像。ズボンをやぶいた。そこで、泉のお母さんから、ミシンをかけてもらった。映画にでかけた。『MaYa』[51]。肉体派だそうだ、ヴィヴィアン・ロマンスは。

四時の汽車によい子ちゃんがいた。その前にすわってやった。ダニー・ケイをみてきた、と言っていた。いろんな話をしてくれた。姉さんの寝言のこと、精一杯に意味ありげに語ってた。どんな寝言かは、「かわいそうだから」と、つんとして口をつぐんでしまった。絵のこと、学校のこと、とまどっているのはボクだった。

沼宮内のおばちゃんが、お盆中は忙しくてこれなかった、ごめんごめん、とボクを迎えてくれた。

それからそれから、お盆中の出来事。角掛先生と駅でばったりお会いした。「この頃、何を書いている？」。最初に真っ向から、たずねてくださった。住所を書いてくださった。「東京都港区芝三田台町一ノ四ノ一角掛忠夫」[52]。

準急で、その東京だそうだ。上から下まで真っ白い服装だった。

もう一つ、正太郎が、大船渡から帰ってきた。いっしょに呑んだ。お墓まいりもいっしょだった。あいつは、親父さんのお墓を片手でさすりながら「ぽっぽの、ぽっぽの、はとぽっぽ」と低く低く歌い、涙を両の目にいっぱい浮かべていた。

九月八日（月）

油の自画像は完成した。ただし、泉の手が加わった模造品にすぎぬのだろう。

駅で宮手氏といっしょだった。ボクのため席を取っておいてくれた。〈イヂオジンクラジイ〉という、ややこしい用語があること知った。病理学で使うのだ、と高田保が言っている。芥川のアスピリン、ゲーテの玉葱のことなそうな。

九月九日（火）

カミュの『結婚』。

文協にミッちゃん訪問。台氏はすでに東京だそうな。

九月一〇日（水）

竜太氏と会った。成算があっての彼ではなかった。ただ、例のごとく、どうにかなるだろう主義からだった。トンボガエリが得意の人。「あんまり、ひどいこと書くと、手がまわるんだろう」と逃げた。「今年一年ぐらいは、盛岡じゃ、まだ、大丈夫でしょう、さ」とこれは、ボク。実際、手を抜く方法しか考えていないのだから。

Eが今朝、アルケミストって、なあに、とボクにたずねていたが、アルシュミストとは気づかなんだ。シュニツラー『ロンド』借用。古風。古風。

九月一一日（木）

たしかに、二百十日がやってきた。矢つきた台風のなれの果なそうである。ひどい雨となった。ウブちゃんのお店で、時間を泉といっしょにすごし、バスに乗った。

九月一三日（土）

いま、ヒデちゃん宅の梁《やな》から引き上げてきた。鮎《あゆ》五匹を笹《ささ》に吊して。

夕方、彼とミッコが行かないか、と言う。母が、弟もつれて行け、と叫ぶ。ついてきた。水はつめたくて、鮎が背を光らし跳ね返っていた。お酒もあった。西瓜泥棒もした。あんまり、おいしくなかった。焚《た》き火にあぶり、鮎二匹を丸ごと食ったら、あきてしまった。盆踊りの大鼓が、遠かった。

＊

雨は、朝のうちだけだった。明日の『原爆の子』の試写会は断った。古本屋で、「詩と詩論」の別冊、「年間小説」を探し出した。一九三二年版。Eは「ボクの生れた六ヵ月後だ」と二〇年前をふりかえった。映画も観た。『ベンガルの槍騎兵』[53]。明日から八幡さまはお祭りだ。中央ホールは来週が『ラ・ロンド』[54]。

九月一四日（日）

ハッカを食べて、頭を保っている。三國連太郎は精神分裂症なそうだ。そして、ボクには、過労とでも言うのだろう。そこで、疲れている。ボクは疲れている。選挙の風は今日も一日吹きまくった。ヤマモトと言う候補者は街頭演説会の聴衆がみんな子どもばかりだと知ると、選挙演説をおとぎばなしでやりはじめた。その機智を買う。

風は刺すのである。だから風刺である。新聞では諷刺を風刺にしちまった。天皇が好きなのは、愛国心によだれをたらすのは、明治の人間だけ。雨が降る。秋である。秋風吹く。大人になりたいと言うのは子どもばかりなそうだ。

雨である。そして、身を切る風である。目の下に出きた光る数である。

九月一五日（月）

……恐くないったら
恐くない。
恐くないったら
言うなれば……、三木トリロー、

言うなればオール・ノン・ヨキである。おはぎを食った、泉宅で。ズボンは絵具だらけになった。お祭用雑踏の中を芸術祭の美術展。会場で万次郎氏といっしょになった。

九月一九日（金）

英語英語でおしまいか。

九月二〇日（土）

この子、学校自治会の会長選挙に立つんだって、Eが言っていた。車中でEと二人でよい子ちゃんを怒らしてしまった。つんとしているところなんか、姉さんそっくりだ。

九月二一日（日）

映画は『現代人』[55]と『ラ・ロンド』の二つも。そしたら、目が平らたくなって不鮮明になって、これは、試験で少し疲れたな、と思った。久保庄まで出かけて、『ユリシーズ』[56]を早いもの勝ちとばかり、買ってしまった。原語でなくちゃ、つまらぬだろうとは、考えたが、お金がちょっと余裕をみせたので。『ラ・ロンド』は廻るだけ。ボクは廻っていく人数をかぞえて、FINを待ち焦がれていた。『現代人』という物欲しげな映画は、少しからず甘い。池辺良は批評では熱演となっていたが、目の動きが単調なんだ。でも、あれは、とっておきの見せ場のつもりであろう。

九月二二日（月）

バスで吉田先生といっしょになった。このバスの中で、「人工授精」のコントが生れたんだ。
メーデー事件公判はまったく困乱している。

九月二三日（火）

朝一時間ばかり、栗拾いに行ってきた。小学校の運動会。それにお彼岸。

九月二四日（水）

伊藤圭一郎氏、時事問題の講演が学校であった。御老人なかなか元気なことだ。今日から、また、アルバイトの原紙切りをしよう。お金がなくては戦ができぬ、とさ。
文協に行ったらミッちゃん、ついに辞めちまったとのこと。寝たり起きたりしているそうだ。
三日前に盛岡にきたという米田さんに再会した。はじめ、ちょっと、とまどいあり、すぐに次から次へと話題が沸いて出た。長谷部氏の近況なんか伝えてくれた。
英協からの添削で、考えねばならぬこと。例外の文法、その力が弱いそうだ。今までくらいの知識じゃたりないそうだ。

九月二七日（土）

『原爆の子』[57]。帰り、E、Y、ボク、三人、連れ立った。

九月三〇日（火）

ジュン子ちゃんが明かす、Eたちが一一月結婚するそうね、と。

ボクは「群像」の最近号数冊の中に首をつっこんでいる。

佐藤龍太氏の創作劇は『ハトのいない国』。ボクが要求した内容ではあるけれど、少々露骨過ぎる、ナマ過ぎる。

一〇月一日（水）

Eは真紅のトッパーを昨日から、着ている。ベビーは、ボクのそばを離れようとしない。よい子ちゃんが生徒会の会長さんに当選したそうな。「だから、新しいソックス買ったんだ、よい子」と言う。

一〇月二日（木）

朝に秋があって、夕べに冬が重なった。

一〇月四日（土）

運動会。仮装行列。サーカスの団長。村上氏のピエロ、Tのアラビヤの魔法使い、箱崎の力持ち、中川の口上、泉の三味線、その他いろいろ。サラマワシはサイゴウ、石川と耕陽氏が楽隊でトランペットにトロンボーン、彰一のお猿さん。人気は最高。

一〇月五日（日）

よい子ちゃんとの約束の本を持って、訪れたら、Eはいないとお母さんの声がした。ちょっと、はずかしかった。

梁《やな》で鰻《うなぎ》が上がった。Yとそれに連中。夜も呑んだ。

一〇月九日（木）

演出プラン、はっきりしない。弱体。弱体。言いたくないが、戯曲の不備。日曜には勇気を惜しまず、テキストレジをしてやろう。五時の汽車は、もう、暗くて、暗くて、雨がボクを追いかける。『新唐詩撰』。これはベストセラーなり。

一〇月一一日（土）

映画、中劇『慟哭』[58]。中央ホール『砂漠の鬼将軍』[59]。最終の国鉄バスで帰った。お芝居なんかどうにでもなれ。

一〇月一三日（月）

嫌《いや》なことのかくも多き。みんな手を抜く言葉ばっかり。泉とウブとベビーだけが、狂っている、困ったもんだ。裏方の仕事を逃げるようでは、先が見えた。この三人を伏し拝む。

*

小学校で演芸会があった。職員室でお酒いただいてきた。今日も帰宅は一二時すぎた。目に黒い隈《くま》ができてる、とEが朝言ってたっけ。藤沢体育堂から、原紙切りのお金、ありがとう。助かった。助かった。これで、今月も、どうにか、すごせる。

一〇月一四日（火）

今日も竜太氏が訪れ、何やかや。ハマさん、投げてはいけませんよ。お仕舞いの逆転、お芝居の真骨頂。関係ないけど、英語だけはやっておきたい。

一〇月一五日（水）

『パリの空の下』[60]。フランソワ・ペリエか。『奥様は魔女』[61]。こうして、ボクは最後の入場券を焼き捨てた。しゃくりあげるウイスキーの刺と痛さを厭うな。告白ができぬような奴に、祈りなんかがあるものか。なみだ、こぼるる、技《わざ》ないき。

一〇月一六日（木）

練習は、切り上げた。鉄道八〇周年記念祭。明日から合宿に入る。不条理、こんな言葉で、Yが盛農のプログラム原稿を書いていたっけ。ひたいを引っ掻いたら血がにじむ、そんな気分になってきた。

一〇月一七日（金）

ベビーが楽しい。御飯はうまく炊けた。背中はそんなに苦しくない。一幕はどうやらどうやらになってきた。お芝居は、どうにかなるだろう。

一〇月一九日（日）

映画、合宿になってから二つ観た。『お茶づけの味』[62]に『ピノチオ』[63]。尊敬すべき小津安の『お茶づけ』には、ベビーと行った。ベビーは、ブルーの、可愛いい制服。ボクはベレーに赤いセーター。大山君、手を折ったのかと心配したが、どうやら、何ともなさそうだ。セリフの反復。龍太氏、懸命に衣装集めをしてくれている。ありがたい。感謝の言葉は、素顔でも出てくるようになった。

一〇月二〇日（月）

文化祭の英語劇では、でジャン・ヴァルジャンをやるそうだ。Tは僧正にし話はまとまった。明日は、衣装合わせだ。今日正確に時間をとってみたら、一幕二〇分、二幕一八分、三幕一六分となった。幕間、解説を入れて一時間半だ。今日、放送局で効果音を取ってもらった。バズーカポッポ銃も作った。鉄砲はホッケーのスティックを使うことにした。

一〇月二一日（火）

明日は、もう練習できない。さっき、このノートを教室に忘れてきた、取りに戻ったら、なかった。三〇分くらいして、元の場を探してみたら、ちゃんと、こんどはあったのだ。嫌な気分。だれの仕業かは知らない。六時頃、もう暗くなってからの出来事だ。その前は事務室で、吉見さんが、転任の弁やら、三島由紀夫の『禁色』とベビーについての好奇心を絡ませたお話。

一〇月二二日（水）

『しんしゃく源氏物語』を久保学園が取り上げたのだが、徹頭徹尾文学座の猿真似に終わった。でも、Aクラスだ。明日は審判だ。

Eに、招待券をと思って電話したが、この頃、早く帰ることにしているので、と言われる。夕飯を保育園で食べたのは、一二時半。明日だ。明日だ。今年こそは、だ。

一〇月二三日（木）

県公会堂。着飾った女女女だ。終わったら、手のひらの中に汗が一握り。いろんな人に、握手を求められた。台さん、「圧巻、圧巻！」。吉田さん、「ついにやったな」。マコちゃんは、「今年は岩中にやられた」とぼやいている。加藤先生、「秋浜君は演技賞ものだな」と褒めちぎる。

JUST MOMENT! そうですかね。そんなによかったんですか。ボク、得意満面。これがいつわらぬボクだ。広漠たる秋の夜、少しつかれたようだ。ターバン巻いたので、プロンプが聞こえず、困った。原さんと、お久しぶりに会いました。まったく、まったく、神経が苛立つ。この上は、ねむり、あるばかり。ねむ。ねむ。ねむの木って、どんな木だろう。

一〇月二四日（金）

知らぬ昔への、黄色く黴《かび》の生えかけた、ノスタルジア。ペペルモコ。彼ももう老人だ。生きながらえて、老人だ。『会議はおどる』[64]、この映画の、しわがれた唄い手の声に不覚にも、涙した。

泉のところで晩御飯にありつく。合宿畳《たた》んで、帰宅。八時三〇分の国鉄バス。寒かった、寒かった。雨となった。

バルビュス『地獄』、読み切る。

一〇月二五日（土）

映画だけにひたっている。『陽のあたる場所』[65]『生きる』[66]『ベルリン物語』[67]。

＊

《鼻であしらう秋の歌》

これから吹く風は
もう
秘薬にはなってくれぬ。
脚がはれあがる病気には
もう
魅力がない。

ああ
パリが泣いていた。
ランボー氏が泣いていた。
謄写版原紙が泣いていた。
禁制だ。
戦術転換だ。
内容目録はあとから仕上げだ、
しっぽには勇気だ。
気休めに
ポケットは漁《あさ》らぬ。
用心大事に
しっぽはまるめぬ。
うしろから、ぞろぞろの
不親切なやつらには挨拶するな。
鼻であしらえ。
コケコッコーどもは鼻であしらえ。

一一月二日（日）

秋は深まり、今日は日曜日。ＩＤＬＥ・ＢＯＹ。これが、ボクだ。野間宏の『文学の探求』と『ユリシーズ』少々に、一日現《うつつ》を抜かしちまった。

適性検査、惜しい。あと一ヵ月でやってくるんだ。

驚いたもんだ、驚いたもんだ。

＊

《つめたい秋はおもたい秋》

おもたい秋がやってきた。

こわれやすい鎧戸《よろいど》をあけて歓迎宴だ。

指がかじかむんだ。
つめたい秋はおもたい秋だ。
格子のジャンパーは
なかなか冷静なもんだ。
アイゼンハワーとスチンヴンソンの茶番劇に
おろおろして苦しんでいる歓迎だ。

一一月三日（月）

午後からバスで、盛岡に出た。秋晴れのよいお天気だ。Yといっしょだ、この間のお芝居など、いろいろ話題があった。ボクの入試か就職かの問題も、一応相談してみた。

ラグビーを観たんだ。高松に六対〇で敗れた。県営グランドの芝生はよい。ねころんで眺めていた。難物はこの晴れわたった空なんだ。

歯ぐき、は酸っぱいリンゴの秋だ。すすり泣きの季節だ。黄ばんだ、空の黄ばんだ雲に、はらはらと振る、黄ばんだ落葉か！　受身形の季節。天使が他人の羽をひろった。

一一月四日（火）

英語劇は、どうにかなるだろう。何しろ、Tはもうセリフが完全に入っているから。

一一月五日（水）

今日の新聞に出ていた、批評。加藤先生。三幕に演出の手腕を認めるのだそうだ。演技でも、ボクとウブ公には讃辞をくださった。たいへん、ありがたかった。これで、幕切れだ。

一一月一四日（金）

中央ホールにて『ならずものTHE OUTLAW』(68)、ヒューストンは達者にござる。

一一月一五日（土）

チャップリン。Eからもらった前売券で。『殺人狂時代』(69)

一一月一六日（日）

適性模試が盛高であった。一〇〇〇人ばかりの人があつまった。東大中村なんとかいう人の指導講演もあった。帰り、バスで吉田先生といっしょになった。今晩泊まりだ、遊びにこないか、と誘われる。ウイスキーが冷えた職員室にあった。学校を辞めることを打合けてくれた。毎日新聞の支局に勤める、と言う。この四、五年を振り返って、涙、涙。祝福されねばならぬはず。青春は、こうして代償を支払って行くことなのだろう。

一一月一八日（火）

映画は『大佛開眼』[70]。退屈した。充血させて対象を見る。

アルバムの編集を終えて松尾さんを訪ねたが、不在。がらんとしたスタジオの中に炬燵があって猫が眠っていた。ちょっと、気の抜けた図であった。今朝からの雨は、ようやく雪に代わる。本格的に冬がはじまる。中間試験は来週火曜から。

職員室で千田さんに、どこを受けるのか、と聞かれた。ボクは、家の事情を少しくわしく話しただけにとどめた。

一一月一九日（水）

トロワイヤ[71]も老いこんだ。『嵐の中の青春』とは、さても仰々しい表題をなすりつけたもんだ。

一一月二〇日（木）

今日車中で、からまれた。議員法のことについてぺらぺら喋りまくっていた。よっぱらっているらしい。あとでアヤちゃんが、万年筆の押売されているのか、と思ってた、くっくっ笑う。風邪で頭がガンガンする。Yとばったり開運橋際で会った。少し散歩して別れた。

一一月二一日（金）

『トランペット戯歌』という作品の企て。すこし、ボクはさびしくなった。まだ汗が出る。咳《せき》をすると例の場所が、思案頭に痛みだす。夜は二時を廻った。手に触れたのはバイブル。実は一日この新訳聖書に頭をいためていた。前触れなしに、取りかかった。

一一月二二日（土）

お昼、バスで帰った。例のごとく、三度三度の食事のごとく酉ちゃん宅に足をはこんだ。炬燵の上に会話があった。病気が再発した、とは聞いていたが、それでも東大病院入院は、あまりにも不意だった。これは涙ぐましいほどの朗報なんだ。粗っぽい歌を大声でどなるがいい。賛成だ賛成だ、なにはさておき、諸手をあげての賛成だ。

＊

吉田先生は、明日お昼のバスで渋民を立つ。Eから笠信太郎の『ものの見方について』を見せてもらった。読まずぎらいの反感は、やはり当っていた。ほどほどの、イギリスお土産にすぎない。

一一月二三日（日）

吉田先生は、姿を消した。お別れの儀式はなしだ。酉ちゃんの東京行きを励ますため、という名目でお菓子に興じる時間。こうして連中も一人減り二人減りして、今日は四人だった。

明後日から中間考査。

一一月二四日（月）

朝、Yと会った。酉ちゃんのことを手短かに伝えた。これでよい。

酉ちゃんは、明日上京、入院。

一一月二八日（金）

試験は終った。映画『カルメン純情す』[72]を観てから文協を久し振りに訪れた。

四時の汽車でEを捕まえた。もっか、ロマン・ロランに夢中である。なにしろロマン・ロランは健康すぎる、鳥肌だったことが昔あったっけ。

「むかしの恋がなつかしいので、よだれ掛けして振り向いた」

ボクの昔の詩の一節。ボクは、その頃、なかなか機智に富んでいたものとみえる。栄養不良にかぶせた生青いセビロだ、こいつ。よくもまぁ、愚痴ったらしく、さえずってきたものだ。所詮ボクは、えげつないロマンチスト。難解な二流詩人であることに、ボクはあんまり酔いすぎていた。

一一月三〇日（日）

せっかくの日曜なれば、読書に専念した。つまり、『読書雑記』正宗白鳥。『二十世紀の小説』中村光夫。『新聞太平記』赤沼三郎が面白かった。気になるのは夕刊の映画評で昨日みた『カルメン』にべたぼれしていたことだ。どうやらすぐれた作品であるらしいのは、ボクも認めるのにやぶさかではない。でも、それは、ボクの場合は、もう少し時間をおいてみなくちゃ。映画は目を媒介とするせいか、つまらなくても、そのときはそれなりに感心していることが多いからだ。

一二月二日（火）

朝、振りだした雪は、後に雨になった。相当ひどくなった。濡れて帰った。雑誌、二、三冊、送られてきた。

一二月三日（水）

ADAPTABILITY! Eから阿部知二の『世界文学への道』借用。「ふらんす」九月号。思い直した。ボクは、オーソドックスに行こう。勉強しよう。まだ九〇日以上あるのだから、あきらめるには早い。それまで、雑読いたさぬこと、映画も観ぬこと。そのくせ〈秘密〉を目にしたんだ。日記にも時間を費やさぬこと。家の経済状態にかこつけ弱くならぬこと。

一二月四日（木）

松屋さんといっしょに写真を取って歩く。大雪。今年の根雪となりそう。山中さんの答案がかえってきた。中間考査。やっぱりTには追いつけなかった。不徳のなせるものなれば、いたしかたなし。

一二月七日（日）

一三枚の創作に消費してしまった。多分、日報に送る。酉ちゃんが帰ってきた。化膿菌があるかないか調べるのに半年かかるのだそうな。で、来年、その結果をみて、またいまごろ行くんだ、と言っていた。

一二月八日（月）

カジ・ワタル[73]、米軍拉致事件の報道。ボクは、興奮した。

＊

昨夜、いや今朝まで費やして書きあげたについて、Eに報告したら、羽が生える人間については三島由紀夫がすでに書いている、と言うのである。ボクは完全に打ちのめされた。その「文学界」、あわてて借りたんだが、心配するまでもなかった。とにかく、三島由紀夫とは異質に属することを認識させられた。

一二月一〇日（水）

シモーヌ・ド・ボーヴォアールの『第二の性』には、驚かされっぱなしだ。Eから借用した。

明日から模試が初まる。

ツベルクリン反応のための注射。

一二月二〇日（土）

英語、だめだった。こうして、自信が一つ一つ崩れて行く。映画『誰がために鐘は鳴る』[74]。何と戦うか、ではなくて、如何に戦うか、を教えてくれる映画。

一二月二一日（日）

準備はととのえた。後は冬休みを待つばかり。かくのごとく、ボクは、Eと離れていると無味乾燥になる。今朝から雪が降りだした。もう、溶けない。

一二月二二日（月）

お金がなくなった。盗まれたのだ。昆のカバンからだ。アルバムの前金を集めていた、袋ごとにだ。弱った。昆は弁償をするつもりらしいが、それも困った。皆目見当もつかない。こんなことがあろうとは、少しも考えてなかった。アルバムのことで、もう頭がだめになりかかってきた。

一二月二三日（火）

「未成熟な人間の特徴は、何かのためにいさぎよく死のうと望む点にある。それに反して成熟した人間の特徴は、何かのためにへり下って生きようと望む点にある」。これは“The CATCHER in the RYE”のおしまいのほうにある、アントニー先生がウィルヘルム・スニバケルと言う精神分析家の書いた言葉として、コールフィールドに語る引用句。小説家サリンジャーについてほとんど知らない。

一二月二四日（水）

クリスマス・イブ。かくて、ボクはかぎりなく不幸だ。掌《てのひら》には何もない。何もない。ボクの言葉もみんな乾いてしまった。ラ・マンチャのドン・キホーテと親交になろう。冬休みの読書計画に入れた。

明日から冬休み。犯人はどうやら、タケダらしい。川俣さんが、早稲田進学ならば、知っている教授に頼んでおこう、そうおっしゃる、ボクは素っ気なく断ってしまった。ボクは就職を選びました。これがボクの返事だった。その先生、カネコ・ウマジ[75]なんだが、とても残念そうだった。

タケダとそれから大山君が、最後には警察につれて行かれた。なぜ大山君もだろう、わからない。冷静であること。冷静であること。無理に一切を言葉にしようとはするな。心しずめて、救いを待つ。

一二月二五日（木）

冬休みがはじまった。今日一日は計画通り過ごすことができた。アルバムは不安の種。明日は盛岡にわざわざでかけねばならぬ。こいつにはまったく恐れ入った。しかたがないから、ボクは最後の案を出そうと思う。その場に望むと妥協的になってしまう。これをどうにかしなければ。こんなことで、苦しまねばならぬとは、まさに不覚ではあった。さて、善後策は。しっかりしてください。浜さん。

一二月二六日（金）

盛岡。松尾さんと写真について、アルバムについて、午前中。それから文協のクリスマス大会。公会堂。台さんも加藤先生も、米田さんもいた。みんないた。ミッちゃんも、おめずらしや、お変わりなかった。

一二月三一日（水）

今日は暖かい日だった。だが、ボクをなぐさめてくれる何物もなかった。どうせ正月は旧で迎えるのだから、このところ乾燥無味であるのもいたしかたあるまい。四六時中、食べ汚しのラジオをきいて、今年も鐘といっしょに送りだすつもりだ。明日は盛岡に出るとしよう。祝賀式は付《つけたり》の口実で、実は進適の結果が知りたいのだ。どうせボクは、就職を選択した、今更じたばたしたって遅すぎるのだが。

《明日を豊かに》

きりつめて
きりつめて
禮式墨守だ。
きりつめて
きりつめて
明日を豊かに

遠くに消えた灯火《ともしび》のように
冷淡な写真師の修正模様。
きりつめて
きりつめて
明日を豊かに。

ラジオ。立石寺から百八つの除夜の鐘の走り。これで、正真正銘、一九五二年とはお別れだ。静かなもんだ、どうせどうせだ。邪念なし。ボクの沈黙たるや、いささか、微温的。御勘弁願うて、無知厚顔のままに、このまま楽屋に駆けこむとしよう。

一九五三年（昭和二八）

一月一日（木）

ざらざらした感じのままで、結局一九五三年を迎えてしまった。特別の感傷は持ち合わせていないつもりだ。しかし、笛を吹けばすぐ踊ってみせる。つまり、かくボクは浮調子なのである。

進学適性検査の結果が、今日学校で発表になった。ボクは五四点だった。ボクの上は木下君の五八点、Tの五六点があった。学校の平均は三三点、全国平均が三〇点。家に帰ったら年賀葉書が例年の如く、束をなしていた。これだけが唯一の正月気分。

一月二日（金）

風邪を引いた。で、一日ぼんやり。

映画『ハイ・ヌーン』[1]『アパッチ砦』[2]。つまらなかった、実用には適しない。

一月五日（月）

虫歯と耳鳴り、それに頭痛やら、骨の砕《くだ》けるような寒さで、昨夜はまんじりともしなかった。それでも、朝には汗でびっしょり。少しよくなった。ほとんど一日をうつらうつらしてすごした。食事も取っていないので、エネルギーがすっかり失せてしまった。数日無為のまま。後悔はない。

一月六日（火）

受験講習。耳鳴りはいまだ止まず。映画、『肉体の悪魔』[3]。

一月九日（金）

映画『夏子の冒険』[4]、とんでもないほどの駄作。

一月一〇日（土）

午後、雨、ひどい雨だった。ボクはミッちゃんを商工館にたずねて、例の件をお願いした。今日、章が現れたそうな。花を求めたそうな。

映画『第三の男』[5]は、なるほど出色。チター[6]がいい、オーソン・ウェルズがいい。五時のバスでは、例のごとくEといっしょだった。

一月一二日（月）

日報のコンクール、また受けた。たいしたもんだ。数学の答案は一枚も出さなかった。

一月一三日（火）

学校から早めに帰って、何を思い立ってか、再び『放浪記』を広げ、林芙美子の文章を口ずさんでみた。はじめて読んだのは小学校の頃だった。隣りのカオルちゃん宅にあったのだ。

一月一五日（木）

マージャン。かくて、がむしゃらに今日をむさぼった。

一月一五日（金）［ママ］

『ひめゆりの塔』の新聞批評がやたらよい。盛岡では二二日からだ。

＊

いま、ステファン・ポラチェックの『焔と色』を読み終えた。人物が類型的だ。ボクは、ゴッホについては複製に感心する以外の方法を知らない。だから、役に立った。中学時代の詩の一節、「……ゴッホの向う日葵」と歌っていた。そのころは「向日葵」で「ヒマワリ」だとは知らなかった。ほほえましくなる。

山本太郎はいい詩を書く。魂の消化剤になる。何かしなければ。何かあるはずだ。

＊

ファージェーエフの『若き親衛隊』の改作については、「プラウダ」[7]の批判によるものだ、と「新読書」[8]が解説していた。「現実にあった事実と創作の不一致」が問題となり、改作されたのだそうだ。社会主義リアリズムの立場からは当然だということ。画一性、感覚的について行けない、エンゲルスでも読もうかな、と迷う次第である。

一月一八日（日）

またペン先が凍りはじめた。冷えこんできたからだ。今朝は耳を露出しておくと凍傷にでもなるような寒さであった。

昨夜、父が早稲田に受けてもよい、と言う。うれしかった。すぐに、試験要項を送ってくれるよう手紙を出した。父は、東京の伯父たちにボクの受験を手紙を書いた。

一月一九日（月）

映画『アイヴァンフォー』[9]を瀬川君と観て、ボクは一人バス停留所にきた。Eがいた。早稲田受験について報告。Eは、また、バスに酔うた。これから一ヵ月のうちに、めぐるましく一切が激変してしまうのだ。記憶力減退をあわれむ。

一月二一日（水）

あわただしい今日この頃だ。漱石はたしかに名文家だ。今日のコーヒーは苦かった。Eがサルトルとカミュの論争を興味の的としているのを、ボクが冷やかしている。Tを尊敬する。Tを尊敬する。明日は明日の風を吹かせなくてはならぬ。明日学校に出ると、また三日、国体水上大会のために休日となる。

アイゼンハワー大統領就任か。ドイツでは若い人たちが結婚を忌避しているそうな。戦争の不安のためなそうな。一列にならんだ北鮮人の生首を前にしてアメリカ軍人が談笑しているのがあった。両陣営の心理作戦の見本を見せつけられているボクたち。ある残虐写真から、ボクたちはそれが宣伝だと明らかにわかっても、心の上っ面は傷つけられて記憶に積み重なるのだ。恐ろしいのはそれだ。毎日新聞を広げたら、ここにも中国の人民裁判の写真が出ていた。三エーカー半以上の私有地を隠していた者が裁判され、銃殺されようとしていた。写真は、真実を伝える武器だ。みんなそれに寄りかかって、安心している。

一月二二日（水）

今井正『ひめゆりの塔』[10]。率直に言うと、ボクはたえず背を向けようとしていた。これは花火ごっこだ。「ボクは反動」と苦笑しながら、その長ったるい平板さにあくびをかみころした。今年度ベストワン候補か。あふれる詩情か。全身が震える作品ではなかった。

一月二七日（火）

Eから借用の「群像」新年号、二月号を通読してみた、いささか、あっけなかった。日報のコンクール結果が特報版に出ていた。Tは四番となっていた。ボクも比較的よかった。だから、大丈夫だと思う。大丈夫だと思う。

一月二九日（木）

ボクたちのための予餞会。《三つの歌》なんかで、みんな浮かれていた。

二月二日（月）

Eといっしょだった。ボクをはげましてくれるのは、この人だけだ。

写真屋の川村さん、変態みたい。ボク、びっくり、たまげた。二人きりで炬燵にあたっていたとき、その種の写真を見せて、その種のせまり方をする。喜劇的である。逃げた。

二月四日（水）

たびたびの無念の涙。よちよちの屍体。白状せず。白状せず。歯科医。歯科医。

二月六日（金）

無知と自尊心は、両立するものらしい。ボクは今日も不思議な表情をかかえる。

＊

《また春がきて》

疾走か。疾走か。
汗ばんでいるのはボクだけか。
子守り歌か。子守り歌か。
うららか。
うららか。

かみくだかれた
三面記事が
めがねの奥でぬれている。
マイダス氏の死亡通知。
シンデレラちゃんの死亡通知。

もう春か。もう春か。
いい分別をたくわえて
いい分別をたくわえて
そのくせ
筋書が多すぎる。

三時。これから、ねむることができたとして三時間しかない。明日の準備はまだ全然していない。冴える頭を支え切れずに、不眠の夜を呆然とぐらぐらと、……、

二月七日（土）

ベビーたちが、演劇部の送別会をしてくれた。こうして送られる身となったわけだ。明日から、当分の間、卒業式までは学校に出ない。

山中さんが、ボクの受験について、楽観は許されない、とおっしゃる。歯の神経を抜くそうで、ボクは顎をかかえて苦しんでいた。早稲田には願書を出した。どうやら終幕が近づいてきた。

二月九日（月）

午後盛岡に出た。歯医者だ。
『女狐』[11]を観た。これも天然色絵葉書。

二月一〇日（火）

追われる身とは、あわれな姿だ。あと二〇日。塞翁が馬。まず、健康。

二月一三日（金）

旧の大晦日。そして、Yが八時を時計が廻ったころ、夜道にさそった。

くしゃ。くしゃ。

くしゃ。くしゃ。

毒舌に傷つき、Eが、ボクと喧嘩した、と告げ口したそうだ。否定はしなかった。弁解もしなかった。風はめっぽう、冷たく、足は凍えていた。夜は名状しがたい、辛い、酔っぱらったままの身には。帰ってきたら、Eがボクを訪問したと報告あり。――倒れる。

二月一四日（土）

元ちゃん、久し振りに会ったら、これはこれは、つやっぽくて、近寄りがたいほど女の人になっていた。

映画『真空地帯』[12]。ありがたい。ありがたい。原作がこれほど、映画の中で大見得を切るとは、ちょっとめずらしい。きつくて、きつくて、汗ばんだ。

昨夜のこと、反芻してみた。Yの友情に、ボクは率直に頭を下げる。「特殊な関係」とボク及びY・Eの事情を言いよどんだが、どうして世間並みの言葉を使わぬのかと、食い下がったのだった。Eがいじらしい。

二月一五日（日）

ワセダより葉書舞いこむ。受験番号、英文三〇〇番。ここまでもはや一〇倍。不吉な数字だそうだ。

二月二四日（火）

『ダニー・ケーの牛乳屋』[13]。

朝、九時の汽車は、清枝氏と久方振りに連れとなった。帰り、材木町で吉田先生と、ばったり。これも又奇遇。Eがボクを避けているのか、ボクがEを避けているのか。

二月二五日（水）

卒業式で、答辞を読めとのこと。明日はその相談に戸嶋先生まで出かけなければならぬ。Tの東大受験のためだ。

二月二六日（木）

Eはラクダ色の明るい色彩に輝いてみえた。

映画、『インタメッツオ』[14]の中でレスリーが雪解けの水をながめながら、「春がきたんだ、と思う日が必ずあるもんだ」とつぶやく。バーグマンがそのそばで勝ちほこったように「今晩がそうなんです」。明日は満月であろうか、月が二つ、アルコールの中で光って揺れて、風はもうぬるんでいた。

二月二七日（金）

明日は卒業式予行。まったく温《あたた》かい。囲碁で、ヒデちゃんに敗けつづけた。

二月二八日（土）

Yがアルバイトをしていた岩手青年新聞社は、解散なそうな。

三月一日（日）

これでお仕舞い。あわただしい、別れの儀式、とどこおりなくすんだ。ボクの答辞は好評だった。本音のままに、「しめっぽい空気」とか「時代の不幸」とかも、いっしょに卒業してやるつもりだった。トジマ先生が「ときどきは遊びにこいよ」としんみり。

みんな、みんな、遠くなる。

三月二日（月）

今日の日報に、ボクの名前も、優等卒業とあった。写真はよく気をつけて見ないと、ボクだと気がつけまい。卒業祝い、工藤先生二〇〇〇円。カマドのおばあさん一〇〇〇円。コブと、すこしセンチメンタルにべたべたする。やっぱり、釜石製鉄で野球一筋。

三月三日（火）

ヒデちゃんは明日準急で立つ。もう、何にも手につかぬので、後藤末雄『支那四千年史』なんていう古い本を引っ張り出してきて、読む。結構面白かった。

三月四日（水）

このところ、温かかったり、急に雪を降らせてみせたり、そして、ボクも不自然だ。明日は布団を送ると言う。わざわざ、新しく作ったやつだ。それもいい。どうせ、どうにかは、なってやるのだから。

ボクのペン先よ。安っぽく光って下さるな。

*

吉田先生から、「祝卒業、願友情」の葉書。

三月五日（木）

明日東京に立つ。夜七時の準急。こっそりだ。それで、この日記ともお去らば。こいつには、シリキレトンボのまま、あわただしく、お別れだ。それだけのこと。

以上

注

＊

一九五〇年（昭和二五）

（1）研究社が発行していた学習雑誌。刊行時の誌名表記は「學生」。

（2）一一世紀ペルシアの詩人、ウマル・ハイヤームの四行詩集。一九世紀にイギリスの詩人、エドワード・フィッツジェラルドが英訳したことで世に広く知られることとなった。

（3）昭和二五年三月五日創刊、岩手高等学校の学内新聞。秋浜は創刊号に編集部、取材部、校内部員として名を連ねている。

（4）一九四九年一一月日本公開のアルフレッド・ヒッチコック監督作品（一九四六年製作／アメリカ）。出演：イングリッド・バーグマン、ケーリー・グラントほか。

（5）一九〇四年発表のドイツの作家、ヘルマン・ヘッセの長編小説。

（6）盛岡市紺屋町にあった映画館。一九五〇年当時の名称は「国民劇場」もしくは「盛岡国民劇場」。

（7）一九四九年一二月日本公開のノーマン・Z・マクロード監督作品（一九四八年製作／アメリカ）。主演：ボブ・ホープ。公開時の題名表記は『腰抜け二挺拳銃』。

（8）刊行時の題名表記は『気違ひ部落周游紀行』。

（9）一九五〇年三月日本公開のヴィットリオ・デ・シーカ監督作品（一九四六年製作／イタリア）。出演：フランコ・インテルレンギ、リナルド・スモルドーニほか。公開時の題名表記は『靴みがき』。

（10）フランスの小説家、ロジェ・マルタン・デュ・ガールの長編小説。一九二二年から一九四〇年まで一八年をかけて発表された。刊行時の題名表記は『チボー家の人々』。

（11）一九五〇年三月日本公開のマイケル・パウエルとエメリック・プレスバーガー共同監督作品（一九四八年製作／イギリス）。出演：モイラ・シアラー、アントン・ウォルブルックほか。

（12）一九五〇年四月日本公開のジャン・ドラノワ監督作品（一九四六年製作／ドイツ）。出演：ミシェル・モルガン、ピエール・ブランシャールほか。

（13）一九五〇年二月日本公開のチャールズ・ウォルターズ監督作品（一九四八年製作／アメリカ）。出演：ジュディ・ガーランド、フレッド・アステアほか。

（14）社会運動家、小説家、戯曲家、著述家。本名：高倉輝。国語国字改革を推進する立場から「タカクラ・テル」と自称。戦後は日本共産党に入党、衆院・参院に当選するがマッカーサー指令により公職追放となった。

（15）一九四九年一二月日本公開のマルセル・カルネ監督作品（一九三八年製作／フランス）。出演：ジャン・ギャバン、ミシェル・モルガン、ミシェル・シモンほか。

（16）一九四九年一〇月日本公開のジーン・ネグレスコ監督作品（一九四六年製作／アメリカ）。出演：ジョーン・クロフォード、ジョン・ガーフィールドほか。

（17）謄写版刷り（ガリ版刷り）の工程のひとつで、ロウ紙と呼ばれる特殊な原稿紙を専用のヤスリの上にのせ、鉄筆で文字や絵を書くこと。

（18）一九五〇年四月日本公開のデイヴィッド・リーン監督作品（一九四八年製作／イギリス）。出演：アン・トッド、クロード・レインズ、トレヴァー・ハワードほか。

(19) 一九五〇年六月日本公開のジュゼッペ・デ・サンティス監督作品(一九四七年製作/イタリア)。出演:マッシモ・ジロッティ、アンドレア・ケッキほか。

(20) 一九五〇年五月日本公開のジョセフ・L・マンキウィッツ監督作品(一九四九年製作/アメリカ)。出演:ジーン・クレイン、アン・サザーンほか。

(21) ポール・ヴェルレーヌの有名な詩《Il pleure dans mon cœur...》の一節。原文:Il pleure dans mon cœur / Comme il pleut sur la ville

(22) 一九五〇年五月公開の関川秀雄監督作品(一九五〇年製作/日本)。出演:伊豆肇、杉村春子ほか。公開時の題名表記は『日本戦歿学生の手記 きけ、わだつみの声』。

(23) 岩手県盛岡市にある私立岩手女子高等学校。通称岩女。

(24) 石川啄木の小説。

(25) 一九五〇年四月日本公開のマルク・ジルベール・ソーヴァジョン監督作品(一九四八年製作/フランス)。出演:ピエール・ブランシャールほか。

(26) 一九五〇年一月日本公開のクロード・ビニヨン監督作品(一九四九年製作/フランス)。出演:クローデット・コルベール、フレッド・マクマレイほか。

(27) 一九五〇年二月日本公開のジャック・ベッケル監督作品(一九四六年製作/フランス)。出演:ロジェ・ピゴ、クレール・マフェイほか。

(28) 一九五〇年一月日本公開のルネ・クレール監督作品(一九四六年製作/フランス)。出演:モーリス・シュヴァリエ、フランソワ・ペリエほか。

(29) 毎年六月に行われる「蒼前様」を信仰とする祭で、一〇〇頭ほどの馬が、滝沢市の蒼前神社から盛岡市の八幡宮まで一四キロの道のりを行進する祭。馬のあでやかな飾り付けとたくさんの鈴が特徴で、歩くたびにチャグチャグと鳴る鈴の音が名称の由来といわれている。

(30) アメリカの作家、ジョン・ドス・パソスによる三部作の小説。刊行時の題名表記は『U.S.A.』。

(31) 一九五〇年三月日本公開のジョン・ローリンズ監督作品(一九四二年製作/アメリカ)。出演:ジョン・ホール、マリア・モンテスほか。公開時の題名表記は『アラビアン・ナイト』。

(32) 現存する住所のため、プライバシーの観点から番地以下を伏せた。

(33) 一九五〇年四月日本公開のロイド・ベーコン監督作品(一九四九年製作/アメリカ)。出演:レイ・ミランド、ジーン・ピータースほか。公開時の題名表記は『春の珍事』。

(34) フランスの小説家、アンドレ・ジイドの作品『アンドレ・ワルテルの手記』『アンドレ・ワルテルの詩』からの引用。

(35) 仏語:待ち合わせ、ランデブー。rendezvousとも。

(36) 一九五〇年七月公開の千葉泰樹監督作品(一九五〇年製作/日本)。出演:池部良、角梨枝子ほか。

(37) 一九五〇年八月日本公開のマヌエル・ロメロ監督作品(一九四九年製作/アルゼンチン)。出演:ホワン・ホセ・ミゲス、ビルヒニア・ルケほか。公開時の題名表記は『タンゴの歴史』。

(38) 一九二九年発表の徳永直の小説。

(39) 一八四九年に出版されたデンマークの哲学者、思想家セーレン・キェルケゴールの哲学書。

(40) 中原中也の詩、《秋日狂乱》《春日狂想》を掛け合わせたか。

(41) 一九五〇年五月日本公開のマイケル・パウエルとエメリック・

プレスバーガー共同監督作品（一九四六年製作／イギリス）。出演：デヴィッド・ニーヴン、キム・ハンターほか。

(42) 一九五〇年八月公開の黒澤明監督作品（一九五〇年製作／日本）。出演：三船敏郎、京マチ子ほか。

(43) 一九五〇年八月公開の小津安二郎監督作品（一九五〇年製作／日本）。出演：田中絹代、高峰秀子ほか。

(44) 一九五〇年八月公開の島耕二監督作品（一九五〇年製作／日本）。出演：風見章子、斎藤達雄ほか。

(45) 一八六〇年から一八六二年にかけて発表されたフョードル・ドストエフスキーの長編小説。

(46) 一九五〇年五月日本公開のジョージ・シャーマンとヘンリー・レヴィン共同監督作品（一九四五年製作／アメリカ）。出演：コーネル・ワイルド、ヘンリー・ダニエルほか。

(47) セーレン・キルケゴールか。

(48) 一七三一年に刊行された、フランスの小説家アベ・プレヴォーの長編小説。

(49) 一九五〇年七月日本公開のアンリ・カレフ監督作品（一九四六年製作／フランス）。出演：ヴィヴィアンヌ・ロマンス、ギイ・ドゥコンブルほか。

(50) 『日本現代詩大系』河出書房。

(51) バッド・アボット、ルウ・コステロ主演のコメディ映画シリーズ。一九五〇年に日本で公開されたのは『凸凹カウボーイの巻』『凸凹ハレムの巻』『凸凹幽霊屋敷』『凸凹闘牛の巻』。

(52) 一九五〇年八月日本公開のS・シルヴァン・サイモン監督作品（一九四九年製作／アメリカ）。出演：アイダ・ルピノ、グレン・フォードほか。

(53) 一九三六年八月日本公開のアナトール・リトヴァク監督作品（一九三五年製作／フランス）。出演：アナベラ、ジャン・ピエール・オーモンほか。

(54) 一九五〇年九月日本公開のアンリ＝ジョルジュ・クルーゾー監督作品（一九四八年製作／フランス）。出演：ミシェル・オークレール、セシル・オーブリーほか。

(55) 一九五〇年八月日本公開のアンドレ・ユヌベル監督作品（一九四九年製作／フランス）。出演：ガビ・モルレ、ピエール・ブラッスールほか。

(56) 注30参照。

(57) 一九五〇年七月日本公開のジャン・ルノワール監督作品（一九三八年製作／フランス）。出演：ジャン・ギャバン、シモーヌ・シモンほか。

(58) 一九五〇年六月日本公開のヘンリー・キング監督作品（一九四二年製作／アメリカ）。出演：タイロン・パワー、モーリン・オハラほか。

(59) 一九五〇年八月日本公開のベイジル・ディアデン監督作品（一九四六年製作／イギリス）。出演：ジャック・ワーナー、ジミー・ハンリーほか。公開時の題名表記は『兇弾』。

(60) 一九五〇年二月日本公開のアンソニー・アスキス監督作品（一九四四年製作／イギリス）。出演：フィリス・カルヴァート、ジェームズ・メイソンほか。

(61) 一九五〇年六月日本公開のリチャード・ソープ監督作品（一九四九年製作／アメリカ）。出演：ジャネット・マクドナルド、ロイド・ノーランほか。

(62) 一九五〇年九月日本公開のガブリエル・パスカル監督作品（一九四五年製作／イギリス）。出演：クロード・レインズ、ヴィヴィアン・リーほか。

(63) 岩手県立高松高等学校。現・岩手県立盛岡工業高等学校。
(64) 一八九七年発表のフランスの劇作家、小説家トリスタン・ベルナールの戯曲。
(65) 一九五〇年九月日本公開のヴィットリオ・デ・シーカ監督作品(一九四八年製作/イタリア)。出演:ランベルト・マジョラーニほか演技経験のない市井の人々。
(66) 一九五〇年六月日本公開のヴィクター・フレミング監督作品(一九四八年製作/アメリカ)。出演:イングリッド・バーグマン、ホセ・フェラーほか。
(67) 萩原朔太郎の第三アフォリズム集。
(68) 旺文社から刊行されている日本で最も古くから存在する定期刊行の大学受験雑誌。誌名表記は「螢雪時代」。
(69) 一九五〇年一一月公開の大庭秀雄監督作品(一九五〇年製作/日本)。出演:佐分利信、木暮実千代ほか。
(70) 一九五〇年一一月日本公開のキャロル・リード監督作品(一九四四年製作/イギリス)。出演:デヴィッド・ニーヴン、スタンリー・ホロウェイほか。
(71) 一九四九年一一月日本公開のジャック・コンウェイ監督作品(一九四八年製作/アメリカ)。出演:グリア・ガースン、ウォルター・ピジョンほか。
(72) 一九四八年五月日本公開のデヴィッド・リーン監督作品『逢びき』(一九四五年製作/イギリス)と思われる。
(73) 一九五〇年九月日本公開のノーマン・タウログ監督作品(一九四七年製作/アメリカ)。出演:ブライアン・ドンレヴィ、ロバート・ウォーカーほか。公開時の題名表記は『初めか終りか』。
(74) ウォルトン・ハリス・ウォーカー。アメリカ合衆国の軍人。一九四八年に、日本占領軍である第八軍司令官に任命され、東條英機らA級戦犯七名の絞首刑、火葬、遺骨の扱いに関わる執行責任者を務めた。
(75) 一九五〇年五月日本公開のロバート・アルトン監督作品(一九四七年製作/アメリカ)。出演:レッド・スケルトン、ヴァージニア・オブライエンほか。
(76) 一九五〇年七月日本公開のジャン・ボワイエ監督作品(一九四八年製作/フランス)。出演:ジェラール・フィリップ、ミシュリーヌ・プレールほか。
(77) 一九四九年一二月日本公開のウォルター・ラング監督作品(一九四八年製作/アメリカ)。出演:ロバート・ヤング、モーリン・オハラほか。

*

一九五一年(昭和二六)

(1) フリードリッヒ・フォン・フロトー作曲の四幕のオペラ。正式題名は『マルタまたはリッチモンドの市場』。
(2) 一九五〇年九月日本公開のマルセル・プリスティーヌ監督作品(一九四七年製作/フランス)。出演:フランソワーズ・ロゼー、ポール・ムーリスほか。
(3) 一九五一年一月日本公開のジョージ・ブレイクストンとヨーク・コプレン共同撮影・製作作品(一九四八年製作/アメリカ)。公開時の題名表記は『ウルフ』。
(4) 一九五〇年一〇月日本公開のハロルド・フレンチ監督作品(一九五〇年製作/イギリス)。出演:デニス・プライス、ジゼール・プレヴィルほか。公開時の題名は『わが心は君に』。

(5) 一九五〇年九月日本公開のハワード・ホークス監督作品（一九四一年製作／アメリカ）。出演：ゲイリー・クーパー、ウォルター・ブレナンほか。公開時の題名は『ヨーク軍曹』。
(6) 一九五〇年一一月日本公開のロベルト・ロッセリーニ監督作品（一九四五年製作／イタリア）。出演：アンナ・マニャーニ、アルド・ファブリッツィほか。
(7) 一九五一年一月公開の谷口千吉監督作品（一九五一年製作／日本）。出演：三船敏郎、水戸光子ほか。
(8) 一九五〇年八月日本公開のジョン・ファロー監督作品（一九四七年製作／アメリカ）。出演：レイ・ミランド、バーバラ・スタンウィックほか。
(9) 一九五〇年一一月日本公開のアンドレ・カイヤット監督作品（一九四九年製作／フランス）。出演：セルジュ・レジアニ、ピエール・ブラッスールほか。
(10) 一九五〇年一〇月日本公開のデヴィッド・マクドナルド監督、（一九四九年製作／イギリス）。出演：フレドリック・マーチ、フローレンス・エルドリッジほか。公開時の題名は『コロンブスの探検』。
(11) 一九五〇年一一月日本公開のアンリ＝ジョルジュ・クルーゾー監督作品（一九四三年製作／フランス）。出演：ピエール・フレネー、ピエール・ラルケほか。
(12) ピエール・ブラッスールの出演は確認出来ず。
(13) 「人間」二月号。原文のタイトルは「犠牲者も否　死刑執行人も否」
(14) 『俳優の独白：新劇演技論集』演技研究所編、文教堂、一九五〇年。
(15) 刊行時の題名表記は『大阪の宿』。
(16) 一九五一年一月公開の春原政久監督作品（一九五一年製作／日本）前編か。後編は三月公開。出演：薄田研二、東山千栄子ほか。
(17) 一九五〇年八月日本公開のジュリアン・デュヴィヴィエ監督作品『逃亡者』（一九四四年製作／アメリカ）だと思われる。出演：ジャン・ギャバン、エレイン・ドルーほか。
(18) 一九五〇年一〇月日本公開のジョージ・ワグナー監督作品（一九四九年製作／アメリカ）。出演：ジョン・ウェイン、ヴェラ・ラルストンほか。
(19) 一九五〇年一月日本公開のバジル・ディアデン監督作品（一九四八年製作／イギリス）。出演：スチュワート・グレンジャー、フランソワーズ・ロゼーほか。公開時の題名表記は『死せる恋人に捧ぐる悲歌』。
(20) 一九五〇年一〇月日本公開のノーマン・Z・マクロード監督作品（一九四七年製作／アメリカ）。出演：ダニー・ケイ、ヴァージニア・メイヨほか。公開時の題名表記は『虹を掴む男』。
(21) 一九五〇年一二月日本公開のセルジュ・ド・ポリニイ監督作品（一九四六年製作／フランス）。出演：ジョルジュ・マルシャル、ルネ・フォールほか。
(22) 一九四九年一二月日本公開のデイヴィッド・バトラー監督作品（一九四六年製作／アメリカ）。出演：デニス・モーガン、ジャック・カーソンほか。
(23) 一九四八年発表、大岡昇平の小説。
(24) 一九五一年二月公開のマキノ雅弘監督作品（一九五一年製作／日本）。出演：市川右太衛門、山田五十鈴ほか。
(25) 一九五〇年七月日本公開のルイス・キング監督作品（一九四八年製作／アメリカ）。出演：ペギー・カミングス、チャールズ・

コバーンほか。公開時の題名表記は『ワイオミングの緑草』。
(26) 一九五一年二月公開の山本嘉次郎監督作品（一九五一年製作／日本）。出演：上原謙、高峰三枝子ほか。公開時の題名は『悲歌』。
(27) 一九四九年製作のクリスチャン＝ジャック監督作品（スウェーデン・フランス）。出演：ヴィヴェカ・リンドフォルス、ミシェル・オークレールほか。
(28) 一九五〇年一〇月日本公開のヘンリー・キング監督作品（一九四九年製作／アメリカ）。出演：タイロン・パワー、オーソン・ウェルズほか。
(29) 一九五〇年一〇月日本公開のヴィンセント・シャーマン監督作品（一九四八年製作／アメリカ）。出演：エロール・フリン、ヴィヴェカ・リンドフォースほか。公開時の題名表記は『ドン・ファンの冒険』。
(30) 一九五一年二月日本公開のフランソワ・ヴィリエ監督作品（一九四八年製作／フランス）。出演：ジャン＝ピエール・オーモン、マリア・モンテスほか。公開時の題名表記は『マルセイユの一夜』。
(31) 一九五〇年一二月日本公開のジョセフ・ケイン監督作品（一九四五年製作／アメリカ）。出演：ジョン・ウェイン、アン・ドボラックほか。公開時の題名表記は『炎の街』。
(32) 一九五〇年一二月日本公開のウィリアム・ワイラー監督作品（一九三九年製作／アメリカ）。出演：ローレンス・オリビエ、マール・オベロンほか。
(33) 一九五一年三月日本公開のマイケル・パウエルとエメリック・プレスバーガー共同監督作品（一九四六年製作／イギリス）。出演：デボラ・カー、デイヴィッド・ファラーほか。
(34) 一九五〇年一二月公開の稲垣浩監督作品（一九五〇年製作／日本）。出演：大谷友右衛門、山根寿子ほか。
(35) 一九五一年一月公開のジョン・ヒューストン監督作品（一九四一年製作／アメリカ）。出演：ハンフリー・ボガート、メアリー・アスターほか。
(36) 一九五〇年七月日本公開のヘンリー・コスター監督作品（一九四九年製作／アメリカ）。出演：ロレッタ・ヤング、セレステ・ホルムほか。
(37) 一九五一年一月日本公開のウィリアム・ワイラー監督作品（一九四〇年製作／アメリカ）。出演：ゲイリー・クーパー、ウォルター・ブレナンほか。
(38) 一九五一年一月日本公開のジャン・ドラノワ監督作品（一九四八年製作／フランス）。出演：ミシェエル・モルガン、ジャン・マレーほか。
(39) 一九五一年四月日本公開のハル・ローチ父子共同監督作品（一九四〇年製作／アメリカ）。出演：ヴィクター・マチュア、ロン・チャニイほか。
(40) 一九五〇年一一月日本公開のヘンリー・キング監督作品（一九五〇年製作／アメリカ）。出演：グレゴリー・ペック、ヒュー・マーロウほか。
(41) 一九五一年二月日本公開のクリスチャン＝ジャック監督作品（一九四八年製作／フランス）。出演：ジェラール・フィリップ、マリア・カザレスほか。
(42) 一九五一年四月日本公開のハーバート・ウィルコックス監督作品（一九四六年製作／イギリス）。出演：アンナ・ニーグル、マイケル・ワイルディングほか。
(43) 一九五一年四月日本公開のジョルジュ・ラコンブ監督作品（一

九四九年製作／フランス）。出演：ロベルト・ベンツィ、ポール・ベルナールほか。
(44) 一九五一年五月公開の吉村公三郎監督作品（一九五一年製作／日本）。出演：小野文春、木暮実千代ほか。
(45) 一九五一年五月公開の渋谷実監督作品（一九五一年製作／日本）。出演：佐分利信、高峰三枝子ほか。
(46) 一九五一年四月日本公開のアルフレッド・ヒッチコック監督作品（一九四〇年製作／アメリカ）。出演：ローレンス・オリビエ、ジョーン・フォンテインほか。
(47) 一九四〇年六月日本公開のジョン・フォード監督作品（一九三九年製作／アメリカ）。出演：ジョン・ウェイン、トーマス・ミッチェルほか。
(48) 一九五一年四月日本公開のジャン・コクトー監督作品（一九五〇年製作／フランス）。出演：ジャン・マレー、マリア・カザレスほか。
(49) 一九五一年四月日本公開のウィリアム・デスモンド・ハースト監督作品（一九四八年製作／イギリス）。出演：ジーン・ケント、ジェームズ・ドナルドほか。公開時の題名表記は『舞姫夫人』。
(50) 一九五一年五月公開の黒澤明監督作品（一九五一年製作／日本）。出演：三船敏郎、原節子ほか。
(51) 一九五一年二月日本公開のレイ・エンライト監督作品（一九四七年製作／アメリカ）。出演：ランドルフ・スコット、バーバラ・ブリトンほか。
(52) 一九五一年四月日本公開のデイヴィッド・バトラー監督作品（一九四四年製作／アメリカ）。出演：ボブ・ホープ、ヴァージニア・メイオほか。公開時の題名表記は『姫君と海賊』。
(53) 一九五一年五月日本公開のルネ・クレマン監督作品（一九四九年製作／フランス・イタリア）。出演：ジャン・ギャバン、イザ・ミランダほか。
(54) 一九五〇年三月日本公開のマイケル・パウエル、エメリック・プレスバーガー共同監督作品（一九四八年製作／イギリス）。出演：モイラ・シアラー、アントン・ウォルブルックほか。
(55) ドイツの作家、ヴィルヘルム・マイヤー＝フェルスターの戯曲。一八九八年に発表した小説『カール・ハインリッヒ』を基にしている。刊行時の題名表記は『アルト・ハイデルベルク』。
(56) 一九五一年五月日本公開のルイス・R・フォスター監督作品（一九五〇年製作／アメリカ）。出演：ジョン・ペイン、ゲイル・ラッセルほか。公開時の題名表記は『南支那海』。
(57) 一九五一年三月公開の木下恵介監督作品（一九五一年製作／日本）。出演：高峰秀子、小林トシ子ほか。
(58) 一九五一年三月日本公開のウィリアム・バーク監督作品（一九四九年製作／アメリカ）。出演：ジョン・ホール、ジューン・ヴィンセントほか。
(59) 一九五一年八月公開の本多猪四郎監督作品（一九五一年製作／日本）。出演：池部良、島崎雪子ほか。
(60) 一九三七年三月日本公開のジャック・フェデー監督作品（一九三五年製作／フランス）。出演：フランソワーズ・ロゼー、アンドレ・アレルムほか。
(61) 一九五一年五月日本公開のジョセフ・ケイン監督作品（一九五〇年製作／アメリカ）。出演：ウィリアム・エリオット、エイドリアン・ブースほか。
(62) 一九四八年発表、アメリカの作家ノーマン・メイラーの小説。
(63) 一九五一年八月公開の関川秀雄監督作品（一九五一年製作／日本）。出演：木村功、岡田英次ほか。公開時の題名表記は『わが一高時代の犯罪』。

(64) 一九五一年七月日本公開のアーチー・L・メイヨ監督作品(一九三九年製作/アメリカ)。出演:ヤッシャ・ハイフェッツ、ジョエル・マクリーほか。公開時の題名表記は『かれらに音楽を』。

(65) 一九五一年八月公開の井手俊郎と長谷川公之の共同執筆作品(一九五一年製作/日本)。出演:池部良、伊豆肇ほか。

(66) 一九五一年八月日本公開のアレッサンドロ・ブラゼッティ監督作品(一九四八年製作/イタリア・フランス)。出演:ミシェル・モルガン、アンリ・ヴィダルほか。

(67) 一九五一年六月日本公開のゾルタン・コルダ監督作品(一九四二年製作/イギリス)。出演:サブー、ジョゼフ・キャレイアほか。

(68) 一六六七年執筆、フランスの劇作家ジャン・ラシーヌの悲劇。

(69) 一九五一年四月日本公開のテイ・ガーネット監督作品(一九四九年製作/アメリカ)。出演:ビング・クロスビー、ロンダ・フレミングほか。公開時の題名表記は『夢の宮廷』。

(70) 一九五一年八月日本公開のキャロル・リード監督作品(一九四七年製作/イギリス)。出演:ジェームズ・メイソン、キャスリーン・ライアンほか。

(71) 一九五一年七月日本公開のウィリアム・ディターレ監督作品(一九四七年製作/アメリカ)。出演:ジョセフ・コットン、ジェニファー・ジョーンズほか。

(72) 一九三八年一月日本公開のジャック・フェデー監督作品(一九三七年製作/イギリス)。出演:マレーネ・ディートリッヒ、ロバート・ドーナットほか。

(73) 一九五一年一〇月公開の小津安二郎監督作品(一九五一年製作/日本)。出演:菅井一郎、笠智衆ほか。

(74) 一九三三年製作のヘンリー・ハサウェイ監督作品(アメリカ)。出演:ランドルフ・スコット、ジュディス・アレンほか。公開時の題名表記は『轟く天地』。

(75) 一九五一年九月日本公開のキング・ヴィダー監督作品と、一九五〇年三月公開の佐伯清監督作品の同名作品が存在するが、公開年月が近い前者か。

(76) 一九五一年一一月公開の谷崎潤一郎監修、池田龜鑑校閲、新藤兼人脚本、吉村公三郎演出作品(一九五一年製作/日本)。出演:長谷川一夫、京マチ子ほか。

(77) 映画『巴里の屋根の下』(一九三〇年製作/フランス)の主題歌《巴里の屋根の下》の一節。ラウル・モレッティ作曲、ルネ・ナゼル作詞、西条八十訳詞。

(78) 一九五一年一〇月日本公開のビリー・ワイルダー監督作品(一九五〇年製作/アメリカ)。出演:ウィリアム・ホールデン、グロリア・スワンソンほか。

(79) 一九五一年一一月公開の佐分利信監督作品(一九五一年製作/日本)。出演:佐分利信、岡田英次ほか。

(80) 一九五一年八月日本公開のジーン・ケリー、スタンリー・ドーネン共同監督作品(一九四九年製作/アメリカ)。出演:ジーン・ケリー、フランク・シナトラほか。公開時の題名表記は『踊る大紐育』。

(81) 一九五一年一二月公開の木村恵吾監督作品(一九五一年製作/日本)。出演:三船敏郎、京マチ子ほか。

(82) 一八七九年から一八八〇年にかけて発表された、ロシアの文学者フョードル・ドストエフスキーの最後の長編小説。

(83) 一九五一年一一月日本公開のアルフレッド・ヒッチコック監督作品(一九四五年製作/アメリカ)。出演:イングリッド・バーグマン、グレゴリー・ペックほか。

(84) 一九五一年七月日本公開のマイケル・カーティス監督作品(一九四九年製作/アメリカ)。出演:カーク・ダグラス、ローレン・バコールほか。

*

一九五二年(昭和二七)

(1) 一九五一年一一月日本公開のヘンリー・ハサウェイ監督作品(一九三九年製作/アメリカ)。出演:ゲイリー・クーパー、デヴィッド・ニーヴンほか。

(2) ジョン・ポール・ジョンズ著、日本新聞協会訳、時事通信社、一九五一年。

(3) バスティアン、ケース共著、日本新聞協会訳、時事通信社、一九五〇年。

(4) 一九五一年一二月公開の市川崑監督作品(一九五一年製作/日本)。出演:上原謙、山根寿子ほか。

(5) 一九五一年一〇月日本公開のジョージ・シドニー監督作品(一九五〇年製作/アメリカ)。出演:ベティ・ハットン、ハワード・キールほか。公開時の題名表記は『アニーよ銃をとれ』。

(6) 一九五一年一二月日本公開のジョン・ホフマン監督作品(一九五〇年製作/アメリカ)。出演:ジェームズ・エリスン、ヴァージニア・ヘリックほか。

(7) 一九五一年一一月日本公開のマルク・アレグレ監督作品(一九四七年製作/イギリス)。出演:スチュワート・グレンジャー、ヴァレリー・ホブソンほか。

(8) 一九五一年一二月日本公開のジョン・フォード監督作品(一九五〇年製作/アメリカ)。出演:ジョン・ウェイン、モーリン・オハラほか。公開時の題名表記は『リオ・グランデの砦』。

(9) 一九五一年九月公開の森一生監督作品(一九五一年製作/日本)。出演:大河内傳次郎、花井蘭子ほか。公開時の題名表記は『逢魔が辻の決闘』。

(10) 一九五一年九月日本公開のジュリアン・デュヴィヴィエ監督作品(一九四八年製作/イギリス)。出演:ヴィヴィアン・リー、ラルフ・リチャードソンほか。

(11) 一九五一年一〇月日本公開のマイケル・カーティズ監督作品(一九三九年製作/アメリカ)。出演:エロール・フリン、オリヴィア・デ・ハヴィランドほか。

(12) 一九五一年一二月日本公開のロバート・ピロッシュ監督作品(一九五一年製作/アメリカ)。出演:ヴァン・ジョンソン、アキラ・福永ほか。

(13) 一九五一年九月日本公開のジョセフ・L・マンキウィッツ監督作品(一九五〇年製作/アメリカ)。出演:ベティ・デイヴィス、アン・バクスターほか。

(14) ユーディ・メニューイン(一九一六―一九九九)。アメリカ合衆国出身の音楽家、ヴァイオリン奏者、指揮者。ここでの映画はメニューインが出演した『ステージドア・キャンティーン』(一九四三年製作/アメリカ)と思われる。

(15) フランスの叢書「コレクション・クセジュ」。一九五一年に白水社によって〈文庫クセジュ〉として刊行が開始された。『フランス革命史』はフレデリク・ブリュシュ著。

(16) 一九五一年九月日本公開のマイケル・ゴードン監督作品(一九五〇年製作/アメリカ)。出演:ホセ・フェラー、マーラ・パワーズほか。

(17)一九五一年一二月日本公開のルドウィッヒ・ベルガー、マイケル・パウエル共同監督作品（一九四〇年製作／イギリス）。出演：サブー、コンラート・ファイトほか。公開時の題名表記は『バグダッドの盗賊』。

(18)一九五二年三月公開の山本薩夫、楠田清、小坂哲人共同監督作品（一九五二年製作／日本）。出演：山田五十鈴、轟夕起子ほか。

(19)一九五一年九月日本公開のデルマー・デイヴス監督作品（一九五〇年製作／アメリカ）。出演：ジェームズ・スチュアート、ジェフ・チャンドラーほか。

(20)一九五二年日本公開のゾルタン・コルダ監督作品（一九三九年製作／イギリス）。出演：ジョン・クレメンツ、ラルフ・リチャードソンほか。

(21)一九五二年一月日本公開のレオニード・モギー監督作品（一九五〇年製作／イタリア）。出演：ヴィットリオ・デ・シーカ、ロイス・マックスウェルほか。公開時の題名表記は『明日では遅すぎる』。

(22)一九五一年一一月日本公開のマルセル・カルネ監督作品（一九四九年製作／フランス）。出演：ジャン・ギャバン、ニコール・クールセルほか。公開時の題名表記は『港のマリイ』。

(23)一八五五年に発表されたトマス・ブルフィンチの世界各国の神話についての研究・解説書。

(24)一九五二年二月日本公開のマルセル・カルネ監督作品（一九四五年製作／フランス）。出演：ジャン＝ルイ・バロー、アルレッティ、マリア・カザレスほか。

(25)一九五二年一二月日本公開のバイロン・ハスキン監督作品（一九五〇年製作／アメリカ）。出演：ボビー・ドリスコル、ロバート・ニュートンほか。

(26)一九五二年五月公開の稲垣浩監督作品（一九五二年製作／日本）。出演：三船敏郎、三國連太郎ほか。

(27)一九四九年三月日本公開のマービン・ルロイ監督作品（一九四〇年製作／アメリカ）。出演：ヴィヴィアン・リー、ロバート・テイラーほか。

(28)一九五二年三月日本公開のウォルター・ラング監督作品（一九五一年製作／アメリカ）。出演：ダニー・ケイ、ジーン・ティアニーほか。公開時の題名は『南仏夜話　夫（ハズ）は偽者』。

(29)一九五二年一月日本公開のハワード・ホークス、アーサー・ロッソン共同監督作品（一九四六年製作／アメリカ）。出演：ジョン・ウェイン、ウォルター・ブレナンほか。公開時の題名は『赤い河』。

(30)一九三二年五月日本公開のルネ・クレール監督作品（一九三一年製作／フランス）。出演：アンリ・マルシャン、レイモン・コルディほか。公開時の題名表記は『自由を我等に』。

(31)一九五二年三月日本公開のオーソン・ウェルズ監督作品（一九四八年製作／アメリカ）。出演：オーソン・ウェルズ、ジャネット・ノーランほか。

(32)一九五二年五月日本公開のルイス・マイルストン監督作品（一九四八年製作／アメリカ）。出演：イングリッド・バーグマン、シャルル・ボワイエほか。

(33)一八九一年発表、フランスの小説家アンドレ・ジイドの小説。

(34)一九五一年から一九五八年に発行された詩集。同人詩誌「荒地」を発展拡大したもの。参加者：田村隆一、鮎川信夫ほか。

(35)やまもと・やすえ（一九〇二―一九九三）、本名は山本千代。日本の新劇女優・朗読家。築地小劇場の創立第一期メンバー。

ぶどうの会を主宰した。

(36) 一九五二年三月日本公開のジュゼッペ・デ・サンティス監督作品(一九四九年製作／イタリア)。出演：ヴィットリオ・ガスマン、シルヴァーナ・マンガーノほか。

(37) クルガノフ著、高木秀人訳『日本にいるアメリカ人：ソヴエト記者の日本日記』五月書房、一九五二年。

(38) 一九五二年刊行、野間宏の小説。同年映画化された。

(39) 一九五二年三月日本公開のマイケル・パウエル、エメリック・プレスバーガー共同監督作品(一九五一年製作／イギリス)。出演：ロバート・ランスヴィル、モイラ・シアラーほか。

(40) ブレーズ・パスカル『パンセ』の一節。

(41) 一九二五年発表のアンドレ・ジッドの長編小説。刊行時の題名表記は『贋金つくり』。

(42) 一九五二年五月日本公開のヴィンセント・ミネリ監督作品(一九五一年製作／アメリカ)。出演：ジーン・ケリー、レスリー・キャロンほか。公開時の題名表記は『巴里のアメリカ人』。

(43) 一九五二年五月日本公開のレスリー・フェントン監督作品(一九四八年製作／アメリカ)。出演：アラン・ラッド、ロバート・プレストンほか。

(44) 一九五二年五月日本公開のエリア・カザン監督作品(一九五一年製作／アメリカ)。出演：ヴィヴィアン・リー、マーロン・ブランドほか。

(45) フランスの小説家ロジェ・ヴァイヤンの小説。刊行時の題名表記は『よい足よい眼』。

(46) 刊行時の題名表記は『奇妙な遊び』。

(47) 仏：idole。偶像、崇拝の対象、アイドル。

(48) 一九五二年四月公開の黒澤明監督作品(一九四五年製作／日本)。出演：大河内伝次郎、榎本健一ほか。公開時の題名表記は『虎の尾を踏む男達』。

(49) 一九五二年八月日本公開のヘンリー・コスター監督作品(一九四九年製作／アメリカ)。出演：ダニー・ケイ、ウォルター・スレザクほか。

(50) 玉山村渋民・渋民小学校の校歌。石川啄木作、清瀬保二作曲。五番の詞は渋民小の校歌制定にあたって補作挿入されている。

(51) 一九五二年七月日本公開のレイモン・ベルナール監督作品(一九四九年製作／フランス)。出演：ヴィヴィアーヌ・ロマンス、マルセル・ダリオほか。公開時の題名は『娼婦マヤ』。

(52) 現在は町名改正されているのでそのまま掲載。

(53) 一九三五年三月日本公開のヘンリー・ハサウェイ監督作品(一九三五年製作／アメリカ)。出演：ゲイリー・クーパー、フランチョット・トーンほか。

(54) 一九五二年七月日本公開のマックス・オフュルス監督作品(一九五〇年製作／フランス)。出演：アントン・ウォルブルック、シモーヌ・シニョレほか。公開時の題名は『輪舞』。

(55) 一九五二年九月公開の渋谷実監督作品(一九五二年製作／日本)。出演：池部良、小林トシ子ほか。

(56) 一九二二年刊行、アイルランドの作家ジェイムズ・ジョイスの小説。

(57) 一九五二年八月公開の新藤兼人監督作品(一九五二年製作／日本)。出演：乙羽信子、細川ちか子ほか。

(58) 一九五二年一〇月公開の佐分利信監督作品(一九五二年製作／日本)。出演：佐分利信、木暮実千代ほか。

(59) 一九五二年七月日本公開のヘンリー・ハサウェイ監督作品(一九五一年製作／アメリカ)。出演：ジェームズ・メイスン、セドリック・ハードウィクほか。

(60) 一九五二年四月日本公開のジュリアン・デュヴィヴィエ監督作品(一九五一年製作/フランス)。出演:ブリジット・オーベエル、ジャン・ブロシャールほか。公開時の題名は『巴里の空の下セーヌは流れる』。

(61) 一九五一年三月日本公開のルネ・クレール監督作品(一九四二年製作/アメリカ)。出演:フレドリック・マーチ、ヴェロニカ・レイクほか。

(62) 一九五二年一〇月公開の小津安二郎監督作品(一九五二年製作/日本)。出演:佐分利信、木暮実千代ほか。公開時の題名表記は『お茶漬の味』。

(63) 一九五二年五月日本公開のベン・シャープスティーン、ハミルトン・S・ラスク共同監督作品(一九四〇年ウォルト・ディズニー製作/アメリカ)。公開時の題名表記は『ピノキオ』。

(64) 一九三四年一月日本公開のエリック・シャレル監督作品(一九三一年製作/ドイツ)。出演:リリアン・ハーヴェイ、ヴィリー・フリッチほか。公開時の題名表記は『会議は踊る』。

(65) 一九五二年九月日本公開のジョージ・スティーヴンス監督作品(一九五一年製作/アメリカ)。出演:モンゴメリー・クリフト、エリザベス・テイラーほか。

(66) 一九五二年一〇月公開の黒澤明監督作品(一九五二年製作/日本)。出演:志村喬、小田切みきほか。

(67) 一九五二年八月日本公開のロベルト・アドルフ・シュテムレ監督作品(一九四八年製作/西ドイツ)。出演:ゲルト・フレーベ、アリベルト・ヴェッシャーほか。

(68) 一九五二年一一月日本公開のハワード・ヒューズ監督作品(一九四三年製作/アメリカ)。出演:ジェーン・ラッセル、ジャック・ビューテルほか。公開時の題名表記は『ならず者』。

(69) 一九五二年九月日本公開のチャールズ・チャップリン監督・脚本・製作・作曲・主演作品(一九四七年製作/アメリカ)。

(70) 一九五二年一一月公開の衣笠貞之助監督作品(一九五二年製作/日本)。出演:長谷川一夫、京マチ子ほか。

(71) アンリ・トロワイヤ(一九一一―二〇〇七)。アルメニア系ロシア人でモスクワ生まれの小説家、伝記作家。幼時にロシア革命により両親とともにヨーロッパに移住、一九二〇年パリに定住。本名レヴォン・アスラン・トロシアン、ロシア名レフ・アスラノヴィチ・タラソフ。

(72) 一九五二年一一月公開の木下恵介監督作品(一九五二年製作/日本)。出演:高峰秀子、小林トシ子ほか。

(73) 鹿地亘(一九〇三―一九八二)、本名:瀬口貢。小説家、評論家。東京帝国大学在学中からプロレタリア文学運動に加わり、一九三四年治安維持法違反で検挙されたが獄中で転向し同年出獄。一九三六年中国に渡り、戦時中、重慶で日本人民反戦同盟を結成、日本兵の投降工作や捕虜教育を担当。神奈川県藤沢で肺結核療養中の一九五一年一一月、在日米軍謀報機関(キャノン機関)に拉致され、スパイの追及を受け監禁された。

(74) 一九五二年一〇月日本公開のサム・ウッド監督作品(一九四三年製作/アメリカ)。出演:ゲイリー・クーパー、イングリッド・バーグマンほか。公開時の題名表記は『誰が為に鐘は鳴る』。

(75) 金子馬治/金子筑水(一八七〇―一九三七)。哲学者、評論家。早稲田大学教授、早稲田大学坪内博士記念演劇博物館初代館長。

*

一九五三年（昭和二八）

（1）一九五二年九月日本公開のフレッド・ジンネマン監督作品（一九五二年製作／アメリカ）。出演：ゲイリー・クーパー、グレイス・ケリーほか。公開時の題名表記は『真昼の決闘』。

（2）一九五三年一月日本公開のジョン・フォード監督作品（一九四八年製作／アメリカ）。出演：ジョン・ウェイン、ヘンリー・フォンダほか。

（3）一九五二年一一月日本公開のクロード・オータン＝ララ監督作品（一九四七年製作／フランス）。出演：ジェラール・フィリップ、ミシュリーヌ・プレールほか。

（4）一九五三年一月公開の中村登監督作品（一九五三年製作／日本）。出演：角梨枝子、東山千栄子ほか。

（5）一九五二年九月日本公開のキャロル・リード監督作品（一九四九年製作／イギリス）。出演：ジョセフ・コットン、オーソン・ウェルズほか。

（6）ツィターとも。オーストリア・ドイツ・スイスなど、ドイツ語圏を中心に弾かれている民族弦楽器。本作の音楽担当であるアントーン・カラス作曲のメインテーマで使われている。

（7）一九一二年から続くロシア連邦の新聞。かつてのソビエト連邦共産党の機関紙。プラウダとはロシア語で「真実」「正義」の意。

（8）一九五二年発行の書評新聞。発行元の株式会社新読書社は現在もロシア関係の書籍を数多く手がけている。

（9）一九五二年一〇月日本公開のリチャード・ソープ監督作品（一九五二年製作／アメリカ）。出演：ロバート・テイラー、エリザベス・テイラーほか。公開時の題名は『黒騎士』。

（10）一九五三年一月公開の今井正監督作品（一九五三年製作／日本）。出演：津島恵子、香川京子ほか。

（11）一九五二年一一月日本公開のマイケル・パウエル、エメリック・プレスバーガー共同監督作品（一九五〇年製作／イギリス）。出演：ジェニファー・ジョーンズ、デイヴィッド・ファラーほか。

（12）一九五二年一二月公開の山本薩夫監督作品（一九五二年製作／日本）。出演：木村功、利根はる恵ほか。公開時の題名表記は『眞空地帯』。

（13）一九五三年一月日本公開のノーマン・Z・マクロード監督作品（一九四六年製作／アメリカ）。出演：ダニー・ケイ、ヴァージニア・メイヨほか。公開時の題名表記は『ダニー・ケイの牛乳屋』。

（14）一九五二年一二月日本公開のグレゴリー・ラトフ監督作品（一九三九年製作／アメリカ）。出演：イングリッド・バーグマン、レスリー・ハワードほか。公開時の題名は『別離』。

［主要参考・参照資料］

映画.com、キネマ旬報WEB、日本映画製作者連盟データベース、allcinema、Filmarks、MOVIE WALKER PRESS、AllMovie、IMDb、wikipedia（日本語／英語版）、国立国会図書館サーチ、出版書誌データベース、日本の古本屋、CiNii、コトバンク、weblio

（作成：松本久木）

寄稿

秋浜先生の日記

いのうえひでのり

面白かった！　そして驚かされました、色々と。秋浜先生の高校生時代、三年間。秋浜少年の日記。いやあ、やっぱり改めて〝すごいなぁ〟と。

僕なんかが評価するなんて本当におこがましいが、まず文章力。なんかイキイキしていて、瑞々しくてグイグイ読ませてくれる。これは、後に戯曲作家・脚本家となる萌芽なのか、キャラクターの描写が上手くて、それぞれ（日記の中の）登場人物がきちんと粒立っていて、それぞれが魅力的に描かれている（実際に魅力的なクセの強い人が多かったのだろうな）。時代の背景描写も秀逸だ。戦後間もない岩手の山麓に広がる自然や、見上げる星空。戦後復興で賑わう地方都市盛岡の喧騒。そんな時代を、そんな青春を、文字通り全力で謳歌していたんだなぁと感心したり、びっくりしたり、憧憬を覚えたりする。まぁ、時代が時代なので、この令和の現在とは比べるべくもないが、ある意味とてもおおらかな時代だなぁと、つくづく羨ましいと思った。高校生が同人仲間の友人や先生と、文学や政治について激論を交わし、酒を酌み交わす。しかも、学校で。いやあ、熱い時代ですなぁ（僕も高校時代に当時の演劇部の顧問にスナックに連れて行ってもらったことはあったけど、さすがに酒はNG、コーラ止まりだった）。ホント、〝秋浜少年・青春完全燃焼篇〟ですよ。詩を書き、芝居を演り、戯曲を書き、コーラス隊で歌を歌い、映画を観てオペラを観て評論し、新聞を編集し、地元の論客と集まっては激論を交わし、ラグビーをして、そしてちょっぴり淡い恋もしたりして、ホントに実にエネルギッシュに充実した、熱い高校生活の三年間が文章から立ち上がってくる。〝ちょっぴり淡い恋〟の部分は読んでいるこっちも少しドキドキして心配したり、照れくさかったりして。高校生らしく傷ついたり、悩んだり、怒ったりするところもしっかり伝わってくる。そして、その文章が本当に〝大人〟なのだ。〝達観〟というわけではない、もっと熱いけれどとにかくしっかりしているのだ。もちろん大人ぶって背伸びしている感も無い。まぁ、この時代のインテリ高校生は、これくらいの教養を持ち合わせていたのかも知れないが（蜷川幸雄先生もそんな感じだったんだろうなと思った事があった）。やっぱり、時代の空気が秋浜少年のようなインテリを生んでいたのかなとは思う。戦後間もない時代。これからの未来を、これからの日本をどうするのか、当時の少年達は真剣に考えざるを得ない環境が、必然的に彼らを早く大人に、老成させていったのではないか。それにしても、秋浜先生にはホントにビックリだ。エネルギッシュだ！　立派だ！　本当にこれ高校生が書いたのか‼　とんでもないスーパー高校生だったのではないか。

僕が秋浜先生を、秋浜悟史という人物をしっかりと認識したのは、大阪芸大に入学して初めての演技・演出の授業だ。二〇号館にある冷たいコンクリート打ちっぱなしの教室にその人は現れた。やたらギョロッとした目玉の眼光鋭い、けどコロコロした丸い体をチョコチョコと揺らしながら歩く、怖そうだけど可愛らしく愛嬌のある、どこかの国の法師様のような人物、というような印象だったと思う。着ている服も、画家かアンデスの笛吹きかと思わせるポンチョみたいな、いかにもアーティスト然とした只者では無い感が漂うファッション。でも一番の印象はやっぱりあの眼、なんか全て見透かされているような。そしてやたら響くバリトンのイイ声（日記で歌をやっていたことを知り納得）。この時の授業の第一声で僕らにかましたのが、「僕は、君たちに役者の道を諦めさせるために、この講義をやります！」という挨拶。まあ、〝生半可なことじゃプロの俳優にはなれないぞ〟という先生なりの檄の飛ばし方だったかも知れない。入学したてで、これから始まるキャンパスライフや、俳優への道に夢膨らませていた学生諸君にどの程度響いたのかは知らない。先生も本音は〝お前達のようなアホな奴らがプロになんかなれるワケが無い。プロになれるのは、才能がある役者の中で運を掴むことができるほんの一握りの人間だ〟という当たり前のことを念頭においての発言だったのかもしれない。東京の演劇の第一線から離れ（このあたりの事情を一度聞いてみたかった）、大阪芸大がある、この南河内のド田舎に流れ着いた先生だけが、当時の日本（東京の）演劇のレベルを知っていたのだから……。余談ですが、秋浜先生は、某ミュージカル劇団の某演出家が何かの賞を獲ったのを知って、結構なテンションでディスってましたねぇ。「あんな外国から借りてきたまんまの演出でなんで賞が貰えるんだ!!」と。今思うと、先生若い！と思うけど、当時先生はまだ四〇代半ばでしたもんねぇ、ぜんぜん若い！あのどこかの国の法師様みたいなファッションと年齢不詳のルックスに惑わされていたけど、その頃は現役バリバリの演出家だったワケです。昔は今みたいにネットで検索すればWikipediaでその人のプロフィールがわかるわけでもないし、第一、当時の僕は演劇シーンそのものに疎かった。秋浜先生が只者では無いのはわかるけど、はたして秋浜悟史なる人物とは？〝岸田戯曲賞やいくつもの賞を貰ったすごい人らしい〟という話は聞こえてきましたが、こちとら博多から出てきたばかり、岸田戯曲賞がなんたるかもよく解っていない地方高校演劇出身のハナタレ小僧です。ただ地元の高校演劇界隈でちょっとばかりキャーキャー言われて〝俺イケてるかも？〟と勘違いしているお調子者でした。

秋浜先生の講義が始まって間もなく、先生が演出した舞台を見る機会がありました。木冬社の『楽屋』（作：清水邦夫）という作品でした。緻密に計算された抑制のとれた演出。澄み渡る声、明瞭な台詞。プロとはかくあらんやと感じさせる松本典子さんを始めとする役者のアンサンブル、ハーフミラーを使ったスタイリッシュでトリッキーな舞台美術。全てに圧倒されました。面白い！秋浜悟史という人は凄いプロ演出家なんだ！

と、この時初めて思い知らされました。福岡の高校演劇出身のお調子者の鼻、見事にポキンと折れたのです。

先生の講義が始まって真っ先にやらされたのが、いわゆる〝エチュード〟ってやつです。僕はこれが大の苦手でした。エチュードの一つに〈ゴキブリ〉っていうのがあるんですが、まぁこれがキツかった。スタートの合図でひたすらゴキブリのように凄いスピードで床を這い回るのですが、壁や人に当たると直角に曲がってさらにひたすら動き回るのです。物凄くハード。「なんでこんなことしなきゃいけないんだよ！」そう思っていました。ただ先生のエチュードで助かったのは、〝醒めたらエチュードの輪から出て良い〟という約束事があったのです。また他のエチュードの一つに〈ソフトクリーム〉というものがありました。〝自分がソフトクリームを舐めているうちに、自分が舐められているソフトクリームになる〟という高度で不条理なエチュードです。僕はこれが本当にダメ！　隣のヤツがクルクル捻れて悶えているのが見えたりすると……もうアキマセン！　すぐにエチュードの輪から外れていました。そして、その輪から外れたところには必ずと言っていい程、内藤〈裕敬〉君がニヤニヤして座っていました。「これ無理だよなぁ！」お互い苦笑するしかありませんでした。

この演技・演出のカリキュラムの中で、一年間の授業を通じ一本のお芝居を立ち上げて公演する〝プレビュー〟というのがあるのですが、秋浜先生はこのプレビューに清水邦夫さんの『朝に死す』という作品を持ってきました。登場人物は、若い男と女、二人のみ。当時の秋浜クラスは男女合わせて三〇～四〇人はいたでしょうか。「どうするんだろコレ?」するると、この芝居のシークエンスごとに、男女ペアの組がいくつもに分かれて、あるシーンは二組が掛け合い、またあるシーンでは群唱になり、またあるシーンでは二組がユニゾンで同時進行するという、戯曲を解体し編集して、また回収するという、まるでパズルのようなマジックがかかった面白い作品になっていました。ホントに面白い！

僕は改めて確信したのです。秋浜悟史ハンパねえ‼

今思うと、大学の授業の一貫とはいえプレビューは演出家・秋浜悟史の一つの作品です。〝ヘタな芝居はうたねえ！〟きっと先生の中の演出家魂に火がついたんだと思います。僕はこの公演から、演劇の見せ方におけるいくつかのセオリーを学んだ気がします。畳み掛けるようなシーンの積み重ね。緩急をつけた見せ方のリズム。そして何より、お芝居は役者の演技だけを見せなくてもいい‼　見世物として成立していれば何をやってもいいから、なんとかしろ‼　という発見。僕はこの時、演出助手として先生の横でダメ出しを取っていたのですが、これが何より現在の自分の芝居づくりの基本になっているような気がします（この時は、エチュードで自信を無くしたことと、先生の眼が怖かったこともあって真っ先に演出助手に立候補していました）。

先生は本当に下品なお芝居が嫌いでした。憎んでいました。下品な芝居とは、〝羞恥心を持たない芝居〟とでも言いますか、横で見ていて〝こいつの芝居は嘘だらけで気持ち悪いなぁ〟と思っていると、いきなり先生は激昂して「誰かアイツを殺せ！　殺してくれ‼」と誰よりも響き渡る声で稽古場を震え上がらせます（今だとパワハラで完全アウトでしょうけど）。七〇年代はお芝居の稽古って怒られてナンボ！　みたいなところがありました。でも、ここで羞恥心を持って芝居することが役者の矜持みたいなことを刷り込まれたんだと思います。古田新太や高田聖子たちのような秋浜悟史門下生の芝居がどんなに下品なことをしても、絶対に気持ち悪くならないのは、きっとこの矜持を守り続けているからではないでしょうか、

二〇〇五年夏、『吉原御免状』という芝居の稽古中だったでしょうか。「秋浜先生が亡くなられた」という訃報が届きました。あまりに急なことで驚きました。葬儀には参加出来なかったのでお通夜にお線香を上げに行きました。葬儀場は奈良県の郊外にある寂しげなところだったような気がします。誰か知っている人がいるだろうかと、少し不安な気持ちで葬儀場に駆けつけました。受付で対応されていた方は、先生が関わってきた数々の演劇関係の学校の生徒さんの一人だったと思います。「芸大の卒業生の者なのですが」「ああ、じゃあ

こちらへどうぞ」そうか、芸大の知り合いは居ないか、まっ遅い時間だし仕方ないなと思っていると、「おう、いのうえ！　来れたんだ、良かった」、別の部屋に居たジロウ（河野洋一郎）が声を掛けてくれました。そのうちポツポツと人が集まりましたが、僕の知っている人は居ませんでした。そうか、先生は僕ら（大阪芸大）だけの先生じゃないんだ。色んな人達の先生なんだ。少し嫉妬しました。先生は関西において、芸大以外にもいくつもの学校や、演劇プロジェクトを立ち上げて様々な優秀な人材を輩出させていたのです。

僕の大好きな大河ドラマに『花神』という大村益次郎を主人公にした幕末のドラマがあるのですが、この〝花神〟というのが時代に花を咲かせるために現れた花咲か爺さんみたいな神様なのです。秋浜先生って、まさに色々なところに種を撒き、花を咲かせ、花が咲いたのを見届けたら〝自分の役目は終わった〟と消え去った花神のような人だったんじゃないかと。

秋浜少年の日記を読んでいて、岩手の山地から臨む夜の星々を思う時、そんな事を思い出しました。

（いのうえ・ひでのり）一九六〇年、福岡県生まれ。劇団☆新感線主宰・演出家。一九八〇年、劇団☆新感線を旗揚げ。以来、劇画・マンガ的な世界観にアクションとケレン味を効かせた演出、ド派手な照明と音響を用いた構成で、小劇場の枠を超えた新しいエンターテインメントの形として〝新感線〟というジャンルを確立。二〇一七年にはアジア初の三六〇度客席が回転する劇場「ＩＨＩステージアラウンド東京」での約二年間に渡るロングラン公演を成功させた。劇団本公演以外にも、『近松心中物語』（二〇一八）などプロデュース公演の演出も多数手がける。『髑髏城の七人』『ＳＨＩＲＯＨ』の演出において第一四回（二〇〇四年度）日本演劇協会賞を、『メタルマクベス』の演出において第九回（二〇〇六年度）千田是也賞と第五七回（二〇〇六年度）芸術選奨文部科学大臣新人賞を、『熱海殺人事件』の演出において第五〇回（二〇一五年度）紀伊國屋演劇賞個人賞を受賞。

日記にそえて

大石時雄

言葉を軽んじるな。ボクの恩師が言っておられた。ボクの恩師とは、亡くなられたが、秋浜悟史先生である。児童・生徒だった時代に、多くの教師から教えを受けた。だが、教師の顔も声も教えも、今でもはっきりと思い出せるのは、秋浜先生ただ一人である。記憶に新しいのではない。感傷的だが、秋浜先生のことが好きだったからだ。それ以外に理由はない。

秋浜先生は、愛情の強い人だった。どこからきた愛情の強さなのか。大学生だったボクに、わかろうはずはない。大人になった今なら、臆することなくご本人に尋ねるのだけど、それが叶わないのがとても残念である。先生にはよく叱られた。ボクだけでなく、友だちもみんな叱られていた。だけど、秋浜先生に叱られても、嫌みなことを言われても、悪い気はしなかった。みんなそうだったと思う。その時の先生の声や表情に、愛情が隠し切れていなかったからだ。ボクはむしろ、先生に叱られて、嬉しかった。

演劇を学ぶために大阪芸大に進み、秋浜先生と出逢った。先生の授業が面白かったか、今では記憶に無い。覚えているのは、授業で、大学内のあちこちで、飲食店で、先生の口から飛び出してくる言葉の数々。そして、テノール歌手っぽい、先生の笑い声。芝居の話あれこれはもちろんだが、男と女のあれこれも、先生から聞かされた。そのどれもが耳の奥底に残り、心を満たしていった。

残念だったのは、ボクに演劇の才能がまるで無かったことだ。演技の上手い友だちに囲まれて、「なんでオレはこんなに下手くそなんだろう」と、自分でビックリした。秋浜先生の指導を受けても、こちらがなっていない。身に付ける能力が無い。演劇をあきらめるのに、十分過ぎるほどの事実だった。役者や演出家になれるわけがない。

大学を卒業し、その後に始めた仕事で、秋浜先生に助けていただいた時期もあったが、ボクが東京へ仕事の場を移したことで、お目にかかる機会を失くした。同時に、先生の言葉を直に受ける喜びも消えた。さすがに、さみしかった。

ここで話は秋浜先生の日記になる。

敗戦から五年の一九五〇年四月、先生は高校生になった。戦前から戦中、戦後へと、悲惨な時代に翻弄された世代である。思うことをそのまま口に出せない。考えたことを正しく文字に出来ない。窮屈な日本社会で、多感な年ごろを生きた先生は、内なる言葉を吐き出せないこともあっただろうか。日記は、個人的な記録として、または表現の場として、ほとばしる情動を受けとめていたのだろう。日記に残る、先生の創作詩に触れて、ボクはそんな印象を持った。

言葉は重要である。使う言葉で世界も人生も変わる。言葉で人を洗脳することも、人格を破壊することも可能だ。軍国主義や国家主義を賛美する言葉は、学校の教科書の中で、ラジオから流れるニュースで、新聞や雑誌の文章で踊り狂っていたに違いない。そんな社会を敗戦が変えた。敗戦とアメリカの占領によって、抑制されていた言葉たちは、解放された。まるでダムが決壊したかのような勢いで、あふれ出ただろう。それらの言葉の数々が、学生だった秋浜先生の心を震わせただろうことは、想像に難くない。

盛岡に出かける下宿の道子先生に、買って来てくださるよう、秋浜先生がお願いした雑誌は、「学生」だけではなかった。軍国主義者によって発禁とされていた雑誌が返り咲いたし、新たに創刊したものもある。例えば、「世界」。岩波書店が一九四六年一月一日に創刊した月刊誌である。当時の知識層を対象に、進歩的で優れた雑誌だという評判だった。青年時代の秋浜先生が求めないはずはない。

「世界」の初代編集長は、吉野源三郎だ。『君たちはどう生きるか』の著者としても知られている。編集者であると同時に、児童文学者・評論家・翻訳家としても活躍した。また、反戦運動家・ジャーナリストの顔も持つ。アメリカを非難する立場にあった岩波書店だが、アメリカの占領の目的は理解していた。日本に民主的な社会を根付かせるのだから、言論の自由、表現の自由は当たり前。当然、外国書籍の翻訳・出版も、編集者は担っていたと思う。「世界」の初期の号には、トルストイ、ドストエフスキー、チェーホフ、ゴーリキー、プーシキン、ゲーテ、プラトン、カント、マルクスなど多くの外国人作家の作品の新訳や旧訳が掲載された。文学や演劇を志した秋浜先生もやはり読んでいたのだ。

悪夢のような軍国主義が崩壊したあとの解放感と、燃え盛る言葉への情熱、誰はばかることなく文字にできる喜びが、日記の中で炸裂している。ボクは、戦争を体験していないが、「活字に飢える」という感覚は共有できる。本が手元に無いと耐えられない時間があることも理解できる。秋浜先生が読んだに違いない本をなぞることもできる。

「だいたい、ボクは映画を観すぎるな」「今日も映画漬け。よく観るなあ」と、映画好きを自認する秋浜先生のつぶやきである。映画館に度々通う姿と、観た映画の作品名が、日記に記されている。

喜劇王チャップリンがデビューした頃の英国では、演劇は「古いメディア」、映画は「新しいメディア」と言われていた。テレビが家庭に登場する前は、映画館は娯楽施設であると同時に、貴重な情報源だった。ボクが子どもだった頃、一ドル三六〇円だった。海外旅行をする庶民は少なく、政治家や外交官、商社マン、医者、タレントなど一部の人たちの「特権」だった。海外を特集する雑誌の種類も少なかった。そうした日本社会にあって、地元の映画館にやって来る外国映画は、行ったことのない外の世界を教えてくれた。外国人の瞳や髪の色、着ている服、住んでいる家、家具、食事など、初めて見るものばかり。

秋浜先生は、映画を観て何を思い、何を学び、どんな夢を見たのだろう。そもそも、どんな作品が好きだったのだろうか。

さらに、「恋」である。

日記を一読すれば、誰もが感じる、と思う。日記の主要な登場人物である「E」のことだ。近所の年上の女学生という。その「E」が、秋浜先生にとっていかに重要で、日常的だったか。この関係を「恋」と言っていいのか、ボクにはわからない。恋だとしても、相手も同じ想いだったのか、あるいは一方的に想っているだけの人だったのか。当事者でもなければ、わかりようがない。それでも、「ボクは、Eと離れていると無味乾燥になる」と、秋浜先生に言わしめているのだ。ただの近所の年上の女学生であるわけない。中学生時の記録(日記)を焼いてしまう原因になり、焼いたことを後悔させるほどの人。いったい何者なのか、と驚いてしまった。おそらくEがいなくては日記そのものが生まれていなかったのではないか、と思うほどだ。おおげさだけど。

恋《おも》い人だったのかなあ。Eは、ボクが敬愛する秋浜先生の若き日の恋《おも》い人だったのだ。勝手だけど、ボクはそう思いたい。先生にも、恋《おも》えば恋《おも》うほど悲しみは深くなる時があったのだ。どうしてこんなに恋《こい》しいのだろう。ついさっきまで一緒にいて、別れて来たばかりなのに、もうボクはキミに会いたがっている。映画館の暗闇の中で、揺れる電車の中で、ナフタリンが匂う病室の中で、いつも一緒だったのに。秋浜先生をつかまえて、

「サトシちゃん」と呼ぶその人に、ボクはたまらなく会いたくなった。

ボクは今、六五歳である。まさか今ごろになって、秋浜先生の高校時代の日記を読むことになるとは、思ってもみなかった。敬愛する編集者から電話をもらい、日記の存在を聞かされた時、事情をよく飲み込めなかったほどだ。秋浜先生の思い出は平気で語れるが、先生の日記を読むとなると、正直、腰が引けた。ボクが知っている秋浜先生は、ボクの秋浜先生であって、それ以上でも以下でもない。ボクの恩師となる以前の秋浜先生のことを、今更知ってどうなる。そんな思いがした。日記を読んで、疑問を抱いても、尋ねる相手はもう手の届くところにいないではないか。さみしくなるだけじゃないか。

人は、死んだら星のカケラに戻るだけだという。「星のカケラに戻る」と書けば、「土に還る」ということか。だけど、地球という名の星の住人にしてみれば、星は夜空に輝くものと相場は決まっている。ボクも近いうちに、星のカケラに戻る。そしたら、秋浜先生の近くにボクの居場所を見つけて、そこに居座り続けたい。秋浜先生は、ボクを見つけて、「バカだね、キミも」と、相変わらずテノール歌手っぽい声を響かせるだろう。隠し切れないほどの愛情で、ボクの心を満たしながら。いつまでも、いつまでも。

（おおいし・ときお）一九五九年、福岡県生まれ。小田原三の丸ホール館長。大阪芸術大学舞台芸術学科演技演出専攻卒業。広告代理店を退職後、演劇制作者となる。劇団☆新感線の東京進出をプロデュース、株式会社ヴィレッヂの初代代表を務めた。伊丹市立演劇ホール（ＡＩ・ＨＡＬＬ）の設立及び運営に参加。パナソニック・グローブ座（現・東京グローブ座）の制作担当を経て、世田谷パブリックシアター（東京都世田谷区立）、可児市文化創造センター（岐阜県可児市立）、いわき芸術文化交流館（福島県いわき市立）、小田原三の丸ホール（神奈川県小田原市立）の設立と運営に参加。

劇詩人・秋浜悟史

秋津シズ子

早熟な高校生。あまりにも多才。抜きんでた天才。異能ともいうべき言葉の魔術師。大人たちと互角にがっぷり組み、頼られ、祭り上げられた青春。羞恥と自尊が手を取り合って闊歩する日々。私の知っている秋浜先生が、高校生の段階で、すでにここにいた。もう、先生の姿を成していたことに驚くしかない。

《あのころは幼かった》

あのころは　幼かった
休まず目覚めて　夢見つづけた
息切れしてたけれど
胸のあえぎ　高鳴りが　あのころは励ましだった
なろうと思えば誰にでも　誰にでもなれた

あのころは　幼かった

つまずき傷つき　走りつづけた
おののきもしたけれど
ふきこぼれる　血と汗が　あのころは勇気になった
なろうと思えば誰にでも　誰にでもなれた
力まかせの日々よ
もう一度のために
力出ししぶりしない日々よ

（『人質追走』ピッコロ演劇学校第一回卒業公演、一九八四年）

まさに〝なろうと思えば誰にでも　誰にでもなれた〟人だったのだ。出会ってから二二年と少しの時間の中で、あまりご自身のことを語ることはなかった。えっ、オペラ歌手になりたかったのか！　ギターが弾けて、トランペットも吹いて、英語も堪能。フランス語も読めて……、ラグビーもして、でも、そこはご自身がおっしゃる「亜流の一流」だったのか。とにかくよく酒浸りになっているのも、このころからだとは。よく一緒に飲んだくれさせてもらった。本好き、辞書好きもずっとそのままだった。「最小の努力、［中略］最大の効果」を狙えともよく言われた。先生の言葉がよみがえる。高校生の日記なのに。すごすぎる。

〝劇詩人〟と呼ばれて、死にたいな……。ふと、先生が言った。ぎょっとした。劇作家と呼ばれたい人、演出家と呼んで欲しい人はうじゃうじゃいる。名実ともに劇作家・演出家であり、人がうらやむ立派な功績を残し、演劇界に大きな影響を与え、多くの後進を育て上げてきた人の、最後の本当の望みはそこにあったのか。語らぬ思いが溢れかえる劇中歌。難解な戯曲を和らげ、理解を助け、肝にズーンと響く歌詞たち。

ピッコロ演劇学校、宝塚北高校演劇科、門真市民ミュージカルなどで、五〇余本のミュージカル調舞台をともに作り上げてきた私は、先生の歌詞のすごさに心底惚れていた。まさに私にとっては劇詩人だった。私たちの前で先生が歌うことはなかったが、お好きだったんだ。だから、どの作品にも、印象的で、いつまでも体に張り付いている歌があったのだ。

私の初舞台でもあるピッコロ演劇学校第一期生卒業公演『人質追走』の劇中歌《真夏に雪が降る》は、とにかく衝撃的だった。

《真夏に雪が降る》

真夏に雪が降る
赤い炎が降る
なにかのはずみで　定めがもつれる
おろかな夜明けを
眠らずに待つ
悔いを残すために　気負い立ち
舞台の檻から　抜け出せず
希望のような遠吠えに　焼けただれ
手に手を取り合い　一人震えながら
おろかな夜明けを

眠らずに待つ

（『人質追走』ピッコロ演劇学校第一回卒業公演、一九八四年）

真夏の雪、炎が降る、手に手を取り合い一人震える、希望のような遠吠え、愚かな夜明け、なんだ、それ？……わかる、感じる。そうだ！　と全身が震える。あり得ない究極の時にすがる、あり得ると思えるビジュアルが、自分の中で動き出す。そして、アイルランドの芝居をしているはずなのに〝舞台の檻から抜け出せず〟なのだ。先生の歌詞のすごさ。絵空事の虚構＝舞台は、実在する自分自身がどう生きるべきかに常に関わっていると、自身を俯瞰することを求めてくるのだ。

後を私に託して、宝塚北高校演劇科長退任を心に決められていた二〇〇三年。その年の演劇科の卒業公演『妖怪大脱走』に寄せてくださった歌詞に、当時の先生の心境が見え隠れする。先生の言葉の断片を、何度も何度も反芻する。苦しい時に不意によみがえり、もう一度立ち上がらせてくれる言葉たちが生きている。

《大脱走賛歌》

この秋は何でとしとる雲に鳥（芭蕉）
雲が飛ぶ　風が急かせる
鳥の形に　羽ばたく
では　さようなら
ここを過ぎて　ここではないどこかへ

幻のような旅に出よう

うしろすがたのしぐれてゆくか（山頭火）
涙散る　風に乾かす
もはや　どうしようもない
さあ　とりあえず
今を抜けて　今ではない明日が
あるべきはずだと身震いして

初夢の再び戻ることはなし（久夫）
あやかしの　風に任せる
覚悟して振り向かない
ぜひ　よみがえる
すべて忘れ　すべてに背き離れ
目を閉じないで真っ逆さまに

（『妖怪大脱走』兵庫県立宝塚北高校演劇科第一九回卒業公演、二〇〇三年）

そして、同じ年、久しぶりに書きたいものが書けた！　と嬉しそうに渡してくださった新作戯曲『夢の夢こそ』。題名がとてもお気に入り。今までこんないい言葉が使われずに残っていたなんて！　と、ウキウキされていた。ワクワクしながら読んでみると、かなり難解だった。歌舞伎に対する知識や日本の神話、国とは、など自分の不明を恥じながら、プチ㋐組公演として、上演に向けて動いた。チラシの先生の言葉にこうある。「集団にも〆切にも上演にも縛られず、書きたい何がしかを書きたいように書きなぐれた、初心の頃がもう一度欲しい。もはや自儘の身と見放し、妄りに乱れて戯曲風を暗中飛躍していた。噂を聞いた㋐組が、私のワープロからFDに抜いて持ち去った。タイトルは、ご存知『曽根崎心中』道行きから引いた。好きなお芝居や名画の追憶が、脈絡なくフラッシュ・バックしたりする。料理方、いかようにもお任せします。誓って干渉しますまい。私は『マナイタの恋?』の心境を楽しむとしましょう」。

㋐組は、大阪芸術大学の教授であった秋浜先生に関わりを持つ者が、劇団や集団の枠を超えて集まり、新しい環境で良質の作品を作ろうと活動していた。一九八六年より五回の公演を行い、五年ぶりの新作上演となった。出演者は、主に大阪芸術大学、ピッコロ演劇学校、宝塚北高校演劇科の出身者に劇団そとばこまちのメンバー。パンフレットの作品紹介に「寄る辺なきホームレスたちが、心の底からはきだす魂の台詞。人生、演劇だと思えば何でも出来る。しかし、私たちは次の世代に何を伝え、何を切り捨てていかなくてはならないのか。自らを葬り、残すことの出来るものは何なのか。軽い日常会話ではなく、演劇が持つ台詞の力に立ち返り、あえて鋭く現代社会と切り結ぶ」と書いた、先生の演劇感がギッシリと詰め込まれた作品だった。オープニングの歌は《野辺おくり》。

《野辺おくり》

鏡が死んだ　光が割れた

もう　私がだれか　だれにもわからない

平べったい　何もない野辺送り
鏡が割れて　踏みにじられ　打ちひしがれ
風が凍りつき　雹《ひょう》を叩きつける
寒さの夏に　ねたまれ　うとまれ　憎まれて
私が死んだ　記憶が消えた

もう　昔が何か　だれにもわからない
過ぎてしまい　忘れるためのかけら
私が消えて　むなしくためらい　たゆたう
垂直の雨が　鋭く突き刺さる
飢えの季節に　洗われ　囚われ　ひび割れて
昔が死んだ　意識が果てた

（『夢の夢こそ』プチ㋐組公演、二〇〇三年）

先生の言葉で印象的によく使われた「あの日たち」「思い出たち」「言葉たち」。デビュー作が『英雄たち』。遺作が『妖怪たち』。あの日々ではなく、あの日たちと複数化することで、思い出のひとつひとつが、鮮やかによみがえる。いつしか自分の言葉になっている。たゆたう、あえぐ、突き刺さる、囚われ、真っ逆さまなど、高校生の時から自在に駆使し、愛用している先生。やはり先生は詩人として生まれてきたのだ。寒さの夏、氷の炎、焼けただれ、二人連れの一人勝手、シャープな映像と共に、選ばれた言葉がそれこそ心に突き刺さるのだ。

訃報が飛び込んだ、公演三週間前。『鐘の鳴る丘２００５』の稽古中だった。
一九九〇年ピッコロ演劇学校の特別公演にて菊田一夫の名作『鐘の鳴る丘』をミュージカルとして上演。お年寄りから子どもまで楽しめる作品として好評を博し、ピッコロシアターを含め、四年間で兵庫県内一四箇所で上演。一〇年の時を経て、再演をもくろんだ。秋浜先生の手による改訂台本を㋐組２００５で。オーケストラを含め総勢六〇名で華やかに上演しようと盛り上がり、荒通し稽古を見に来てください、とＦＡＸした二日後だった。追悼公演になってしまった。そのオープニングを飾った《銀河鉄道賛歌》は、突然、指標を失った私たちを支えてくれた。

《銀河鉄道賛歌》

暗闇の道に　つまづいても
怖気づくな　振り返るな
星がなくても　星祭りを
仰ぎ見るのだ　のぞむのだ
予期しない　変われば変わる
乗り換え自由　当意即妙を孕んで
天の崖っぷち沿いに　銀河鉄道が行く
ブランコ漕いで　風に浮かぶ
帆を張って　無軌道　無原則

上昇気流に乗り　真っ逆さま

生き生きと　生々しく
はちきれんばかりに　煮えくり返り
たぎり立つ　いのちの息吹き

このワタシが　宇宙
アナタが　銀河鉄道

どうしても　どうしても
震えが　抑えられない
はてしなく　かぎりなく
星がなくても　星祭りを
仰ぎ見るのだ　のぞむのだ
その銀河鉄道を
その銀河鉄道を

（『鐘の鳴る丘２００５』㋐組２００５公演、二〇〇五年）

「所詮ボクは、えげつないロマンチスト。難解な二流詩人であることに、ボクはあんまり酔い過ぎていた」と自戒されるが、先生は天性の詩人。歌詞だけでなく、折に触れてかけて下さる言葉に救われ、新たに一歩を踏み出した人は多い。『悟史のさとし』（宝塚北高等学校での先生の演劇教育をまとめた記録本）を編集する際に、心に残っている先生の言葉を中心に原稿をお願いした。実に多くの人が、こころにそっとしまっている、大切な先生の言葉を持っていた。

演劇界にデビューし、旋風を巻き起こした東京時代のことは、私にとっては謎めいていた。あえて口にすることが躊躇われ、自分から問うことはなかった。遺作となった『妖怪たち』を三回忌の二〇〇七年に上演。死の三ヵ月前に大学時代からの戦友・劇団民藝の久保まづるか女史と、朗読の第一人者だった伊藤惣一氏にあてて書かれたとされる遺作。演劇を志す者、生業とするものに対しての書き残し。上演は、東京チームとの合同企画。その際に語られる先生の若かりし頃の思い出はとても新鮮だった。そして、私たちへ書き残したかった言葉の数々。ここに記し、改めて心に刻もうと思う。

「日常生活のモラルを守って、お芝居ではそれを超える。自分より登場人物の方が、人生を生き生きと生きているのだと信じなさい。傲慢になるな。あきらめるな。冷えるよりも怒鳴りまくれ。テンポの速さにごまかされるな。テンポの速さでごまかすな。見物に混乱を。原初の人は現実を越えようとするとき、そこに演劇空間を用意する。人が自分自身でなくなるときである。祭りである。肌で感じ取り、その衝動でもって行動するのみ。人間と世界をつかむ第一歩。それでも、ああ、情緒の激発性を、どうやって新鮮に再組織できるか、だ。［中略］衝動を直線で動かすんだ。セリフの裏、ひっかけが、気持ちの勘どころ。言ってることと言わねばならぬことの違い。動きが第一。誤読を恐れない。孤独じゃないよ。読み誤りを恐れるな、ということ。誤解、曲解こそ、我が真骨頂。わからないところ、承服できない、納得できない、不満なところが攻め場。わからないところはわからないままに放り出すのだ。わかったつもりになるな、わかった振りをするな。わかったか。こちらに都合よく引き寄せるんだ。やり過ぎを恐れるな。すべてを疑え。すべてを信じて。［後略］」（『妖怪たち』秋浜悟史を鎮魂する会公演、二〇〇七年）

（あきづ・しずこ）一九六〇年、大阪府生まれ。大阪教育大学国語専攻科卒業。学生時代に人形劇をはじめ、在学時に記録映画会社（奇しくも秋浜先生がいた岩波映画製作所の仕事もする）でアルバイト、そのまま就職。四回生の時、ピッコロ演劇学校が創立され、一期生として入学。師匠・秋浜悟史に出会い、演出助手を経て、舞台監督・演出・俳優教育のキャリアをスタートする。一九九一年、文化庁芸術インターンシップの研修生に選ばれ、一九九六年、大阪教育大学非常勤講師就任以来、多数の大学や高校の表現講師を務める。二〇〇三年から一〇年間、兵庫県立宝塚北高校演劇科科長、のちにスーパーバイザーを九年務める。秋浜悟史台本・秋津シズ子演出の㋐組公演、門真市民ミュージカル、演劇学校・演劇科の卒業公演など、五〇余本の作品を師匠とともに世に送り出す。一九九一年、平成二年度兵庫県若人の賞、一九九六年、平成八年度兵庫県芸術奨励賞を受賞。

「何か」を信じる

岩崎正裕

大学に籍をなくした二〇代半ばくらいのことだったか、とにかく悶々と、いろいろなことが悔しかった。その悔しさを共にして、酒の肴に飲み明かしてくれたのは二年先輩の三枝希望さんだった。私たちは地味で、ぬかるんだ地面を這うように生活していたのだが、得体の知れない「何か」を信じていた。ある夜、三枝さんの四畳半の部屋でのこと。ずいぶん酔いも回った深夜、三枝さんはカセットテープを取り出してラジカセに入れた。流れて来たのはラジオドラマ、秋浜悟史作『ムカシ・ムニンガタイ・キカッサー』だった。八重山の英雄オヤケアカハチを巡るドラマで、終盤に歌が挿入されている。その歌詞の最後はこうだ。

今夜も水平線は真っ暗闇だけど
空を見上げりゃ　明るい闇じゃないか
明るいだけでも　希望じゃないか
素晴らしいじゃないか　恋人よ

ふいを突かれて、嗚咽をもらしそうになった。三枝さんも黙っていたので、勝手な想像だが同じ心情だったのだろう。将来に展望が持てない二人がいて、作者にダイレクトに励まされた気がしたのだ。得体の知れない「何か」を信じてよさそうだと思った。その「何か」については、還暦となった今もわからないままだが。

秋浜さんとの出会いは大阪芸術大学入学の一九八二年のことだ（文中「先生」と書くか「秋浜さん」と書くか、ずいぶん迷ったのだが、「先生」を連呼すると強い師弟関係で結ばれたような誤解を受けそうで、あえて「秋浜さん」と書かせてもらうことにした。大いなる薫陶を受けはしたが、本当に近しい人に比べれば、私の場合は折に触れてということなので、傲岸不遜のそしりは免れないが、ご容赦いただきたい。言い訳が長くなってしまった）。もちろん、先生と学生という立場でお会いしたわけであるが、先輩方の秋浜さんに対する信頼は半端なかった。最初に記憶に残っている言葉は大学二年生のとき、宴席でのことだ。丁度『桜の園』（作：チェーホフ）の学内発表を終えたところだったので、受け持ちでなかった秋浜さんに感想を聞こうと隣に座らせてもらった。秋浜さんは「あの後、トロフィーモフとアーニャはどうなったと思う？」と訊いた。トロフィーモフは万年大学生で、人類の明るい未来を信じる役どころ。アーニャは地主にまつわる娘でその恋人。私はその問いに「二人は希望に向かって……」などと、間の抜けた返事をしたと思う。秋浜さんはニヤリと笑って「あの二人はね、革命の中で野垂れ死ぬんだよ」と仰った。一面的な読み方しか出来ない、若僧の鼻っ柱が挫かれた瞬間、強烈な洗礼だった。その後、秋浜さんはクリップで豪快に止めた分厚い紙幣の中から、必要以上の金額を置いて家路に着かれた。格好いい大人ってこういうものか、と呆気に取られた。

その翌年、一九八四年に大阪芸術大学舞台芸術学科にミュージカルコースが創設されることとなった。秋浜悟史台本による『マイ・フェア・レディー』に意志を持って私も参加した。演出も担当する秋浜さんだったが、前年のバイク事故の後遺症もあってか、稽古に立ち合われる機会は少なかった。それでも実際の舞台稽古が始まると何巻きかの反物を使って、瞬く間に群衆シーンが組上がっていった。その鮮やかさに度肝を抜かれた。私は演出部の立場でもあったので、秋浜さんの傍に座ることもあった。フィナーレが終わり、また秋浜さんは私に訊ねた。「この後、どうしたらいい?」「それは、暗転でしょう」。答えると「ヨサク、この僕が暗転だってさ!」と吹き出さんばかりだった。ヨサクというのは当時副手をされていた村上浩さんのことだ。村上さんも、どうしようもないなコイツという表情だった。この後、知ることになるのだが、秋浜さんは一切暗転を使わない演出家だったのだ。暗転で隠すな、舞台(世界)にあるものすべてを見せろ、という意味らしかった。早速、私もそれを真似て、今でも厳守している。

一度だけ、秋浜さんの「暗転」の縛りを破りたい衝動に駆られたことがあった。一九九七年『ここからは遠い国』の中の一場面だ。「暗転です」の台詞と共に闇が訪れ、人類の犯した過ちについて長い台詞が続くというものだ。闇の中でも観客は思考を止めませんよ、と秋浜さんに問いたかった。そのための場面だった。残念ながら、これについてのご意見を聞く機会には恵まれなかったが、「この僕が暗転だってさ!」の一言がなかったら生まれなかった作品かも知れない。

月日が流れ、先生が大学をご退任された頃(あ、やはり先生と書きたくなってしまった)、大阪都市協会が発行する冊子「大阪人」で、私が聞き手となり、秋浜さんにインタビューする機会があった。そのようなことはこれまでなかったので、緊張もしたが嬉しくもあった。内容は、大阪芸術大学卒業生で活躍する俳優たちについて、というものだった。席に着くなり秋浜さんは「誰がどうとか、差をつけて話すことが出来ないので、今日は喋りません」と、不慣れなインタビュアーを困らせた。もちろんそれは冗談で、様々な卒業生たちのエピソードを詳細に語ってくれたのだが、「差をつけて話せない」は教育者としての本音だったのだろうと思う。無事にインタビューを終えて、堺筋本町の駅までお送りしたのだが、これがお別れとなってしまった。

最後に、このことだけ書いて筆を措こうと思う。同期生がみんな卒業して、五年目にまだ芸大をウロウロしていた私は大学のバス停に立っていた。ばったり秋浜さんと顔を合わせた。「君はどこまで帰るの、阿部野橋まで一緒に帰ろうか」と声をかけてくださった。私はあまりに畏れ多くて、用があるとか何とか嘘を吐いてしまった。自分自身の迷いをさらけ出す勇気がなかったのだろう。秋浜さんはきっとそれを見抜いていて、それ以上は何も言わなかった。惜しいことをしたと、今でも思う。ご一緒していたら、近鉄電車の中でどんな話が聞けたんだろうか。今も心残りだ。

（いわさき・まさひろ）一九六三年、三重県生まれ。劇作家、演出家、劇団⊖太陽族主宰。大阪芸術短期大学メディア・芸術学科教授。一九八二年、大阪芸術大学在学中に劇団大阪太陽族を旗揚げ。関西のある地域を舞台に、市井の人々の暮らしを描きながらメッセージ性の強い会話劇を上演。多くの秀作、問題作を発表してきた。『レ・ボリューション』（一九九四）で第一回ＯＭＳ戯曲賞佳作、オウム真理教事件に材を取った『ここからは遠い国』（一九九七）で第四回ＯＭＳ戯曲賞大賞を受賞。伊丹ＡＩ・ＨＡＬＬの戯曲塾「想流私塾」（塾長・北村想）の初代師範など、後進の指導にも積極的に取り組む。ＮＰＯ法人大阪現代舞台芸術協会（ＤＩＶＥ）理事長。

前略　秋浜先生

橋本じゅん

秋浜先生のおおよそ信じられない奇跡の高校生活が綴られた日記、拝読致しました。


先生、何やってるんですか！

痛快、仰天、関心、感嘆、そして　納得。

「これはもはや高校生ではない！　めちゃくちゃ魅力的だがオッサンだオッサン！」

年齢詐称なのでは?!

爽快感溢れながら読ませていただいた時間でした。


いやぁ度肝抜かれました。


「君たちは昔の僕みたいな事をやっているなあ」

よく仰ってましたね。

確か古田君、岡君も居て、わちゃわちゃしてる時でした。

「お前達は馬鹿だなあ〜」

ミュージカルコースでの授業中、先生はご自分も経験されて来たこの日記の学生時代があったからこそだったのでしょうか。

芝居の実習授業で僕達のこれが面白いのでは？　という乱痴気な表現に、この言葉を笑顔で連発されていましたね。

「お前達はホントバカだなあ〜」

このフレーズ、秋浜先生を好きな生徒は必ずモノマネしておりました。

先生の前でも堂々とやっていたと思います。

先生は、口をへの字に曲げながらも、愉しげに。

「何をやってんだか、バカだなあー」

特にダメ出しもなく、実習を楽しみました。

放任主義のようで、そして実はしっかりと導いてくださった先生のご指導があって、我々は本当に伸びやかに、大阪芸大時代を過ごせました。

豊かに。

僕の自分史は大阪芸術大学から、秋浜先生との出会いから始まったと言っても過言ではないと思っております。

そしてずっと時間が流れ僕は四〇代に。

今は既に無くなってしまった大阪城公園駅近くの劇場、シアターBRAVA！でのロングラン公演中（劇団☆新感線）のとある晴天の休演日。

腹ごしらえをせねば、と大阪ビジネスパークを京橋駅方向に向かって歩いている途中、広くてとても雰囲気の良いイタリアンの店を見つけ、入りました。

客席にはそのタイミングで客は僕独りだけでした。

ロングランの疲れを感じつつも、広々とした採光の良い明るい店内を何気なく見渡しながら「良い店だなあ、でも……、あれ？」と既視感を感じたのです。

「何だか、この店」

何度となく見渡し、少し時間がかかりましたがやっと気付いたのです！　思い出したのです！

この店で以前、秋浜先生の大阪芸大ご勇退パーティーが開かれた夜を。一期上の先輩方が主に動いてくださった祝賀会に参加した夜のことを。昼間の明るい店内に来ていて最初はまるで気付きませんでしたが、秋浜先生のパーティー会場に偶然にも数年後、一人再訪していました。

「嗚呼、ここだったー!!」

数ある飲食店の中でよく見もせず適当に入ったら、偶然にもそこは想い出の店！

当日、秋浜先生はご夫妻でいらしてましたね。

集まった多くの人達みんなの笑顔溢れ弾けた夜、先生も、そしてよく目黒区の祐天寺駅前で偶然ご夫婦で歩かれている時にご挨拶させていただいた奥様も、とても晴れやかで素敵な笑顔が輝かれていました。「本当にお疲れ様でした！」「有難う御座いました！」と皆さんの感謝攻めに遭う先生は、見たこともない照れ臭そうな子供のような表情をされていました。

「嗚呼ー、確かにこの店だったよなあ……」

休演日ののんびり気分も手伝って、明るく広い店内にたった一人きりでもとても楽しい気分になりました。嬉しくも懐かしく、あの夜や秋浜先生の事を思い出していると着信が。

宝塚北高で秋浜先生に学び、そのまま芸大に進学、その後ピッコロ劇団へ入団した経歴の子、ちょうど秋浜先生ご勇退パーティーのその夜に、初めてしっかりとお互い自己紹介し連絡先を交換した、とある後輩からの連絡でした。

何という偶然の連続!!

喜んで電話に出て告げられたのは、

秋浜先生の訃報でした。

「何で今日の今、この店でこのタイミングで⁇」

我々の精神的支柱、秋浜悟史先生が亡くなられた事を知りました。

巨星墜つ。

「大阪芸大の舞台芸術学科演技コースに入ったらとにかく秋浜先生に習わなければ意味は無い」

入学したばかりの頃からこんな言葉が先輩方の間で飛び交っていました。もちろん僕らにも聴こえて来ます。それならば！　と。いったいどんなもんを見せてくれるんだろうね？　生意気にも秋浜先生演出の学内公演を観に行き、感動してしまい、即志願して新設で秋浜先生が担当されたミュージカルコースへ。大人気で、志願しても成績で合否が決まるというものでしたが、なんとか潜り込みました。そして期待に胸を膨らませ参加した秋浜先生の実習授業の内容は、

「とにかく俺を笑わせろ！」

僕の記憶では、覚えているダメ出しはこれだけです。

あとは、「今はどこで何の芝居をしてるんだ？」という質問と、

「考えれば自ずと分かるだろう？」

言葉にせずともそんなご指導だったと思います。やはり放任スタイルなんだなあとも感じてましたが、ならば！　と勝手に楽しんでました。

しかしながら、他の授業にも出ていたのか？　と言えばまるでそうではなく、毎日せっせと学校へは行くのですが、秋浜先生の実習以外は、今の舞台芸術学科棟が建っている辺りに昔あったプレハブ小屋、通称《A棟》へ年がら年中通う生活が始まりました。まるで大学に住みついているかのような日々でした。この《A棟》、いつ行っても何かしらの劇団、ダンスユニットや演劇集団が稽古をしている建物でした。学生バスの無くなった夜遅く迄。そこで同期の古田君から誘われた先輩の劇団に参加させて頂いて、毎日しごかれる生活を送っていたのです。

当時は関西学生演劇ブームの真っ只中。

まさに戦国時代でした！

内藤裕敬さん率いる南河内万歳一座を筆頭に、渡辺いっけいさん、筧利夫さんら大阪芸大四年生コンビの二枚看板だった劇団☆新感線。

はい、僕が芸大二年生からいまだに在籍している、我らが代表いのうえひでのりさんの劇団です。キムラ緑子さんの旦那様のマキノノゾミさん率いる、小市慢太郎君も在籍だったM.O.P.、生瀬勝久さんが大活躍し当時は中川浩三という俳優もいた京都の雄、劇団そとばこまち。芸大二期上の先輩で大変お世話になった岩崎正裕さんの劇団大阪太陽族（現・劇団ɸ太陽族）。中島らもさん主宰、笑殺軍団リリパットアーミー、et cetera。

そして有象無象数多ツワモノ共がうじゃうじゃと。

何処が一番なんだ？　誰が一番強いんだ？

何なら腕相撲で決めようか？

スープレックスを使って良いならかかって来いよ！

そんな鼻息も荒く猛々しく多くの劇団が演劇的立ち位置を切磋琢磨して模索していた、そんな時代です。

シンガリというより最後尾で着いて行くのが精一杯な僕は、毎日ジャージでA棟で過ごす日々でした。

舐めていたんですね、舞台を。演劇を。

とんでもなかったです。関わっていた皆さんの士気の高さ、稽古の質も時間も運動量も。

なもので、本番が近付けば秋浜先生の授業にさえ出る気持ちの余裕も立場も？　あるはずもなくプレハブ小屋へ。

凡そ学生達が居ない授業時間中を狙って、大学の目抜き通りを歩きながら恐ろしい先輩達の居る《A棟》へ憂鬱に向かっていると、決まってです。授業中を狙って、安心して歩いていると決まって、杖をつきながら斜め向こうからこちらへ秋浜先生が歩いて来られます!!

「え？　先生に遭うのを避ける為にこの時間を選んだのに！」

秋浜先生はこちらを凝視し、その目を秋田のナマハゲのように、阿吽像のように見開きながら間近迄来て仰います、「また稽古か？」。

はい！　と答えると「フンッ　バカだなあー、チラシとチケットだけは持って来るんだよ」。

とまた斜め先の方向へ、杖をつきながら授業の教室方向へと消えて行かれます。

これが本当に何度もあったのですから不思議です。

待ち伏せでは絶対なかったと思いますが、偶然にしては興味深過ぎる、校内目抜き通りに先生と僕だけの姿。

今にして思えば、当時はバイトや遊びで休んでる生徒には勿論欠席を、A棟で稽古したり、とにかく学校や何処かの稽古場で汗を流している生徒には出席を。そんな暗黙の風潮があったように思います。ただの想像ですが、そうでもなければ僕が卒業出来たワケがない！　と思えるほどに《A棟》へ通いました。

本番が近付くと必ず秋浜先生のもとへ行き、公演の案内でチラシとチケットを手渡しします。

一通りチラシに目を通して鼻で「フンッ。まあ頑張るんだよ、ふはは」。


とは言いつつも本番には秋浜先生は必ず劇場へ観に来てくださいました。

時には場当たりやゲネにも。

ゲネでは、暗く静かな夜の池のようにも見える客席。緊張しながら舞台上で芝居をしてると突然「ギャハハハハ！」秋浜先生の独特のあの笑い声が客席から響いて来ます。「あ！　先生いらしてくださってるんだ！」。

この声を聴くと本当に安心したものです。嬉しかったものです。

そして、先生の生徒として誇りのような気持ちさえ生まれました。

「とにかく俺を笑わせろ！」

教えていただいた直接的な言葉はこれだけでしたから。

秋浜先生が笑ってくださったら、先生の独特のあの深くて響く巨大な笑い声が聴こえて来たら、役者はみんな満足してたと思います。演出家もそうだったでしょう。何せ今思うとみんな学生や学生に毛の生えたような、演劇人気取りの若造達でしたから。

そして、ここで思うことがあります。

秋浜先生に師事し、イズム継承者の先輩だと僕は思っている、我が新感線の代表いのうえひでのりさん。新感線の誰もが、と僕はそう勝手に思っていますが、いのうえさんがゲネや本番で、例え他の誰一人笑っていなくてもいのうえさんの「アハハハハッ！」という甲高くひときわ大きな笑い声が聴こえて来たら、ホッとするんです。嬉しくなります。「これで良いや」と思えます。

そして、劇団員である事に誇りのような感覚を持ちます。

こうして書いていて初めて気がつきます。

同じなんです。

秋浜先生といのうえさんが客席で笑ってくださると、同じくらい「やった！」となるんです。誇らしく思います。

なんなのでしょう、この重複連鎖。

秋浜イズムが自分達の周りに何十年も息づいているという事なのでしょうか知りませんが（笑）。

客席から唯一無二の大きな笑い声という共通点。

御二方の笑い声には大きな信頼を持っているという事でここは置きたいと思います。

秋浜先生には兎に角自由奔放に学生時代を過ごさせていただきました。束縛するどころか「馬鹿だなあー、ウェッヘッヘ」とサッサと背を向けて去って行きつつも、しっかりとその腕の中で見守り続けてくださいました。一見すると《放置》という名の腕の中で。

そこで、
秋浜イズムとは何だったのだろうと考えます。

今回秋浜先生の日記を拝読してそれが自分なりに分かった気がするのです。

演劇、映画、演技、演出、友との甘い酒、音楽、勉学、フランス文学、語学、苦い酒、多くの個性的な友人達との談合酒、ガンを飛ばして酒と煙草、そして逢瀬のあと、ちょっとエレジー……。

何より特筆すべきはその行動思考範囲。

その時間とお金はどうやって捻出したのだろう？　きっと電車の何区間も歩いたりキセルしたりと小遣いを浮かせ、沢山の本を回し読みしたりと、工夫豊かな若い頃だったのでしょうね。

そして外せない石川啄木ゆかりの渋民村の風土。

んー、しかし、
先生、やはりこれは高校生の日記ではないです!!!

今、秋浜先生の高校時代のような粋がってる若者に出会っていたらぶん殴ってやりたいと思ってしまうでしょう（笑）。

それ程背伸びしまくった、弁の立つ偏屈な高校生。何だか何歩も同級生の先を歩いているキテレツな地元の有名人だったんでしょうね。

そして思いました。

「君達は僕の若い頃と同じような事で楽しんでるなあー」の言葉。

「馬鹿だなあー、ウェッヘッへ！」

おっしゃいましたよね！　何度も何度も。

そうなんです先生‼

僕の若い頃のような者に、もし今僕自身が出会ったら、同じようにぶん殴ってやりたいですから！

先生もそんな僕らと何処かしら似た青春時代を送られて来たからこそ、僕らに大いに寛容であられたのではないでしょうか。

それは反面痛い目に遭って初めて大きな意味での自信を獲得していく、実は厳しい《表現人生の始まりを送り始めた僕ら》をご覧になられていたのだと。

人間を捨てて自分なりの一流をひたすら追いかける事でしか、向かう明日を、今を、認識、実現する事は出来ないのだという、若かりし頃ご自分が体験されてこそ得た本質《秋浜イズムの獲得》、厳しくも楽しい演劇世界への第一歩。

何処か日記の中のご自分と、我々を重ねながらも見守って下さっていたのではないだろうか、と勝手に思っています。

それは日記に残された先生の座右の銘、「亜流の一流を目指したい」という言葉に集約されていると考えます。

芸術を目指して、どれだけ気取っても行き着く先は商業です。生活しなければいけません。

霞を食べて山で生きるのなら別。

岩手から東京へ出られて、そして日本の演劇界の頂点に立ち、そこから見渡した風景に先生は何かしらの限界を感じられたのではないでしょうか。

窮屈さ？　金を稼ぐだけが、もてはやされるだけが一流ではない、と。

自分で今と明日の一流の生き方をデザインする人生を送る為に、西へ来られたのでは。

商業や地位に絡み取られていつか変質して行く事なく「亜流の一流」を目指し、またＤＮＡを継ぐ後進を育成して、再び岩手時代のご自分達のように遊ばせる為に。そうじゃないですか？

日記を読んで、何故東京であれほど迄にピークに立った秋浜先生が西へ来られたのか？

その大きな謎がやっと少し解けた思いです。

潔くご自分のイズムを貫かれようとされた、と。

結局は、面倒臭い事が嫌になられたんですよね！

ごめんなさい、全ては浅はかな私の憶測。

土台が違いすぎる。何も届かないくらい大きな存在です。


僕が二四歳の春に、秋浜先生はピッコロシアターでピッコロ劇団を立ち上げられました。

羨ましかったです。

（ピッコロ劇団は）ギャラが出る?!　これは奇跡だ、と。

劇団☆新感線に所属しながらも、時々ピッコロの稽古場へひもじい時は先生に会いに出かけていました。

そして先生と芝居や色んなよもやま話をするのがたまの楽しみでした。

初めてピッコロ劇団の劇団員の人達と一緒に稽古終わりに駅前のいつもの居酒屋へ連れて行って頂いた夜、お酒が来る前に先生は劇団員の皆さんに僕をこう紹介してくださいました。

「お前達、この男は橋本といって、もう一人古田という同級の男がいるのだが、いずれこの二人は日本の演劇史に残る人間になるので覚えておきなさい」と。

また、卒業後も相変わらずA棟へよく通っていたある日、芸大食堂で秋浜先生の授業を受けて来た後輩から話しかけられました。

何でも稽古が上手くいかず、先生が最後には激怒して「お前達がやれなくても古田と橋本の二人を連れてくればそれで済む事だっ！」と怒鳴って教室から出て行かれた、と。

身に余るお言葉を有難う御座いました。


秋浜先生、お元気ですか！

先生、古田君はつい先日も演劇賞を貰っていましたよ！　仰っていた通り立派に演劇史に残っていますよ！

僕は？　といえば相変わらず自分のペースで日々自分の一流目指して暮らしているつもりです。

秋浜演技一〇訓《とにかく身体を熱くしろ！》
格闘技は続けています。ち、違いますか？

芸大一年生の時に貰ったオレンジ演劇祭の最優秀男優賞、未だこの既に消滅したローカルタイトル一本です。

あっ、読売演劇賞には一度だけノミネートされましたが、先生もご存知の大滝秀治さんがお持ちになりました。

この五、六年は映像世界への垣根を破るべくドラマ、映画の演技作りや、映像表現へのアプローチに心血を注いでおります。舞台も映像も演じる心あってこそ。そして成果として全国のお客様を劇場へご案内したいと。

それが今の大きな志です。

コツコツと日々自分の一流を目指すのみです。

最後になりますが、

恩師へ

秋浜先生
ご報告があります。

僕は七年前に母校大阪芸術大学舞台芸術学科の専任教授を拝受致しました。学校からの働きかけでこれもご縁と。そして秋浜イズム継承の現場を受け継いでいく者として生かされているつもりです。学生達には、自分達が学生だった頃に似た時間を令和の今どうやって過ごしてもらおうかと悪戦苦闘中ですが、結句やってる事は先生もご存知の昔のまんまです。

そんな中で、ある生徒からはこんな事を言われました。「私は今まで生きて来て、じゅん先生のような正しく狂った人を見たことがなかったので授業に来るのがとても楽しいです」と。相変わらず汗だくで、大変ですが心底楽しんでます。もし秋浜先生が授業に来てくださったならば、いつもの言葉をかけて頂けるように。

「相変わらず橋本は馬鹿だなあ〜」

秋浜先生、日記を読ませて頂いて本当に有難う御座いました。
そして僕も心の中でハッキリと得心しました。
先生の高校時代は僕らとは比べものにもならないくらいに優れてキテレツで凄いけど、
やっぱり先生も
「超一流の馬鹿だったんだなあ〜」

（はしもと・じゅん）一九六四年、兵庫県生まれ。大阪芸術大学舞台芸術学科教授。一九八五年『銀河旋風児SUSANOH』より劇団☆新感線に参加。以降、なくてはならない存在として数々の劇団公演に出演。『直撃！ドラゴンロック』シリーズの主人公・剣轟天は多くの観客を魅了、宮藤官九郎も惚れ込んで自身のユニット「ウーマンリブ」で『轟天VS港カヲル』（二〇〇四）を上演、剣轟天として主演した。また『ピーターパン』（二〇〇九・二〇一〇・一一・二〇一三）『HEADS UP!』（二〇一五・二〇一七）『レ・ミゼラブル』（二〇一七・二〇一九・二〇二一）などに出演、ミュージカル俳優としても活躍。近年はテレビドラマでも存在感の光るバイプレイヤーとして注目を集めている。劇団公演以外の近年の主な出演作品に、舞台：『キレイ〜神様と待ち合わせした女〜』（二〇一九—二〇二〇）、映画：『ラストマイル』『カラオケ行こ！』『レジェンド&バタフライ』、テレビドラマ：『ACMA:GAME アクマゲーム』『大奥』『ブギウギ』『日曜の夜ぐらいは…』『MIU404』など。

こんなジジイにおいらはなりたい

古田新太

ども、大阪芸術大学学生ナンバーS84の古田新太です。おいらも秋浜先生の生徒です。なぜそうなったのかを説明する為の自己紹介から始めます。

おいらは小学生の時、KISSに憧れロックミュージシャンに、ジャイアント馬場さんに憧れプロレスラーに、赤塚不二夫さんに憧れマンガ家になりたいと思っていた、頭の悪い少年でした。そんなおいらを五年生の時、学校は演劇鑑賞会として劇場に連れて行きました。それはある有名な劇団のミュージカル、当然頭の悪い古田少年は興味がある訳もなく、始まるや否やグーすか寝てしまいます。しばらくして何やらうるさいので目を覚ますと、目の前に広がっていたのは「朝市」の場面でした。路上にテントを出して、八百屋さんだの魚屋さんだの教会の牧師さんだのがいます。その人たちが急に歌い出しました！　踊り出しました！　おいらは狂喜乱舞しました、こんな市場は見たことがない！　知らない！　みんな野菜売らないのか？　魚を売らないのか？　何故歌う？　何故踊る？　おいらはパニックです。こんなに頭のおかしな世界があったのか。ロックよりプロレスよりマンガよりバカバカしいじゃないか！　そしておいらはミュージカルの世界の虜になりました。

そして中学生になり、映画『ロッキー・ホラー・ショー』『ファントム・オブ・パラダイス』を観て〝あっミュージカルってロックもありなんだ、下ネタもありなんだ〟と知り、ミュージカルがやりたい頭になったのです。高校に入学し演劇部に入り『夕鶴』とかやっていた先輩たちがいなくなったのを見計らい、おいらは音楽劇をやり始めます。あり物のロックやポップスの替え歌を作り、流行りのブレイクダンスなんかを入れてお芝居を作りました。ま、コンクールでは、ことごとくけちょんけちょんに言われましたが。卒業を目前に控え、当然すぐに東京へ行ってプロの俳優になるつもりでしたが、親から大学には行ってくれと言われ舞台芸術学科があった大阪芸術大学の演出演技コースに入学しました。関西には役者コースがここしか無かったからです。

そこでは一回生の時はシェイクスピアをやらされます。いや、いいんですよ、シェイクスピアも面白い作品もありますし。『ジュリアス・シーザー』をやりました〝ブルータスお前もか！〟のあれです。ブルータスをやりました、いや、いいんですよアントニーも。おいらは何とか爪痕を残そうと舞台からはける時にムーンウォークではけて、後でこっぴどく怒られました。

さて、ここで朗報です。二回生になる時、学部に新しいコースが出来たのです「ミュージカルコース」です。当然おいらは速攻転入いたしました。そしてそこに居たのが秋浜先生です。やっとです。秋浜先生登場まで、以外と時間がかかりました。おいらは一回生の時すでに劇団☆新感線に参加しており、座長のいのうえさんや南河内万歳一座の内藤さんから〝秋浜先生は面白いぞー〟と聞いて〝できればおいらも師事したいなぁ〟と思っていた。その秋浜先生と一緒にミュージカルが作れる、大喜びである。すぐに演出助手になった。二回生の時に作った作品は『コンフュージョン』というオリジナル作品だ。ま、オリジナルと言っても有名なミュージカルの名シーン・名曲を先生が切り張りして『カルーセル』を土台に作ったものだ。ほら、高校生のおいらは間違ってなかった。切り張りでもパロディでもオマージュでも、面白けりゃいいんだよ。おいらは演出席の秋浜先生の横で、ずーっとニヤついていた。あ、コンフュージョンてのは混線って意味。混線っつってんだから、色んな作品が出て来て当たり前ってことね。シャレオツ！　秋浜先生。もうすぐ本番というある日の稽古〝おい古田〟珍しくお呼びが掛かった。〝あいつに口紅を真っ赤にしろって言っといてくれ〟。はあ？　何を言っとるんだ先生は。彼の役は警察署長だ、そんな口紅を真っ赤に塗っている奴はいない、と思ったがとにかく伝えた。彼はすぐに真っ赤にルージュをひいて出て来た。確かに笑えたけど意味がわからん。稽古後、さすがに先生に質問した〝先生、あれはいったいどういう意味ですか？〟先生は〝意味なんか無い〟。え！〝な、今、古田が思ったように、署長が何故口紅真っ赤なんだ、と観客は思うんだ。それで二分は持つ！〟な、何だそりゃ〝役者というのは、舞台上で何分観客を退屈させないかだ。最初口紅で何だこりゃと思ったとしても、だんだん慣れて来る。芝居が終わる頃には、そういう人なんだ、となって成立するんだ。ただし、奴の芝居が上手けりゃな〟。ス、スゲー！　そんな卑怯な作戦でいいんだ。どんな手を使っても観客を飽きさせないことが大事なのだ。ちなみに、当の本人は本当の理由も知らず、それからどんな作品に出ても口紅を真っ赤に塗っていた。秋浜先生が自分にくれた有難いアドバイスだと、ずっと守っていたのだ。最初の二分だけなのに……。さすがにもうやってないけどね。同期の橋本じゅんさんなんだけどね。あ、おいらは演出助手のかたわら、主演のビリーをやってたけどね。

そして三回生、作品は王道『三文オペラ』。言わずと知れた名作だ。とはいえ秋浜先生だ。色んな卑怯な手を使って楽しませにかかる。おいらも演出助手二年目である。役者の登場にくだらないポップスをアイキャッチに使ったり、しょうもないステップを科白に乗っけたり、いろいろ稽古場で入れ込むイタズラを始めた。先生はそれをニコニコ見ていた。そしていよいよ本番当日、ゲネプロ、いわゆる本番前最後の舞台稽古だ。また先生が近付いて来た。みんな本番衣裳を着てメイクをして通し稽古をしている最中だ。〝古田、あいつ本番はノーメイク、衣裳はジャージにしろ〟。また何を言っとるんだ。奴の役は道化師。ま、どんな格好をしてもいいんだけど。しかしおいらも秋浜門下生二年目の演出助手だ、すかさず返した〝先生、それは奴が下手なので、彼だけは本番ではなく、まだ稽古中なんですという観客に対してのエクスキューズですね〟。先生はニヤニヤしていた。怖!!　この人怖！　ま、おいらは知れっと主役のマックをやっていたけどね。何とか本番も無事終わり、お客さんもゲラゲラ笑った所で打ち上げだ。会場は近くの旅館、各部（照明部、美術部など）のチーフと賑やかに飲んでいた。この頃先生は事故で足が悪かった。にも関わらず、しこたま飲んだ先生は立って歩くことが出来なくなった。〝おーい古田、おしっこがしたい。俺を便所に連れてってくれー！〟。また何を言っとるんだである。おいらは先生を背中から抱きかかえ、トイレに連れて行った。〝チャック開けてくれ！〟。面倒くせー、このジジイ面倒くせーぞ。おいらはチャックを下ろし、つまみ出した。勢い良く放尿、それを見ながら先生は〝ギャハハ君が僕のおしっこ君かー〟。大喜びである。その様子を見ながら思った〝こんなジジイにおいらはなりたい〟。おそらく、多分、先生の一物をつまんだ唯一の門下生がおいらである。

さて四回生、卒業公演である。おいら作・演出の『オズの魔法使い』だ、当然パロディだけどね。ここで大問題!! 実はおいら学費を二年次から払っておらず、三年次には学校に籍が無かったのである。その時のおいらは芸大生ではないのだ、そんな奴が書いて演出して、また知れっと主演をやっている作品を卒業制作として認めていいのか、と教授会で問題になった。どころか、おいらへの罰則だけでなく参加していたミュージカル生全員卒業出来なくなるという。うわー困った！ みんなに罪は無い。みんなはちゃんと授業料を払っている。無銭学生はおいらだけである。おいらは教授会に呼び出された。バチだ、バチが当たった。小学生の頃からバカにしていたミュージカルの神様が怒ったのだ。と、珍しく半泣きだったおいらに救いの手が〝まあまあみなさん〟秋浜先生だ！〝みんな真面目にやってる訳ですし、ここは卒業制作のパンフレットから古田の名前を一切消して、他の生徒はお咎め無しにはなりませんか？〟。その一言で他の教授陣も何となく納得してくれた。〝助かったー♫〟。三回生の時の『三文オペラ』の劇中歌《マック・ザ・ナイフ》のラストナンバーを心から歌えた。一物つまんでおいて良かったー。ありがとう秋浜先生、当然のことながら『オズの魔法使い』主役のブリキマンの横の名前欄は空白だった。

大学を出てからも（クビだけどね）、先生はちょくちょくおいらの芝居を観に来てくれた。いつもロビーや楽屋に来てくれて満面の笑みで〝あっはっは、古田相変わらず、くっだらないねー〟と褒めてくださった。元気付けられたものである。

　さてこの先生の日記である。改めて先生に、最高のリスペクトを込めて言わせてもらいます。〝秋浜先生、先生は学生の頃からくっだらなかったんですねー〟。

（ふるた・あらた）一九六五年、兵庫県生まれ。俳優。大阪芸術大学在学中の一九八四年より劇団☆新感線に参加、看板役者として活躍。独自の存在感とエネルギッシュで迫力ある演技には定評がある。劇団公演以外の舞台にも積極的に参加、蜷川幸雄、野田秀樹、松尾スズキ、ケラリーノ・サンドロヴィッチ、青木豪、河原雅彦、宮藤官九郎、福原充則などの作品にも出演、演劇ユニット「ねずみの三銃士」では企画も務める。活躍の場は広く、バラエティ番組やCMへも出演、コラムニストとして書籍も出版。二〇二四年に第四五回松尾芸能賞優秀賞を受賞。劇団公演以外の近年の主な出演作品に、舞台：『ラヴ・レターズ』（二〇二四）、『パラサイト』（二〇二三）、『ロッキー・ホラー・ショー』（二〇一一、二〇一七、二〇二二）、『衛生』（二〇二一）、映画：『サイレントラブ』『ヴィレッジ』、テレビドラマ：『不適切にもほどがある！』『となりのナースエイド』『お別れホスピタル』、音楽バラエティ番組：『EIGHT-JAM』など。

あの目に魅入られたあの日から

高田聖子

私の知っている秋浜先生は、眼光鋭く荒々しく、でもどこか優しい一刀彫りの神様みたいなありがたさがありましたが、今回資料で見た高校生の秋浜青年は、もうすでにたいそう立派な木彫りの像に仕上がっていて驚きました。

恩師の青春時代の日記を読むなんて、なんてイケナイ事をしているのかしらとニヤニヤしながらページをめくりました。背伸びしたり打ちのめされたり、恋して絶交して泥酔して、とにかく文学！　映画！　演劇！　なんと忙しい青春時代。

先生はずっと忙しかったのですね。だからというわけでは無いでしょうが、まばたきが少なかったように思います。いつ見てもカッと目を見開いて私達を凝視して、怒られるのかな……と身構えた途端「わはは！」と笑ったり、つまんない誤魔化しをしようものなら「アイツをコロセ〜！」と高らかに叫んで、私達を笑わせながらピリリと空気を引き締めてくださいました。

あーしろこーしろ言わないけれど、アレはかっこ悪い、コレは下手の証拠だとはっきりおっしゃるのが、先生と生徒というより歳の離れた不良の先輩後輩のようで、隣でそれにうんうん頷く時、一味のような共犯者のような、これまた少しイケナイ気分になったものです。舞台で無闇に足音を立てたり、無意識に髪をかきあげてカッコつけようものなら「ふん！　田舎芝居が！」と言いながら、それでも視線を外さない優しさ。「目は閉じるな。正義は足の裏で表現しろ。できるだけ踏みしめてやれ。それだけ強いと知れ」

こんな日記の一文を、今ごろ勝手に都合よく解釈したりしています。

大学卒業後は演劇を辞めて就職しようとしていた私に「非常勤なら劇団活動を続けられるよ」と、大学の研究室の非常勤副手になる事を薦めてくださったあの日が、私の人生のターニングポイントでした。あの時のびっくりするほどまん丸な、梟みたいな目玉を忘れられません。それから二年間、先生の側で勉強させていただきました。授業のお手伝いで生徒たちと一緒に運動したり、胸元に落ちてきた水滴をこぼさないようにおへそまで移動させるマイム（これだけはとても褒められた）をやったり、目が合った人と喧嘩するというエチュード（これは本当に下手だった）などをしました。なんせ先生は「冷めたらやめていい」とおっしゃって、そのせいにしてはなんですが、いまだにエチュードはとても苦手です。とは言え「だって冷めちゃったんだもん」と一抜けしてしまうなんてプロとしてもっての外ですし、なんとかしようと無理くり神経を張り巡らせるわけですが、要は「冷めてんじゃねーよ！　集中を切らすな」という事だったのだと、大人になった今頃気付く体たらく。やれやれです。

お昼時に、「購買部で甘いパンを二個買ってきてください、高田さんのセンスに任せます」とお遣いを頼まれて、これぞ！　というパンを買ってきたら「ふふん」と鼻で笑われたり、作業中に「高田さんは口が大きいな～羨ましいなぁ～」と唐突に大声で話しかけられて、ちょっとムッとする私を見て、これまた「ふふん」と笑っておられましたが、そんなに私は揶揄《からか》い甲斐があったのでしょうか？　私は先生の方が口は大きいと思いますよ、ふふん！

私達の入学当時は、日記にもあるような無頼の香りが残っていた先生でしたが、段々に生徒たちのかわいいアイドル的存在に変わってゆくことに気付いて、少し寂しいような、気楽に接することが出来る生徒達が羨ましいような、そんな月日の移り変わりを感じ、美しい歳の取り方とは、こういうことなのかもしれないと思いました。

あの目に魅入られたあの日から、先生が手招きしてくださった演劇の濁流に肩まで浸かって、ドンブラコ～ドンブラコ～と河童の如く流され続けています。先生、どうしてくれましょう。

劇団☆新感線は先生の一味がいっぱいいるので、きっと先生が「やめてくれー」と叫びたくなるような、かなり笑える思い出話に今も花を咲かせています。結局いつまでもアイドルなのがシャクですが、この日記でまた話の種が増えてしまいました。ですので、しばらく楽しませていただきます。恩師の青い春は蜜の味です。

我々ももうすぐあの頃の先生の歳に近づいてしまいますが、先生はあの日のまま、私達も白髪や皺は増えましたが、お陰様で相変わらずふざけた日々を送っています。たったの六年間とは思えないほど影響を受けたのだと、今更ながら驚きです。

日記の後半に、秋浜青年が相合傘で歩いている時「雨がすべてを美しくする」とありました。

こういうところなんですよね、先生のかわいい所。早速雨の日に、傘で顔を隠して口に出してみたらキュンとしました。

唐突に終わってしまったこの日記のように先生はいなくなってしまったけれど、「これでいい　いい／これでいい／強くなれ　なれ／強くなれ」と、どこかで「ふふん」と笑ってくれていますよね。ついでに「そんな意味なんかないよ」と、日記の誤読の事も笑ってください。

（たかだ・しょうこ）一九六七年、奈良県生まれ。一九八七年『阿修羅城の瞳』より劇団☆新感線に参加。一九九五年に自身が立ち上げたプロデュースユニット「月影十番勝負」と続く「月影番外地」では、様々な演劇人とコラボレートするなど新たな挑戦を続けており、二〇一六年上演『どどめ雪』（作：福原充則、演出：木野花）では第五一回紀伊國屋演劇賞個人賞を受賞。劇団公演以外の近年の主な出演作品に、舞台：『カラカラ天気と五人の紳士』『デカローグ8』（二〇二四）、『アンチポデス』『THE PRICE』（二〇二二）、『ベイジルタウンの女神』（二〇二〇）、『ざ・びぎにんぐ・おぶ・らぶ』（二〇一九）、映画：『四月になれば彼女は』『嘘八百　なにわ夢の陣』『アイ・アム　まきもと』『罪の声』、テレビドラマ：『うちの弁護士は手がかかる』『湯遊ワンダーランド』など。

ある演劇科高校生のノート――日記を読んで

須川 渡

私の目の前には高校生たちのプリクラが貼られた一冊のノートがある。「『語やびら島唄』road to ピッコロ6.23」と書かれていて、ノートを開くと、私が在籍した兵庫県立宝塚北高校演劇科一五回生が上演した卒業公演に関するクラスメイトの話し合いやスタッフの進捗状況、先生からいただいたダメ出しの様子が記録されている。

秋浜悟史先生から私が直接指導を受けたのはこの宝塚北高校時代の一九九九年からの三年間。秋浜悟史にとっては晩年にあたる。関西には、私よりも秋浜先生と濃い時間を過ごされた方が大勢おられるので、私が名を連ねるのは恐れ多くもある。実のところ対面で言葉を交わしたのは数回。「君の嫌いな教科はなんだい」と尋ねられ、当時点数の伸びなかった「古典です」と答えた。お会いしても緊張して、ろくに自分からは話しかけられなかった。

直接に話す機会が少なかったとはいえ、高校三年間において秋浜先生の存在は大きかった。特にそれを実感したのが毎年六月に兵庫県立ピッコロシアターで行われる卒業公演だ。

この公演は現在まで宝塚北高で続けられている。その頃は、高校二年の夏休みにクラスの中から希望者が上演台本を書く慣例があった。夏休みが明けると候補作品をクラスで話し合って一本を決める。私たちの学年は一二本の台本が集まった。授業時間や放課後を使って連日どの台本にするか話し合いが行われた。クラスで「この台本でいこう」と決めても、毎週木曜の授業に来られる秋浜先生が「この台本はよくないねえ」と言えば、クラスのムードもがらりと変わる。授業の際のお話はどれも金言だった。話し合いの結果、私が書いた沖縄をモチーフとした作品『語やびら島唄』が一五回生の卒業公演の台本となり、私は作者として上演まで先生の指導を受けながら改稿作業を進めていくこととなった。

あれは二年生の二学期だったか、台本決定後の最初の読み合わせだったと思う。「この台本のいいところはね……どうしようもない素朴さというのかなぁ」と秋浜先生は私の書いた台本を評した。「こういうのは僕には書けないなあ。ただね、もっと台詞を吟味しないといけない」。この時の先生の言葉は今でも自分の大切な指針になっている。「素朴」とは？「吟味」とは？頭の中は正直ハテナでいっぱいだったが、自分の存在を認めてもらえたような有難みをひしひしと感じた。

秋浜先生の日記を読んでまず感じたのは、高校生の頃からすでに秋浜悟史は完成されていたのではないかということ。その後の早稲田大学自由舞台や劇団三十人会で培ってきた経験が、演劇教師の活動に活かされたことは事実だが、日記に活写された高校生らしからぬ振る舞いは、私が高校のときに出会った秋浜先生そのものだ。演劇部や地元の劇団テアトル・ド・ディマンシュに顔を出し、学校新聞も率先して取り仕切る（この「石桜新聞」は現在、岩手中高の石桜同窓会のサイトで閲覧できる）。そして、読書や観劇、映画鑑賞の記録。特に鑑賞した映画作品の数には圧倒される。「映画が、芝居では果たせない間接キッスだった。あきれるほどによく見た。盛岡市に映画館は数少ないけれど、ある時期には内外A級B級選ばず、全部見た、梯子までして毎日見た、西部劇とミュージカルに見逃しはないと豪語した」（秋浜悟史『戯曲通信』大阪芸術大学通信教育部、二〇〇三）と回想している通り、『駅馬車』『自転車泥棒』『天井桟敷の人々』といった名作から今では見られない稀有な作品までそのジャンルも幅広い。物語作法はこの頃に映画を通して吸収していたのではないか。

卒業公演の台本制作においても、創作のイロハを教えていただいた。この公演はクラスメイト四〇人が全員キャストとして舞台に立ち一人ひとりに見せ場を作る必要があった。例年、いくつかのグループに分かれ、それぞれのキャラクターを活かすことが作家には求められる。たとえば、沖縄の妖怪キジムナーを模した人物を登場させることになった。島人からはキジムナーが見えないという設定にした台本を読まれると「子どもグループの役のうちの一人だけキジムナーが見える、これはパターンとしてあるね」と、さらっと提案された。なるほど、こうすれば当然キジムナーだけでなく子ども役のうちの一人にも見せ場を作ることができる。

沖縄をモチーフにした作品だが、改稿を重ねて指導を受ける中で、幕切れで雪が降ることになった。その参考に久松静児監督の『南の島に雪が降る』を勧められて見た覚えがある。指導の際における創作のアイデアは、実は秋浜先生が高校生の時からすでに蓄積されていたように思う。

しかし、日記を読む限り、Yなど友人の一部と映画談義をすることはあれ、その博学っぷりは演劇部では浮いていたようにも感じられた。印象的だったのは、何度か演劇部内で候補作品を出すものの周りが誰も知らない状況にあったことだ。レディ・グレゴリー『月の出』（一九五〇・六・六）やジェームズ・バリーの作品（一九五一・一・二）を誰も読んでいないことに対し、秋浜は盛岡の個人図書館と図書番号を教え、最終的に上演にこぎつけている。この辺りは、私が高校時代に接した秋浜先生とも通い合う。高校一年の頃、戯曲一〇冊読んでそれぞれの感想を書く夏休みの宿題が出た。戯曲の読書量が足りていない当時の演劇科生に対する教育的指導の意味もあったと思うが、実のところ「え〜！ 〇〇も読んだことないの！」と言う秋浜先生のスタンスは岩手の高校時代からそれほど変わらなかったようにも思う。

私が宝塚北高校卒業後も秋浜悟史に関わり続けているのは、大学院で同郷岩手の劇団ぶどう座の研究をすることになったからだ。ぶどう座はこの日記が始まるちょうど一九五〇年に川村光夫によって岩手県湯田町（現・岩手県西和賀町）に創設された。この頃は直接の交流はないが、秋浜が打ちのめされた新聞批評を執筆した映画評論家の盛内政志は当時岩手県の青年演劇運動にも積極的に関わっており、ぶどう座の上演にもしばしば劇評を寄稿していた。彼らが同時代に同じネットワークで活動していたことが分かるのも興味深い。

ぶどう座はその後、秋浜作品を上演する機会を持つ。秋浜は「岩手出身のぼくが書いた戯曲が、岩手の劇団によって、岩手の観客の前で上演されることの喜びだけを語りたいんです［中略］言語的差異はすこしはあるといっても、生きているという関係では密に共感できるだろう場にあるぶどう座のみなさんが、もう一度蘇生を計ってくださることになりました。ぼくの率直な喜びは、この一点をめぐって飛び跳ねています」と川村に書き送っている（秋浜悟史から川村光夫への書簡。一九六八年一二月三日差出記録）。

秋浜悟史がすでに完成されていたと感じるのは、その後執筆する劇作品のモチーフがすでにこの日記に多く登場していることも理由にある。一九五〇年四月四日に登場する「ヒロシ君のお兄さん」はまさに『ほらんばか』（一九六〇）の工藤充年だ。酒を呑み交わし、徹夜で麻雀する悪友たちは『英雄たち』（一九五六）の登場人物を想起させる。実際、秋浜も「田舎にもちかえったら、幼な友だちみんなに『おらのこと書いたな』と背中をどやされそうです」（『英雄たち：秋浜悟史一幕劇集』レクラム社、一九七九）と書いている。「金の余裕もないのに、遊び暮らしに現ぬかして」と声を上げて泣く母は、『リンゴの秋』（一九五九）における勝子を思い起こさせる。一九五〇年の年の暮れに出会う猛吹雪は、『冬眠まんざい』（一九六五）の閉ざされた家のイメージとも連なっていく。

彼が自分の郷里である岩手の風景を劇作品の基盤に据えたことは有名だが、いわゆる「東北の四つの季節シリーズ」以外の作品に登場するイメージも日記に見出すことができる。一九五一年四月二六日に書かれた詩

《黄色い歌》は、その後『幼児たちの後の祭り』においても「やがては、はばたきだ。／それまでは、／眼をあけっぴろげに、／ひらいてはいけない、／ひらいてはいけない。」と改変して使用されている。渋民出身であることから石川啄木にまつわるエピソードも数多く登場する。同郷の文学人である啄木が秋浜にとって大きな存在であることは、一九八三年に執筆した『啄木伝』でも明らかだ。秋浜は「ボクは、人生直接の体験が不足しているから、生きたお芝居が書けないと念を押される。リアリズム信仰が憎い。そりゃあ、若過ぎて、何も知りませんよ」と漏らしている（一九五二・八・一九）。しかし、この頃の直接体験がその後の劇作品の源泉となったことは疑う余地がないだろう。

生活に根差した「リアリズム」を超える方法については秋浜自身さまざまな実験を試みた。卒業公演の際もアドバイスをいただいたことがあった。関西の高校生が創作する『語やびら島唄』の舞台はあくまでも架空の沖縄風の島だった。当然、舞台を現実の沖縄とするのかしないのかについてはクラスでも議論となった。当時のノートを開くと、秋浜先生からは次のようなアドバイスをいただいていた。「リアリズムをどこまで入れていくのか。沖縄を離れたら作品は実在しない。島唄というのがあるから。でも、実際にある話じゃないよね。波照間島には昔はそう簡単には行けなかった。今もまだ知らない島があるかもしれない。想像で許される島ということにしたら？　想像力が現実を補うんです。尼崎に沖縄の人がたくさん住んでるよ」。さらには、「四〇人で沖縄に合宿してきたら……!?（笑）」とも言っておられる。先生の助言が背中を押したのか、四〇人は無理だったが、それでも冬休みにかけて取材旅行と称して沖縄旅行をしたクラスメイトが私を含めて何人かいた。

劇作品だけではない。仮の世界では何度でもやり直しがきくという意味で、「お芝居と思えられたら、何でもできる」のフレーズは演劇科における秋浜先生の口癖でもあったが、すでにそれに近い文言も登場している。近所の年上の女学生Eと宝徳寺の次男Yを取り持つ中でそれは使われるが、中学時代は秋浜少年もEに思いを寄せていたのであろう。気がつけば「EはYだけの花束になっていた」。Yの前で「永遠の道化」に徹し、秋浜は「お芝居だけが人生だ」と書きつけている（一九五〇・四・七）。教育の現場で演劇の可能性を説いたそれとはずいぶんと違い、この文言は青春時代の苦渋に満ちたものだ。「メッセンジャー・ボーイ」としてEとYのあいだを取り持つことはその後も続き、下田の盆踊りに行く際には「みんな芝居さ、お芝居ですよ」と言ってへたり込んだ自分の気持ちを立て直そうとしている（一九五〇・八・二九）。秋浜は、「実は私、大変な人みりでした。これがお芝居に過ぎない、と思い込むことができれば、その仮の人生をどうにか渡れるようになれるんですから、不思議です。『お芝居だと思って、やってご覧』。とよく魔法をかけます。『お芝居で恥をかくのは、名誉なんだよ』、と私は人をだまします」と述べている（宝塚北高「演劇科通信」六三号、一九九七年二月二七日）。秋浜悟史のシアトリカリティは他人ではなく自分自身を騙すところから始まったのかもしれない。

高校時代から郷里の友人と酒をあおり、芸術に親しみ、兄貴分として学友たちを引っ張る人物像は、その後の秋浜の道程を必然にさせたとも思わされる。それでも当時の秋浜に予想できなかった出来事はその後多々あっただろう。高三の一二月の時点ではまだ早稲田進学ではなく就職を考えているし、高二の六月に修学旅行で行った関西が、自分の終の棲家になるとは彼自身想像もしていなかったはずだ。映画漬けの日々の中で見た『戦うロビンフッド』がやがて一生涯の付き合いとなる知的障害者支援施設あざみ・もみじ寮で行われる劇の題材になることも、今からみると非常に興味深い。『冬眠まんざい』書き直しに際して、田中千禾夫に指導を乞うた秋浜は、田中から「これ不要、これ無駄」とカットの指示を受け、最終的に「生き残ったのは、私が非演劇的だと思っていたセリフばかりであった」と振り返っている。初期こそ彼が演劇的だと日記に書きつけられたことが劇の題材となったが、時が経つにつれ、この日記においてはまだ非演劇的だと思われていたことがより前景として浮かび上がってくるようになったと言えるかもしれない。

その意味でも、この日記はじっくりと行間まで読む価値がある。

最後に、卒業のシーズンに際して、演劇科の生徒たちに「花道」の言葉の意味を説いた秋浜先生の言葉で結びたい。

――おや、それは数十年前、私の青春の記憶だった。――おや、生徒諸君の晴れの花道も、やがてはかすんで古ぼけたセピア色の銀板写真に化けるのかな。

（宝塚北高「演劇科通信」七二号、二〇〇〇年二月二九日）

（すがわ・わたる）一九八四年、京都府生まれ。福岡女学院大学人文学部准教授。大阪大学大学院文学研究科修了。博士（文学）。主に東北地方の農村を中心とした戦後日本の地域演劇について調査研究を行っている。著書『戦後日本のコミュニティ・シアター――特別でない「私たち」の演劇』（春風社、二〇二一）で日本演劇学会河竹賞奨励賞受賞。共著に『漂流の演劇――維新派のパースペクティブ』（大阪大学出版会、二〇二〇）、論文に「よみがえる〈故郷〉――秋浜悟史『啄木伝』（一九八六）の中の〈岩手〉」（『民族藝術』三〇号、民族藝術学会、二〇一四）、「「役者子ども」のもつ想像力――秋浜悟史『幼児たちの後の祭り』と『ロビンフッド劇』をめぐって」（『待兼山論叢』四四号、待兼山藝術学会、二〇一〇）等。

青春の正体

内藤裕敬

一九七八年、四月。どんよりと大学浪人のスタートラインに立っていた。受験戦争で鎬を削る気など毛頭無く、だからといって学力で劣ることを自分に許さず、何とも頼り所ない日々の始まり。高田馬場にある予備校に通ったが授業には前向きになれず、一日中、新宿図書館で過ごすことも続き、大学生のふりをして早稲田の学食で昼食をとったりもした。親に内緒で日雇いのビル建設現場で日当を稼ぎ、何くわぬ顔で帰宅の後、また次の日、現場へ向かう。手応えの無い毎日よりも、単純で具体的な力仕事は、少しだけ心を落ち着かせてくれたが、何の満足も見つけられなかった。ある日、週末払いの労働を紹介され、七日間の明け暮れに待っていたのは、報酬の持ち逃げだった。突き止めた親方の自宅兼事務所にネジ込むが、子供扱いで、半分渡され放り出された。これが大人の世界かよ……。

経済活動の末端。肉体労働者の末端の末端の末端に、ぽつんと居る自分の若さが惨めだった。そうなれば俄然、高校時代の悪友が引っ張って行ってくれた紅テント、六本木の小さなビルの地下で観た自由劇場、東芸のつかこうへい事務所、東京キッドブラザーズ。そればかりが輝いて見えた。浪人の身で観劇を封印していたことが、そこへの磁力を強めていた。薄暗い夕方、家へ帰る時、また終わってしまう一日に無抵抗な自分が腹立たしい。それよりも朝の町へ家を出る時、青春の時間が速度を上げて色を失い、波風立てずに毛穴から放出されて消えて行くのを感じれば、今度は途方に暮れるばかりだった。

当時から、この「青春」という言葉に弱い。切なく、頼りなく、無軌道で、正体も見えず、どこか羨ましい、この言葉に弱い。心ばかりが彷徨するが、微動だにしない将来へのファイティングポーズがへなちょこで、長く激しい打ち合いに挑めない。目の前に戦いは迫っているのに、今、やらねば手遅れになるのを承知で、闇くもなシャドウ打ちばかりで踠《もが》いている。青春の実践をリング外で生きている。あっという間に終わって行く若さが怖くてたまらない。浪人の日々に痛感した。

だからだ。「青春」には弱い。六〇歳を過ぎた今でも、「青春」に睨みを利かされている。

一九七九年、四月。大阪に居た。俳優になりたいと強く思ったことはない。ましてや演出家、劇作家になろうなどとは、意識もなかった。今思えば、とにかく知りたかったのだろう。演劇の謎を。理解の及ばぬ世界を。その成立を。大阪芸術大学の舞台芸術学科に辿り着いていた。時を同じくして新任の講師として教壇に立っていたのが秋浜悟史氏であった。この出会いが青春の時間を一変させてしまう。どんな確率で実現したのだろうか。不思議でたまらない。想像を超えた偶然の数々は、青春の漂流者を夢にも思わぬ国へ導いた。

実習訓練が始まって、数週間で全てを見透かされた。割れたガラスの破片となって飛び散れと言われたし、洗濯機を覗くうち、回る洗濯物になれとも。自分の足の裏をくすぐり、狂ったように笑い転がらねばならぬ。おおよそ羞恥心との戦いになるのだが、あいつも、こいつも、真正面から真に受けて、それをやるもんだから、こちらはどんどん冷めて行く。こりゃ無理だ。そう思った者は輪から出て見ていなければならない。真っ先に輪からトンズラすると、いつも横に居たのが後に劇団☆新感線をつくる、いのうえひでのり君だった。暑い夏。ソフトクリームが溶けぬよう必死に舐めれば舐めるほどソフトクリームは溶け、気づくと、だらしなく溶けていくソフトクリームになれ！　と言われた時、心が折れる音がした。いのうえ君は、とっくに折れていたのだろう。その日、実習には居なかった。能力を見透かされた二人は演出部に回され、烈火の如く落ちる雷のダメ出しを書き止め、悪くなった空気の尻ぬぐいをさせられた。そこからもトンズラして、一人、黒幕の後ろに隠れてやり過ごす。すると、そこへも逃げ込んで来たのは、いのうえ君だった。二人で息を秘めていると、怒鳴って呼ぶ秋浜氏の叫びが響いた。

その間、座学では、演出論、戯曲創作でもお世話になった。実習中に、とてつもない演出と俳優訓練を目の当たりにしているのだから、机上の論理や先人の偉業などにはリアリティを得なかったし、劇作では、その技術より、作家の悪意と良心の間に立つ覚悟を突きつけられた。

その頃になると、週に二日の実習終わりにバス停で秋浜氏が待っていて、どこへ行きますか？　と、居酒屋へお連れすることが増えた。毎週、呑みに行くようになる。夕方から午前様になるまでちょくちょく呑んだ。時には、同級生を一〇名も連れて駅前の中華屋の二階にあがり、好きなものを頼みなさいと笑う。遠慮の無い連中にイライラするのだが、その間に生ビールを五杯、六杯と呑み干す様は、とても愉快そうだった。日曜日、難波に本を買いに行くから、ついて来るよう言われ、道頓堀の松竹角座で「目玉の均ちゃん」こと、石井均一座の喜劇を観て、向かいのおでん屋で一杯やって別れた。無我夢中で過ぎて行く演劇の毎日を、その時、ふ、と振り返ったと記憶する。ミナミの夜を人混みに紛れながら一人、あの浪人の日々が、ずい分遠くに感じられた。と同時に、今、何を身につけようとしている自分なのかを問いかけてみた。ただ知りたい、体験してみたいと強く願い、出くわした秋浜悟史という怪物に叩き込まれているのは何だろう？　文学か？　芸術か？　そこに踏み込む話は酒を呑みながら聞かされたが、大学の講義では、その表層をサラリとやる程度で、少し熱が入った時、追いつこうにも遠すぎる彼方の世界観が学生には無理だと御自身で気付かれ止めてしまわれた。その度に、あまりにも未熟な自分の現在地を思うしかなかった。それでも戯曲を書き始め、演出の真似事も、同級生から頼られているような気にもなって、ちょっとした進歩は、理論や技術以外の、とてつもない演劇の本質を浴びせかけられている指導のおかげだからだと、感じていた。俳優、演出、劇作、そのどれも、論理的な方法論の向こう側にある、演劇にとって一番大切な何かを叫び続けておられるのだ。

　今でも覚えている秋浜悟史氏の言葉がある。

「徹底的に自分を疑え。自分を信じる為に」

　正解など無い世界で、今も、この言葉を繰り返し自分に問う。おそらく、それなしでは生き残れはしなかった。青春の正体が見えた。

　二〇二〇年、一一月。先生の日記を初めて読んだ。道理で、そうだったのだ。青春の確信犯が、そこに居る。持て余す時間を、ただモタモタと過ごした浪人が横っ面を張り倒されてしまった。時代は違えど、戦後間もない岩手県に、それも啄木の故郷渋民村に、こんな高校生が存在していた。映画、音楽、芸術を語り、大人と政治に塗れ、青春の歩を止めず前へ前へと進み、時には、先輩や大人と朝まで呑み交わし、ラグビー部の肉弾戦で汗を流す。抑えようのない知識欲と野望に満ち、意志と感性の赴く所へ突進していく。挫折感や失恋さえもエネルギーに変えて、堪え難い喉の乾きにオアシスを探すライオンとなって咆哮して尋ね歩く。まるで、青春の時間と肉体が、そうでなければならないと知っているかのように。この高校生、青年、秋浜悟史。その日記が証明していた。

　ここまで何度「青春」などと書いてしまっただろうか。書きながら別の言葉を捜したが、この辺りが才能の限界だ。そう書かずにいられない自分も居る。夏陽に溶けるソフトクリームになるほど恥ずかしい。あの日々、青年、秋浜悟史君が四〇歳を越えて私の前に大学教師として現れた。厳しい訓練と指導、酔っぱらいの雄叫び、どこまでも終わらぬ芝居屋の本音。この身に浴びて過ごした四年間は、彼の青春の無数の飛礫《つぶて》に打たれた、そんな日々だ。青春に弱い青二才には痛かった。その分、効いた。その青二才は、まだ、こうして文章を書き、劇作と演出と若い学生達に囲まれ、あなたが残してくれた言葉達を味方に母校で演劇と向かい合っている。手強い相手だが、自分を疑いながらやってますよ。

二〇〇五年、七月三一日。この日、この世を去った。数日後、八月の昼下がり。葬儀の式場には、その外にまで制服の高校生、大学生、演劇の現場から駆けつけた者、今は足を洗い、そう決意させてくれた恩人に別れとお礼を言いに来た者、三〇〇人以上が汗を流して炎天下に集まった。御親族と教え子達で満員の祭壇には向かわず、外の人混みの後ろで身動きもせず地面ばかりを見ていた。やがて、黒塗りのハッチが上がり、奥様と長男、長女に囲まれて、棺はそこへ運ばれるのが見えた。近寄るどころか、じっと見ていた。ただ、ただ暑くて、耐えられぬほど暑くて、「来るな！　来なくていい、バカモン！」叫んでいると思えた。あの、まぶしい青春の終わりを実感したくなかった。誰よりも早く、そこを去りたかった。

高度デジタル社会の加速とＡＩの実用化の今。人と人と人達が創る演劇の重みを感じている。秋浜悟史の青春が叫んでいたのは、俳優という、劇作家という、演出家という生き物に成れ！　だったと気づいている。その言葉と取り組みをやっと理解し始めた。何とか若い連中に伝えますよ。まだ、あなたの青春は、終わらない。まだまだ終わらない。まだまだまだ終わらない。いつだったか頭に来て若い女優の足元に台本を投げつけた。そんなこと初めてだった。あれも誰が投げつけたのか？「内藤君、今だ！」あなたが、どこからか叫んだせいですよ。

いつも近くに居て下さるのを知っています。

（ないとう・ひろのり）一九五九年、栃木県生まれ。劇作家、演出家、俳優。南河内万歳一座主宰。大阪芸術大学舞台芸術学科教授。一九八〇年、大阪芸術大学在学中に南河内万歳一座を旗揚げ。唐十郎に〝ウルトラ・センチメンタリズム〟と称されたリリシズムあふれる劇世界と俳優たちの疾走する集団演劇で人気を博す。『唇に聴いてみる』（一九八四）で第二回テアトロ・イン・キャビン戯曲賞、『夏休み』（一九九六）で第三回ＯＭＳ戯曲賞大賞、第四回ＯＭＳプロデュース『ここからは遠い国』（二〇〇〇）で第七回読売演劇大賞・優秀演出家賞、文化庁芸術祭・優秀賞（二〇〇七、二〇一〇）を受賞。

年譜

年譜作成にあたって

年譜の期間は秋浜悟史先生の誕生から、没後も追悼公演等が企画されていたことと、奥様の秋浜友子さんが先生の没後三年で亡くなられたことから二〇〇八年までとした。

秋浜悟史先生を取り巻く社会情勢がうかがえるように、年譜下欄に主要事件、演劇界の出来事、当時物価価格（大学時代まで）を掲載した。年齢表記については満年齢を採用。上演データについては、関係学校の卒業公演などを含めると膨大な量となることから、基本、秋浜先生が作・演出したものを中心に掲載した。文中のエピソード、データに関しては、ご息女の秋浜冴氏や、ふじたあさや氏をはじめとした劇団三十人会関係者、大阪芸術大学卒業生、宝塚北高校卒業生、ピッコロ演劇学校卒業生、ピッコロ劇団の方々からお話を伺い、さらに文中データの提供もしていただいた。

関係者に秋浜先生についてのお話を伺う折に、十数年ぶりに言葉を交わす方もおり、口下手の私はつい会話のきっかけとして、先生の亡くなられた知らせを受けたときのことをお聞きしてしまう。決まって長い沈黙になり、毎度反省するのだが、程なくして本人の口から先生が亡くなられてより一九年の思いの蓄積があふれてくる。亡くなられた時は、仕事で葬儀にも行けず、今も気持ちがお別れできない方、突然の知らせを受けたことを思い出すたびに混乱してしまう方。話が進むうち、皆、釈然としないまま先生の死と向き合いつつも先生から受け取った言葉をことあるごとに杖の頼りにしていることがわかる。それは、こと芝居に限らずに。

年譜作成中は、アキハマ氏とYやEと共に過ごした時間でもあった。年譜資料として集めたものを眺めるうち、つい作業から離れて日記時代当時の渋民村、盛岡駅周辺の地図や写真集、時刻表を広げてしまう。渋民駅からご実家、さらにお寺さん（宝徳寺）までの道のり。高校時代、学校の先生たちや仲間と呑んだくれていた小学校がそのお寺の脇にあったこと。祭りの夜一人で渡った鶴飼橋、佐藤床屋、通学で使っていた汽車（蒸気機関車）、盛岡駅周辺の八つある映画館の位置、各高校の場所などをたどり、日記世界に入り込む事を楽しんでいた。

調べるうち、YやEのその後も推測できたが、昔、杖つく秋浜先生を駅までお送りする道すがらのこと、当時新たに編まれる宮沢賢治の全集について「原稿用紙の消しゴム跡まで解析されているそうですよ」とお伝えしたことがある。先生は即座に「嫌だね、僕だったら嫌だね、そういうことをされるのは」とおっしゃったことを思い出し、忘れることにした。日記のままで良い。

取材、データ提供等を快く引き受けてくださった皆様に改めてお礼を申し上げます。ありがとうございました。また、年譜作成にあたり、心の支えになってくれた四〇年来の友人、岩崎正裕君にも感謝。

（三枝希望）

秋浜悟史　年譜

取材・構成：三枝希望

摘要：本年譜は秋浜悟史の生涯を、本人および関係者や知己による著述、親類縁者への聞き取り、各種媒体において発表された秋浜の人物像や秋浜の演劇に関わる文章などを適宜引用しつつ構成・編成した。引用において明らかな誤字・誤植、事実誤認と認められるものは訂正したが、確証が得られない事項については編者の予断を入れなかった。引用内における約物（「」『』…など）の用い方は、同一引用内での統一にとどめた。数字は標題などを除き原則として漢数字で統一した。秋浜本人の著述からの引用は〝〟で括り二角分のインデントをつけた。その他の文章は〈〉で括り四角分のインデントをつけた。聞き取りの文章については口語のニュアンスを残した。編者による注記および補足事項は〔〕内に記した。

1934年（昭和9）

0歳

▼三月二〇日、岩手県岩手郡渋民村（現・盛岡市渋民）に生まれる

〔火曜日誕生、戌年、AB型。父・傳（つとう、一九〇四年（明治三七）六月二四日生）、母・サダ（一九一一年（明治四四）二月九日生）の長男。二年後の一九三六年（昭和一一）一月四日、弟・泰史（やすし）生まれる〕

〔渋民村は、一九五四年（昭和二九）新設合併により玉山村に、二〇〇六年（平成一八）盛岡市に編入される〕

〝石川啄木（一八八六～一九一二）と同郷。啄木が育った宝徳寺の一〇〇メートル前に私の生家がある。まさに門前の小僧として出自によかれあしかれ生き方の方向づけをされたと、観念している。〟

――宝塚北高「演劇科通信」〔後年、一九八六年六月に『啄木伝』（文化座上演）を書いている〕

〝父は、三四年にちなんで、悟史と名前をつけてくれました。ぼくも、ラジオの音楽にあわせて、すぐ踊りだす子どもの一人だったようです。母方の血筋に喉や舞いの達者が多いせいでしょう。〟

――劇団三十人会、公演16『喜劇・秋浜悟史』パンフレット

〈秋浜の生家は明治の頃まで名字帯刀を許された家柄だったといい、没落後は、

◆満洲帝国誕生、溥儀が皇帝に即位／ドイツ、ヒトラーが総統になる
▽演劇雑誌「テアトロ」創刊
▽東京宝塚劇場オープン
〔物価：山手線初乗り五銭、葉書一銭五厘、封書四銭、映画（東京都内）邦画二本立て五〇銭～一円、岩波文庫「こころ」四〇銭、東京公立小学校初任給（諸手当含まず）四五円～五五円〕

貧困のなかで以前の豊かな生活をとめどもなく回想する祖母や病気のために学問を断念しなければならなかった父親の期待のなかで成長を送ったようである。村役場に勤める父親のかわりにわずかな田畑を耕していた母親の血筋には、歌や踊りの達者が多く、幼年時代の秋浜も、民謡が聞こえるといっぱしの踊り手ぶりを披露する茶目な性格だったらしい〉（小苅米晛「詩的言語としての方言《秋浜悟史論》」『書下し劇作家論集』No1、レクラム社、一九七五年）

1940年（昭和15）

6歳

▼啄木と同じ、渋民尋常小学校（現・盛岡市立渋民小学校）入学

〃啄木にあこがれる先生が、求めて赴任する。小学生の幼さで啄木短歌を数多く暗記させられた。できると点数が上がった。今も感謝している。〃

——大阪芸術大学通信教育部テキスト「戯曲演習」

◆カタカナ英語禁止／《ぜいたくは敵だ》

▽新築地劇団、新協劇団に解散命令（千田是也、滝沢修ら一〇〇人余検挙）

1941〜46年（昭和16〜21）

7〜12歳

〃戦争末期、疎開児童が送りこまれてきました。ぼくたちは、いじわるをしました。彼らは、ぼくたちよりも勉強が進んでいました。生まれてはじめて強敵に遭遇したわけです。〃

——劇団三十人会、公演16『喜劇・秋浜悟史』パンフレット

〈戦争末期、都会から疎開してきた子を「よくいじめた」とおっしゃっていた。先生ほどの人にいじめられたら、その子はさぞつらかったでしょう、と言うと、先生は「うーん」としらんぷりの顔をなさった〉（一九八〇年代大阪芸術大学生）

〈お酒は子どものころから呑んでいたそうだ。小学生の時、外は寒いからとお父様から一杯いただいてから出かけたとのこと〉（兵庫県立ピッコロ劇団員）

〃母の乳が出なかったので、ぼくは山ぶどうをしぼったお酒で育てられたそうです。だから、小さい時から酒は公認。〃

〃（敗戦後）教科書に墨を塗って、只一つの決まりを絶対に信じない第一歩をふみだした。〃

◆四一年一二月八日、日本は真珠湾に奇襲攻撃、太平洋戦争に突入

▽四一年：情報局指導のもと日本移動演劇連盟結成発表▽四三年：ジャズなど英米曲演奏禁止▽四四年：決戦非常措置要綱により多くの劇場が休場または興行時間制限▽俳優座結成

◆四五年八月、広島・長崎に原爆投下／八月一五日、敗戦

▽四五年：木下杢太郎 死去（六一歳）▽四六年：雑誌「テアトロ」再刊

（物価（四一年）：山手線初乗り五銭、葉書一銭五厘、封書三銭、映画（東京都内）八〇銭均一（二番館は六〇銭）、「週

——劇団三十人会、公演16『喜劇・秋浜悟史』パンフレット

刊朝日」一五銭、岩波文庫「こころ」六〇銭、東京公立小学校初任給（諸手当含まず）五〇円～六〇円）

1947～49年（昭和22～24）

13～15歳

▼四七年四月、私立岩手中学校入学（盛岡市内の中高一貫男子校。病弱および新制中学への不安から一年逆戻りし受験）

〝私立の中学へ行くようになったころ、私は詩作に耽る少年だった、小林秀雄訳の『ランボオ詩集』（創元社、一九四八年）にしがみついていた。周囲の先輩詩人たちは同時に美術耽溺のグループでもあった。詩と美術が結びつき、当然のように演劇の旗を掲げていた。大学生もいた、高校生もいた。「テアトル・ド・ディマンシュ」の劇団名を名乗っていた。その末端にまつわりつき、酒場までをうろつくようになる。もっぱらモリエールを演っていた。〟

——「悲劇喜劇」一九九一年四月号

〝父は戦後、役場をやめました。祖父が死んで、働き手がなくなったことも理由の一つで百姓もやめました。店商売をすることになりました。「エレベーターのねえ百貨店」です。「リンゴの秋」と同じような現実が待っていました。月末毎に金のやりくり、その上にぼくは一家の期待の特権階級として坐して青春をむさぼり、一方で村にいながら村から脱落した半狂人あつかいをされていました。［中略］坊主頭をベレーでかくし、年上の「英雄たち」と盛岡の夜をさすらいました。教室の先生も演劇仲間で、夜の一員でしたから、道徳的不安にかられませんでした。学校の勉強もそれほどとちらずにすごしていました。〟

〝大変いそがしい毎日でした。ぼくは悪相が縁になってラクビー部員でした。ラクビーで体も丈夫になりました。芝居をやり、映画研究サークルをやり、詩の雑誌をつくり、学校新聞をつくり、合唱団でうたい、油絵をかじり、英会話部へも近ずき、生徒会の仕事もありました。そしていつの間にか、そのまま高校生活へ移行しました。〟

——劇団三十人会、公演16『喜劇・秋浜悟史』パンフレット

◆四七年：日本国憲法施行／学校教育法施行（六三三学制発足）／四八年：太宰治入水自殺／四九年：湯川秀樹ノーベル物理学賞受賞／帝銀事件▽四七年：滝沢修、宇野重吉ら民衆芸術劇場（民藝）結成▽「悲劇喜劇」創刊▽四八年：山本安英、木下順二を中心にぶどうの会結成▽勤労者演劇共同組合（労演）結成▽四九年：第一回毎日演劇賞、俳優座、藤原歌劇団など受賞

（物価（四八年）：山手線初乗り三円、葉書二円、封書五円、映画（東京都内封切館）四〇円、週刊朝日一〇～一二円、東京公立小学校初任給（諸手当含まず）二〇〇〇円）

1950年（昭和25）

16歳

▼中学校時代の日記を焼却

〈日本敗戦と同時に盛岡市の私立岩手中学に進学する。その時は私は同校二年生であった。と同時あたりに、渋民学生会なるものが立ち上った。渋民小学校から、盛岡の中等学校へ進学した学生たち（二〇名程）によって活動が開始された。彼はその当時、我々と共に宝徳寺の「啄木の間」に集まり、寺の昭吾兄（のちの国際啄木学会会長、遊座昭吾）を中心としてバカ話に興じていたが、こと文学論となると、大学生である昭吾兄とは一歩もひかずに議論をしていた。［中略］今度は独自な文化活動をやろうということになり、作文やら短歌、俳句を持ち寄って「すずらん」なる文芸誌を作ることにした。その時、活躍（？）したのが悟史であった〉（伊五澤富雄「演劇人・秋浜悟史の軌跡」、「ねんりんクラブ」ねんりん舎、二〇〇六年）（伊五澤は、日記内の「伊五さん」。渋民村渋民生まれ。渋民小、岩手中高大と進み、岩手郡内中学校教員を歴任した）

▼**四月、私立岩手高等学校入学**〈はじめ下宿の後、汽車通学〉

〝みちのくの宿場町。街道をはさんで家並が古めかしくつづく私のいなか。道の中央に床屋が二軒となりあっていた。行き交う人はなんとなく立ち寄り、新聞ラジオ、将棋、村政、色ばなしにふけり、たまには散髪もした。二軒分の鏡が光りかがやき、それはなやかな関門であった。汽車通学生の私は、なにをかくそう、この鏡を前にして夜に役者の練習だった。都会からの疎開者いびりに、酒呑みながらの悪だくみ、悪ふざけ、拍手喝采が、床屋グループは酒呑みよりも大好物だった。〟

――木冬社第三回公演『火のようにさみしい姉がいて』パンフレット

〝しばらくは、フランスにかぶれて、一本槍だった。マルセル・カルネ（一九〇九～九六）監督の映画『天井桟敷の人びと』（一九四四）など、取り憑かれたように三〇回以上見ている。これはよい勉強になった――映画が、芝居では果たせない間接キッスだった。あきれるほどによく見た。盛岡市に映画館は数少ないけれど、ある時期には内外A級B級選ばず全部見た。梯子までして毎日見た。西部劇とミュージカルに見逃しはないと豪語した。スチール写真を収集した。演劇部の稽古場ではその組み写真をつなげて見習い、演出した。〟

――「悲劇喜劇」一九九一年四月号

◆朝鮮戦争勃発

▽新劇合同公演、『ヘッダ・ガブラー（H・イプセン）』上演

▽ぶどうの会第一回公演『夕鶴（木下順二）』

〔昭和に入ると盛岡市大通り菜園地区が開発され、新たな繁華街が形成された。昭和二四年当時には盛岡駅周辺の映画館は八館あった。昭和三〇年代後半には一六館となり、映画館通りが出来た〕（昭和二五年度「盛岡市街要図・主要建物一覧」参照）

〔雑誌「学生」七〇円、「悲劇喜劇」七〇円（二〇二四年七月号は一五〇〇円）〕

〝高校時代には、例のサルトルとボーヴォワール、毛沢東と魯迅をくりかえしくりかえし読みました。彼らの生き方がぼくの願いでした。舞台の演出へ興味を持つようになり、曲の習作も試みていました。［中略］ぼくの家は、啄木が育った宝徳寺というお寺の入口にあります。門前の小僧、習わぬ経を読むの例えの通り、ぼくの大人への出発も宝徳寺からはじまります。ぼくたち盛岡へ汽車通学する学生は、このお寺の東京の大学へ行っている人を中心にサークルをつくっていました。休みで彼が帰郷すると、ぼくたちは啄木の書斎だった部屋へ集まり、焼酎をくみかわし、東京の学生運動の報告を聞き、可能性の文学を論じ、新聞をつくり村政を批判しました。自分から、村での居所をせまくしそれを当然だとしていました。〟

——劇団三十人会、公演16『喜劇・秋浜悟史』パンフレット

1951年（昭和26）

17歳

〈彼はこの頃（中学や高校生の年で）演出のうまさ、カメラワーク、照明、脇役の配置など、普通に話していた。例えば「第三の男」のオーソンウエルズに当たるスポット、暗闇に浮かぶ顔、足もとの猫の効果等々、上げればキリがない。［中略］秋浜は「ナァ、演出（監督）次第で、映画や舞台、まるまま変えることが出来るんだよナァ、シェイクスピアだって…」と言っていた〉（盛岡で行われた秋浜悟史追悼公演『啄木伝』パンフレット所収、同級生・泉沢利之「秋浜君のこと」）

◆サンフランシスコ講和条約に日本が調印▽新宿ムーランルージュ閉場▽俳優座養成所設立▽民藝『炎の人（三好十郎）』滝沢修主演で初演

1952年（昭和27）

18歳

〈悟史君とは、渋民から五年間一緒に通学した。ぺたっとした学生帽、お道化仕業、信念をもった語り等印象深く心に残っている〉（同前「秋浜悟史のエピソード」、同期生（五回生）・藤澤祐三）

〈演劇部の「海彦山彦」の出し物の時、二歳年上の秋浜さんは背が低いクセに横に広くカバンが歩くタイプだが、ドスの効いた大声で音楽教室隣りの講堂で腹式呼吸の指導を受けたことを想い出す〉（同前「秋浜悟史のエピソード」、七回生・栗栖保之助）

〈私が高二秋浜さんが高三の夏、学校の近くに合宿をしたことがある。放課後数人で合宿所に戻ると、彼は授業をサボったのか昼寝の真最中。すると突然

▽日劇ミュージックホール開場▽民放ラジオ局開局ラッシュ▽久米正雄 死去（六〇歳）

〔この年の五月の時刻表によると、盛岡～渋民間上り下りとも日に八本。所要時間は二六分～三七分。運賃は片道三〇円。通学定期は一ヵ月三一〇円、六ヵ月一五八〇円。C61等の蒸気機関車、線路は単線〕

〔物価：山手線初乗り一〇円、葉書五円、封書一〇円、映画

英語劇『ベニスの商人』でシャイロックを演じる
（1951年11月4日付の日記に記述がある）

盛岡第二高等学校（日記では白梅と通称）との合同劇か
（最後列右が秋浜悟史）

運動会の仮装行列で、チャップリンに扮してサーカスの団長を演じる（左端）
（1952年10月4日付の日記に記述がある）

はっきりとした言葉で寝言を発した。内容は覚えていないが哲学めいた難しい話だった。「この人は寝ていても難しいことを言う」と陰で大笑いだった〉（同前「秋浜悟史のエピソード」、六回生・宇夫方康夫）

（東京都内封切館）「風と共に去りぬ」有楽座三〇〇〜六〇〇円〕

1953年（昭和28）

19歳

▼一年浪人

〈私が国際基督教大学（ＩＣＵ）の受験を一時考えて、赤本を持っていたら「仮面浪人のようなことをしてＩＣＵを受けようと思っていた」と聞いたことがあるので、すでに東京のどこかに潜り込んで勉強をしていたのかも知れません〉（秋浜冴　談）

〔一浪時代、秋浜先生はどこにいたかの質問に対して〕〈（渋民に）帰ったら、あいつ浪人したやんっていわれるわな。せまいところだからな〉（ふじたあさや談）

◆テレビ放送開始／吉田茂バカヤロウ解散／スターリン死去
▽浅利慶太ら劇団四季創立▽文学座『欲望という名の電車』杉村春子主演で初演▽加藤道夫自殺（三五歳）

1954年（昭和29）

20歳

▼早稲田大学第一文学部演劇専修へ入学

▼早大劇団・自由舞台入団。役者、劇作、演出を兼ねる
〔当時の「自由舞台」は次代の演劇界を担う俳優達のほか、ふじたあさや・別役実ら劇作家、鈴木忠志・渡辺浩子ら演出家を送り出す活力に満ちていた。その頃の自由舞台は百何十人もの劇団員がいたという。秋浜とともに自由舞台に在籍していた主な人物は、渡辺浩子、伊藤牧子、山口崇、貝山武久、内山鶉、小池一子、久保まづるか、伊藤惣一〕

〈自由舞台の部室ってのは法学部の地下室にあったんですよ。地下室降りてってね、階段降りて隅に窓が一個くらいありました。狭い部屋だから入りきらないんですよ。当時は一〇〇人は明らかに超えていたから。で、ドアを開けると、廊下で階段があって、その向こう側に学生食堂があってね、そこが我々のいつもいるところになってた。稽古はそこでやっていたけれどやっちゃいけないところだったね。上演は、大隈講堂で。大隈講堂には小ホールと講堂があって小ホールは研究会、本公演は大隈講堂。ここのホリゾントは（当時）

◆吉田内閣総辞職／街頭テレビ／マリリン・モンローとジョー・ディマジオ結婚、来日
▽民藝『セールスマンの死（Ａ・ミラー）』滝沢修主演で初演▽青年座、東京演劇アンサンブル、テアトル・エコー、新人会結成▽岸田國士死去（六三歳）▽雑誌「新劇」創刊
〔物価：山手線初乗り一〇円、葉書五円、封書一〇円、「週刊朝日」三〇円、岩波文庫「こころ」一五〇円、東京公立小学校初任給（諸手当含まず）七八〇〇円、早大授業料法文系入学年次一ヵ年分二〇〇〇〇円

1955〜57年（昭和30〜32）

21〜23歳

日本で唯一のルントホリゾント。これを活かす独特の照明機材もちゃんとありました〉（ふじたあさや 談）

▼五六年、大学三年次に『英雄たち』が雑誌「新劇」一九五六年一一月号に掲載される

▼五月、自由舞台、第一五回定期公演『敵』（作：M・ゴーリキー、演出：秋浜悟史）

▼八月、自由舞台、研究公演『英雄たち』上演（作：秋浜悟史、演出：浜之上猛）

▼一〇月、自由舞台、第一六回定期公演『火の歌』（作：秋浜悟史、演出：渡辺浩子）〔後に『しらけおばけ』に昇華する〕

〝大学も演劇も自由舞台が回転軸だった。卒論は、チェーホフ「森の主」と「ワーニャ伯父さん」について、倉橋健〔一九一九年生まれ、演出家・演劇評論家〕先生のご指導。〟
——『英雄たち：秋浜悟史一幕劇集』所収「略年譜」

〝二〇〇〇年、八〇歳でお亡くなりになられた倉橋さんについて。大学生時代から親炙した。弟子を名乗らせてもらえた。しかし「先生」も、「先生」とは呼ばせてくださらなかった。「倉橋さん」だった。御自宅は、東京渋谷の大山町、こちらも洋館造りだが、赤いワインどころか、正しいウォッカの飲み方まで教わった、ようするにロシアには「正しい」がないということ。若い頃から酒場について回った。売れている芝居屋には、必ず喧嘩を売った。酔うて絡む作法を教わった。〟

〝人間として下卑ないために、心を洗い立てるためにチェーホフがいた大学の卒業論文に選んだこともあって、離れた験しなくチェーホフに私淑した。私淑とは、直接教えは受けられないが、師と崇め、学ぶこと。賢治の縁だとばかりに、ロルカ（一八九九〜一九三六）その辺りもほんの少しかじった、ほじくった。それでも外国劇は、外国語にうといので、国の外へ海を渡ろうとしなかったので、口にはばかる。背中がモゾモゾする。疚しさにおびえる、後ろめたい。〟

◆五五年：砂川闘争／坂口安吾、アルベルト・アインシュタイン、ジェームズ・ディーン 死去／五六年：日本の国連加盟が決定／五七年：東海村原子炉に原子の火

▽五五年：榎本健一、柳家金語楼、古川ロッパら、東京喜劇人協会旗揚げ▽五六年：新劇団協議会発足▽B・ブレヒト 死去（五八歳）▽梅田コマ劇場開場▽新宿コマ劇場開場▽五七年：日本俳優協会結成

――大阪芸術大学通信教育部テキスト「戯曲演習」

〈亡くなった時、ノートに購買予定の本が記されており、中に三冊、チェーホフがあったということを葬儀の席で聞かされ、皆一様にシュンとなった。秋浜さんがチェーホフが好きだったことは皆知っており、私も何度か「チェーホフをやって下さいよ」と言っていたのだが、その度に「役者がいないよ」と断られていた〉（別役実「ボス・秋浜悟史」（秋浜悟史追悼）、日本劇作家協会会誌「ト書き」二〇〇六年三九号）

▼五七年五月、自由舞台、第一七回定期公演、創立一〇周年記念『ワーニャ伯父さん』（作：A・チェーホフ、翻訳：神西清、演出：秋浜悟史）大隈講堂

〈秋浜自身が述べていることだが、学生時代、久保が翻訳したハイエルマンスの『漁船天佑丸』の上演許可を一度は秋浜たちにあたえながら、土壇場になって、所属する民藝が上演することになったことを理由に上演を許可しないということがあり、その交渉のために久保に会ったことが、あとにもさきにも唯一のことであるという〉（小苅米晛「詩的言語としての方言《秋浜悟史論》」、『書下し劇作家論集』No1、レクラム社、一九七五年）

〝久保 栄（一九〇〇～五八）、札幌生まれ、東京育ちの、劇作家にして演出家。二部作の長編戯曲『火山灰地』（一九三七～三八）は、大戦前新劇の巨大な記念碑と仰がれてきた。久保 栄についてのこだわりは、いろいろある。若かった日々、私の肩の上には、久保 栄が重くあり続けた。相対してお目にかかったのは、首吊り自殺をなさる一年前だった。東京目黒自由が丘の洋館造り、御自宅にわざわざ呼んでくださった。赤いワインとチーズで、文字通り説教された。音吐朗々として、虚空を凝視し、止め処なかった。眼鏡の奥に凍りついた強い眼光を忘れない。おっかなびっくり訪れた、劇作の緒についたばかりの大学生に、説き続け、ムチ打って、いま振り返れば狂気の夜が明けた。一晩で一生分の集中砲火を浴びた。〟

――大阪芸術大学通信教育部テキスト「戯曲演習」

1958〜59年（昭和33〜34）

24〜25歳

▼五八年、岩波映画製作所入社

〔シナリオライターの職に就く。同僚に、羽仁進、東陽一、田原総一郎、清水邦夫らがいた〕

〝大学を卒業して、就職先は記録映画の会社だった。虚構に頼らぬ事実のみの記録の大切さ、ドキュメンタリーの力学で、私をしごきにしごいた。自分の足で見る。「調査なくして、発言権なし」は革命家の毛沢東（一八九三〜一九七六）だが、私はいまもこれを噛み締める、現実研究をおさおさ怠らないために。ともあれ、シナリオハンティングなどの実地踏査を経て、古い芸能遺産に腹わたをゆすぶられるように自分を訓練できた。〟

——大阪芸術大学通信教育部テキスト「戯曲演習」


〝二年のち同社で清水邦夫氏と席を並べる。シナリオライターという職名だったが、私は彼ほど仕事をしなかった。彼もそれほどしなかった。寛大な会社だった。勉強は盛大にさせてもらった。〟

——『英雄たち：秋浜悟史一幕劇集』所収「略年譜」


〈大学を卒業して、岩波書店と関係する岩波映画製作所（現在はない）の、入社試験に応募した。その時、いまテレビで活躍している田原総一朗氏とたまたま一緒に応募して、何とかビリの方で入社することが出来た。［中略］弁当を食べている時に、秋浜悟史さんが現れた。すでに社員として、シナリオライター及び撮影監督としても活躍されており、その評判をいろいろ耳にしていたので、わたしと田原君は直立不動の姿勢であいさつをした。「入社試験にきて、弁当をきっぱり要求するとはなかなかのものだな。期待できるねぇ」そして、田原君とわたしの背を押して、スタッフのいる部屋に入れ、そこにいる人々に呼びかけた。

「有能な新人が二人、入社しそうです。一、二年はろくな仕事は出来ないと思いますが、三年目くらいからは充実した仕事や作品を書くでしょう」その後数年間、わたしと田原君はいろいろな取材や、シナリオ、戯曲の書き方を、秋浜さんから多く教わったことを忘れ難い。そして、秋浜さんから教わった

◆五九年：キューバ革命、カストロ首相就任
▽五八年：久保栄 自殺（五八歳）▽三好十郎 死去（五六歳）▽モスクワ芸術座初来日、『桜の園』『どん底』など上演▽五九年：東京芸術座発足▽J・オズボーン『怒りをこめてふり返れ』文学座アトリエで上演▽民藝俳優教室三期生が青年芸術劇場（青芸）結成▽岡倉士朗 死去（五〇歳）▽土方与志 死去（六一歳）

一番印象的なことばは、いまもわたしの胸でしっかりと生きている。それは次のようなことばである。わからないことに、あえて挑戦したら?〉（清水邦夫「あの日たち」（秋浜悟史追悼）、日本劇作家協会会誌「ト書き」二〇〇六年三九号）

〈後年、先生が足を悪くされて後、呑み会でのお帰りの際、靴を揃えて差し上げると、「僕の最も嫌な記憶が……助監督時代の俳優達の靴を持たされるというのが本当に屈辱的で早くここを抜け出したいと思っていた。思い出したくない記憶です。君はそういうところばかり思い出させる」とおっしゃった〉（二〇〇〇年以降の大阪芸術大学卒業生）

1960年（昭和35）

26歳

▼『ほらんばか』を「新劇」四月号に発表

〝雑誌『新劇』に発表した頃は、まだ二〇代後半にいた。記録映画の会社にいた。ロケからロケで、日本中を旅して回っていた。芝居の現場から外れていた、場もなかった。上演できると考えたくないための芝居書きだった。まぁ、試作して、行間をああでもないこうでもない、と自身晦渋にあけくれる始末ということになった。それが、ひょんなことから、三十人会を得て、日の目を見てしまった。たまたま偶然の事情に振り回され、その結果にしがみつく暮らし方が板につきつつあった。「ということになった」で、積極的日和見主義の居直りと称した。〟

――『紀伊國屋演劇賞30年史　1965〜1995』／宝塚北高「演劇科通信」

◆三井三池炭鉱争議／日米新安保条約自然成立と反対闘争、池田内閣に交代／米大統領選挙ケネディ勝利
▽ジャン・ルイ・バロー一座来日▽三期会、俳優小劇場（俳小）結成▽文学座『ゴドーを待ちながら（S・ベケット）』日本初演▽訪中新劇団（俳優座、文学座、民藝、ぶどうの会、東京芸術座）

1961年（昭和36）

27歳

▼『ともだち』（監督：時枝俊江、脚本：秋浜悟史）岩波映画製作所〈初めて集団生活を経験する四歳児の幼稚園入園から夏休みまでの記録〉

▼東京都目黒区祐天寺の私立平塚幼稚園にて一年間ロケ。ここで後の妻、当時高校生の平塚友子と出会う〈三年後、同じスタッフによる『ケンちゃんたちの音楽修行　ヤマハ音楽教室四才児初期の記録』にて再び出会い、友子氏は劇団三十人会の公演（『ポラーノの広場』等）を観劇するようになる〉

〈秋浜が関西に来ることになったのは、私を追いかけてきたなんて言ってくださる方もいるけれど、ちがう。劇団三十人会の代表をしていた頃、滋賀県のび

◆ベルリンの壁建設／ガガーリン、人類初の宇宙飛行に成功／アイヒマン裁判
▽青芸『遠くまで行くんだ』（作：福田善之、演出：観世栄夫）上演▽民藝『火山灰地』を久保栄追悼公演として一部二部一挙上演▽早大劇団・自由舞台『AとBと一人の女』（別役実の処女作、演出：鈴木

わこ学園での「夜明け前の子供たち」という映画製作に来ていました。大津にあった（後に石部へ移転）あざみ寮に泊めていただいて、シナリオを書いたそうです。これが一番のきっかけ。私とは、それより前に東京の幼稚園で出会っています。そのころ秋浜は岩波映画会社（岩波映画製作所）で記録映画を作っていました。時枝俊江監督の「ともだち」の撮影現場が私の実家の平塚幼稚園でした。私は高校生でした。それから三年程して、同じスタッフがヤマハ音楽教室の「ケンちゃんたちの音楽修業」という映画を撮っていました。この時私はくにたち（国立）音楽大学でリトミックを専攻していたので、映画作りの会議に時々混じって話を聞いていました。卒業して京都文教短大でリトミックを教えるようになった頃、劇団三十人会の「悪魔は勤勉」「ポラーノの広場」を見ました。私の授業よりもっとずっとリトミック的な時空間だったのを憶えています。あの舞台にはダルクローズがいた。秋浜のプロポーズの言葉はありません。私に穴を掘らせて「こっちへ来る?」と云わせて「いいよ」と言ってころんと転がってきたというのが本当のところです。東京にいたくなかったのです。ずるいの〉（兵庫県立宝塚北高等学校第八代教頭 秋田久子「奥様をお訪ねして」、『悟史のさとし〜秋浜悟史の演劇教育〜』秋津シズ子編、二〇〇六年〔奥様＝秋浜友子〕）

〈父が芝居に出ることがあれば（母は）花を持って行ったとも聞きましたが、その花束に大根を突っ込んだ？ 大根の花も混ぜた？ とか割としょうもない悪戯を仕込んでたそうです。母は芝居全般に対しての興味が薄いので、父のお芝居のファンでは決してなかったと思います。ただ母は大学で新聞部だったり、当初は教育系の出版社に内定をもらったりしていたので、知識の塊みたいな父に対しては、ある程度の尊敬はしていたと思います〉（秋浜冴 談）

忠志）』上演▽東宝が菊田一夫脚本、森光子主演『放浪記』初演▽鈴木忠志、別役実ら新劇団自由舞台（早稲田小劇場の前身）結成

28歳

▼四月、劇団三十人会公演、実験劇場2『ピエール・パトラン先生』（翻案：鈴木力衛、演出：秋浜悟史）一ツ橋講堂

▼一一月、劇団三十人会公演『夜の来訪者』（作：プリーストリー、訳：内村直也、演出：秋浜悟史）

◆アメリカ初の有人宇宙飛行／首都高速一号線開通／マリリン・モンロー、ウィリアム・フォークナー、吉川英治死去

1962年（昭和37）	1963年（昭和38）
	29歳
〈劇団三十人会は一九五八年秋、NHKがテレビ俳優養成のために養成所を開設し募集をした。全国から約二〇〇〇人を越える応募があり六〇人が受かった。一年半の養成を経て一九六〇年四月、三四人が残った。NHKとの契約の問題もあり全員で劇団を設立することになった。劇団名は色々候補があったが、伊藤牧子の提案で、三四人を四捨五入して「劇団三十人会」と決まった。 全員テレビの仕事に忙殺される日々が始まったが、やがてテレビの仕事と並行して舞台公演もしようと翌一九六一年七月、養成所の講師であった俳優座の阿部広次氏の演出でケッセルングの『毒薬と老嬢』を一ツ橋講堂で旗揚げ公演をした。 そして、舞台の魅力を知り、第二回公演をプリーストーリーの『夜の来訪者』と決めて演出者を探した。伊藤牧子の早稲田・自由舞台の先輩で岩波映画社の秋浜悟史氏が候補になり、渋谷の喫茶店でお会いした。逞しい熱血漢で、即お願いした。 これが劇団三十人会と秋浜悟史との出会いであり出発点となった。 次々と秋浜悟史作品を上演し、また、NHKのライター室のふじたあさや氏も劇団三十人会に加わり、氏の『日本の教育 1960』を始めとする「記録的演劇」を斬新な手法で演出をし、高い評価を得た〉（劇団三十人会創立メンバー内山森彦 手記）（創立時、天地総子、加藤みどり、松島みのり、高橋悦史らがいた）	▼七月、劇団三十人会公演、実験劇場3『結婚申し込み』（作：A・チェーホフ、訳：米川正夫、演出：秋浜悟史） ▼一一月、劇団三十人会、公演4『英雄たち』（作・演出：秋浜悟史）一ツ橋講堂
▽鈴木忠志・別役実らが新劇団自由舞台が『象』で旗揚げ▽俳優座系劇団合同公演、福田善之『真田風雲録』を千田是也演出で上演	◆初の日米テレビ宇宙中継、ケネディ米大統領暗殺を速報▽福田恆存・芥川比呂志らが文学座を脱退、現代演劇協会結成、雲発足▽アートシアター新宿文化が夜九時半より演劇公演開始、第一回はオールビー『動物園物語』▽東宝ミュージカル『マイ・フェア・レディ』▽唐十郎らが状況劇場結成（『恭しき娼婦』で旗揚げ）

1964年（昭和39）

30歳

▼一二月　劇団三十人会、公演6『結婚申し込み』（作：A・チェーホフ、訳：米川正夫、演出：秋浜悟史）一ツ橋講堂

〈秋浜悟史氏　馬鹿デカイ声　豆タンクのような体から溢れ出る芝居への情熱が私達を引張って、「夜の来訪者」「英雄たち」「ピエールパトラン先生」と、もう皆さんとはおなじみの演出者である。常に生きるエネルギーに充ちた作品を書き、演出して来た。私達には心強いことこの上もない仲間である。今回のチェホフ「結婚申し込み」の演出は嬉スくてスオがねえと、酔っ払って岩手弁でおっしゃった〉（「劇団三十人会 会報」vol.４）

◆東海道新幹線開通／オリンピック東京大会
▽三島由紀夫・松浦竹夫らNLT結成、『誘拐（矢代静一）』（六五年）で旗揚げ▽青芸『袴垂れはどこだ（作：福田善之、演出：観世栄夫）』▽ぶどうの会解散▽竹内敏晴、和泉二郎、坂本長利ら演劇集団・変身結成▽紀伊國屋ホール開場

1965年（昭和40）

31歳

▼『冬眠まんざい』を「新劇」一〇月号に発表

〝『冬眠まんざい』は、〝師事すると勝手に決めた〟田中千禾夫氏により指導を受けた。一九六〇年に戯曲《ほらんばか》を雑誌「新劇」四月号に発表したものの、次作《冬眠まんざい》がうまくいかなくてイジイジしていた。編集長だった先生に読んでいただいた原稿は、五年後、六五年一〇月号に活字になったそれの二倍の量があった。書き直しのために、先生は「これ不要、これ無駄」何枚目何々からカットという指示しかしてくださらなかった。納得できたら、消して、捨てて、その繋ぎをひねって、清書する。再々ムチのくり返しだった。原稿用紙に挟まれた紙片には、時々暗号めいた短いお言葉もついている。セリフの吟味を強いておられるように私には思われた。言葉の節約が、当時の私の修行のすべてだった。その奇妙、生き残ったのは、私が非演劇的だと思っていたセリフばかりであった。〟
――大阪芸術大学通信教育部テキスト「戯曲演習」

〝「ほらんばか」以降五年間、作者は沈黙していたことになる。当時、岩波映画製作所にシナリオライターとして勤務していたが、劇作の方は、ほとんどこの一本の周囲だけを漂うていた。発表しようという積極的な意欲も失い、時々思いだしたように手を加え、またほうりだしていた。その間、親しい友人たちには廻し読みされていたが、現在劇団民藝の所属俳優である久保まづるかが原稿を清書して、田中千禾夫先生に提出、御指示と往復が彼女を中継ぎにくりかえされ、大量

◆米が北爆開始しベトナム戦争激化／ベトナムに平和を！市民連合（べ平連）結成
▽四季『オンディーヌ（ジロドゥ）』日生劇場で上演▽NLT『サド侯爵夫人（三島由紀夫）』初演▽民藝、渡辺浩子演出で『ゴドーを待ちながら』上演

1966年（昭和41）

32歳

に整理されてようやく活字になることができた。〃
――『英雄たち：秋浜悟史一幕劇集』所収「記録」

▼六月・七月、劇団三十人会、公演No.7『日本の教育1960』（作：ふじたあさや、演出：秋浜悟史）六月三〇日～七月五日、第一生命ホール〔入場料一般五〇〇円、団体割引四〇〇円〕

〈勤評闘争と差別問題を重ね合わせたこの作品は、再演を重ね、全国公演も行なって、ある時期の地方公演には、秋浜も私も出演していたことがある。東北での公演で、秋浜があまりに台詞を間違えるので、上演中に接近した時、小声で「台詞が違うぞ」とささやいたら、「テキストレジーしたんだ」と返してきたことがある。演出家にテキストレジーを振りかざされたら、何も言えなくなる。「この野郎」と、後で大笑いした。このコンビはそのあと、『ヒロシマについての涙について』『日本の公害1970』を作り、秋浜作品の三十人会での上演は私が制作を担当した〉（ふじたあさや「自由舞台が出発点だった」、『早大劇団・自由舞台の記憶1947－1969』同時代社、二〇一五年）

▼『日本の北洋漁業』（企画：秋浜悟史、脚本：田中実）〔北洋漁業を扱ったドキュメンタリー。一九六七年公開、配給：大映〕

▼一月、演劇集団変身上演『冬眠まんざい』初演（作：秋浜悟史、演出：竹内敏晴）一月一〇日～一六日、代々木小劇場
〔演劇集団変身＝一九五一年に山本安英、岡倉士朗らが主宰するぶどうの会が、一九六四年に解散した後、坂本長利、竹内敏晴、和泉二郎らが結成した演劇集団。この集団は東京代々木の代々木小劇場を本拠地に、小劇場運動の先駆けとなる。自由舞台時代の盟友、伊藤惣一も所属した〕

▼**三月、岩波映画製作所退社。劇団三十人会の活動に専念する**
〔一九六八年一一月、代表就任〕

◆日本の人口一億人突破／ビートルズ来日／サルトル、ボーヴォワール来日／北京で文化大革命勝利の祝賀会、紅衛兵一〇〇万人が参加
▽鈴木忠志・別役実らが早稲田小劇場結成、五月『門』で旗揚げ▽佐藤信・斎藤憐・串田和美らが自由劇場結成▽演劇企画集団66結成▽米倉斉

〝前から劇団三十人会を手伝っていたが、芝居に専念しようと、一九六六年退社、同劇団の代表。〟

——『英雄たち：秋浜悟史一幕劇集』所収「略年譜」

▼三月、劇団三十人会、新人研修公演『月の出』（作：グレゴリー夫人、演出：秋浜悟史）『ぬえ・はつえの物語』（作：赤木三郎、演出：秋浜悟史）一ツ橋講堂

▼四月、演劇集団変身『アンティゴネーごっこ』（作：秋浜悟史、演出：竹内敏晴）〔美術：朝倉摂、出演：坂本長利、伊藤惣一、片岡あい、土屋美智子、他〕四月四日～一〇日、代々木小劇場

▼五月、劇団三十人会、公演9『日本の教育1960』（作：ふじたあさや、演出：秋浜悟史）五月一〇日～一七日、俳優座劇場

▼七月、劇団青俳、第一七回公演『あの日たち―忘却と時間についての叙情的仮説』（作：清水邦夫、演出：秋浜悟史）七月一九日～二七日、俳優座劇場

▼九月、演劇集団変身『アンティゴネーごっこ』（作：秋浜悟史、演出：竹内敏晴）九月一日～一〇日、代々木小劇場

▼一〇・一一月、劇団三十人会、公演10〈現代の狂言3〉『摘発』『面』（作・演出：ふじたあさや）、『ほらんばか』（作・演出：秋浜悟史）〔三作品共同演出：和泉保之〕俳優座劇場、矢来能楽堂〔本公演で昭和四一年度芸術祭奨励賞受賞〕

▼一二月、演劇集団変身『リンゴの秋』（作：秋浜悟史、演出：和泉二郎）一二月一日～一〇日、代々木小劇場

▼劇団三十人会、学校巡演『熊』（作：A・チェーホフ、訳：神西清、演出：秋浜悟史）、『結婚申し込み』（作：A・チェーホフ、訳：米川正夫、演出：秋浜悟史）

加年、岡村春彦、福田善之らの青芸が解散▽国立劇場開場

1967年（昭和42）

33歳

▼四月、劇団三十人会、公演11『悪魔は勤勉』（作：北代淳、演出：秋浜悟史）四月四日〜一四日、厚生年金会館小劇場

▼八月、劇団青俳、第二〇回公演『逆光線ゲーム』（作：清水邦夫、演出：秋浜悟史）七月一九日〜二七日、俳優座劇場

▼九月、最初の戯曲集『東北の四つの季節』秋浜悟史戯曲集刊行会（渡辺浩子、高野勇、小池一子、湯浅実〔デザイン田中一光〕）が出版される。〔収録戯曲：1『ほらんばか』、2『英雄たち』、3『リンゴの秋』、4『冬眠まんざい』。四本の戯曲が四色の冊子となり美術本の趣がある〕

▼九月、劇団三十人会、『熊』（作：チェーホフ、訳：神西清、演出：秋浜悟史）九月一日〜一〇日

▼一〇月、演劇集団変身『アンティゴネーごっこ』改訂公演、一〇月一日〜一〇日、代々木小劇場（「新劇」一〇月号掲載）

▼一〇月、劇団三十人会、公演12『ほらんばか』『しらけおばけ』（作・演出：秋浜悟史、音楽：三木稔）（出演：植田譲、大橋芳枝、二瓶鮫一 他）一〇月二〇日〜二八日、アートシアター新宿文化、アートシアター27＋劇団三十人会12 提携公演（観劇料五五〇円、前売り五〇〇円）（『しらけおばけ』は「新劇」五月号に掲載）

〈しらけおばけ―この芝居には見せ物になっている喜枝と喜作の狂人の世界と現実が交錯している…そして最後に狂人の方が、現実よりも光り輝くという非情な結果になっていて、見せ物である狂人が現実の美枝と真実のとどめを刺しちゃう。ぞっとするような芝居ですごく面白かった〉（渡辺保「戯曲合評」、「悲劇喜劇」一九六七年七月号〔『しらけおばけ』チラシに転載〕）

▼『ほらんばか』の劇作ならびに演出により、第一回紀伊國屋演劇賞を受賞

◆羽田事件／ベトナム戦争で、米軍が非武争地帯の森林への枯れ葉剤空中撒布を開始▽寺山修司、東由多加、九條映子ら演劇実験室天井桟敷結成▽状況劇場の紅テントが新宿花園神社に出現▽東宝ミュージカル『屋根の上のヴァイオリン弾き』森繁久弥主演で初演

〈67年に入ってすぐ、秋浜は紀伊國屋演劇賞を受賞した。新宿の縄のれんの、小さな部屋でもたれた最初の打ち合わせいらい、終始、恐縮し続けてきた秋浜の顔が、このときからほんのすこし、大きくなった〉（小池一子「秋浜悟史戯曲集の誕生まで」、『東北の四つの季節』）

〝副賞は、腕時計だった。貧しい芝居屋にこの宝物はまばゆかった。同期生同士の米倉斉加年氏とは、会うたびに手をかざして、お互いに共通する証拠品を確かめ合う黙契が後々まで続いた。〟

——『紀伊國屋演劇賞30年史　１９６６〜１９９５』紀伊國屋書店、一九九六年

▼障害児問題に取材した長編記録映画『夜明け前のこどもたち』のシナリオを担当し、以前から抱いていた障害児問題への関心を一層深める
〔『夜明け前のこどもたち』（監督：柳沢寿男）＝滋賀県の重症心身障害児施設・びわこ学園の療育活動を記録した国際短編映画社が制作した二時間の長編ドキュメンタリー映画〕

1968年（昭和43）

34歳

▼一月、劇団三十人会、公演13『ポラーノの広場』（作：宮沢賢治、脚色・演出：秋浜悟史）一月三日〜七日、紀伊國屋ホール〔入場料：一般七〇〇円、学生・子ども六〇〇円、ファミリー券（二人）一〇〇〇円〕

▼五月、劇団三十人会、公演14『ヒロシマについての涙について』（作：ふじたあさや、演出：秋浜悟史）五月二七日〜二八日、紀伊國屋ホール

▼七月、劇団三十人会『日本の教育１９６０』（作：ふじたあさや、演出：秋浜悟史）西日本公演

▼九月、劇団三十人会『幼児たちの後の祭り』（作・演出：秋浜悟史）九月二一日〜三〇日、紀伊國屋ホール〔音楽：三木稔、出演：植田譲、大橋芳枝、二瓶鮫一、青柳秀子、伊藤牧子 他〕（「新劇」一一月号掲載）

◆東大紛争など一連の学園紛争続く／川端康成ノーベル文学賞受賞／五月革命、パリで学生デモが激化
▽自由劇場、六月劇場、発見の会が地方公演のための相互連携組織《演劇センター68》結成▽ＮＬＴから松浦竹夫、中山仁らが脱退し、三島由紀夫と浪曼劇場を結成▽現代人劇場、転形劇場、東京キッドブラザース結成▽ウェスカーを招き《ウェスカー68》開催、シンポジウムと三部作上演▽岩波ホール開館

35歳

▼五月、劇団三十人会、公演16『喜劇・秋浜悟史』『英雄たち』『リンゴの秋』『しらけおばけ』（作・演出：秋浜悟史）五月七日〜一三日、紀伊國屋ホール〔当日八〇〇円、前売り七〇〇円〕

▼一二月、劇団三十人会、公演17『おもて切り』（作：秋浜悟史、演出：岡村春彦）一二月五日〜一五日、俳優座小劇場〔音楽：三木稔、出演：植田譲、大橋芳枝、二瓶鮫一、青柳ひで子、伊藤牧子、伊藤惣一他〕（「新劇」一九七〇年一月号掲載）

▼第四回紀伊國屋演劇賞団体賞を『喜劇・秋浜悟史』『おもて切り』の公演におけるアンサンブルのとれた劇団活動に対して、劇団三十人会が受賞

▼『幼児たちの後の祭り』に至るまでの諸作品の成果により、第一四回岸田國士戯曲賞を受賞

〔前年の第一三回は、『マッチ売りの少女』『赤い鳥のいる風景』により別役実が受賞。第一五回は『少女仮面』により唐十郎、第一六回は『鼠小僧次郎吉』により佐藤信、第一七回は『道元の冒険』にて井上ひさし、第一八回は『ぼくらが非情の大河を下るとき』にて清水邦夫、『熱海殺人事件』にてつかこうへいが受賞している〕

〝受賞のお知らせに、劇団三十人会の友人たちが大層喜んでくれました。［中略］これはもう劇団の手柄なんだと誇らせ綻びさせていただくことにしました。ぼく自身について云えば、劇作がますます辛くなっていましたので、このようはげましの機会に立たされた仕合わせが、これからは書き続けるための増幅作用器となって強迫するだろうと、うれしくおののかざるを得ません。［中略］ぼくは戯曲を書き続けることでしかお返しできないのだと、あらためて決心覚悟したところです。演劇による新しい世界の創造を信じたいと思います。〟

——「受賞の喜び」、「新劇」一九六九年三月号

〈授賞の主な対象となった『幼児たちの後の祭り』の「後」が現代としたら、「今」は未来ということになり、作者はその未来に住んでいるのかもしれない。しかし、そういうこしらえごとでいわゆる虚構の構えを見せることで作

◆新宿西口広場で反戦フォーク集会／連続ピストル魔永山則夫逮捕／米、アポロ一一号人類初の月着陸▽『日本人のへそ（井上ひさし）』をテアトル・エコーが上演▽天井桟敷初の海外公演▽状況劇場、日本列島南下興行開始▽『真情あふるる軽薄さ（清水邦夫）』を蜷川幸雄が演出▽早稲田小劇場『劇的なるものをめぐってⅠ（構成・演出：鈴木忠志）』『少女仮面（作：唐十郎、演出：鈴木忠志）』上演▽S・ベケット、ノーベル文学賞受賞

品の世界が既に成立するという前提をこの作者は好まないようである［中略］しかし反面、それはたいへんな自由思想であるとも言えるが、主義とか思想とか、とにかく記録された文字（言葉はその後のものだ）による規整に従うことができないだけのことではなかろうか。そういうものに対する不信が、逆に言葉に駆り立てる。それも要するに真実をつかもうとする根本的欲求からである。主義も思想も遊び（ごっこ）も、大して変りはなくなってくる。ここに君の身上があるように思われる〉（田中千禾夫「秋浜君の身上」、「新劇」一九六九年三月号）

1970年（昭和45）

36歳

▼四月、劇団三十人会、公演18『見よ東海の』（作：北代淳、演出：秋浜悟史）四月二二日～二八日、紀伊國屋ホール（観劇料：前売り九〇〇円、当日一〇〇〇円）

▼七月、ラジオドラマ「はかなくもまたかなしくも」（作：秋浜悟史、演出：平野敦子（NHK東京）（出演：林隆三、初井言榮、芳川和子、谷育子、青柳ひで子、伊藤牧子、伊藤惣一 他）

（昭和四四年に起こった一九歳少年の連続凶悪犯罪（永山則夫がモデル）をもとに、現代社会の矛盾に苦悩する若者たちの狂気に満ちた行動に潜むものを追求）

▼九月、『しらけおばけ・秋浜悟史作品集』（晶文社）を刊行（収録戯曲：『しらけおばけ』『アンティゴネーごっこ』『幼児たちの後の祭り』『おもて切り』）

〝昔話だが、拙作の《ほらんばか》、《しらけおばけ》、《おもて切り》は共に、題名の造語からして、その難解さで物議をかもしたもんだっけ。我が南部藩の敬愛する先輩、女優で演出家の長岡輝子さんは、「岩手じゃ言うんだ、相手を小バカにしてフザケルことを、シラケルって」とおっしゃった。その通り、シラケルは、酒も呑まずに素面でハシャグこと。運動挫折がもたらした、何事にも無感動・無関心の状態を「シラケ」と称する流行語の到来は七〇年代になってからだった。〟

――大阪芸術大学通信教育部テキスト「戯曲演習」

〈長岡輝子さんに「あなたは日本のロルカなんだから」と励まされたことを、先

◆赤軍派による、日航よど号ハイジャック事件／日本万国博覧会EXPO'70／三島由紀夫割腹自殺／米軍カンボジア侵攻

▽《演劇センター68／70》黒テント公演開始▽松本雄吉らが日本維新派結成（八八年維新派に改名）▽天井桟敷が市街劇『人力飛行機ソロモン（作：寺山修司、演出：竹永茂生）』上演▽P・ブルック『夏の夜の夢』RSCで演出

1971年（昭和46）

37歳

生、おどけて自慢げに笑いながらお話しされたことがあった〉（二〇〇〇年代大阪芸大生）

▼一〇月、劇団三十人会、公演19『箱舟時代』（作：長田弘、演出：秋浜悟史）一〇月二日〜八日、紀伊國屋ホール
〔長田弘＝（おさだ・ひろし、一九三九〜二〇一五）詩人、児童文学作家、文芸評論家、翻訳家、随筆家〕

▼一二月、劇団三十人会、公演20『日本の教育1960』創立一〇周年記念（作：ふじたあさや、演出：秋浜悟史）一二月一九日〜二二日、日本青年館ホール〔入場料一〇〇〇円〕

▼四月、劇団三十人会、公演21『日本の公害1970』（作：ふじたあさや、演出：秋浜悟史）四月一五日〜一七日、農協ホール／四月二二日〜二八日、紀伊國屋ホール

▼映画『あらかじめ失われた恋人たちよ』出演〔境内の父親役〕（監督：田原総一朗＋清水邦夫、脚本：清水邦夫＋田原総一朗）（一九七一年／日本ATG／出演：石橋蓮司、桃井かおり、加納典明、蟹江敬三、蜷川幸雄、カルメン・マキ、緑魔子）

▼映画『やさしいにっぽん人』出演〔殺人犯、根元又三郎役〕（監督・脚本：東陽一）（一九七〇年／東プロダクション／出演：河原崎長一郎、緑魔子、伊丹十三、伊藤惣一、石橋蓮司、蟹江敬三、渡辺美佐子、桜井浩子、東山千栄子）

〈二〇〇五年七月に先生が亡くなられ、同じ年の一二月から三週間にわたり、ピッコロシアターにて「秋浜悟史足跡展」が催された。展示室には、先生のご自宅の仕事部屋が机、椅子も含めて再現され、愛用されていた日用品、戯曲、執筆された台本、文章の掲載誌などが展示されていた。一角に先生が出演された映画「あらかじめ失われた恋人たちよ」「やさしいにっぽん人」のビデオが見られるコーナーがあった。ある日そのビデオの画面の前の椅子に座っている小柄なご婦人の後ろ姿があった。知り合いが来て、先生の奥様だと聞かされ

◆沖縄返還協定強行採決／ニクソン・ショック
▽劇団天井桟敷ベオグラード国際演劇祭に参加、『邪宗門』にてグランプリ受賞▽情報誌「プレイガイドジャーナル」が大阪で創刊

た。奥様は、今まで先生の出演なさったこれらの映画を見たことがないとのこと。是非見たくて、来られたとのこと。じっと画面を見つめる後ろ姿に声などかけられるわけがない。遠くから画面をちらと見れば、ちょっとしかない先生の登場シーンはまだまだ先だ。私は早く先生のシーンになるよう、ビデオに念を送ることしかできなかった〉（一九八〇年代演劇学校卒業生）〔当時、友子氏は、京都文教短期大学幼児教育科助教授、専門はリトミック〕

▼八月、劇団三十人会、公演22『鎮魂歌抹殺』〈NHKラジオドラマ「はかなくもまたかなしくも」の舞台化〉『冬眠まんざい』（作・演出：秋浜悟史）八月二一日～二六／九月八日～一〇日、日経ホール（『鎮魂歌抹殺』は「悲劇喜劇」一九七一年九月号に掲載）

▼劇団三十人会公演『鎮魂歌抹殺』『おもて切り』の演技にて、伊藤牧子が紀伊國屋演劇賞個人賞を受賞

〈私が『おもて切り』と『鎮魂歌抹殺』（作：秋浜悟史）の二作の演技で第六回紀伊国屋演劇賞をいただいたとき、その内示の電話が鳴ったのはクリスマスイヴであった。ハマさんは役者の植田譲（故人）と私の部屋で忘年会の最中であったが、「おいオマエ、よかったなァ」と野良の大声。どんなに酔おうと普段は女優の身体に決して手を触れたことのないオソロシガリヤのハマさんが、私の肩をガクガクと揺さぶっていったのである。「役者に賞が取れて、オレは嬉しいよ」。なんのことはない、演出者としての自分の才能への酔い心地なのであった〉（伊藤牧子「悲劇喜劇」（特集・方言と演劇）一九七一年五月号）

▼一二月、劇団三十人会、公演23『おもて切り：新宿版』（作：秋浜悟史、演出：岡村春彦）一二月一七日～二三日、紀伊國屋ホール

1972年（昭和47）　38歳

▼二月、劇団三十人会、公演24『ほらんばか』『リンゴの秋』（作・演出：秋浜悟史）二月二二日～二七日、青年座／二月二八日～三月三日、俳優座劇場

▼六月、劇団三十人会、公演25『袴垂れはどこだ』（作：福田善之、演出：岡村春彦、

◆連合赤軍事件／田中角栄首相訪中、日中共同声明▽情報誌「ぴあ」創刊▽名古屋に七ツ寺共同スタジオ開場

潤色・演出協力：秋浜悟史）六月二〇日～二五日、紀伊國屋ホール／六月二六日～二七日、日本青年館ホール

▼九月、劇団三十人会、イタリア公演『ほらんばか』（作・演出：秋浜悟史）、『穴』（作・演出：ふじたあさや）ヴェネチア・ビエンナーレ参加

▽暫『郵便屋さんちょっと―その一（作・演出：つかこうへい）』上演▽菊田一夫脚色『スカーレット』ロンドンで上演、輸出ミュージカル第一号

1973年（昭和48）

39歳

▼平塚友子（一九四四年三月二六日生）と結婚

（三月二〇日親族のみで京都百万遍知恩寺（友子氏の勤務先の由縁のお寺）にて仏式の挙式。結婚当初は別居（東京と京都）やがて京都に住まう）

〈先生は岩波映画社時代、ドキュメンタリー撮影（一九六一年『ともだち』、監督：時枝俊江、脚本：秋浜悟史、岩波映画製作所）のため、東京都目黒区祐天寺の平塚幼稚園に一年間通っていた。そこには高校生の娘さんがいた。後の奥様である。高校生だった友子さんは、ある日、先生と喫茶店でお話をされた。その時「ああ、この人と結婚するんだな」と思われたそうだ〉（二〇〇〇年代大阪芸大生）

〈「賢治祭」上演（一九九三年）の折、稽古合宿で平塚幼稚園をお借りしたことがありました。昔ながらの木造の、床や壁、木のぬくもりがうれしい幼稚園でした。朝は広い園庭を自由に歩く鶏が鳴いて起こしてくれる。東京にこんなところがと感じずにはいられない場所でした〉（ピッコロ劇団員、一九九〇年代ピッコロ演劇学校生）

▼四月、劇団三十人会解散

〈四月五日 運営委員会の辞任から一ヵ月あまりになる。［中略］今日は四回目の総会を迎えた。今日も議長。議論は、劇団の統一を求める意見と、バラバラの現状に立とうとする意見とに対立し、「秋浜・ふじたの解体」ということばまで出された。突然 伊藤牧子がこう発言した。「演劇はひえびえとやるもんじゃない。カッとなれないなら、もう青春期じゃないのよ。青春期が終っ

◆第一次オイルショック／ドバイ日航機ハイジャック事件▽ロイヤル・シェイクスピア・カンパニー来日、『真夏の夜の夢（演出：P・ブルック）』上演▽安部公房スタジオ結成▽菊田一夫 死去（六五歳）▽東京ヴォードヴィルショー、ミュージカル『宝島』で旗揚▽四季が浅利慶太演出、ロック・オペラ『ジーザス・クライスト＝スーパースター』▽文学座アトリエ『熱海殺人事件（作：つかこうへい、演出：藤原新平）』▽櫻社『盲導犬』（作：唐十郎、演出：蜷川幸雄）初演

40〜42歳	
	た時、劇団は閉じなきゃいけない、そう思うの。矛盾を同時進行できなきゃ劇団なんてやって行けないのよ。今の三十人会は何で結びついてるのかわからない。今一番正直なことは、この集団を閉じることよ。解散しなきゃいけないのよ。作ったものに愛情はあるけど、やっぱりバラバラになってお互いの間に風を吹かせることよ」［中略］秋浜悟史の「三十人会というのは名前であって、そこでの請負いかたは一人一人が違う。ぼくが結論がおうせなかったのは、招かれてきた自分が人を招いたからだった。今は、非常に多く名前にこだわる人から解散が出たことを尊重します」という発言で、大勢は決したように見えた。採決の結果は、賛成一七、反対二、保留一。「これをもって劇団は解散と決しました」〉（ふじたあさや「わが日録」、「悲劇喜劇」一九七三年八月号） 〈次の作品何やろうかってんで、アーノルド・ウェスカーが『ジャーナリスト』という新作書いたっていうんで、読んだら面白い。そうしたら、新左翼（当時、劇団内にも新左翼勢力が入り込んでいた）の連中が、今、ウェスカーじゃねえだろって言い始めて、それで話し合いがまとまらなくなっちゃった。その時に秋浜の一言「レパートリーをみんなで共有して一つのレパートリーをやることができなくなったら劇団の寿命は終わりだ。解散しよう」と。彼がそう言って、僕も、そうだなって言って。そうなっちゃった〉（ふじたあさや談） 〈劇団三十人会は、一九六〇年四月一日の創立から満一三年、一九七三年四月一日に解散した〉（内山森彦 手記） ▼一二月、劇団民藝『血の婚礼』（作：フェデリコ・ガルシア・ロルカ、訳・演出：渡辺浩子、歌詞：秋浜悟史）一二月一五日・一六日、砂防会館ホール ▼七四年三月、NHK-FM FMシアター「親守り子守り唄」（作：秋浜悟史）（出演：村松克己、稲葉良子、串田和美、吉田日出子）
七四年▽現代演劇協会の三百人劇場開場▽F・アラバールを招き『アラバール'74』開催	

〝この年書いたラジオ・ドラマ「親守り子守り唄」の放送が、翌年イタリアコンクールでグランプリを受賞したそうだ。〟

——『英雄たち：秋浜悟史一幕劇集』所収「略年譜」

▼九月、長男・立（りつ）生まれる

▼一〇月、童話集『ながぐつのぼうけん』日本放送出版協会、出版

▼一二月、劇団民藝『しらけおばけ』（作：秋浜悟史、演出：渡辺浩子）一二月四日・五日、紀伊國屋ホール

▼七五年、NHK-FM FMシアター「親守り子守り唄」が第二七回イタリア賞ラジオ・ドラマ部門グランプリを受賞

▼七六年一〇月一八〜二四日、ふじたあさやプロデュース＋印象舞台にて、岡村春彦の演出により戯曲となった『親守り子守り唄』が『冬眠まんざい』とともに紀伊國屋ホールにて上演された（『親守り子守り唄』は、「テアトロ」一九七六年一〇月号に掲載）

43歳

▼六月、長女・冴（さえ）生まれる

▼七月、木冬社第二回公演『楽屋―流れ去るものはやがてなつかしき』（作：清水邦夫、演出：秋浜悟史・新田隆）七月一三日〜一六日、渋谷ジァンジァン

▽宝塚歌劇団『ベルサイユのばら』初演、爆発的ブーム▽岩波ホール第一回演劇公演『トロイアの女（潤色：大岡信、演出：鈴木忠志）』▽木野花ら女性のみの劇団青い鳥結成／七五年▽出口典雄を中心にシェイクスピア・シアター結成▽つかこうへい事務所がVAN99ホールと提携、つか作品の連続上演を開始、つかブーム盛り上がる／七六年▽VAN99ホールの新人グループ提携公演で夢の遊眠社が『走れメルス（作：野田秀樹、演出：高萩宏）』上演▽清水邦夫、山崎努ら木冬社結成『夜よおれを叫びと逆毛で充す青春の夜よ（作・演出：清水邦夫）』で旗揚げ▽石橋蓮司・緑魔子ら、第七病棟結成、『ハーメルンの鼠（作：唐十郎、演出：佐藤信）』で旗揚げ▽柄本明ら東京乾電池結成

◆青酸コーラ無差別殺人事件／ジミー・カーターがアメリカ大統領就任／田中絹代、エルヴィス・プレスリー、チャーリー・チャップリン 死去

1977年（昭和52）

〈夜、先生のアパートのドアを叩く音。出てみると、そこには枕を抱えた女性。「私、自分の枕じゃないと寝られないんです」と言ったとのこと。そのエピソードが「女優D」のモチーフになったとのこと。先生にまくら女とその後どうされたのか聞いたが、知らんぷりの顔をされた〉（一九八〇年代ピッコロ演劇学校生）

〈先生は、学生時代からいくつもの他大学（女子大も）に演劇のコーチを依頼されていた。女子大なら、さぞもてたことでしょうと聞くと「評判の落ちることはしない！」と少し怒った〉（一九八〇年代ピッコロ演劇学校生）

▼一二月、NHKみんなのうた『走馬燈』（作詞：秋浜悟史、作曲：宇野誠一郎）

▽ジャン＝ルイ・バローのルノー＝バロー劇団来日、『ハロルドとモード』など上演▽オンシアター自由劇場『もっと泣いてよ、フラッパー（作・演出：串田和美）』▽草月ホール開場▽真船豊 死去（七五歳）▽『小町風伝（作・演出：太田省吾）』上演

1978年（昭和53）

44歳

▼八月、文学座付属演劇研究所第一七期昼間部発表会『おもて切り』（作：秋浜悟史、演出：長崎紀昭）文学座アトリエ

▼一二月、木冬社第三回公演『火のようにさみしい姉がいて』（作：清水邦夫、演出：秋浜悟史）（振付け：森田守恒、音楽：池辺晋一郎、出演：山崎努、松本典子、岸田今日子、伊藤惣一）一二月一八日〜二八日、紀伊國屋ホール

▽田中千禾夫『劇的文体論序説』に毎日出版文化賞▽唐十郎の小説『海星・河童』に第六回泉鏡花賞▽天井桟敷『奴婢訓』で欧州巡演▽大阪梅田に阪急ファイブオレンジルーム開場▽兵庫県立尼崎青少年創造劇場（ピッコロシアター）開館

45歳

▼四月、大阪芸術大学舞台芸術学科の非常勤講師に着任

〝関西に閑居したつもりでいたら、酒友の喜志哲雄京大教授が「遊んでいるよ」とバラしてしまった。「どうせなら学生相手に遊んでください」というお誘いがあって、大阪芸大舞台芸術学科の舞台実習におもむいた。ピッコロ演劇学校・舞台技術学校、そして宝塚北高等学校演劇科発足以来のイキサツも、前略中略件の如し、私のために楽しい遊び場を提供されたと信じて疑いませんでした、ハイ。〟

――ピッコロ演劇学校・舞台技術学校『卒業公演』パンフレット、一九九六年

◆三菱銀行人質事件／東京サミット／ソ連アフガニスタン侵攻／スリーマイル島原子力発電所で大量の放射能漏れ／イスラム共和国宣言

▽オンシアター自由劇場『上海バンスキング（作：斎藤憐、演出：串田和美）』上演▽『近

1979年（昭和54）

〈初出勤の時、缶ピース（缶入りたばこ五〇本入り）に穴を開け、ひもで首からぶら下げた状態で、研究室のドアを開け、かなりの大声で「秋浜です！」と名乗ったそうだ。研究室にいた方々は圧倒された〉（一九八〇年代大阪芸大生）

〈先生はその後、お医者から、たばこと酒、どちらかをやめろといわれ、たばこと別れ、酒を愛された〉（一九八〇年代大阪芸大生）

▼七月、木冬社第四回公演『楽屋─流れ去るものはやがてなつかしき』（作：清水邦夫、演出：秋浜悟史）七月七日～一四日、三百人劇場／八月一二日、横浜青少年センター

▼『英雄たち：秋浜悟史一幕劇集』レクラム社、出版
〈収録戯曲：『ほらんばか』『リンゴの秋』『英雄たち』『冬眠まんざい』〉

〝一九七三年、劇団解散。私事では結婚などもあって、次第に、東京を離れようと努力する。現在、京都の宇治住まい。戯曲はなにほどのものも生めず、子供が二人生まれた。〟
──『英雄たち：秋浜悟史一幕劇集』所収「略年譜」

〝田中千禾夫著「劇的文体論序説」（一九七八　白水社刊）に、「秋浜の本質的才能は、筋を作るよりも、言葉を作るにあり、言語に拠って筋を作る如き特徴……」以て瞑すべしだ。私の「英雄たち」は大学生時代の所産だが、同じ学生劇団「自由舞台」出身で同業の別役実は、若いときどこかで、「モチーフの芝居でなく、マチエールの芝居」と評していたもんだっけ。その意味で、宮本研（一九二六～八八）の言葉を借りれば「十年早かった」そうだ。それにしても、ちっとも代わり映えしないなぁ、と自歎する。兎と亀の例を引けば、いま私はどのくらい遅れているのだろう……〟
──大阪芸術大学通信教育部テキスト「戯曲演習」

▼九月、木冬社特別公演『朝に死す＋朝に死す』（作：清水邦夫、演出：新田隆、構成：秋浜悟史）九月一八日～二九日、渋谷ジァンジァン

松心中物語（作：秋元松代、演出：蜷川幸雄、東宝）』初演▽劇団2〇〇（3〇〇の前身）が『モスラ（作・演出：渡辺えり子）』で旗揚げ公演▽T・P・O師★団『虎★ハリマオ（作・演出：北村想）』▽オールビーが来日、三百人劇場で自ら演出の『動物園物語』など上演▽安部公房スタジオが『仔象は死んだ』を最後に活動休止▽劇団綺畸『ロミオとフリージアのある風景（作・演出：如月小春）』▽T・P・O師★団『寿歌（作・演出：北村想）』▽芸能座、小沢昭一の公約通り五年間活動に終止符

1980～81年（昭和55～56）

46～47歳

▼一〇月、社会福祉法人大木会あざみ・もみじ寮第一回寮生劇発表会『ロビンフッドの冒険の冒険』（台本演出：秋浜悟史）一〇月二一日、滋賀県湖南市立石部中学校体育館

〈あざみ寮創立二五周年もみじ寮創立一〇周年の記念に、寮内で行っていた寮生劇を大がかりに公演する計画がたてられた。相談を受けたのが大野（松雄）だった。あざみ寮の寮長糸賀房の発案で、「ロビンフッド」をモチーフとした、寮生みんなが主人公になって演ずる劇とすることとなった。寮生のことを知っており、その上で、劇を編み、演出をしていく専門的な力量がなければならない。大野は瞬間的に「秋浜だ！」と判断した。［中略］「ロビンフッドの冒険の冒険」はあたかも即興劇のように、しかし、主人公の寮生たちの確かな力が発揮されて、成功した。振り返って秋浜は書いている〉（田村和宏・玉村公二彦・中村隆一編著『発達のひかりは時代に満ちたか？　療育記録映画「夜明け前の子どもたち」から学ぶ』クリエイツかもがわ、二〇一七年）

▼一二月、木冬社第五回公演『みれんの男』（作：秋浜悟史、演出：清水邦夫・新田隆一二月一五日～二〇日、渋谷ジァン・ジァン（「新劇」一九七九年一二月号に掲載）

▼八〇年四月、大阪芸術大学舞台芸術学科の専任講師に着任

▼五月、劇団くるみ座『六月の女　まぼろしお梅』（作：徳丸勝弘、演出：秋浜悟史）京都会館別館ホール

▼七月、木冬社第六回公演『あの、愛の一群たち』（作：清水邦夫、演出：秋浜悟史）七月五日、ピッコロシアター／七月一二日～二二日、紀伊國屋ホール（出演：岸田今日子、吉行和子、松本典子 他）

▼八月、奈良市に居を移す（本籍も奈良市に変更。また、戸籍名を秋「濱」から秋「浜」に変更）

▽八〇年：南河内万歳一座、劇団☆新感線結成▽『NINAGAWAマクベス（作：シェイクスピア、演出：蜷川幸雄、東宝）』初演▽第三〇回読売文学賞戯曲賞に井上ひさし『しみじみ日本・乃木大将』『小林一茶』▽山崎哲、藤井びん、田根楽子ら転位・21を結成、『うお伝説』で旗揚げ▽小田島雄志個人全訳の『シェイクスピア全集』七年がか

1982年（昭和57）	
48歳	
▼四月、大阪芸術大学舞台芸術学科の助教授に着任 〈学生達への教育の一環で、何らかのミス（使用違反に限らず）をすると稽古場を使わせてもらえないペナルティがあった。あるとき、その理由で稽古場を使わせてもらえないと先生にお話ししたら、先生は理由も聞かずに「わかりました」と言って研究室に向かい、研究室のカウンターを杖で叩き、大声で「誰が稽古場を貸さない奴がいるんだ！　芝居屋に対して稽古場を貸さないとは何事か！」と。稽古場は、すぐに開放・解放された〉（一九八〇年代大阪芸大生） ▼五月、「関西で劇作家を育てる」趣旨で作られた、日本専売公社（現ＪＴ）が後援する《キャビン85戯曲賞》の選考委員となる〔選考委員は他に、別役実、佐藤信、人見嘉久彦、菊川徳之助。一九八五年からは《テアトロ・イン・キャビン戯曲賞》に移行〕 ▼九月、ＮＨＫ-ＦＭ　ＦＭシアター「ムカシ・ムニンガタイ・キカッサー」（作：秋浜悟史）〔出演：加藤剛、伊藤牧子、杉浦悦子、今成友見、青木菜々、二瓶鮫一、音楽・歌：小室等。岩波映画時代の八重山諸島ロケーションでの体験を下敷きにしている。本作品の挿入歌が、小室等の二つのアルバム『『会い』I am a…』「ここから風が」内に『バードマン』として、収録されている〕	
◆ホテルニュージャパン火災／イングリッド・バーグマン死去 ▽つかこうへいの小説『蒲田行進曲』に第八六回直木賞▽博品館劇場でミュージカル『キャバレー』（演出：渡辺浩子）』▽江利チエミ死去（四五歳）▽鈴木忠志企画で日本初の世界演劇祭「利賀フェスティバル’82」開催、六ヵ国一一劇団参加▽本多劇場開場、『秘密の花園』（作：唐十郎、演出：小林勝也）』緑魔子、柄本明ら出演で柿落とし▽つかこうへいが演劇活動を休止、つか事務所解散▽天井桟敷が『レミング』再演、このあと寺山修司は病気療養のため演出活動を休止	りで全七巻完結▽金森馨死去（四七歳）▽越路吹雪死去（五六歳）▽八一年：オンシアター自由劇場『上海バンスキング』博品館劇場に進出▽鴻上尚史ら第三舞台『朝日のような夕日をつれて』で早大大隈講堂裏特設テントで旗揚げ▽芥川比呂志死去（六一歳）▽ザ・スズナリ開場

1984年（昭和59）	1983年（昭和58）
50歳	49歳

1983年（昭和58）　49歳

▼四月、兵庫県立尼崎青少年創造劇場にピッコロ演劇学校開設、講師として劇作家・評論家の山崎正和とともに指導にあたる

〔ピッコロ演劇学校は、本科、研究科（翌年開設）週二日、夜間開講。人材育成や芸術活動の裾野を広げていく拠点として、また、表現力や創造力を身につけ、将来の演劇創造と地域コミュニティづくりに貢献できる人材の育成を目標として開校された。特別講師に、永曽信夫、喜志哲雄、岸田今日子、北村和夫、小池朝雄、仲谷昇、久保まづるか、鈴木智、別役実、清水邦夫〕

〈卒業公演のレパートリーに寺山修司の『血は立ったまま眠っている』をあげた生徒がいた。先生は、「それは上演できません」とおっしゃった。理由は、先生の戯曲作品〔『英雄たち』〕の大事なモチーフ〔登場人物の腕に〝自由〟の入れ墨がある〕を無断で引用したから。そして、仲直りする前に死んだから、とのことだった〉（一九八〇年代ピッコロ演劇学校生）

▼一一月、劇団くるみ座五七回公演『管理人』（作：H・ピンター、翻訳：喜志哲雄、演出：秋浜悟史）一一月三日～五日、京都府立文化芸術会館

◆『おしん』ブーム／東京ディズニーランド開園／大韓航空機撃墜事件／後天性免疫不全症候群（AIDS）、アメリカ、ヨーロッパで流行
▽唐十郎の小説『佐川君からの手紙』が第八八回芥川賞受賞▽タイニイ・アリス開場▽寺山修司死去（四七歳）、『レミング』で天井桟敷最終公演、七月に解散▽平田オリザが青年団、如月小春がNOISEを結成▽NOISE『DOLL』（作・演出：如月小春）』旗揚げ公演▽四季、新宿西口特設劇場で『CATS』初演

1984年（昭和59）　50歳

▼四月、大阪芸術大学舞台芸術学科に新たに、ミュージカルコースが加わり、担当となる

▼五月、大阪芸術大学まで通勤に使っていた原付バイクで走行中、ダンプと事故（以後、杖をついての移動となる）

〝八四年五月末、バイクとダンプの衝突事故で右足首複雑骨折、爪先の親指など三本を失った。演劇教育にたずさわる身が、その大切さを、五〇歳過ぎてやっと思い知らされた。ある狂言師が、親指から足袋が磨り切れる、と教えてくださったっけ。人の暮らしで、足への重心のかけ方を、一段と観察し注意するようになったのが、怪我の功名。昔から、からだを鍛えるのが苦手で、サボってばかりいた。子どもたちへは強要するくせにである。そして、足の不自由をよいことに、ますます怠けるようになった。〟

――宝塚北高「演劇科通信」

◆アップルがMacintoshを発表／グリコ・森永事件
▽早稲田小劇場がSCOTと改称▽こまつ座『頭痛肩こり樋口一葉』（作：井上ひさし、演出：木村光一）』で旗揚げ▽蜷川幸雄がNINAGAWAスタジオを結成▽流山児祥がプロデュース事務所、流山児★事務所設立▽山本安英『夕鶴』一〇〇〇回上演▽京都にアートスペース無門館開場（九六年にアトリエ劇研として再スタート）

1985年（昭和60）

51歳

▼七月、博品館劇場『ヴァージニア・ウルフなんかこわくない』（作：E・オールビー、演出：渡辺浩子、脚色：秋浜悟史）七月一二日〜三〇日、博品館劇場

▼一〇月、あざみ・もみじ寮第二回寮生劇発表会『ロビンフッドの冒険の冒険、また冒険』（台本・演出：秋浜悟史）一〇月七日、滋賀県大津市民会館

▼一月、劇団民藝公演『プレーボーイ志願』（作：J・M・シング、翻訳：秋浜悟史、演出：鈴木智）砂防会館ホール

▼四月、公立高校では当時、全国唯一の演劇科を持つ兵庫県立宝塚北高等学校が開校し、演劇科講師（非常勤〜二〇〇五年）および演劇科長となる（〜二〇〇五年）

〔特別講師として、学科開設準備期から関わった山崎正和のほか、伊藤惣一、別役実、西村博子、喜志哲雄、山根淑子〕

〝総合発表の場が「公開試演」だった。一期生はクラス全員が出演したシェイクスピア「夏の夜の夢」だった。四〇名を越える生徒に、それぞれに花を持たせようと、シェイクスピアそっちのけで、狂言仕立てまであるアダプテーションを私がサービスした。レパえらびから演出、裏のすみずみまで生徒自身の手でが合いことばだったのに安全策をとってしまった。二年目も「夏の夜の夢」だったが、こんどは生徒の一人がみんなと相談してみんなが働ける台本をつくりあげた。一期生に負けまいと、ことさらに前年とのアンチを強調していた。そして三年目、「不思議の国のアリス」を下敷にして、ついに創作劇が生まれた。九人のアリスが女王の裁判に立ち合う、そんな物語である。二年の二学期が、この「公開試演」へむけてのスタート。レパートリー委員会が発足し、突然世界や日本あれやこれやの戯曲の洪水に全員が巻きこまれる。これは多分、私の子どものころの経験から推し量っても一生で短期に一番多くの戯曲を読む機会だろうと思う。「劇表現」の半分の時間が、レパ討論でついやされる日々が冬休み後までつづく。〟

――「新劇」一九八九年九月号

◆御巣鷹山に日航ジャンボ機墜落、坂本九ら五二〇人死亡／豊田商事事件／チェルネンコ急死、ゴルバチョフ新書記長を選出

▽大阪に扇町ミュージアムスクエア開館▽東京・新宿のタイニイ・アリスで、若手劇団のフェスティバル開催▽近鉄劇場が大阪に開場▽スパイラルホール開場▽青山劇場開場▽青山円形劇場開場▽シアタートップス開場

〈何もかも新しいことずくめの生活が私を待っていました。［中略］そして、私をもっとも緊張させ、興奮させたのが劇表現の授業でした。寝転がって海草になったり、ポップコーンになって飛び跳ねたり、子供のように鬼ごっこをしてはしゃぎ回ったり……。さまざまなことを試みながら、自分を心身ともに柔軟にし、解放していく楽しさを覚えていきました。でも、担当は演劇科科長の秋浜悟史先生。その大きな目でカッと見すえられると、何もできなくなってしまうこともありました〉（宝塚北高四回生手記「高校演劇科」山崎正和 編著）

〈入学式後のオリエンテーションで秋浜先生は、みんなにこうおっしゃった。「ここは演劇人を育てるところじゃあない」と。その時はみんなびっくりしたに違いないと思う。それならここでは何を学ぶのか。専門科目は何のためにあるのか。意味がないのではないか。でも、そうではなかった。それらはすべて「自分」というものを、体全体で表現する訓練なのだ〉（一二回生手記「演劇科通信：宝塚北高校演劇科の記録」）

▼テアトロ・イン・キャビン戯曲賞の選考委員となる〔～一九九二年、第七回受賞者発表をもって終了〕
〔一九八二年発足のキャビン85戯曲賞を継承。他の選考委員は、阿部好一、佐藤信、土居原作郎、別役実（第二回以降、阿部好一に代わり清水邦夫が加わる）〕

〝ドラマは生きる願いへの切実さで計られる。既成模倣のいたずらなプレーのみに頼らず、その分書き手たちの個としての分厚い現実をなんとか投写しようとする意気込みが、今年はめだった、大変好ましい。［中略］せりふが書けるようになりたい。関西を地場とするのなら、ここの暮らしのことばを基調にすべきである。審査発表の席上で、方言劇歓迎を唱えたが、あくまで問題提起のつもり。しかし簡単によいしょしたら、息の根とまるまで嘲なぶってやろう。〟

――第二回選評より

1986年（昭和61）

52歳

▼六月、劇団文化座『啄木伝』（作：秋浜悟史、演出：鈴木完一郎）六月一一日～一九日、三百人劇場（「テアトロ」一九八六年六月号に掲載）

▼一一月、ヴィレッジ・T・O『駆け込み訴え』（作：太宰治、演出：秋浜悟史）（出演：鈴木智）、『目覚めの女』（作：ダリオ・フォ、台本・演出：秋浜悟史）（出演：久保まづるか、美術：内田喜三男、加藤登美子、照明：岡田幸博）一一月一九日～二六日、THEATER TOPS／一一月二六日、ピッコロシアター／一一月二九日、京都府立文化芸術会館〔初演は一九八五年秋、都住創センター、大阪〕

◆ソ連チェルノブイリ原子力発電所で爆発事故▽土方巽 死去（五七歳）▽ピナ・バウシュ、ヴッパタール舞踊団初来日▽北村想主宰の彗星'86解散、プロジェクト・ナビ結成▽成井豊を中心にキャラメルボックスが旗揚げ

1987年（昭和62）

53歳

▼四月、大阪芸術大学舞台芸術学科の教授に着任

▽花組芝居、四月に『ザ・隅田川』（作・演出：加納幸和）で旗揚げ▽宮本亜門が自作のオリジナル・ミュージカル『アイ・ガット・マーマン』初演

1988年（昭和63）

54歳

▼二月、劇団文化座、第八四回公演、劇団創立四五周年記念公演、三好十郎没後三〇周年記念『斬られの仙太』（作：三好十郎、演出：秋浜悟史）二月四日～一四日、サンシャイン劇場〔出演：佐々木愛、阪井康人 他〕

〝実は、劇団文化座で三好十郎の「斬られの仙太」を演出したとき、最終一〇場のあつかいで死ぬ苦しみを味わった。三好十郎はホントにずるい、ずるいから大作家なのだが、あれはエピローグであったのだ。しかももう一つの別立てのドラマであったのだ。［中略］滝沢演出の予告では、エピローグの声を宇野重吉がやるとしてある。芝居の効果を知り抜いているのである。［中略］宇野重吉は、この公演の前年一月、鬼籍に入っていた。並び立ち名優の名を欲しいままにした滝沢修も、もういない。「君の変わらぬファンですからね」と、秘密めかしてささやいてくれる、それを満場に届ける発声術のお人だった。〟

――大阪芸術大学通信教育部テキスト「戯曲演習」

〈終演後、滝沢修氏が「秋浜くん、よかったよー」と握手を求めてきたときの

◆「ドラゴンクエストⅢ」発売／青函トンネル開業／リクルート事件▽唐十郎、状況劇場解散、新たに唐組結成▽第一回東京国際演劇祭、池袋で開催▽伊丹市立演劇ホール、AI・HALL開場▽武智鉄二 死去（七五歳）▽転形劇場『小町風伝』『水の休日』などを連続上演して一一月に解散▽東京グローブ座開場

ことを、先生は本当に嬉しそうにお話しして下さった〉（一九八〇年代ピッコロ演劇学校生）

▼九月、ぴいろ企画『上手な嘘のつき方』（原作：J・キルティ、翻訳：喜志哲雄、演出：秋浜悟史）九月一日～二日、ピッコロシアター中ホール

▼一一月、うりんこ・むすび座合同公演『リンゴの秋』『冬眠まんざい』（作：秋浜悟史、演出：木村繁）一一月一二日～一三日、うりんこ劇場

1989年（昭和64／平成元年）

55歳

▼二月、劇団うりんこアトリエ公演『スパイ物語』（作：別役実、演出：秋浜悟史）二月一一日～一二日、うりんこ劇場

▼一〇月、あざみ・もみじ寮第三回寮生劇発表会『ロビンフッド・びわこの冒険』（台本・演出：秋浜悟史）あざみ・もみじ寮体育館

▼脳梗塞で倒れる、左手の自由を失う

〈飲み会の席、左手のご不自由な先生に、割り箸を割って差し上げることを忘れたことがあった。皆が呑みだし、騒ぎ始めた頃に気づいたが、先生はうつむいて、じっと割り箸を見つめていたっけ〉（一九九〇年代ピッコロ演劇学校生）

◆昭和天皇崩御／連続幼女誘拐殺人容疑者を逮捕／サルバドール・ダリ、手塚治虫、松下幸之助、美空ひばり、松田優作 死去／中国天安門事件／マルタ会談、米ソ冷戦終結／ベルリンの壁崩壊

▽文学座アトリエを中心に、ちかまつ芝居を母体として、松本修らMODEを結成▽坂東玉三郎、アンジェイ・ワイダ演出『ナスターシャ』をベニサン・ピットで上演▽杉村春子の『女の一生』通算八〇〇回上演

1990年（平成2）

56歳

▼一月、劇団京芸『天保十二年のシェイクスピア』（作：井上ひさし、演出：秋浜悟史）一月二二日～二七日、京都府立文化芸術会館

▼一月、父、傳 死去（八五歳）

▼七月、横浜美術館『上手な嘘のつきかた』（作：J・キルティ、翻訳：喜志哲雄、演出：秋浜悟史）七月一四日～一六日、横浜美術館レクチャーホール

▽木下順二『子午線の祀り』山本安英の会により全曲上演▽大阪音楽大学ザ・カレッジ・オペラハウス第一回公演『ファルスタッフ』上演▽熊川哲也がローザンヌ国際バレエ・コンクールで日本人初の最優

年	年齢	事項	世相
		▼九月、劇団文化座『斬られの仙太』（作：三好十郎、演出：秋浜悟史）九月一九日～二六日、サンシャイン劇場／九月二八日～一〇月七日、水戸・明野・京都・大阪・地方公演（出演：佐々木愛、阪井康人 他）	秀特別賞受賞▽水戸芸術館ACM劇場開場、柿落とは『ディオニソス』（演出：鈴木忠志）
1991～92年（平成3～4）	57～58歳	▼兵庫県文化賞受賞 ▼三月、母、サダ 死去（八〇歳） ▼四月、リニアの会『賢治OJADO! 地球という名のプラットホーム』（台本：秋浜悟史、演出：渋江美和子）門仲天井ホール ▼九月、劇団らせん館『風に咲く』（作：秋浜悟史、演出：嶋田三郎）九月三日～五日、阪急ファイブオレンジルーム／九月一九日～二四日、劇団アトリエ／以降、世界各地を公演（一九九二年二月二二日～二三日、アートスペース無門館／一九九三年五月一〇日～一一日、渋谷ジァン・ジァン）（「悲劇喜劇」一九九二年三月号に掲載） 〈劇団らせん館とは、以前より親密な関係を結んでいた。劇団員がピッコロ演劇学校に入学するほどだった〉（一九八〇年代演劇学校生）	◆九一年：バブル崩壊／湾岸戦争／ソビエト連邦崩壊／九二年：PKO協力法が可決成立／米大統領選挙でクリントン候補が現職に大差で当選▽九一年：中村伸郎 死去（八二歳）▽維新派『少年街（作・演出：松本雄吉）』▽宇野信夫 死去（八七歳）▽九二年：心斎橋にウイングフィールド開場▽シアターX開場▽情報誌「シティロード」休刊▽太地喜和子 死去（四八歳）▽夢の遊眠社『ゼンダ城の虜』上演を最後に解散
1993年（平成5）	59歳	▼一月、劇団文化座第九四回公演、創立五〇周年記念『土』（原作：長塚節、台本・演出：秋浜悟史）本多劇場 ▼六月、ぴいろ企画プロデュース公演『賢治祭』（台本・演出：秋浜悟史）ピッコロシアター大ホール（「悲劇喜劇」三月号掲載） ▼八月、劇団うりんこ夏休み子ども劇場、創立二〇周年記念公演②『学校ウサギをつかまえろ』（原作：岡田淳、台本・演出：秋浜悟史）八月五日～八日、うりんこ劇場	◆河野談話／田中角栄 死去▽日本劇作家協会が発足、初代会長に井上ひさし▽山本安英 死去（九〇歳）▽安部公房 死去（六八歳）▽流山児祥制作、佐藤信演出、鄭義信脚本で、寺山修司没後一〇周年記念公演『ザ・寺山』上演
	60歳	**▼四月、兵庫県立ピッコロ劇団が誕生し、劇団代表となる（～二〇〇二年）** ▼六月、兵庫県立ピッコロ劇団旗揚げ公演『海を山に』（作・演出：秋浜悟史）六月一日～五日、ピッコロシアター大ホール	◆松本サリン事件／関西国際空港開港／大江健三郎にノーベル文学賞／ネルソン・マンデラ、南アで黒人初の大統領

1994年（平成6）

〝二〇年前誘われ、弾みで兵庫県が創設するピッコロ演劇学校のお手伝いをするはめになった。「演劇教育による地域に根ざした文化活動の指導者養成」を旗印の一つに掲げるのが、とても気に入った。［中略］つづいて、これも日本最初の試みだが、兵庫県立宝塚北高校に演劇科が生まれるべくして生まれた。公教育に演劇を、せめて国語に話す言葉の勉強を、と立場上うそぶいているからには、これも何かの縁で天が与えてくれた突破口になるにちがいない。［中略］ピッコロシアター、「兵庫県立尼崎青少年創造劇場」その創立一五周年を記念して、県立劇団化構想が実現の運びとなった。公立としては水戸市に次ぐ出来事。ロマンチストの山根淑子館長が何が何でも一路邁進、私は横でタダタダ呆然として眺めていただけ。呆然としてたのは、こんども間違いなく形をなして姿を表すだろう、その展開力に心底から恐れ入ったからだ。〟

――「悲劇喜劇」一九九四年六月号／宝塚北高「演劇科通信」

〈ハマさんが身を固めて関西に「移住」したときには「これから一体、何語で芝居を書くのだろう」と私は実に不思議であった。私にしてみれば一日も欠かさず何年も書き続けていた日記が突然プッツリとぎれて白紙が続いたようなもので、その後のハマさんを私は知らないのである。［中略］異土における演劇人・学識人としての縦横の活躍は承知していたが、顔を合わせたのはハマさんが自作の芝居をひっさげて「北上」してきた時に劇場ロビーで短い立ち話をした時だけである〉（伊藤牧子「ねむりの歌っこ」、『戦後新劇：演出家の仕事②』日本演出者協会編、れんが書房新社、二〇〇七年）

▼一一月、あざみ・もみじ寮第四回寮生劇発表会『ロビンフッドの思い出冒険』（台本・演出：秋浜悟史）滋賀県野洲市野洲文化会館

▼宝塚北高等学校創立一〇周年を記念して制定された校歌の作詞を担当（作曲：三木稔）

▼OMS戯曲賞（企画主催：扇町ミュージアムスクエア、協賛：大阪ガス）がはじまり、選考委員となる〔他の選考委員は、佐藤信、竹内銑一郎、北村想、渡辺えり子（現、渡辺えり）〕

に／リチャード・ニクソン、金日成 死去 ▽飯沢匡 死去（八五歳）▽福田恒存 死去（八二歳）▽千田是也 死去（九〇歳）▽東野英治郎 死去（八六歳）▽青年団『東京ノート』（作・演出：平田オリザ）▽シアターコクーンで第一回コクーン歌舞伎『東海道四谷怪談』上演

〃セリフは、一人が話しかけ、相手がリアクションするという土台に築かれる。そのリアクションが動きとして想像できないとき、戯曲はスラスラ、ダラダラの上でアグラをかいてしまう。「科白を書くときは、口に出して言ってみなければいけないよ。小説の会話とは違うんだから。芝居の科白は、俳優によって復元されて見物人に伝わるんだから。しかし、何も言いよいセリフを書く必要はない、役者の機嫌を取ることはない。その役の人物がしゃべるその言葉を書くことだよ、戯曲は作者と役者の勝負なんだから」とは、「長谷川伸 小説戯曲作法」から。枷となり得るならば、言いよくないセリフへも、一歩踏みこんでほしい。難解でも、孤独でも、夢幻でも、その破れかぶれでも、捨て鉢でも、意地でも、冒険でも、過激でも、好奇心剥き出しの暴力装置でも、結構じゃありませんか。何事にも安住したくない。反発力が欲しい。無い物ねだりがしたいのだ。〔中略〕もうちょっと、自戒めくままに続けます。総じて、推敲が足りない。上演発表から応募までの、冷却期間をもっと大切にすべきだろう。〔中略〕粘り強く、忍耐を重ねて、脂汗に冷たく火照り、骨身を削ぎ、恥をかき、ついには自らを捨てる覚悟で、改稿にいそしみたまえ。

　若い劇作家諸君に、ぜひおすすめしたい。戯曲の主人公であれ、ほかの登場人物であれ、一日をその人として過ごすお楽しみの修業は、いかがですか。〔中略〕お芝居だと思えられたら、何でもできますよ。

　願わくは、劇作家たらしめるべく、詩人でありたかった。よく笑う人でありたかった。すべてに疑いが持てる人でありたかった。ついでに、より弱い人の味方でもありたかった。〃

――「劇の人物に乗り移れ―第八回OMS戯曲賞「選評」再録」、『OMS戯曲賞20年記念誌・言葉の劇場』大阪ガス株式会社、二〇一四年。〔選考委員は第八回（二〇〇一年）をもって退任〕

61歳

▼二月～四月、第一次被災地激励活動『ももたろう』『大きなカブ』他

〃朝日新聞の命名によれば〃劇〃励公演が二月一一日から出発した。要望があればどこへでも行く。「注文に応じる料理店」を掲げた。宮沢賢治の「注文の多い料理店」をもじったが、内容は逆で、注文次第でなんでもする即興劇、観客参加型だ。

◆一月一七日、阪神・淡路大震災が発生／地下鉄サリン事件／オウム真理教麻原彰晃逮捕／沖縄米兵少女暴行事件／アメリカ連邦政府ビルで史上

1995年（平成7）

二班に分かれた、「ももたろう」チームと「大きなカブ」チーム。避難所に閉じこめられて、ひっそりしている子どもたちを、親から引き離していっしょに思いっきり遊ぼう。目的はこれだけ。私たちにとっては、遊びが演劇のすべてだった。材料は、子どもたちがよく知っている話で、それを上演しながらみんなの願う方向に再構成して行くというやり方。劇団員と子どもたちのからだのぶつかり合いからはじまった。「それは格闘技だった、からだを通じた痛みの共有だった」と書いてくださった方がいた。演劇教育の第一歩も、皮膚接触の回復が原則だった。人間の育ち方の原則だった。［中略］私たちは、吹きっさらしの広場で、大道芸人に徹した。〟

――宝塚北高「演劇科通信」（「国際演劇協会ニュース」（一九九五年四月一日付）に加筆）

〈「よいことをしているという顔をするなよ」先生は、おっしゃっていたけれど、とてもそんなことを思う余裕はなかった。ただ、（被災地が）怖かった。〉

〈「さぁ、今からお芝居やりまーす」との声がなかなか出なかった。「そんなことしている場合ちゃうやろ」とおっしゃる方も、もちろんいて…〉

〈震災後、初めて子どもから手が離れる（自らの震災に向き合う）時間ができたことに感謝するお母さんもいた〉

〈秋浜先生が「大人は仕事があって、子どもは仕事がないから。でも子どもは生きていくための仕事があるからね。体動かして発散させてあげよう」と話されたことが印象的でした〉（以上、ピッコロ劇団創立メンバー）

▼八月、兵庫県立ピッコロ劇団ファミリー劇場『二分間の冒険』（原作：岡田淳、台本・演出：秋浜悟史）ピッコロシアター大ホール

▼九月、㋐組1995『三文オペラ』（作：B・ブレヒト、台本：秋浜悟史、演出：秋津シズ子）九月六日～七日、ピッコロシアター大ホール

▼一〇月～一一月、第二次被災地激励活動（公演）『学校ウサギをつかまえろ』（原作：岡田淳、台本・演出：秋浜悟史）

最悪の爆弾テロ事件／フランスがムルロワ環礁で核実験を強行

▽田中千禾夫 死去（九〇歳）

▽水戸芸術館ＡＣＭ劇場で『現代日本戯曲体系』上演開始

1996年（平成8）

62歳

▼一月、ピッコロ劇団第三回公演『わたしの夢は舞う—會津八一博士の恋—』（作：清水邦夫、演出：秋浜悟史）ピッコロシアター

▼劇団らせん館『ちりぬるを〜とりかえばや、ヴォイツェック〜』（作：秋浜悟史、演出：嶋田三郎）一月二六日〜二月四日、ＯＸＹギャラリー／四月六日〜二一日、ドイツ文化会館ホール

▼四月、大阪芸術大学舞台芸術学科長となる。

▼六月、ぴいろ企画『賢治—あとの祭り』（秋浜悟史による構成劇二部）六月五日、北沢タウンホール

〈賢治百年、啄木百十年の生誕祭事業（九六年）として延べ七千人の参加者を集めて大成功を収めた日本劇作家大会盛岡大会には遠路奈良より駆けつけ、その中心的役割を果たしたのであった。啄木ではないが、悟史も死後においてこれから有名となるであろう。なんとか郷里渋民の我々も悟史の顕彰に努力したいと思う〉（伊五澤富雄「演劇人・秋浜悟史の軌跡」、「ねんりんクラブ」ねんりん舎、二〇〇六年）

▼八月、うりんこ劇場一〇周年記念、うりんこ夏休み子ども劇場『森の中の海賊船』（原作：岡田淳、台本・演出：秋浜悟史）八月二九日〜九月一日、うりんこ劇場

▼一〇月、大阪音楽大学《ザ・カレッジ・オペラハウス フォークオペラ》『よみがえる』（作曲：三木稔、原作：草野心平、台本：ふじたあさや、演出：秋浜悟史）一〇月二六日・二七日、ザ・カレッジ・オペラハウス

◆病原性大腸菌《O-157》による食中毒／ペルー日本大使館公邸人質事件／岡本太郎、横山やすし、司馬遼太郎、武満徹、遠藤周作、藤子・F・不二雄 死去／「原爆ドーム」世界遺産へ

▽舞台芸術のための支援制度「アーツプラン21」発足▽季刊「せりふの時代」創刊▽『黄昏のボードビル』を最後にオンシアター自由劇場解散▽北條秀司 死去（九三歳）▽渥美清 死去（六八歳）

1997年（平成9）

63歳

▼四月、大阪芸術大学大学院芸術制作研究科の指導教官となる（〜二〇〇四年）

▼八月、ファミリー劇場『さらっていってよピーターパン』（作：別役実、演出：秋浜悟史）

▼一〇月、ピッコロ劇団第七回公演『私の夢は舞う—會津八一博士の恋—』（作：清水

◆伊丹十三自殺

▽杉村春子 死去（九一歳）▽新国立劇場開場記念公演『紙屋町さくらホテル』（作：井上ひさし）初演▽青山円形劇場で『別役実の世界』開催▽

邦夫、演出：秋浜悟史）一〇月一七日～一九日、三百人劇場

世田谷パブリックシアター開場、シアター・ディレクターに佐藤信

1998年（平成10）

64歳

▼一月、ピッコロ劇団公演『私の夢は舞う―會津八一博士の恋―』で第五二回文化庁芸術祭〈演劇部門〉優秀賞受賞

▼一月、ピッコロ劇団第六回公演『風の中の街』（作：別役実、演出：藤原新平）および『私の夢は舞う―會津八一博士の恋―』にて第三二回紀伊國屋演劇賞団体賞受賞

▼六月、ピッコロ劇団公演『モモだろう？』（作・演出：秋浜悟史）ピッコロシアター大ホール（「悲劇喜劇」一九九八年九月号に掲載）

▼九月、㋐組１９９８『楽劇・女どん底』（台本：秋浜悟史、演出：秋津シズ子）九月四日～六日、ピッコロシアター大ホール

◆和歌山で毒入りカレー事件、四人死亡／北朝鮮テポドン発射、三陸沖に落下／黒澤明、淀川長治 死去／岩波映画製作所倒産／ユーロ参加一一ヵ国が決定／インドが核実験
▽渡辺浩子 死去（六三歳）▽シェイクスピア・グローブ・シアター・カンパニー初来日『お気に召すまま』上演

1999年（平成11）

65歳

▼六月、ピッコロ劇団公演『海賊、森を走ればそれは焔……九鬼一族流史』（作：清水邦夫、台本・演出：秋浜悟史）ピッコロシアター大ホール

▼一〇月、鳴門市民参加ミュージカル 歴史音楽劇『コスモスの収容所』（台本：秋浜悟史）一〇月一七日、鳴門市民文化会館

▼一〇月、ピッコロ劇団《劇のつくりかた（演劇入門）》『大きくても一寸法師』（台本・演出：秋浜悟史）ピッコロシアター大ホール

◆国旗・国歌法が成立／江藤淳 自殺／ＮＡＴＯ軍によるユーゴスラビア空爆
▽世界演劇祭〈利賀フェスティバル〉最終回▽森光子主演『放浪記』一五〇〇回上演▽東京国際舞台芸術フェスティバル《リージョナルシアター・シリーズ》

66歳

▼一月、阪神・淡路大震災五周年記念《劇のつくりかた（演劇入門）》『大きくても一寸法師』（台本・演出：秋浜悟史）一月一九日、兵庫県民小劇場

▼八月、ピッコロ劇団《ファミリー劇場》『選ばなかった冒険―光の石の伝説―』（原作：岡田淳、台本・演出：秋浜悟史）

◆プーチン露大統領就任／米大統領選挙、ブッシュ当選／金大中、ノーベル平和賞受賞
▽田中澄江 死去（九一歳）▽鈴木忠志を代表に演劇人会議

2000年（平成12）	2001～02年（平成13～14）
	67～68歳
▼大阪芸術大学舞台芸術科学科長退任	▼〇一年八月、ピッコロ劇団公演《ファミリー劇場》『選ばなかった冒険—光の石の伝説—』（原作：岡田淳、台本・演出：秋浜悟史）八月四日～五日、ピッコロシアター大ホール ▼一〇月、ピッコロ劇団公演『夢幻家族』（『草の駅』から改訂。作：清水邦夫、演出：秋浜悟史）一〇月二七日～二八日、紀伊國屋サザンシアター ▼一二月、あざみ・もみじ寮第五回寮生劇発表会『ロビンフッド宇宙の冒険』（台本：秋浜悟史）一二月二日、栗東芸術文化会館さきら
が発足▽渋谷ジァン・ジァン閉館▽維新派がオーストラリア、アデレード・フェスティバルで『水街』上演▽倉橋健死去（八〇歳）▽滝沢修死去（九三歳）▽新国立劇場、演劇芸術監督に栗山民也就任▽如月小春死去（四四歳）▽ミュージカル『オケピ！』上演。三谷幸喜が本作で、翌年岸田國士戯曲賞を受賞▽ミュージカル『エリザベート』日本初上演。本作のヒットを期に、ウィーン発のミュージカルに注目が集まる▽蜷川幸雄演出『グリークス』上演。一日通しで一〇時間にわたる上演スタイルが話題に	◆〇一年：二一世紀幕開け／アメリカで同時多発テロ／〇二年：サッカーW杯日韓共同開催／北朝鮮拉致被害者帰国▽〇一年：中村勘九郎（後の中村勘三郎）、野田秀樹作・演出の新作歌舞伎『野田版 研辰の討たれ』上演▽上田誠らが結成したヨーロッパ企画『サマータイムマシン・ブルース』上演▽第三舞台、創立二〇周年記念公演『ファントム・ペイン』上演後、一〇年間活動を封印▽〇二年：KUDAN

年	年齢	事項	社会・演劇界
		▼文部科学省地域文化功労者表彰	Project『真夜中の弥次さん喜多さん』上演▽Inouekabuki Shochiku-mix『アテルイ』上演。中島かずきが本作で、翌年岸田國士戯曲賞を受賞▽ウィーン・ミュージカル『モーツァルト！』井上芳雄と中川晃教のWキャストで日本初上演
2003年（平成15）	**69歳**	▼三月、ピッコロ劇団代表を辞し、ピッコロ演劇学校参与（演劇教育アドバイザー）となる 新代表は別役実（〜二〇〇八年） ▼宝塚北高等学校演劇科科長退任	◆米スペースシャトル「コロンビア」空中分解で墜落／イラク戦争開戦 ▽岩井秀人が結成したハイバイ、旗揚げ作品『ヒッキー・カンクントルネード』上演▽扇町ミュージアムスクエア閉館▽第一回大阪現代演劇祭開催▽こまばアゴラ劇場、貸館制度を廃止し全公演を劇場主催公演とすると同時に、支援会員制度を導入する▽ミュージカル『テニスの王子様』通称「テニミュ」上演
2004年（平成16）	**70歳**	▼三月、大阪芸術大学を定年退職〔ピッコロ演劇学校参与（演劇教育アドバイザー）を残してすべての役職から引退した〕 ▼六月一九日、「秋浜悟史先生の収穫祭」開催。大阪芸術大学退職に際し、大阪芸術大学舞台芸術学科全年代の卒業生たちによる秋浜を囲む会。場所は、パノラマスカイレストラン アサヒ（大阪ビジネスパーク）〔「収穫祭」のネーミングは内藤裕敬（秋浜の教え子を実りと見立てた）〕	◆新潟県中越地震発生／いかりや長介、芦屋雁之助、ロナルド・レーガン、マーロン・ブランド 死去／イラク日本人青年殺害事件 ▽近鉄劇場、近鉄小劇場閉館 ▽岡田利規が結成したチェルフィッチュが『三月の5日間』

▼八月、第一回わがまち門真市民ミュージカル『今だから・ここだから』（台本：秋浜悟史）八月二二日、門真市文化会館・ルミエールホール

〝二〇〇四年秋、長年付き合ってきた知的障害者の施設 滋賀県石部のあざみ寮・もみじ寮から感謝状をいただく。いわく、「あなたは四半世紀にわたる『ロビンフッド劇』の指導と交流を通して寮生に演じることと生きることの楽しさを教えてくださいました。みんなが主役を合言葉に寮生さんは今日も輝いています」うれしかった。〟

──日本演出者協会＋西堂行人編『演出家の仕事：六〇年代・アングラ・演劇革命』れんが書房新社、二〇〇六年

〝古希を機会に：①付き合いをやめる。学会や団体からの退会。寄り合い、不出席。②手紙を書かない。電話に出ない。年賀状をやめる。③意思表示を、極力避ける。わざわざ反対しない。賛成も、言葉ではしない。④ボケて見せる。ボケ老人を演じて見せつつ、──成りきる。⑤自分から動こうとしない。ようするに守りの構えに入る。身に余る光栄だ。それをよしとする。〟

──メモより（「老残メモ」とタイトルが付されている）

〈多くの役職を離れ、「手帳には病院の予約しかない」とおっしゃっていた。嘘だろうけど……〉（二〇〇〇年代大阪芸大大学院生）

上演。岡田が本作で、翌年岸田國士戯曲賞を受賞▽大阪市中央区の大阪城ホール倉庫を利用した小劇場ウルトラマーケットオープン▽タニノクロウが結成した庭劇団ペニノ、東京都渋谷区のタニノの自宅マンションをアトリエにした「はこぶね」で『小さなリンボのレストラン』上演▽松田正隆が結成したマレビトの会、旗揚げ作品『島式振動器官』上演▽生瀬勝久、池田成志、古田新太の演劇ユニット「ねずみの三銃士」、『鈍獣』（作：宮藤官九郎、演出：河原雅彦）上演。宮藤が本作で、翌年岸田國士戯曲賞を受賞▽中島らも 死去（五二歳）▽大阪市中央区に精華小劇場開場

2005年（平成17）

71歳

▼七月三一日、午後四時五〇分 脳挫傷にて死去（七一歳）

〈七月二七日、京都の古書店からの帰途、奈良の自宅前でタクシーを降りる際バランスを崩し転倒。頭部を打撲。県立奈良病院（現・奈良県総合医療センター）救命救急センターに搬送。開頭手術成功も、その後意識は回復せず。カバンにはチェーホフに関する本のメモが入っていた〉

▼八月二日、通夜

▼八月三日、告別式。葬儀は正午から奈良市佐保台「ならやま会館」にて

〈墓所：京都百万遍知恩寺、戒名：正覚院幸譽教学悟法居士〉

◆JR福知山線脱線事故／メルケル独首相が就任

▽三浦大輔が結成したポツドール『愛の渦』上演。三浦が本作で、劇団B級遊撃隊の佃典彦『ぬけがら』とともに翌年岸田國士戯曲賞を受賞▽大阪市中央区にシアターBRAVA!オープン▽三浦基が結成した地点、本拠地を京都に移した第一作目『かもめ』

	2006年（平成18）	2007年（平成19）	2008年（平成20）
▼九月、㋐組2005『鐘の鳴る丘2005』（作：菊田一夫、台本：秋浜悟史、演出：秋津シズ子）九月二日〜四日、ピッコロシアター大ホール ▼一二月、「秋浜悟史足跡展」一二月二五日〜二〇〇六年一月一五日、ピッコロシアター内展示室 ▼一二月二五日、「秋浜悟史先生を偲ぶ会」ライクスホールいかりビル塚口（内容：一「関西で活躍する演劇人たちによる秋浜悟史の仕事と人間」、二「秋浜先生にまつわるエピソードを語る」、三「劇詩人であった秋浜先生の劇中歌紹介など」）	▼*HALF A CENTURY OF JAPANESE THEATER VII: 1960s: Part 2*（『Comedy Duo in Hibernation（冬眠まんざい）』収録）発行、日本劇作家協会 ▼六月、ピッコロ劇団公演《秋浜悟史追悼》『喜劇 ほらんばか』（作：秋浜悟史、演出：鵜山仁）『楽屋―流れ去るものはやがてなつかしき―』（作：清水邦夫、演出：鵜山仁）	▼七月・八月、秋浜悟史追悼企画実行委員会《秋浜悟史追悼公演》『啄木伝』（作：秋浜悟史、演出：昆明男）七月二九日、盛岡劇場メインホール／八月五日、盛岡市渋民文化会館 ▼一二月、《秋浜悟史を鎮魂する会》遺作『妖怪たち』（作：秋浜悟史、演出：内山鶉）（出演：久保まづるか、伊藤惣一 他）／七月一一日〜一二日、ピッコロシアター大ホール／一二月一四日〜一五日、早稲田大学小野梓記念講堂	▼九月一二日、妻・友子 死去（六四歳）〔「お墓を岩手にしたら皆さん、お参り大変でしょう」と夫と相談して決めたという京都百万遍知恩寺のお墓に共に眠る〕
上演▽前川知大が結成したイキウメ『散歩する侵略者』上演▽ハロルド・ピンター、ノーベル文学賞を受賞			

［参考・引用文献一覧］

秋浜悟史『秋浜悟史戯曲集――東北の四つの季節』秋浜悟史戯曲集刊行会、一九六七年
秋浜悟史『しらけおばけ：秋浜悟史作品集』晶文社、一九七〇年
秋浜悟史『英雄たち：秋浜悟史一幕劇集』レクラム社、一九七九年
秋浜悟史『ういらう売りせりふ』（協力：伊藤惣一）二〇〇一年
秋浜悟史 編著『演劇科通信：宝塚北高校演劇科の記録』兵庫県立宝塚北高等学校、二〇〇二年
秋浜悟史『喜劇 ほらんばか』二十一世紀戯曲文庫、日本劇作家協会、二〇〇六年
秋浜悟史『戯曲演習』文部科学省認可通信教育・大阪芸術大学

『現代日本戯曲大系』第三・四・六・八巻、三一書房編集部 編、三一書房
大笹吉雄、扇田昭彦、鳥山拡、小苅米晛『書下し劇作家論集』No1、レクラム社、一九七五年
山崎正和 編著『高校演劇科』神戸新聞総合出版センター、一九九三年
『日本演劇史年表』早稲田大学坪内博士記念演劇博物館 編、八木書店、一九九八年
『悟史のさとし～秋浜悟史の演劇教育～』秋津シズ子 編、兵庫県立宝塚北高等学校、二〇〇六年
『六〇年代・アングラ・演劇革命――演出家の仕事(1)』日本演出者協会＋西堂行人 編、れんが書房新社、二〇〇六年
『戦後新劇――演出家の仕事②』日本演出者協会 編、れんが書房新社、二〇〇七年
『早大劇団・自由舞台の記憶１９４７–１９６９』「自由舞台記録集」編集委員会 編、同時代社、二〇一五年
松本雄吉『維新派・松本雄吉――１９４６～１９７０～２０１６』リトルモア、二〇一八年
田村和宏、玉村公二彦、中村隆一 編著『発達のひかりは時代に充ちたか？――療育記録映画『夜明け前の子どもたち』から学ぶ』クリエイツかもがわ、二〇一七年
須川渡『戦後日本のコミュニティ・シアター――特別でない「私たち」の演劇』春風社、二〇二一年
「ねんりんクラブ」ねんりん舎、二〇〇六年
秋浜悟史追悼公演『啄木伝』パンフレット、二〇〇七年
「故・秋浜悟史 岩手追悼企画記録誌」盛岡演劇協会 編集、二〇〇七年
「新劇」白水社、バックナンバー
「テアトロ」カモミール社、バックナンバー
「悲劇喜劇」早川書房、バックナンバー
日本劇作家協会会誌「ト書き」バックナンバー

他、公演チラシ、パンフレット、会報等
石桜同窓会（岩手中学校・岩手高等学校同窓会）公式ＨＰ（https://sekiou-ob.com/wp/）
時事通信フォト「重要ニュース年表」（https://www.jijiphoto.jp/web/index）
新国立劇場「日本の現代舞台芸術年表 昭和（後編）／平成」（https://www.nntt.jac.go.jp/centre/library/timeline/）
年代流行（https://nendai-ryuukou.com/）
兵庫県立尼崎青少年創造劇場ピッコロシアター「沿革・上演記録」（https://piccolo-theater.jp/troupe/history/）
早稲田大学文化資源データベース（https://archive.waseda.jp/archive/）
CiNii（https://cir.nii.ac.jp/）
Webcat Plus（http://webcatplus.nii.ac.jp/）
『物価の文化史事典——明治／大正／昭和／平成』森永卓郎 監修、甲賀忠一・制作部委員会 編、同時代社、二〇一五年

［協力］
秋浜冴、岩崎正裕、内山森彦、ふじたあさや、松本久木、兵庫県立尼崎青少年創造劇場 ピッコロシアター、ピッコロシアター資料室

（さえぐさ・のぞみ）一九六〇年、静岡県生まれ。一九八〇年大阪芸術大学舞台芸術学科入学、秋浜悟史に師事。一九八四年、ピッコロ演劇学校二期生入学（のちに講師として、秋浜悟史の演出助手を務める）。同年、大阪芸大生を中心に「劇団・狂現舎」結成。一九九八年より個人プロデュース「焚火の事務所」を立ち上げる。二〇〇三年大阪芸術大学大学院芸術制作研究科修士課程修了。梅花女子大学短期大学部日本語表現科准教授（〜二〇一五年）。現在は、大阪市平野区の私立保育園にて事務員として務めながら劇作中。一九九一年『件・KUDAN』にて第六回テアトロ・イン・キャビン戯曲賞佳作受賞。一九九三年、第一回兵庫県芸術奨励賞受賞。

附記

父は日記を書くことを欠かさない人でした。晩年は「一〇年日記」を愛用し、毎朝食卓で前日分の日記を書くのが日課でした。とはいえ長期出張の時には私や母が代わりにページを埋めていたぐらいなので、家族にとってはその日記帳は秘密でもなんでもありませんでした。一方、父が岩手高等学校で過ごした三年間の日記の存在に気がついたのは、二〇〇五年七月末、父の葬式前後のことでした。ワープロで清書されていたとは言え、食卓の一〇年日記とは違い家族の誰もが「人の日記、それも若い頃の日記を覗き見するのはどうか」という思いから、顔を見あわせて後、父の書斎に日記ファイルをそのまま仕舞い込みました。その後、自宅の建て替えもあり、父の膨大な蔵書と共に劇作家・秋浜悟史の若年時代の日記は埋もれていくはずでした。

今回の出版のきっかけは二〇一九年の春、つかこうへい作『熱海殺人事件』を私自身が観劇したことです。父とは直接の関係がないものの、この作品の上演台本を確認したく思ったところ、当該戯曲には様々なバリエーションがあることを知りました。実際、父の書斎にも何冊か書籍版があり、その初出を探すうちにある雑誌にたどり着きます。それは、「新劇」（白水社）一九七四年三月号です。第一八回岸田戯曲賞受賞作『熱海殺人事件』と清水邦夫『ぼくらが非情の大河をくだるとき』の掲載に加えて、巻頭に父の「劇作家による昭和激動史5『ある地方高校生の日記』」が掲載されていました。その雑誌「新劇」も父の書斎にはありました。紙幅の都合上、その内容は高校一年の夏まででしたが、以前に見つけた日記の内容とも一致していました。この掲載の発見に依り「一度世に出たものであれば、本人は公になることを了承していたのだろうし、むしろ出版などでこれを読みたい人に広く届けられないだろうか」と考えを改め、それより幾人かの方に声をかけさせていただきました。

幸運なことに、早い段階で今回の編集を担当いただいた小堀純さんと南河内万歳一座の内藤裕敬さんのご協力を得ることができ、それ以降はほぼお任せの形で進行し、コロナ禍での一時的な停滞はあったものの今日の出版を迎えることができました。半ばより編集に大きく関わっていただいた松本工房の松本久木さん、また寄稿いただいた皆様、情報をご提供いただいた方々、全ての関係者の皆様に本当に感謝しています。

一九七七年生まれの私にとって父の仕事で記憶にはっきりとあるのは、あざみ・もみじ寮での寮生劇やピッコロ劇団創立以降の作品群です。父の生前においても、父が東京で手がけた作品についてはほとんど知る機会がありませんでした。ましてや早稲田大学へ進学以前の一〇代の岩手時代のことは晩年の父（交通事故の怪我や脳梗塞の後遺症もあり、実年齢よりずっと身体的に不自由でした）とも隔たりが大きすぎるため、娘の自分からもにわかには想像できません。それでも日記を読み進める中で、持って回った言い回しを好むロマンチストの青年が、私の父と確かに地続きの存在であることに納得させられます。この日記を読んだ皆様にとっても面白さや懐かしさ、もしくは秋浜悟史の戯曲解釈に繋がる新しい知見を得ていただければ幸いです。

最後に、今回の出版を考え始めて以降、出版の件とは別に以下のご縁もいただくことができ、この点でも感じ入るばかりです。

・一般社団法人日本演出者協会での日本の戯曲研修セミナーで『東北の四つの季節』採用（二〇一九年八月）
・兵庫県立ピッコロシアター資料室に秋浜悟史の蔵書から多数収蔵（二〇二一年）
・日本劇作家協会戯曲デジタルアーカイブに『幼児たちの後の祭り』掲載（二〇二一年）

ささきけいな（秋浜 冴）

後記

秋浜先生のご息女・冴さんから連絡をいただいたのが二〇一九年の初夏だった。コロナ禍に陥る前だったのが、今にして思うと〝天の配剤〟だったように思う。内藤裕敬君に日記を見せ、冴さんと三人で会って、出版計画がスタートした。その年の秋にはいのうえひでのり君に会い、協力を仰いだ。

日記の内容に衝撃を受けた私は、版元も資金計画も何も決まっていないのに、〝無計画とアドリブ〟で動き出していた。

それからは二〇二〇年からのコロナ禍が来て、日記本の計画は膨らんでいくのだが、具体的な作業は中断してしまう。そんな折りに、普段から劇作家の戯曲本などの出版でお世話になっている松本久木君（松本工房）に、日記を見せると「是非、やりましょう！　この本つくらなくてどうするんですか!!」とアツい檄。昨年（二〇二三年）から松本工房のもとで本格的に編集作業が始まり、装丁はブックデザイナーでもある松本君の発案で仮フランス装となった。カバー写真は「一〇代の秋浜悟史」だ。

秋浜先生は劇作家・演出家としてだけではなく、類い稀な教育者でもあった。寄稿文の執筆は大阪芸大、宝塚北高での教え子の方々にお願いした。皆様、ありがとうございました。

一九五〇〜一九五三。戦争が終わってから、まだ時間がそれほど経っていない。この日記は文学、映画、演劇、音楽に彩られた〝青春活劇〟であると同時に、記憶されなければいけない「戦後史」である。

（小堀 純）

秋浜悟史（あきはま・さとし）

1934年（昭和9）3月20日、岩手県岩手郡渋民村（現・盛岡市渋民）に生まれる。47年、中高一貫の私立岩手中学校・高等学校に入学。54年、早稲田大学第一文学部演劇専修に入学。早大劇団・自由舞台に入団し、劇作や演出を担当。56年、『英雄たち』を「新劇」（白水社）に発表。58年、岩波映画製作所に入社し、羽仁進や東陽一、後に清水邦夫、田原総一朗などと共に活動。66年、退社し、以前より作・演出として関わっていたＮＨＫ俳優養成所出身者による劇団三十人会の活動に専念、のちに劇団代表となる。67年、『ほらんばか』の劇作ならびに演出により、第1回紀伊國屋演劇賞を受賞。故郷岩手の言葉から生み出される詩と音楽と狂気とを織り混ぜ、時代を凝視する作品を次々と発表。69年、『幼児たちの後の祭り』に至るまでの諸作品の成果により、第14回岸田國士戯曲賞を受賞。73年の劇団三十人会解散以降、活動の比重を徐々に東京から関西に移す。

1979年、大阪芸術大学舞台芸術学科講師に着任（87年教授、96年学科長、97年大阪芸術大学大学院芸術制作研究科の指導教官）。同年、滋賀県の知的障害者施設「あざみ・もみじ寮」第1回寮生劇発表会『ロビンフッドの冒険の冒険』の台本・演出を担当。以降、5年ごとに公演を重ねていった。83年、兵庫県立尼崎青少年創造劇場が、ピッコロ演劇学校を開設し、講師に着任。85年、公立高校では当時、全国唯一の演劇科を持つ兵庫県立宝塚北高等学校が開校し、講師および演劇科長に着任。様々な教育の場で、のちに演劇界の第一線で活躍する多くの劇作家、演出家、俳優のほか、舞台制作者やスタッフ並びに、教育従事者、研究者を指導・育成した。また、OMS戯曲賞等の選考委員を長年務め、関西出身の劇作家育成に尽力した。94年、兵庫県立ピッコロ劇団が発足し、劇団代表を務める。98年、同劇団公演『私の夢は舞う―會津八一博士の恋―』（作：清水邦夫、演出：秋浜悟史）が、第52回文化庁芸術祭賞〈演劇部門〉優秀賞受賞。同作と『風の中の街』（作：別役実、演出：藤原新平）にて、第32回紀伊國屋演劇賞団体賞を受賞。04年、ピッコロ演劇学校参与（演劇教育アドバイザー）を残し、すべての役職から退任。

2005年7月27日、チェーホフに関する書籍を求めた京都の古書店からの帰途、奈良の自宅前でタクシーを降りる際バランスを崩し転倒。頭部を打撲。31日、脳挫傷にて死去。享年71歳（満）。

ある地方《ちほう》高校生《こうこうせい》の日記《にっき》　一九五〇《いちきゅうごぜろ》～《から》一九五三《いちきゅうごさん》

著者　秋浜悟史《あきはまさとし》

初版　二〇二四年一一月一五日 発行

刊行委員会　内藤裕敬（代表）
いのうえひでのり
古田新太
ささきけいな（秋浜 冴）
小堀 純
松本久木

編集　小堀 純（代表）・松本久木・三枝希望
編集補　稲垣 諭
編集協力　金田明子・林 隆之・春岡勇二

発行者　松本久木
発行所　松本工房
住所　大阪市都島区網島町一二－一一
雅叙園ハイツ一〇一〇号室
電話　〇六－六三五六－七七〇一
ファックス　〇六－六三五六－七七〇二
URL　https://matsumotokobo.com

写真提供　ささきけいな（秋浜 冴）
石桜同窓会・秋浜 立
協力　株式会社ヴィレッヂ・株式会社リコモーション

装幀・組版　松本久木
印刷　株式会社サンエムカラー
製本　新日本製本株式会社

 ISBN978-4-910067-24-7 C0095